Eva-Maria Bast

Die Queen

EVA-MARIA BAST

Die Queen

Elizabeth II. – Als junge Frau
wurde sie zur Königin,
als Königin wurde sie zur Legende

ROMAN

PIPER

Mehr über unsere Autorinnen, Autoren und Bücher:
www.piper.de

Wenn Ihnen dieser Roman gefallen hat, schreiben Sie uns unter Nennung des Titels »Die Queen« an *empfehlungen@piper.de*, und wir empfehlen Ihnen gerne vergleichbare Bücher.

Inhalte fremder Webseiten, auf die in diesem Buch hingewiesen wird, macht sich der Verlag nicht zu eigen und übernimmt dafür keine Haftung.

Unser Versprechen für mehr Nachhaltigkeit
Klimaneutrales Produkt
FSC®-zertifiziertes Papier
Hergestellt in Europa

FSC
www.fsc.org
MIX
Papier | Fördert gute Waldnutzung
FSC® C083411

ISBN 978-3-492-06378-4
2. Auflage 2022

Redaktion: Kerstin von Dobschütz
Satz: Uhl + Massopust, Aalen
Gesetzt aus der Adobe Devanagari
Druck und Bindung: CPI books GmbH, Leck
Printed in the EU

In Loving Memory
of Her Majesty
Queen Elizabeth II
1926–2022

Teil I

1944-1946

Kapitel 1

Windsor Castle, 21. April 1944

»Bitte, Papa! Ich wünsche mir sonst nichts zum Geburtstag. Nur das.«

König George VI. blickte seine Tochter stirnrunzelnd an. »Ich weiß nicht recht«, sagte er. »Es scheint mir einfach nicht richtig zu sein. Du bist Englands künftige Königin. Und außerdem mit deinem heutigen achtzehnten Geburtstag offiziell Staatsrätin – meine Stellvertreterin.«

»Und als solche zu fein dazu, den Menschen zu helfen?«, fragte sie und sah ihrem Vater ruhig in die Augen. Ihre jüngere Schwester Margaret hätte vermutlich empört die Hände in die Hüften gestemmt und einen Schmollmund gezogen. Margaret war immer exaltierter. In allem. In ihren Worten, ihren Gesten, ihren Äußerungen. Sie, Lilibet, war ruhiger, deswegen aber nicht weniger überzeugend – schon gar nicht, wenn es darum ging, gegenüber ihrem Vater ihren Willen durchzusetzen. Tatsächlich konnte sie nun beobachten, wie der Widerstand ihres Vaters, von der Familie liebevoll Bertie genannt, schwand. »Gerade du müsstest mich doch verstehen«, sagte sie. »Du und Mami. Sie hat schließlich unbedingt hier in London bleiben wollen, selbst als die Stadt während des Blitzkrieges zwischen dem 7. September 1940 und dem 11. Mai 1941 so grauenhaft bombardiert wurde und ihr uns hierher nach Windsor Castle geschickt habt, wo wir unsere Tage mit Sockenstricken verbringen durften.«

»Die Socken sind für die Soldaten sehr wichtig. Erst recht, wenn du sie strickst. Und mit deiner Radioansprache damals in der *Children's Hour* der BBC hast du so viele Menschen bewegt. Sogar in Amerika und in den Ländern des Commonwealth warst du aufgrund deines großen Erfolges zu hören.«

»Mag wohl sein«, erwiderte Lilibet. »Aber ich will mehr tun. Mehr im Geschehen sein. So, wie du und Mutter das ja auch wart, als ihr nach den Bombardierungen Seite an Seite durch das stark zerstörte Arbeiterviertel des East Ends gegangen seid. Dafür lieben euch die Leute. Und andere Mädchen in meinem Alter stricken auch nicht nur Socken. Cousine Lady Mary Cambridge ist immerhin Voluntary Aid Detachment und arbeitet nicht in einem luxuriösen Krankenhaus für Offiziere, sondern in den ärmsten Teilen der Stadt. Diese Menschen sind es, die uns besonders brauchen.«

König George atmete ein und wieder aus. »D… da… das«, setzte er an.

Lilibet schluckte. Wenn er mit ihr sprach, stotterte der König in der Regel nicht. Dieses Problem hatte er eigentlich nur, wenn er unsicher war. Wenn ihn etwas sehr aufwühlte. Sein Vater hatte ihn dafür verspottet, Lilibets Mutter, Königin Elizabeth, war es jedoch gelungen, ihrem Gatten mit viel Liebe zu mehr Selbstsicherheit zu verhelfen.

Lilibet schenkte ihrem Vater ein aufmunterndes Lächeln. »Du bist mir ein Vorbild, Papa«, sagte sie. »Ein wunderbarer König. Die Menschen lieben dich. Du gibst ihnen so viel Kraft, gerade in diesen schweren Jahren. Ich möchte sein wie du. Und du ziehst dich eben nicht zurück, sondern gehst zu den Menschen. Das möchte ich auch tun.«

George nickte langsam und bedächtig. »Ich werde mich für deine Sache einsetzen«, versprach er. »Du weißt, dass ich diese Entscheidung nicht alleine treffen kann. Es gibt eine Menge Menschen, die dabei mitzureden haben.«

*

»Die sieht ja scheußlich aus«, kommentierte Margaret mit einer gewissen Genugtuung und musterte die kakifarbene Uniform, die Lilibets einstiges Kindermädchen und jetzige Zofe Margaret MacDonald, auch Bobo gerufen, auf einem Kleiderbügel an den Schrank gehängt hatte. Lilibet lächelte nur still in sich hinein. Sie wusste genau, dass ihre kleine Schwester im Grunde schrecklich neidisch war, weil sie, Lilibet, zehn Monate nach dem denkwürdigen Gespräch mit ihrem Vater, ihren Willen durchgesetzt hatte und als Second Subaltern Elizabeth Alexandra Mary Windsor unter der Nr. 230873 in den Auxiliary Territorial Service (ATS) eintreten durfte, dem weiblichen Arm der Armee. Als einer von elf Trainees in einer Reparaturwerkstatt würde sie dort lernen, Armeelastwagen zu fahren und deren Motoren instand zu halten. Und auch eine Uniform gehörte eben dazu, auf die Margaret nun neidisch war. Dabei war der Gedanke, dass ihre stets mit ihrem Titel kokettierende Schwester unter ein Auto kriechen würde, um es zu reparieren, so absurd, dass Lilibet ein leises Kichern unterdrücken musste.

Bobo nahm den Overall vom Haken und begann, Lilibet anzukleiden. »Ich dachte es mir. Sie steht dir nicht«, urteilte Margaret herzlos.

»Danke recht schön«, erwiderte die Thronfolgerin, schob sich lächelnd ihre Kappe auf dem kinnlangen, dunklen Haar zurecht und schenkte ihrem Spiegelbild ein Lächeln. Sie selbst fand sich eigentlich recht schmuck in ihrer Uniform.

»Glaubst du, *ihm* würde das gefallen?«, fragte Margaret und deutete mit dem Finger auf das Foto eines bärtigen Mannes, das auf Lilibets Nachttisch stand. »Ich finde übrigens nicht, dass der Bart ihn sonderlich kleidet. Man erkennt ihn ja fast nicht mehr.«

»Zu deiner ersten Frage: Philip ist bei der Marine und an Uniformen gewöhnt«, erwiderte Lilibet geduldig. »Und zu deiner zweiten Frage: Er fährt zur See, und es ist üblich, dass die Männer sich die Bärte stehen lassen, bis sie wieder an Land sind. Sobald er zurück ist, wird er sich sicher rasieren.«

Im Stillen fügte sie hinzu, dass die Tatsache, dass man Philip mit seinem Bart nicht so leicht erkannte – es ging ihr ja selbst nicht anders –, eher von Vorteil war. Schließlich hatte ihre Gouvernante Marion Crawford, von allen Crawfie genannt, sie ein wenig gerügt, dass es doch sehr gewagt sei, ein Foto des jungen Mannes auf ihren Nachttisch zu stellen, wo jeder, der in ihrem Zimmer ein und aus ging, es sehen konnte. Auf dem ersten Foto war Philip auch noch sehr gut zu erkennen gewesen, dann hatte er jedoch das Bild mit Bart geschickt, und Lilibet hatte es ausgetauscht. Philip. Wie stets schlug ihr Herz ein wenig schneller, wenn sie an ihn dachte. Seit er Weihnachten vor einem Jahr auf Einladung ihres Vaters nach Windsor gekommen war und einer Theatervorstellung beigewohnt hatte, bei der sie in die Rolle des Aladin geschlüpft war, schrieben sie sich regelmäßig, und er besaß ebenfalls ein Foto von ihr, wenngleich sie nicht wirklich zu hoffen wagte, dass dieser große, charmante und auch stets ein wenig frivole Mann sich wirklich für sie, die schüchterne Lilibet, interessierte.

Ein Klopfen an der Zimmertür riss sie aus ihren Gedanken. »Kommandant Wellesley steht bereit, Sie zur Messe zu begleiten, Eure Königliche Hoheit«, teilte Cyril, der persönliche Diener der Prinzessinnen, mit.

Lilibet nickte. »Ich komme.« Sie streichelte Susan, ihrem geliebten kleinen Corgi mit dem goldbraunen Fell, dem ersten Hund, den sie ihr Eigen nennen durfte und den sie von ihren Eltern zum achtzehnten Geburtstag bekommen hatte, über den Rücken.

»Königliche Hoheit«, begrüßte Kommandantin Violet Wellesley Lilibet wenig später mit einem Lächeln und einem angedeuteten Knicks. »Es ist mir eine Ehre, Sie zum Training abholen zu dürfen.«

Während ein Diener die Wagentür öffnete und formvollendet den Kopf senkte, als Lilibet einstieg, sagte die Thronfolgerin: »Ich freue mich wirklich sehr auf meine Arbeit. Und ich hoffe, dass ich mich nicht allzu dumm anstellen werde.«

»Ich bin überzeugt, dass Sie Ihre Sache ganz hervorragend machen werden, Ma'am«, versicherte Violet Wellesley, eine Großnichte des Herzogs von Wellington.

Die Fahrt zur Messe dauerte nur kurz, und Junior Commander Wellesley führte die junge Prinzessin direkt zu dem Depot, in dem sie in den kommenden Wochen geschult werden würde. Lilibet schluckte aufgeregt, als sie das aufgebockte Auto erblickte. Hier würde ihre Ausbildung also beginnen.

Neben dem Tilly, wie diese Art von Auto genannt wurde, erblickte Lilibet eine brünette Frau, die neugierig aufsah, als sie die Neuankömmlinge bemerkte. Sobald sie Lilibet erkannte, versteifte sich ihre Haltung, und sie wurde sichtlich nervös. Für Lilibet war diese Reaktion aber normal. Sie kannte es nicht anders, als dass die Menschen sich merkwürdig verhielten, wenn sie sie erblickten. Und sobald sie an der Seite ihres Vaters, des Königs, gesichtet wurde, erstarrte ohnehin jeder in Ehrfurcht. Dass sie selbst von Haus aus eher schüchtern war, machte es nicht einfacher. Doch jetzt überwand sie sich und lächelte die junge Frau, von der Violet Wellesley ihr bereits berichtet hatte, dass sie ihre Trainingspartnerin werden sollte, aufmunternd an.

»Hallo«, sagte sie schlicht.

»Eure Königliche Hoheit«, stieß Peggy Hinchliffe hervor, als sie vor der Prinzessin knickste.

»Elizabeth«, korrigierte die Thronfolgerin, immer noch lächelnd. »Hier bin ich einfach nur Elizabeth. Und wer bist du?«

»Pe… Peggy«, stammelte die junge Frau sichtlich überfordert und fügte noch hinzu: »Hinchliffe.«

»Wunderbar«, rettete Violet Wellesley die verunsicherte Lehrgangsteilnehmerin aus ihrer Verlegenheit. »Nachdem ihr euch jetzt bekannt gemacht habt, können wir ja anfangen.«

Die Vorgesetzte ging neben dem linken Vorderrad des Tilly in die Knie und wies die beiden Frauen an, es ihr nachzutun.

»Stellt euch vor, das Rad hätte einen Platten und deshalb müsste der Reifen gewechselt werden.«

»Und wie macht man das?«, fragte Lilibet wissbegierig und hoffte insgeheim, auch gleich selbst Hand anlegen zu dürfen.

»Zunächst überprüfen wir, ob das Auto ordnungsgemäß aufgebockt ist«, begann Violet Wellesley und erklärte den beiden Frauen, dass das Fahrzeug zum ersten Lösen der Radmuttern nur leicht angehoben werden sollte, um das Rad zu entlasten. »Es hat aber immer noch leichten Kontakt zum Boden«, erläuterte die Ausbilderin und wandte sich dann an die Brünette. »Peggy, kannst du mir bitte mal die Kurbel geben?«

»Jawohl«, antwortete diese prompt und reichte der Älteren das geforderte Werkzeug. Gespannt sah Lilibet zu, wie diese die Kurbel auf die erste Radmutter presste. »Wenn ihr Muttern lösen wollt, braucht ihr viel Kraft.«

»Darf ich es einmal probieren?«, ließ sich Lilibet vernehmen.

»Gerne«, erwiderte Violet Wellesley und drückte der Thronfolgerin die Kurbel in die Hand.

Mit geschürzten Lippen und voller Konzentration setzte die Prinzessin das Werkzeug an der ersten Radmutter an, doch diese erwies sich als äußerst widerspenstig. Mit aller Kraft versuchte Lilibet an der Kurbel zu drehen, doch die Mutter bewegte sich keinen Millimeter. »Jetzt komm schon«, beschwor sie das Metallstück, »beweg dich.« Und als ob die Radmutter den lautlosen Befehl von Englands künftiger Königin vernommen hätte, gab sie ein wenig nach. Zufrieden und jetzt noch motivierter kurbelte Lilibet weiter und nahm begeistert zu Kenntnis, dass die Mutter sich immer weiter löste.

»Stopp«, rief Violet Wellesley schließlich. »Noch nicht ganz aufdrehen. Zunächst müssen wir noch die anderen Muttern lösen und dann das Auto weiter aufbocken.«

Lilibet nickte eifrig und setzte die Kurbel bereits an der nächsten Radmutter an. Diese gab sofort nach, und Lilibet lächelte zufrieden.

Gerade als sie ansetzen wollte, auch noch die dritte der vier Muttern zu lösen, bemerkte Lilibet, dass Peggy Hinchliffe ganz betroffen dreinsah und wohl auch gerne mit angepackt hätte, aber nicht wusste, wie sie sich verhalten sollte. Mit einem leisen Bedauern streckte sie der anderen das Werkzeug hin. »So, und jetzt du.«

Nachdem auch die beiden anderen Radmuttern gelöst waren, erklärte Trainingsleiterin Wellesley: »Jetzt müssen wir das Auto so aufbocken, dass wir das Rad frei drehen können. Dazu müsst ihr die Kurbel hier vorne in den Wagenheber stecken und nach oben bewegen.«

»Alles klar«, antworteten beide wie aus der Pistole geschossen.

»Ist es schon frei?«, rief Lilibet, während sie sich mächtig mit der Kurbel mühte.

»Ein bisschen noch«, erwiderte Peggy. »Noch ein bisschen. Stopp.«

Vorsichtig zog Lilibet die Handkurbel wieder von dem Wagenheber ab.

»Jetzt könnt ihr die Muttern endgültig lösen«, forderte Violet Wellesley ihre beiden Schützlinge auf.

»Du zuerst«, schlug Lilibet ihrer Mitstreiterin vor, da ihr klar war, dass diese sich niemals von selbst vor sie gedrängt hätte.

Die gelockerten Muttern leisteten jetzt kaum noch Widerstand, und flugs lagen die ersten drei auf dem Werkstattboden.

»Bevor ihr die letzte rausdreht, solltet ihr das Rad festhalten«, erklärte Wellesley.

Die jungen Frauen nickten und hatten nach nur wenigen Sekunden sowohl die letzte Mutter als auch das Rad in den Händen.

»Das ist aber ganz schön schwer«, ließ sich Lilibet vernehmen und lehnte es mit Peggys Hilfe an den Kotflügel. »Wollt ihr eine kurze Verschnaufpause, oder sollen wir gleich weitermachen?«, erkundigte sich Wellesley.

Die beiden Trainees wechselten einen kurzen Blick, sahen das Einverständnis in den Augen der jeweils anderen und sagten dann übereinstimmend: »Weitermachen!«

»Na, dann schrauben wir das Rad jetzt wieder dran und machen danach Pause.«

Hoch konzentriert, wie sie es auch schon beim Lösen des Rads gewesen waren, gingen die beiden Frauen auch wieder beim Festschrauben desselben zu Werke. Zu Lilibets Enttäuschung ließ man sie die Mittagspause allerdings nicht mit den anderen Trainees verbringen, sondern brachte sie in die Offiziersmesse, um ihrem Sonderstatus wenigstens ein bisschen Rechnung zu tragen.

So schnell der Morgen vergangen war, flog auch der Nachmittag vorbei, an dem Wellesley Lilibet und Peggy zeigte, wie man bei dem Tilly die Zündkerzen wechselte.

Als Violet Wellesley Lilibet am Abend wieder zurück in das Schloss Windsor fuhr, war die junge Prinzessin zwar erschöpft, aber dennoch glücklich. Während sie ihre immer noch vom Ruß der Zündkerzen verschmutzten Hände betrachtete, die Bobo vermutlich heute Abend mit aller Akribie schrubben würde, sagte sie zu ihrer Vorgesetzten: »Vielen Dank für den heutigen Tag und dass ich mit Peggy ein Team bilden darf.«

»Ich hatte gehofft, dass es passen würde«, antwortete ihre Ausbilderin. »Morgen wieder um die gleiche Zeit, Eure Königliche Hoheit?«

»Selbstverständlich«, entgegnete Lilibet, als bereits ein Diener die Wagentür für sie öffnete.

»Ich freue mich darauf.«

*

Was für eine Aufregung, dachte Lilibet. Zum ersten Mal erlebte sie mit, welche Reaktionen ein bevorstehender Besuch ihres Vaters hervorrief: In der Messe ging es auch an normalen Arbeitstagen durchaus hektisch zu, aber die Damen gönnten sich zu Lilibets Erstaunen auch dann und wann mal einen Sherry oder rauchten eine Zigarette, die sie zwischen ihren rot lackierten Fingernägeln balancierten. Sie, Lilibet, lackierte ihre Nägel höchstens einmal rosa. Nun aber stand alles kopf. Es wurde geputzt und poliert, aufgeräumt und sortiert. Und schuld an all der Aufregung war alleine sie. Denn heute war der letzte Tag ihrer Prüfung, und ihre Eltern würden anwesend sein.

Als König George VI., Königin Elizabeth und Prinzessin Margaret dann endlich eintrafen, versank die weibliche Belegschaft in tiefen Hofknicksen, während die Herren die Köpfe senkten. Lilibet ging ihren Eltern und Margaret entgegen – der Vater trug, wie immer in diesen Tagen, seine Uniform, knickste, um sie anschließend auf die Wange zu küssen, und führte sie schließlich, begleitet von Wellesley und Peggy, in die Werkstatt, in der die Prüfung beginnen sollte. George und Elizabeth bestanden darauf, der Prüfung im Stehen beizuwohnen.

»Nun bin ich gespannt«, sagte der König und nickte zum Zeichen, dass man beginnen könne.

Lilibet lächelte scheu und rutschte ohne viel Aufhebens unter das Auto, an dem sie ihre Prüfung ablegen sollte. Ihre Aufgabe: Ölwechsel.

Sie arbeitete konzentriert, und die Tatsache, dass ihre Eltern ihr dabei zusahen, machte sie nervös, aber nur am Rande. Vor allem galt es nun, ihre Sache gut zu machen. Sie hatte eine Pflicht, und die würde sie erfüllen. Ernst und entschlossen ging sie ans Werk, und als sie eine halbe Stunde später mit verschmierten Wangen wieder unter dem Auto hervorsah, erkannte sie Stolz im Gesicht ihres Vaters, der ihr zuzwinkerte und sie fragte: »Und, hast du es verstanden, Lilibet?«

»Das hat sie, Eure Majestät«, verkündete Wellesley, die ihr Werk inzwischen überprüft hatte. »Ich darf sagen, Königliche Hoheit, dass Sie eine ganz hervorragende Mechanikerin sind, Ihnen zum Bestehen Ihrer Prüfungen gratulieren und Sie zum Junior Commander ehrenhalber befördern. Ich darf hinzufügen, dass Sie nicht nur die erste Frau einer Königsfamilie sind, die die Uniform gewählt hat und ihrem Land aktiv dient, sondern auch noch eine der jüngsten Offizierinnen der Messe.«

Lilibet strahlte. Sie hatte es geschafft. Sie hatte sich bewiesen.

Zum ersten Mal hatte sie im direkten Vergleich mit anderen Mädchen gestanden und hatte sich gut geschlagen. Sie war eine von ihnen gewesen, hatte sich an die Routine und die Gewohnheiten der Messe gehalten. Wobei das nicht ganz stimmte. Eine von ihnen war sie nie gewesen, und das war vielleicht auch richtig so. Hatten die anderen Mädchen in der Messe übernachtet, war sie abends immer ins sechsunddreißig Kilometer westlich von London gelegene Schloss Windsor gebracht worden. Aber als untergeordnete Offizierin hatte sie zusammen mit den anderen ihren Vorgesetzten gegrüßt, sie, die doch eigentlich immer mit Königliche Hoheit angesprochen wurde.

»Der nächste Schritt ist nun, meinen Führerschein zu machen«, sagte sie zufrieden zu ihren Eltern. »Dann kann ich euch in der Gegend herumfahren.«

»Dann gehörst du der Dienerschaft an«, stichelte Margaret, sprach dabei aber so leise, dass nur sie selbst es hören konnte. Und ihre Mutter offenbar, denn Königin Elizabeth I. warf ihrer jüngeren Tochter einen strafenden Blick zu.

Kapitel 2

Konzentriert lenkte Lilibet den schweren Rot-Kreuz-Wagen durch den dichten Londoner Kriegsverkehr. Wenige Wochen nachdem sie ihre Ausbildung erfolgreich beendet hatte, hatte sie auch ihre Führerscheinprüfung abgelegt. Nun fuhr sie die Great West Road entlang über Piccadilly und dann die unbeleuchtete Mall hinunter. Von hier aus konnte sie schon den Buckingham Palace sehen, der sich am Ende der Straße erhob. Die Wache sah sie kommen und öffnete ihr strahlend und diensteifrig die Pforten. Lilibet wusste von ihrer treuen Crawfie, dass sie in der Dienerschaft ausgesprochen beliebt war und dass es sehr honoriert wurde, dass sie sich nicht zu schade war, ölverschmiert auf dem Rücken zu liegen und Motoren zu reparieren.

Vor dem Haupteingang standen der König und die Königin und blickten ihr entgegen. Lilibet brachte den Wagen vor ihren Eltern zum Stehen, stieg aus und knickste.

»Bravo, mein liebes Kind«, sagte der König.

»Das hast du sehr gut gemacht«, pflichtete seine Gattin ihm bei.

»Danke«, erwiderte Lilibet. »Wenn ich auch sagen muss, dass der Londoner Stadtverkehr eine Herausforderung ist.«

»Du warst doch nicht in Gefahr?«, fragte ihre Mutter besorgt.

Lilibet schüttelte den Kopf. »Durchaus nicht. Mir fehlt nur noch etwas die Übung.«

Bittend sah sie ihre Eltern an. »Deshalb wollte ich fragen, ob ich wohl nach Windsor Park fahren darf, um Crawfie dort ein wenig herumzukutschieren.«

Zögernd blickte der König seine Tochter an. »Nun, ich weiß nicht«, sagte er. »Sind das nicht ein wenig vertauschte Rollen?«

»Crawfie ist ja kein Chauffeur«, widersprach seine Frau. »Sondern ihre Gouvernante. Und Lilibet ist nun Offizier und muss ihre Aufgaben wahrnehmen.«

»Nun gut«, gab der König nach und fügte lächelnd hinzu: »Ich vermag dir ja ohnehin nichts abzuschlagen.«

*

»Ach, Crawfie«, sagte Lilibet, als sie wenig später ihre Gouvernante durch die Gärten von Windsor Castle fuhr. »Erinnern Sie sich noch daran, wie wir hier stundenlang saßen und Socken strickten? Und nun fahre ich Sie durch die Parkanlage.«

»Wobei ich gestehen muss, dass mir das Stricken lieber war«, murmelte die Gesellschafterin und hielt sich am Armaturenbrett fest.

»Mache ich meine Sache denn so schlecht?«, fragte Lilibet.

»Aber natürlich nicht«, beeilte sich Crawford zu versichern. »Es ist nur recht ungewöhnlich, das kleine Mädchen, das gestern noch auf Bäume kletterte, hinter dem Steuer eines Rot-Kreuz-Wagens zu sehen. Und ich mag gar nicht darüber nachdenken, wie es uns gehen wird, wenn einmal Luftalarm ist und wir Sie dort draußen wissen. Hier auf Windsor waren Sie so schön sicher.«

Der König und die Königin hatten ihre Töchter mit Kriegsbeginn nach Windsor Castle ausquartiert, wo auch, in einer Konservendose im Keller versteckt, die Kronjuwelen lagerten, während sie selbst im Buckingham Palace blieben. Natürlich existierten genaue Evakuierungspläne für den Fall, dass doch ein Angriff erfolgen würde. Regelmäßig hatten Lilibet und Margaret den Ernstfall üben müssen.

Als sie über den Long Walk fuhren, trat plötzlich Margaret aus einem Nebenweg und sah ihnen entgegen.

»Ach herrje«, seufzte Lilibet und steuerte den Wagen auf ihre Schwester zu. »Sie sieht ärgerlich aus.«

»Sie mag es nicht, wenn Sie etwas ohne sie tun«, brachte Crawfie das zur Sprache, was Lilibet ohnehin bereits wusste.

Elizabeth hielt den Wagen neben ihrer Schwester und kurbelte das Fenster herunter.

»Möchtest du mitfahren?«

»Ja«, sagte Margaret und schickte sich an, zu ihr in den Wagen zu steigen. »Habe endlich Pause von den anstrengenden und langweiligen Unterrichtsstunden in Französisch und Geschichte mit der Viscountess Antoinette de Bellaigue.«

»Du hast es gut. Du darfst spannende Dinge tun, während ich mich mit all diesen lästigen Themen quälen muss.«

»Ich musste mich damit auch quälen«, versuchte Lilibet die Jüngere zu trösten.

»Aber jetzt nicht mehr«, schmollte Margaret. »Ich wurde einfach zu spät geboren.«

Crawfie ließ ein Lachen vernehmen. »Glauben Sie mir«, begann sie. »Der Tag wird kommen, an dem Sie das nicht mehr denken.«

»Der Tag wird kommen, an dem ich mich in mein Schulzimmer zurücksehne«, orakelte Margaret düster. »Jetzt, da Lilibet ausgelernt ist und auch ihren Führerschein hat, wird sie bestimmt noch mehr von Kurbelwellen und Kolben und all diesen anderen langweiligen Dingen reden, als sie es ohnehin schon tut.«

»Na, siehst du«, sagte Lilibet und schaltete einen Gang hoch, während sie das Fahrzeug durch die weitläufige Anlage von Windsor Castle steuerte. »So spannend ist mein Leben doch gar nicht. Voller Kurbelwellen und Kolben.«

»Dass du immer auf alles eine kluge Antwort weißt«, murrte Margaret schlecht gelaunt. »Und in der Zeitung bist du auch. Mal wieder.«

»Natürlich ist sie das. Ebenso wie Sie und alle Mitglieder des Königshauses«, mischte sich Crawfie in den Zwist ein.

»Aber nicht auf der Titelseite.«

»Ich bin ebenso auf der Titelseite wie andere Frauen in Uniform. Lageristinnen, Telegrafistinnen und Arbeiterinnen im Hilfsdienst an der Front. Und natürlich werde ich als Staatsrätin auch bei Truppenbesuchen fotografiert.«

Während Lilibet das Tempo des Wagens vor einer Kurve leicht drosselte, sagte sie beschwichtigend zu ihrer Schwester: »Ich glaube, wenn du in meinem Alter bist, wirst du viel öfter in der Zeitung sein als ich. Du bist viel hübscher.«

»Mag ja sein«, murmelte Margaret geschmeichelt, »dass ich hübscher bin. Aber öfter in der Zeitung sein werde ich nicht, denn irgendwann bist du Königin. Ich sage ja, ich bin zu spät geboren. In diesem Fall bin ich jedoch sogar froh darum. Königin würde ich niemals sein wollen.«

Lilibet unterdrückte ein Seufzen. Sie blickte dieser Aufgabe auch nicht gerade mit Freude entgegen und hoffte, dass es bis dahin noch lange dauern möge. Nicht nur, weil das dann bedeuten würde, dass ihr Vater tot war, ein Gedanke, den sie sofort wieder beiseiteschob, weil er zu sehr schmerzte, sondern auch, weil es offenbar eine Last war, König zu sein. Nicht umsonst hatte ihr Onkel David abgedankt, der Liebe wegen. Nur deshalb war ihr Vater König geworden, und schon damals hatte Margaret sie bedauert. In ihrem Innern erklang Margarets dünne Kinderstimme: »Wirst du dann einmal Königin?«

»Ich vermute schon«, hatte sie erwidert.

»Du Arme«, war Margarets Kommentar gewesen.

Die Abdankungskrise hatte nicht nur die Monarchie, sondern auch Lilibet zutiefst erschüttert. Sie hatte erlebt, was für Leid und Kummer Onkel Davids Entscheidung mit sich gebracht hatte. Flüchtig fragte sie sich, was sie tun würde, wenn sie sich zwischen Philip und der Krone entscheiden müsste. Eigentlich war das aber keine Frage. Die Pflicht, die die Krone mit sich brachte, musste über allem stehen: Davor würde sie sich nicht drücken. Aber zum Glück würde sie vor diese Entscheidung niemals gestellt werden. Philip war immerhin ein Prinz, wenn auch ein ausländischer mit deutschen Wurzeln, was in diesen Zeiten sicherlich nicht gerade förderlich war. Aber wenigstens war er nicht, wie Wallis Simpson, geschieden.

Wenn er sie denn überhaupt haben wollte. In was für Tagträumereien verlor sie sich da! Ein Jahr hatten sie sich nicht gesehen, und in der Zwischenzeit hatte er, wie sie wusste, einige Damenbekanntschaften gemacht. Hatte er ihr doch frank und frei von dieser Hélène Foufounis geschrieben, mit der er Silvester verbracht hatte. Vielleicht allerdings war das ebenso harmlos wie die Begegnungen mit all den jungen Männern, die ihre Eltern ihr an Partys und Tanzabenden servierten – wohl in der Hoffnung, sie möge Philip vergessen!

Energisch rief sich Lilibet zur Ordnung und wendete den Wagen, um Crawfie und die schlecht gelaunte Margaret zum Palast zurückzufahren. Die Pflicht rief!

Kapitel 3

»Sir? Ein Telefonanruf für Sie.«

»Kann das nicht warten?«, hörte Lilibet ihren Vater verärgert fragen. »Wir wollten gerade gehen.«

»Ich fürchte nicht, Sir«, bedauerte Tommy Lascelles, der Privatsekretär des Königs, und wie stets musterte Lilibet den strengen Endfünfziger mit den buschigen Augenbrauen und der großen, geraden Nase mit etwas Unbehagen. Tommy Lascelles hieß eigentlich Sir Alan Frederick Lascelles und hatte schon in Diensten ihres Großvaters Edward VIII. gestanden. 1939 hatte Lilibets Vater ihn nach seiner erfolgreichen Royal Tour durch Kanada, die Lascelles hervorragend geplant hatte, aus Dankbarkeit in den Ritterstand erhoben. Er jagte Lilibet stets ein wenig Angst ein. Manchmal kam es ihr so vor, als sei Tommy der König und sie alle seine Untertanen. Sie schauderte bei dem Gedanken, dass Lascelles eines hoffentlich fernen Tages ihr Privatsekretär werden würde. Oder durften sich Könige ihre Privatsekretäre selbst auswählen? Sie hoffte es. Andererseits wusste er unendlich viel. Er wusste *alles*. Das wiederum war beruhigend. Ein König brauchte einen Mann wie ihn an seiner Seite, vor allem, wenn der König nicht mit allzu großer Selbstsicherheit gesegnet war. Das war bei George VI. der Fall. Er war zwar ein von Millionen geliebter und verehrter König, aber im Grunde nur ein unsicherer, etwas scheuer Mann, der sich auch nach dessen Tod noch vor seinem Vater fürchtete und nach Liebe sehnte. Liebe, die er von seiner Familie, seiner Frau und seinen Töchtern erhielt, die er stets zärtlich nur »us four«, »wir vier«, nannte. Und von seinem Volk, das ihn nicht zuletzt deswegen so sehr verehrte, weil er im Krieg unerschütterlich an seiner Seite geblieben und es Tag für Tag aufs Neue bestärkt hatte. Jetzt ging er mit seinem Privatsekretär widerspruchslos in sein Büro.

Es war Sonntag, der 6. Mai, sechs Tage zuvor, am 30. April, hatte die Rote Armee den deutschen Reichstag besetzt und Adolf Hitler sich das Leben genommen. Nun erwartete man stündlich die Nachricht der Kapitulation der deutschen Wehrmacht. Was ein Ende des Krieges bedeuten würde. Und gleichermaßen ein Wiedersehen mit Philip. Doch heute ging es nicht um den Krieg, sondern einzig und allein um König George, ihren Vater. Es war der Jahrestag seiner Thronbesteigung, und der König und die Königin waren nach Windsor geeilt, um das Ereignis traditionell mit einem Kirchenbesuch zu begehen.

In diesem Moment kehrte König George zurück. Er sah merkwürdig aus, fand Lilibet. Sein Gesicht war seltsam bleich, nur seine Wangen leuchteten unnatürlich rot.

»Wir müssen sofort nach London zurückkehren«, sagte er an seine Frau gewandt. »Es wird nicht mehr lang dauern.«

»Wie wunderbar«, seufzte Königin Elizabeth.

»Ich würde euch gern begleiten«, ließ sich Lilibet vernehmen.

»Ich auch«, fügte Margaret erwartungsgemäß hinzu.

Die Mutter wechselte einen Blick mit dem Vater und sah ihre Töchter dann liebevoll an. »Das solltet ihr in der Tat tun«, sagte sie. »Wenn der Krieg zu Ende ist, erwartet das Volk us four, uns vier«, sie schenkte ihrem Mann einen zärtlichen Blick, »auf dem Balkon.«

»Ich werde alles in die Wege leiten«, ließ sich Lascelles vernehmen und eilte davon.

*

Alles war wie immer. Und doch war alles anders. Wie immer wurden die königlichen Wagen mit großem Jubel empfangen, als sie durch Londons Straßen fuhren. Wie immer wartete vor dem Buckingham Palace eine große Menschenmenge, in der Hoffnung, einen Blick auf ein Mitglied des Königshauses werfen zu können. Aber irgendetwas war ganz und gar anders als sonst, dachte Lilibet, als sie durch das Fenster auf die Stadt hinaussah, die niemals schlief, niemals zur Ruhe kam. Das Gefühl, das von draußen durch die Fenster des Daimlers drang und auch von ihr Besitz ergriff, ließ sich vielleicht am ehesten mit der Empfindung vergleichen, die sie jedes Mal beschlich, wenn sie in den weitläufigen Gärten von Windsor Park oder von Buckingham Palace die ersten Frühlingsblumen durch den gefrorenen Boden sprießen sah, wenn die Wärme und die Kälte um die Vorherrschaft kämpften, die Wärme siegte und die Vögel zu zwitschern begannen. Ja, so fühlte sich dieser Tag an. Und doch war es viel mächtiger. Viel gewaltiger. Vielleicht eher so, als habe die Natur beschlossen, nun ein für alle Mal den Winter zu besiegen. Als brächen alle Blumen dieser Welt auf einmal durch den Boden, und mehr als das, auch durch Asphalt und Pflastersteine. Unaufhaltsam. Der Sieg lag in der Luft. Die Jahre des Kummers und des Leids, die Jahre der Dunkelheit, waren vorbei.

»Offenbar scheidet die Führungsriege der Nationalsozialisten in Deutschland reihenweise aus dem Leben«, hörte Lilibet ihren Vater, der mit der Lektüre einer Zeitung beschäftigt war, leise zu ihrer Mutter sagen.

»Das werden sie nicht ohne Grund tun«, erwiderte Königin

Elizabeth und nahm die Hand ihres Gatten. »Es ist überstanden, mein Lieber. Es ist endlich überstanden.«

Doch König George VI. schüttelte bedauernd den Kopf. »Ich fürchte, da irrst du dich. Wir werden noch lange unter den Folgen dieses Krieges zu leiden haben.«

Zwei Tage später saß Lilibet mit Margaret, ihren Eltern, Großmutter Queen Mary und Onkel David in ihrem privaten Wohnzimmer im Buckingham Palace und lauschte mit angehaltenem Atem der sonoren Stimme von Premierminister Winston Churchill, der soeben auf dem Balkon des Gesundheitsministeriums in Whitehall den Sieg verkündete.

»Das ist euer Sieg!«, rief Churchill aus dem Radio, und die königliche Familie hörte aus dem Gerät die Antwort der Menge brüllen: »Nein, dein Sieg!«

Lilibet nickte. In der Tat hatte sich der alte und von ihr so bewunderte Mann während der Kriegsjahre sehr verdient gemacht, ebenso wie ihr Vater und ihre Mutter, die es nie versäumt hatten, dem Volk Hoffnung zu schenken, und die sich stets geweigert hatten, mit den Nationalsozialisten in irgendwelche Verhandlungen einzutreten.

»Es ist ein Sieg der Freiheit!«, wandte Churchill nun ein. »In der gesamten langen Geschichte unseres Landes haben wir nie einen bedeutenderen Tag als diesen erlebt. Und jeder Einzelne, egal ob Mann oder Frau, hat Anteil daran.«

Lilibet sah, wie ihre Mutter die Hand ihres Vaters nahm, und hatte auf einmal schreckliche Sehnsucht nach Philip. Susan zu ihren Füßen sandte ihr einen mitleidsvollen Blick aus ihren treuen Hundeaugen.

Von draußen drangen die ersten Stimmen herein. »Wir wollen den König seh'n! Wir wollen den König seh'n!«, rief die Menge.

Lilibet stand auf und ging zum Fenster. »Es sind Zigtausende«, sagte sie und starrte auf das wogende Menschenmeer hinaus.

»Bitten Sie den Premierminister zu uns«, wies der König seinen Privatsekretär an.

»Sehr wohl«, sagte Lascelles und entschwand mit einer Verbeugung.

»Wir wollen den König seh'n, wir wollen den König seh'n.«

Die Stimmen von draußen wurden immer lauter und drängender.

Lilibet warf ihrem Vater in seiner schmucken Uniform einen fragenden Blick zu. Der nickte. »Wir gehen erst einmal ohne Churchill hinaus«, entschied er. »Der kann ja dann später zu uns stoßen.«

Lilibet erhob sich. Sie trug ihre ATS-Uniform, während die vierzehnjährige Margaret in einen Rock, eine Bubikragenbluse und eine Strickjacke gekleidet war.

»Ich gehe schon einmal hinüber«, sagte George nach einem Blick auf seine Frau, die in ein Gespräch mit ihrem Lieblingsbruder David Bowes-Lyon vertieft war.

»Ich begleite dich«, sagte sie rasch und griff nach ihrem Hut. »Komm, Susan.«

Eifrig sprang die Hündin auf und wackelte mit wedelndem Schwanz herbei.

»Sie denkt wohl, dass sie auch mit hinaus auf den Balkon darf und berühmt wird«, sagte Lilibet lachend, als sie neben ihrem Vater an den zahllosen livrierten und stocksteif stehenden Dienern vorbei durch die endlosen Gänge in Richtung des Raumes ging, der hinter dem zum Vorhof hin ausgerichteten Balkon lag, auf dem sich die Familie stets präsentierte.

»Sie ist doch schon berühmt«, konterte der König gut gelaunt. »Sie war inzwischen bestimmt in allen Zeitungen Englands.«

»Nur Englands?«, fragte Lilibet. »Und das Commonwealth?«

Ihr Vater lachte, und kurz darauf hatten sie auch schon das Balkonzimmer erreicht. Der Lärm, der von draußen hereindrang, war ohrenbetäubend.

»Wir wollen den König. Wir wollen den König.«

Kurz nach Lilibet betrat ihre Mutter mit Queen Mary, Margaret und ihrem Onkel David Bowes-Lyon den Raum. Auch Stallmeister, Group Captain Townsend, ein enger Vertrauter ihres Vaters, war bei ihnen.

Bertie nickte ihnen zu. »Dann können wir ja hinausgehen.«

Seite an Seite mit der Königin betrat er den Balkon. Ihre Töchter folgten ihnen nur wenige Minuten später.

*

Eigentlich hätte Lilibet nicht gedacht, dass der Jubel, der von draußen heraufdrang, noch lauter werden konnte. Doch sie hatte sich getäuscht. Als sie hinaustraten, steigerten sich die Begeisterungsrufe der Menschen ins Unermessliche. Lilibet blickte die Mall hinunter, die voller Menschen war. Wie oft hatte sie hier schon gestanden. Das erste Mal im zarten Alter von eineinhalb Jahren, als ihre stolzen Eltern sie erstmals der sehnsüchtig wartenden Öffentlichkeit präsentierten. Dann bei der Krönung ihres Vaters. Und schließlich bei der Zeremonie der Trooping the Color on the Horse Guards Parade. Doch irgendwie war da immer eine Mauer gewesen zwischen ihr und dem Volk. Diesmal empfand sie das anders. Ein wenig, als wäre sie eine von ihnen. Vielleicht, weil sie Seite an Seite mit ihnen gearbeitet hatte.

Kurz darauf bemerkte sie, dass hinter ihr Bewegung in die

Szenerie gekommen war. Sie wandte sich um und erblickte die massige Gestalt Winston Churchills, der allerdings hinter den Majestäten stehen geblieben war. Er nickte ihr mit einer Mischung aus Ehrerbietung, Freundlichkeit und Väterlichkeit zu. Sie lächelte. In seiner Gegenwart fühlte sie sich stets wohl und sicher.

Inzwischen hatte auch Bertie den Premierminister bemerkt. »Churchill, mein lieber Freund, was tun Sie denn dahinten?«, rief er gegen den Lärm an und zog den Älteren nach vorne. »In einer Stunde wie dieser gehören Sie in die erste Reihe.«

Churchill ließ es mit sich geschehen und stand strahlend zwischen dem König und der Königin, während sich der Jubel der Menge unglaublicherweise ein weiteres Mal steigerte.

Kapitel 4

Die Stadt wird heute nicht zur Ruhe kommen. Sie werden die ganze Nacht feiern«, prophezeite Peter Townsend lächelnd, als sie sich wieder ins Innere des Palastes zurückzogen, um wenig später abermals hinauszugehen.

»Oh, wie aufregend!«, rief Margaret. »Ich wäre so gerne dabei.«

»Ich auch«, seufzte Lilibet. Margaret warf ihr einen erstaunten Blick zu, was sie nicht verwunderte. Schließlich war sie eher scheu und zurückhaltend, Margaret hingegen die Lebhaftere, Abenteuerlustige.

Doch in einer Nacht wie dieser … Sehnsüchtig blickte Lilibet wieder hinaus. Sie gäbe etwas darum, dass das Gefühl der Dazugehörigkeit noch nicht vorbei sein würde. Das Gefühl, eine von ihnen zu sein. Mittendrin, mitten unter ihnen, so, wie das seit Beginn ihrer Ausbildung zumindest andeutungsweise gewesen war. So, wie sie es auf dem Balkon empfunden hatte, wenn sie auch hier oben stand und die anderen dort unten.

»Dürfen wir?«, fragte sie ihren Vater mit belegter Stimme. »Bitte.«

Entsetzt sah der König sie an. »Das ist vollkommen ausgeschlossen, Lilibet«, entgegnete er zu ihrer Enttäuschung – aber sie hatte es auch nicht anders erwartet.

Erstaunlicherweise bekam sie Unterstützung von ihrer Mutter. »Bertie«, sagte sie. »Lass sie doch. Das ist ein historischer Tag. Den werden sie nie vergessen.«

»E… es ist viel zu gefährlich«, wandte der König ein.

»Nicht, wenn ich sie begleite«, ließ sich ihr Onkel David vernehmen.

Überrascht sah Bertie seinen Schwager an. »Du würdest mit ihnen gehen?«

Er nickte. »Natürlich würde ich das. Ganz London feiert heute. Das dürfen wir ihnen nicht verwehren.«

Zögernd wandte sich der König zu den beiden Majors um, die in der Nähe standen und das Gespräch verfolgt hatten. »Philips, Porchester, Sie schließen sich an.«

»Natürlich, Sir, es wäre uns eine Ehre«, antwortete Porchester.

»Gut«, seufzte der König. »Ihr bekommt am Ende eben immer euren Willen, Mädchen. Crawfie, Sie begleiten die Truppe ebenfalls.«

»Selbstverständlich, Sir«, stimmte die Gouvernante zu, und an dem abenteuerlichen Blitzen in Crawfies Augen konnte Elizabeth erkennen, dass die Sechsunddreißigjährige ganz und gar nichts gegen das unerwartete Abenteuer einzuwenden hatte. Kein Wunder. Lilibet wusste, dass in ihrer Gouvernante eine unternehmungslustige und idealistische Frau steckte.

Die ausgebildete Lehrerin aus Schottland, die bereits als Zweiundzwanzigjährige in die Dienste der späteren Königsfamilie getreten war, um sowohl Lilibet als auch Margaret zu unterrichten, bemühte sich nicht nur um die Vermittlung des wichtigsten Lerninhalts: Ebenso wichtig waren ihr die sozialen Kompetenzen der beiden royalen Mädchen. Lilibet erinnerte sich noch gut an den einen oder anderen Ausflug mit der U-Bahn oder auch eine Fahrt in ihren geliebten Doppeldeckerbussen durch London.

»Dann los«, sagte Margaret voller Tatendrang und klatschte strahlend in die Hände. »Ich kann es kaum erwarten.«

»Wie aber kommen wir ungesehen nach draußen?«, fragte die praktisch veranlagte Lilibet. »Wir können ja schlecht durch das Haupttor gehen.«

Peter Townsend lächelte. »Nein, Majestät, das können wir nicht. Aber ich habe eine Idee. Bitte, folgen Sie mir.«

Auf der Treppe drehte sich Lilibet zu ihrer Gouvernante um. »Ich war nur wenige Male draußen – im Sinne von draußen mitten unter dem Volk«, sagte sie leise. »Das war zum Beispiel, als Sie mit mir U-Bahn gefahren sind, als ich noch ein kleines Mädchen war. Erinnern Sie sich noch?«

»Natürlich erinnere ich mich«, lachte Crawford. »Wie könnte ich das je vergessen?«

Lilibet war sich sicher, dass sie weder das Treppenhaus noch die schmale Pforte, durch die sie sich nun nach draußen stahlen, jemals bemerkt hatte. Kaum hatten sie den Palast ungesehen verlassen, wurden sie von einer tosenden Welle mitgerissen, waren mittendrin in all den jubelnden Menschen. Keiner beachtete sie – und doch beachtete sie jeder. So wie eben jeder jeden in dieser unglaublichen Nacht beachtete. Wildfremde lagen sich in den Armen, küssten einander, sangen und jubelten zusammen. Die Menge wogte in Richtung Parlament. Margaret und Lilibet nahmen ihre Gouvernante in die Mitte, die Offiziere folgten ihnen. Fest hatten sie einander untergehakt, um sich in der aufgewühlten Menge nicht zu verlieren. Der Lärm war ohrenbetäubend. Lilibet zuckte erschrocken zusammen, als direkt neben ihr jemand zwei Mülldeckel mit voller Wucht aneinanderschlug.

»Ist es nicht großartig?«, brüllte Margaret.

»Ist es«, bestätigte Lilibet lächelnd.

»Run rabbit, run rabbit, run, run, run. Don't give the farmer his fun, fun, fun!«, setzte die Menge an zu singen, und Lilibet stimmte aus voller Kehle ein. Crawfie sandte ihrem sonst so schüchternen und zurückhaltenden Zögling zwar einen verwunderten Blick, sang dann aber ebenfalls begeistert mit, während die Menschen um sie herum Tische und Stühle aus den Trümmern zerrten, um aus den Möbeln Freudenfeuer inmitten dieser zerstörten Stadt zu entzünden.

Inzwischen hatten sie den Trafalgar Square erreicht, und Lilibet sah zu ihrem Erstaunen, dass die Menschen die Rücken der vier mächtigen Bronzelöwen erklommen hatten, die seit fast achtzig Jahren rund um die Nelson's Column lagen und von denen man sagte, dass sie sich, wenn Big Ben jemals dreizehn schlagen sollte, erheben und London vor seinen Feinden beschützen würden. Nun, dachte Lilibet bei seinem Anblick. Dreizehn Mal geschlagen hatte Big Ben zwar nicht. Aber Schutz vor Feinden hatte London in den letzten Jahren mehr als nötig gehabt.

Im nächsten Moment sah sie, dass Margaret sich von der entsetzten Crawfie losriss, um sich in eine Polonaise einzureihen. Peter Townsend reagierte blitzschnell und schob sich hinter sie.

»Komm, Crawfie!« Lilibet zog ihre Gouvernante mit sich und reihte sich hinter Townsend ein. Dann kam David, Porchey bildete das Schlusslicht. *Roll Out The Barrel,* sang die Menge lauthals, und Lilibet stimmte ein.

»Yeahhhh!«, brüllte eine Gruppe junger Soldaten, riss sich aus der Polonaise los und erklomm ein Auto, um von dort aus weiterzusingen.

Lilibet hatte jedes Zeitgefühl verloren, wusste nicht, ob sie seit Stunden oder seit Minuten mitten unter den Feiernden war, als die Menge sie – nachdem sie im Ritz Conga getanzt und einem Matrosen die Mütze geklaut hatten – durch den Green

Park wieder zurück zur königlichen Residenz spülte. Alle hatten einander untergehakt, ob sie sich kannten oder nicht. Nun, auf lange Zeit so dicht neben einem fremden jungen Offizier, war ihr doch mulmig zumute, und sie bemerkte, dass Onkel David, der auf ihrer anderen Seite marschierte, dem Fremden immer wieder misstrauische Blicke zuwarf. Was, wenn man sie erkannte? Wobei das unwahrscheinlich war, weil nie jemand damit rechnen würde, dass die Prinzessinnen sich mitten unter ihnen befanden. Sie könnte sich dann immer noch herausreden, dass sie der Prinzessin einfach sehr ähnlich sehe. Aber würde man ihr glauben?

Einem Impuls folgend, ließ sie den Mann neben sich für einen Moment los und schob sich ihre ATS-Schirmmütze tiefer ins Gesicht. Doch der Offizier rückte sie sofort wieder an Ort und Stelle.

Onkel David war in diesem Moment zum Glück abgelenkt, und all ihre anderen Begleiter, einschließlich Margaret, zu weit weg, als dass sie etwas bemerken könnten.

»Verzeih«, brüllte der Mann an ihrer Seite. »Aber als Gardeoffizier muss ich auf mein Ansehen achten und kann es mir nicht erlauben, untergehakt mit einem unordentlich gekleideten Offizier gesehen zu werden.«

»Verstehe«, nickte Lilibet. Und in diesem Moment geschah es. Der Offizier erkannte sie und ließ stotternd ihren Arm los. »Kö... Kö... Kö... Königliche Hoheit.«

Wild entschlossen hakte sich Lilibet wieder bei ihm unter, während die Menge weitertanzte. Sie musste den Mann unter Kontrolle bringen. Nicht auszudenken, sie würde ihn jetzt verlieren und er anderen von seiner unfassbaren Entdeckung erzählen.

»Ganz richtig«, sagte sie fest. »Aber es darf niemand erfahren, hören Sie? Da Sie mich nun aber erkannt haben, sind auch Sie für meinen Schutz verantwortlich.«

»Se… se… selbstverständlich, Eure Majestät«, sagte der Offizier schwitzend, und die Tatsache, dass er stotterte, machte ihn irgendwie sympathisch. Es erinnerte sie an ihren Vater. Ermutigend lächelte sie ihm zu.

Wenig später hatten sie den Palast erreicht.

»Wir wollen den König seh'n, wir wollen den König seh'n«, rief die Menge, und Lilibet und Margaret wechselten einen verschmitzten Blick, bevor sie in die Rufe einstimmten. »Wir wollen den König seh'n, wir wollen den König seh'n«, rief Lilibet mit einer gewissen Verwunderung. So fühlte es sich also an, hier unten zu stehen, inmitten unzähliger Menschen, die alle nur einen Wunsch hatten: ihren König zu erblicken. Sie wusste genau, was gerade im Palast vor sich ging. Ihr Vater würde einen Blick auf ihre Mutter werfen und dann nicken. Es ist Zeit, wieder einmal hinauszugehen, hieß das. Wahrscheinlich waren sie bereits in dem Raum hinter dem Balkon angekommen. Tatsächlich öffneten sich in diesem Moment die Flügeltüren, und der Jubel wurde ohrenbetäubend. Herrje, dachte Lilibet. Und sie hatte gedacht, der Lärm, der in den Palast drang, sei laut. Doch das war nichts im Vergleich zu dem hier!

Oben auf dem Balkon traten ihre Eltern heraus. Wie klein sie waren. Wie weit weg. Wie… unerreichbar.

»Wo sind die Prinzessinnen?«, rief einer.

Die anderen stimmten ein. »Wo sind die Prinzessinnen? Wir wollen die Prinzessinnen seh'n, wir wollen die Prinzessinnen seh'n.«

Lilibet lächelte still in sich hinein.

Hier. Hier sind die Prinzessinnen. Mitten unter euch.

Kapitel 5

»Wenn du noch weiter in den immer gleichen Bahnen hier im Zimmer auf und ab läufst, hat dein Teppich irgendwann Löcher«, prophezeite Margaret bissig.

Lilibet warf ihr einen kühlen Blick zu. »Ich laufe eben gern«, verkündete sie.

»Dann geh doch im Park spazieren«, konterte Margaret.

»Mädchen«, ging Crawfie sanft dazwischen und sagte dann an Lilibet gewandt: »Sie sehen hinreißend aus. Blau steht Ihnen.«

»Vielen Dank, Crawfie«, erwiderte Lilibet und lächelte ihrer Gouvernante zu.

»Blau steht Ihnen.« Genau diese Worte hatte Philip am Weihnachtsabend 1944 auf Balmoral zu ihr gesagt. Und genau deshalb hatte sie heute, da sie Philip nach all der Zeit endlich, endlich wiedersehen würde, ein blaues Kleid gewählt. Sie war schrecklich aufgeregt. Keiner der vielen jungen Männer, denen ihre Mutter sie in den letzten Jahren vorgestellt hatte, hatten je ihr Herz berührt. Nun gut, fast keiner. Der schottische Infanterieoffizier Roderick Cameron Robertson-Macleod, der auf sie aufpassen sollte, während sie sich in den Monaten nach dem Krieg auf Balmoral erholten, hatte durchaus seine Wirkung auf sie entfaltet. Er sah aber auch unfassbar gut aus. Sie nannten ihn Roddy, und wenn Lilibet nur ein kleines bisschen für ihn schwärmte, so war es um Margaret vollkommen geschehen. Aber nun, da Philip erwartet wurde, war Roddy, zumindest was Lilibet anging, vollkommen vergessen. Wahrscheinlich, sagte sich Lilibet, hatte ihr der sechsundzwanzigjährige schottische Hauptmann nur deshalb so gut gefallen, weil er sie an Philip erinnerte, groß, blond und blauäugig, wie er war. Der sieben Jahre ältere Erbe des Herzogtums Grafton Hugh Euston, bei dem es sich um den Favoriten ihrer Mutter handelte und mit dem sie sich des Öfteren auf Windsor traf, ließ ihr Herz hingegen ebenso kalt wie Johnny Dalkeith, Erbe des Herzogtums Buccleuch und der zukünftige Herzog von Rutland Charles Manners; Sonny Bleford, Erbe des Herzogtums Marlborough-Blenheim Palace; Simon Phipps, zukünftiger Bischof von Lincoln, und Lord Brabourne – allesamt Kandidaten ihrer Mutter, die sie auf deren Betreiben hin im *400 Club* am Leicester Square oder, vor dessen Bombardierung, im nahe gelegenen *Café de Paris* und nicht zuletzt auf Festen im Palast getroffen hatte. Nicht zu vergessen Lord Porchey, der in der Nacht nach dem Sieg bei ihrer Tour durch London dabei gewesen war und dem sie deshalb einige unvergessliche Momente verdankte. Lilibet lächelte bei der Erinnerung daran. Auch drei Monate später, am 15. August, dem Tag des Sieges über Japan, hatten ihre Eltern sie noch einmal hinausgelassen, und diese Nacht war ähnlich berauschend gewesen wie die erste, aber nicht ganz so eindrucksvoll. Einfach deshalb, weil Lilibet das ja nun schon einmal erlebt hatte und es nicht mehr so neu und überraschend war wie jene Nacht des Sieges in Europa.

In diesem Moment sah sie einen Sportwagen auf den Palast zufahren. Ihr Herz schlug schneller. Sie wusste, dass Philip ein solches Auto besaß, sein Onkel Dickie hatte es ihm zum fünfundzwanzigsten Geburtstag geschenkt.

Die Wachen öffneten das Tor, Philip sprang mit einer sportlichen Bewegung aus dem Wagen. Lilibet schluckte. Selbst von hier oben konnte sie deutlich erkennen, wie gut er aussah. Und gleich würde er vor ihr stehen.

Kurz darauf klopfte es auch schon an der Zimmertür.

»Seine Königliche Hoheit, Prinz Philip von Griechenland, für Sie, Königliche Hoheit«, kündigte Cyril, ihr und Margarets persönlicher Diener seit Kindertagen, an.

Und dann stand er vor ihr. Mitten im Raum, als wäre er nie fort gewesen, nahm ihre Hand und küsste sie. Sah sie mit seinen eindringlichen blauen Augen an und wiederholte die Worte, die er damals schon gesagt hatte. »Blau steht Ihnen.«

Lilibet lächelte. »Willkommen«, sagte sie. »Willkommen zurück.«

Unbeholfen wandte sie sich zu ihrer Schwester und ihrer Gouvernante um. »An Margaret und an Crawfie erinnern Sie sich?«

»Aber selbstverständlich.« Philip bedachte auch Margaret mit einem Handkuss und Crawfie mit einem Nicken und sagte dann, halb amüsiert: »Wie ich sehe, dinieren wir im Kinderzimmer.«

»Ich bin kein Kind mehr«, schnaubte Margaret. «Ich bin vierzehn Jahre alt.«

»Natürlich«, sagte Philip und grinste sein jungenhaftes Grinsen, in das Lilibet sich verliebt hatte. »Da ist man kein Kind mehr. Trotzdem darf ich mein Wiedersehen mit Prinzessin Lilibet in Ihrem Zimmer feiern.« Spöttisch hob er eine Augenbraue.

Lilibet, die aus dem Augenwinkel beobachtete, dass Crawfie sich zurückzog, errötete. »Mami und Papa haben darauf bestanden, dass Margaret dabei ist«, erklärte sie. »Aber immerhin durfte ich Sie zum Essen einladen.«

Sie deutete auf den Tisch im Wohnzimmer ihrer Schwester, auf dem für drei Personen eingedeckt war.

»Essen ist immer gut«, freute sich Philip, steuerte auf den Tisch zu und setzte sich, ohne dass Lilibet oder Margaret ihm einen Platz angeboten hätten. Cyril, der kurz zuvor mit einem großen Silbertablett den Raum betreten hatte, um zu servieren – es gab Fisch und Limonade, zum Nachtisch Marmeladenstrudel –, schnappte ob dieser Ungehörigkeit nach Luft. Lilibet aber lächelte still in sich hinein. Sich einfach über alle Konventionen hinwegsetzen und nicht tun, was man von ihm erwartete: Das war Philip.

»Das war köstlich«, sagte Philip wenig später, nachdem er ordentlich zugelangt hatte. Dann blickte er unternehmungslustig in die Runde. »Was stellen wir nun an?«

»Mir wäre nach ein wenig Bewegung.«

»Ja.« Margaret sprang auf. »Lasst uns Ball spielen.«

Sie griff nach einem Ball und warf ihn Philip zu, der diesen geschickt auffing und ihn in Lilibets Richtung weitergab. Die hatte damit nun so gar nicht gerechnet und schleuderte den Ball in ihrer Hektik nach oben, wo er mit Wucht gegen eine Glühbirne knallte, die im selben Moment zerbarst. Margaret kicherte, Lilibet wollte im Boden versinken, zwei Diener stürzten alarmiert herein und dann wieder heraus, um nach einem Mädchen zu schicken, das die Bescherung beseitigen konnte.

Philip rettete die Situation. »Volltreffer«, kommentierte er grinsend. »Mir ist ohnehin eher nach einem Wettrennen. Auf dem Schiff haben wir ständig Wettrennen veranstaltet. Was meint ihr? Die Palastgänge eignen sich ganz hervorragend.«

Lilibet zögerte. Es war sicherlich nicht angemessen, wenn sie als Thronfolgerin durch die Palastgänge jagte. Andererseits wollte sie auch keine Spielverderberin sein, hatte sie sich doch schon mit dem Ball derart blamiert. »Also gut«, sagte sie. »Ich bin dabei.«

»Dann los.«

Kurz darauf fanden sie sich Seite an Seite in dem langen Flur wieder. »Einmal bis zum Ende und zurück«, rief Margaret und wollte schon losrennen, doch Philip griff nach ihrem Arm und hielt sie zurück. »Stopp«, sagte er. »Das ist viel zu langweilig. Und zu einfach.«

Margaret sah ihn mit großen Augen, in denen die Abenteuerlust nur so blitzte, an.

»Wir rennen bis zum Ende des Ganges, die Treppe hinunter, zum Eingangstor und wieder hinauf«, bestimmte Philip.

»Gut«, sagte Margaret. »Und los.«

Sie sauste, gefolgt von Philip, davon.

Nun hab dich nicht so, sagte Lilibet zu sich selbst und rannte, begleitet von Hündchen Susan, ebenfalls los. Durch die langen Korridore, vorbei an den Wachen, denen es natürlich gelang, unbeteiligte Mienen aufzusetzen, von denen Lilibet aber zu wissen glaubte, dass sie das Schauspiel, was sich ihnen bot, eher unpassend fanden.

Plötzlich musste sie daran denken, dass sie ihrem Vater, als sie hier eingezogen waren, vorgeschlagen hatte, man solle doch Fahrräder für alle kaufen, um schneller von einem Zimmer zum anderen zu gelangen. Lilibet musste bei der Erinnerung lächeln. Mit einem Mal fühlte es sich ganz richtig an, was sie tat. Sie beschleunigte ihr Tempo und holte zu Philip auf. Er warf ihr einen überraschten Blick zu.

»Zufrieden?«, fragte er.

Sie nickte. »Zufrieden«, keuchte sie.

Auch Margaret war zufrieden, wie an ihren leuchtenden Augen deutlich zu erkennen war.

»Noch eine Runde«, schlug sie vor, als sie wieder an der Zimmertür angekommen waren. Doch Philip schüttelte den Kopf. »Erst müssen wir noch etwas anderes erledigen.«

»Und was?«

»Ich brauche Stift und Zettel«, forderte er.

»Wozu denn das?«

»Das wirst du gleich sehen.«

Er folgte Margaret und Lilibet in deren ehemaliges Kinderzimmer, in dem die Diener längst alle Zeichen des kleinen Unfalls beseitigt hatten.

»Hier«, sagte Margaret und deutete auf den kleinen Sekretär.

Philip nickte zufrieden.

Dann verschwand er noch einmal nach draußen und kehrte kurz darauf mit dem alten Pappschild zurück, das in einem Goldrahmen an der Tür hing und auf dem »Kinderzimmer« stand.

»Was tun Sie da?«, fragte Lilibet erstaunt.

»Ich sorge dafür, dass Margaret sich hier wohlfühlt«, erwiderte Philip und falzte den Bogen konzentriert auf die Größe des Pappstücks. Dann schrieb er mit schwungvollen Buchstaben: *Margarets playroom.*

Grinsend hielt er es der jüngeren Windsor-Tochter hin. »Besser?«, fragte er.

Die nickte strahlend. »Viel besser.«

»Nun«, sagte Philip. »Dann sollten wir es anbringen.«

»Ja«, bestätigte Margaret. »Das sollten wir wohl.«

Und mit diesen Worten folgte sie ihm nach draußen.

Kapitel 6

»Wie finden Sie ihn, Crawfie?«, fragte Lilibet später, als Philip gegangen war und die Gouvernante noch einmal nach ihr sah, während Bobo sie für die Nacht umkleidete.

»Er gefällt mir gut«, entgegnete Crawfie. »Wenn er da ist, ist es, als würde eine frische Meeresbrise durch den Palast fegen.«

Überrascht sah Lilibet sie an. »Ja, das trifft es«, sagte sie dann nachdenklich. »Das trifft es wirklich.«

Bobo, die sich gerade an Lilibets Kleid zu schaffen machte, ließ ein kaum wahrnehmbares Schnauben vernehmen.

»Was?«, fragte Lilibet ihr einstiges Kindermädchen. »Was ist?«

»Nichts«, murmelte Bobo. »Es steht mir nicht zu.«

»Unsinn«, widersprach Lilibet. »Sie sind nun schon so lange bei mir und wissen, wie wichtig mir Ihre Meinung ist. Sie mögen ihn nicht?«

»Nein, Ma'am, das ist es nicht«, versicherte Bobo rasch.

»Was ist es dann?«

»Nun«, druckste die andere herum, »ich finde, er könnte sich ein wenig angemessener kleiden, wenn er seine Herzensdame besucht, die immerhin die Thronfolgerin ist. Er scheint mir etwas … hemdsärmelig zu sein.«

Lilibet lachte auf. »Nun, Kleidung ist nicht alles, wie wir spätestens wissen, seit Margaret über meine Uniform gespottet hat. Es ist doch viel wichtiger, was drinsteckt.«

»Das sicher«, stimmte Bobo ihr verlegen zu. »Aber dennoch …«

»Seien Sie nachsichtig mit ihm, Bobo«, bat Lilibet ihre Zofe. »Er kommt direkt aus dem Krieg. Ich bin sicher, er wird seine Garderobe mit der Zeit anpassen.«

»Mir gefällt er sehr gut, Kleidung hin oder her«, mischte sich Crawfie ein. »Es ist unübersehbar, dass er Ihnen sehr, sehr zugetan ist. Ich bin sicher, er hat während des Krieges die ganze Zeit über an Sie gedacht.«

Lilibets Herz schlug schneller. »Glauben Sie das wirklich?«

Crawfie nickte. »Ich bin überzeugt, dass Sie sein Herz bereits während des Schauspiels auf Balmoral Weihnachten '43 erobert haben. Es stand in seinen Augen geschrieben.«

Sie lächelte. »Nun, wenn Sie sich sicher sind, dann ist das so, dann gibt es keinen Zweifel. Wie wunderbar.«

Als Bobo sich zurückgezogen hatte, sah Lilibet ihre Gouvernante bittend an. »Morgen kommt er wieder«, sagte sie. »Und meinen Sie, es wäre möglich, Margaret unter einem Vorwand wegzulocken? Ich verspreche Ihnen, dass ich nichts Ungehöriges tun werde«, fügte sie rasch hinzu.

Crawfie sah sie verständnisvoll an.

»Ich freue mich, wie gut sich Margaret und Philip verstehen«, fuhr Lilibet fort. »Sie scheinen eine Art geschwisterliche Zuneigung füreinander zu empfinden. Und der Tag heute war amüsant. Aber Margaret ist so … fordernd. Sie zieht alle Aufmerksamkeit auf sich, und Philip ist für jeden Spaß zu haben. Es ist sicherlich lustig, Ball zu spielen und im Flur Wettrennen zu veranstalten, aber …«

»Aber es ist nicht das, was Sie und er in diesem Moment wollen. Sie sind keine Kinder mehr. Und Ballspielen oder Wettrennen im Flur sind nicht sonderlich romantisch«, zeigte die Gouvernante Verständnis.

»Ganz genau.«

»Ich werde sehen, was ich tun kann«, versprach Crawfie. »Ich vertraue Ihnen. Aber es wird nicht ganz einfach werden. Sie kennen Margaret. Wenn sie etwas will, dann will sie es, und an Philip hat sie einen Narren gefressen. Er ist für sie der große Bruder, den sie nie hatte.«

*

Die treue Crawfie hatte Wort gehalten und Margaret bei Philips erneutem Besuch einen Tag später nach dem Essen – diesmal gab es Würstchen mit Kartoffelpüree – unter einem Vorwand aus dem Zimmer gelockt. Was das für ein Vorwand war, erfuhr Lilibet nicht. Jedenfalls war sie jetzt tatsächlich allein mit ihm. Dass es sich so beklemmend und zugleich so aufregend anfühlen würde, hatte sie allerdings nicht erwartet.

»Nun«, sagte sie und sah ihn verlegen an.

»Nun«, erwiderte er und begegnete ihrem Blick keineswegs schüchtern. »Ich bin froh, dass wir allein sind. Wenn Sie mir verzeihen – Ihre Schwester ist zwar durchaus charmant, aber auch eine Nervensäge. Es könnte keinen besseren Anstandswauwau geben.«

Lilibet musste lachen. »Da haben Sie recht. Ich fürchte nur, sie kann jeden Augenblick wiederkommen.«

»Dann sollten wir die Zeit, die wir allein haben, gut nutzen«, erwiderte er und rutschte auf seinem Stuhl – sie waren am Esstisch sitzen geblieben – nach vorne. Philip streckte seine Hände aus, die Handflächen nach oben. Lilibet schluckte, dann legte sie ihre hinein.

»Du hast mir gefehlt«, sagte er rau.
»Du mir auch«, gestand sie.
»Möchtest du mich dann nicht endlich einmal küssen?«
»Ja«, flüsterte sie und beugte sich vor.

Es war ein zärtlicher, aber auch ein wenig scheuer Kuss gewesen, was allerdings den rasenden Herzschlag, den er in Lilibet auslöste, nicht besser machte.

»Es kann jeden Moment jemand hereinkommen – und ich habe Crawfie versprochen, anständig zu sein.«

»Das bist du«, sagte Philip grinsend. »Ich kann dir versichern, du bist eines der anständigsten Mädchen, die ich kenne.«

Lilibet schluckte. Ob das nun unbedingt so schmeichelhaft war? Eifersucht stieg in ihr empor, als sie plötzlich an Osla Benning und Hélène Foufounis denken musste. Es war kein Geheimnis, dass Philip mit beiden Frauen eine enge Freundschaft pflegte. War es wirklich nur Freundschaft? Die beiden hätte er wohl eher nicht anständig genannt. Andererseits: Es gefiel ihr, anständig zu sein, und das war wohl auch das, was man von einer Thronfolgerin erwartete. Nur wollte sie nicht ausgerechnet von *ihm* so genannt werden.

»Du schaust mit einem Mal so finster drein«, stellte Philip fest und streichelte ihre Hände, die noch immer in den seinen lagen. »Was geht dir durch den Sinn?«

Sie schüttelte den Kopf, vertrieb die dunklen Gedanken, die sich ihrer bemächtigen wollten. »Ach«, sagte sie, »ich habe mich nur gefragt, wie es dir wohl im Krieg ergangen sein mag.«

»Ach«, wiederholte er grinsend. »Der Krieg ist zum Glück vorbei, und ich habe dir ja geschrieben, wie es mir ergangen ist.«

»Ja, aber ich wollte es noch einmal von dir hören.«

»Nun, zum Schluss war ich in Neuguinea und Ceylon. Ich

habe Piloten aus der Javasee gefischt, in der es von Haien nur so wimmelt. Als Japan fiel, war ich ganz in der Nähe. Ich befand mich auf dem US-amerikanischen Flaggschiff *Missouri.* Und am Ende habe ich geholfen, englische Kriegsgefangene aus Japan zurückzubringen.«

Lilibet nickte. All das wusste sie in der Tat schon aus seinen Briefen, und nun stieg ein Gefühl in ihr auf, gegen das sie dann und wann schon einmal angekämpft hatte, als sie seine Schreiben beantwortet hatte. So stolz sie auch auf das war, was sie während des Krieges getan hatte – im Gegensatz zu dem, was er geleistet hatte, fühlte sich das so klein an und so nutzlos. Er hatte Leben gerettet, sie gelernt, wie man Reifen wechselt. Er hatte die ganze Welt gesehen, sie war nie weiter als bis Balmoral gekommen.

Kapitel 7

Lilibet blickte gedankenverloren aus dem Fenster, als der Chauffeur den königlichen Wagen auf das Fabrikgelände lenkte. Die Sicherheitsbeamten saßen wie üblich im Fahrzeug hinter ihr. Sie hatte sich gefreut, als ihr Vater sie gebeten hatte, die Eröffnung der Fabrik im einst so zerstörten und für seine Textilindustrie bekannten East End zu übernehmen. Zwar musste sie nach wie vor ein wenig Schüchternheit überwinden, aber sie ging gern unters Volk, vor allem, seit sie in jenen denkwürdigen Nächten am 8. Mai und am 15. August mitten unter ihnen gewesen war. Auch der Anlass bereitete ihr Freude: Eine Fabrik zu eröffnen zeigte, dass es wieder aufwärtsging, dass die Menschen wieder an ihr Land und die Zukunft glaubten.

Die Arbeiter hatten sich rechts und links der Einfahrt aufgestellt und jubelten dem Wagen zu.

Der Chauffeur parkte den Daimler vor der Eingangstür, wo der Geschäftsführer schon bereitstand, und eilte dann um den Wagen, um ihr die Tür zu öffnen. Lilibet stieg aus und wollte gerade auf den Fabrikanten zugehen, als ein vorlauter Arbeiter inmitten der Menge rief: »Prinzessin! Wo ist Philip?«

Sie zuckte zusammen und wandte sich zu der Menge um. Was sollte diese Frage? Sie war hierhergekommen, um die Fabrik zu eröffnen und das Bemühen des Unternehmers damit zu würdigen, und nicht, um über allerprivateste Angelegenheiten zu sprechen.

»Ja, Prinzessin Elizabeth«, ließ sich eine Rothaarige vernehmen, die sich in der ersten Reihe platziert hatte. »Wo ist Philip?«

Sie räusperte sich, wandte der neugierigen Menge den Rücken zu und ging mit entschlossenen Schritten auf den Fabrikbesitzer zu. »Sie müssen entschuldigen, Ihre Königliche Hoheit«, sagte der. »Es ist mir ungemein peinlich. Aber in den Zeitungen wurde schon verschiedentlich über Sie und Prinz Philip berichtet und die Leute nehmen Anteil daran. Sie freuen sich an Ihrem Glück.«

Lilibet nickte knapp. »Ich gratuliere Ihnen ganz herzlich zur Eröffnung«, sagte sie dann. »Ich werde gleich mit meiner Ansprache beginnen. Ich muss so schnell wie möglich zurück in den Palast.«

»Aber natürlich«, sagte der Fabrikant eifrig. »Bitte.«

Lilibet atmete einmal tief durch und wandte sich dann wieder zu der neugierigen Menge um.

»Ich bin hier, um Ihnen meine herzlichsten Glückwünsche zur Eröffnung zu übermitteln«, sagte sie. »Auch im Namen meines Vaters, König George VI. Es ist großartig zu sehen, wie sich unser Land wieder aus der Asche erhebt. Das ist auch mutigen Visionären wie Ihnen«, sie schenkte dem Fabrikbesitzer einen freundlichen Blick, »zu verdanken. Und fleißigen und unermüdlichen Arbeitern wie Ihnen.«

Nun blickte sie über die Menge und sagte abschließend: »Ich wünsche Ihnen und Ihrem Unternehmen alles Gute.«

Sie nickte dem Fabrikanten noch einmal freundlich zu, da hob die Menge wieder an zu rufen: »Wo ist Philip?«

Lilibet hielt es nicht mehr aus. Am liebsten hätte sie die Fabrik fluchtartig verlassen, zwang sich aber dazu, Haltung zu zeigen. Die Pflicht stand über ihrem persönlichen Wohlbefinden! Hoheitsvoll nahm sie die Schere zur Hand, die ihr ein Arbeiter auf dem Silbertablett reichte, und schnitt unter dem Jubel der Belegschaft das Band durch. Dann verabschiedete sie sich und stieg in den Wagen, der ihr wie eine rettende Insel schien. »Wo ist Philip?«, hoben die Arbeiter wieder an zu rufen, als das Fahrzeug das Gelände verließ.

Diesmal sah sie nicht hinaus, sondern blickte auf ihre ineinander verschränkten Hände in ihrem Schoß. Sie fühlte sich ganz nackt und bloß. Wie konnten die Arbeiter nur so sehr in sie dringen? Natürlich war sie es gewohnt, dass die Öffentlichkeit Anteil an ihrem Leben nahm. Aber derart privat zu werden, das war neu und das war auch … ja, es war respektlos. Wo blieb die Achtung vor der Krone, der Respekt vor ihr und ihrer Person? Hatte sie denn kein Recht auf ein eigenes Leben fernab der Öffentlichkeit?

Seit sie im April 1946 mit Philip bei einer Party im Aldwych Theatre gesehen worden war, waren die Spekulationen nicht abgerissen. Und das, obwohl Philip im Moment ja nicht einmal da war. Im April war er auf einem kanadischen Armeelastwagen nach Deutschland gefahren, um seine Schwester Sophie auf Schloss Salem zu überraschen. Die Witwe gedachte, ein zweites Mal zu heiraten, Prinz Georg von Hannover, den Bruder von Königin Frederika von Griechenland. In Kürze sollte Prinz Georg Schulleiter von Salem werden.

Anschließend wollte Philip nach Monte Carlo reisen, um dort die Geliebte seines Vaters zu treffen und abzuholen, was dieser ihm vermacht hatte. Lilibet, die zu wissen glaubte, dass Philip seinen Vater vergöttert, gleichermaßen aber auch verflucht hatte, war in ihren Gedanken in den letzten Tagen stets bei ihm gewesen. Und natürlich fragte sie sich auch, ob er seinen Schwestern auf seiner Reise nach Salem von ihr erzählt hatte. Insofern hatte sie seine Rückkehr ungeduldig erwartet, und ausgerechnet heute würde es so weit sein. Aber als Bobo sie am Abend zurechtmachte, blickte ihr keineswegs ein freudestrahlendes, sondern stattdessen ein blasses und bekümmertes Gesicht aus dem Spiegel entgegen.

Crawfie hatte sie ihren Kummer schon anvertraut, doch anders als sonst hatte die Gouvernante sie nicht wirklich zu trösten vermocht, sondern sie im Gegenteil gewarnt, dass sie mit solcherlei übergriffigem Verhalten des Volkes möglicherweise noch öfter zu rechnen hätten.

Bobo hatte ihr Werk gerade vollendet, als es nebenan klopfte und Cyril mit einem leicht missbilligenden Unterton Seine Königliche Hoheit Prinz Philip ankündigte.

Wie durch ein Wunder waren sie allein: Weder von Margaret noch von Crawfie war etwas zu sehen, und Bobo blieb im Ankleidezimmer zurück.

»Philip.«

Als er vor ihr stand und sie leicht auf die Wange küsste, war sie auf einmal sicher, dass alles gut werden würde. »Endlich«, flüsterte sie.

»Ich habe dich auch sehr vermisst«, sagte er leise und sah sie eindringlich an. Dann blickte er sich suchend um. »Haben wir das Glück, heute ganz alleine zu sein?«

Sie nickte. »Offenbar hat Crawfie gezaubert. Cyril wird gleich Tee servieren.«

Sie führte ihn zu der Sitzgruppe in ihrem in Beige- und Rosatönen gehaltenen Salon und nahm seine Hände. Dabei fiel ihr ein schwerer goldener Siegelring auf, den sie bisher noch nicht an ihm bemerkt hatte. »Von deinem Vater?«, fragte sie.

»Ja. Er hat ihn immer getragen, auch als ich noch ein kleiner

Junge war. Ich erinnere mich, als wäre es gestern gewesen. Der Ring war für mich stets eng mit meinem Vater verbunden. Und er ist es heute noch.«

»Wie wunderbar, dass du ihn nun hast. So trägst du ihn immer bei dir.«

»Ja«, murmelte er beinah verlegen und strich sich die etwas zu lange blonde Strähne aus dem Gesicht, die ihm stets in die Stirn fiel.

»Und wie war es ansonsten?«, fragte sie zaghaft. »Die Begegnung mit deiner … seiner …«

»Mit seiner Geliebten?«, fragte er rundheraus, und sie errötete leicht.

»Ja.«

»Ehrlich gesagt, haben wir uns auf Anhieb gut verstanden. Wir trafen uns in einem Café, dem *La Belle Époque* in Paris. Sie war sehr extravagant. Eine blaue Brille, sehr schick gekleidet und fühlte sich in dem Café offenbar wie zu Hause. Mike war ganz hingerissen.«

Lilibet nickte. Sie hatte Mike Parker, Philips besten Freund aus Kriegstagen, bereits kennengelernt und fand ihn durchaus sympathisch.

Philip grinste. »Wir haben Cocktails getrunken. Dann sind wir in die Wohnung gegangen, und ich habe die Sachen, die er mir vermacht hat, mitgenommen. Er hat gerecht zwischen mir und meinen Schwestern verteilt, allerdings hatte er vor allem Schulden. Siebzehntausendfünfhundert Pfund.«

»Du lieber Himmel«, sagte Lilibet erschrocken. »Das ist viel.«

»In der Tat«, gab Philip ihr recht. »Das ist dreieinhalbmal so viel, wie mein Sportwagen kostete. Und der ist schon eineinhalbmal so teuer wie ein normales Familienfahrzeug.« Philip zuckte die Achseln. »Immerhin hat er mir ein paar Anzüge vermacht.

Die sind zwar auch nicht mehr die neuesten und haben ein paar Mottenlöcher, aber sie erweitern meine Garderobe doch beträchtlich.« Wieder grinste er, und Lilibet musste an Bobos Missfallen hinsichtlich seiner Garderobe denken. Ob sie ein paar mottenzerfressene Anzüge beruhigen würden? Sie wagte es zu bezweifeln.

»Aber genug von mir«, sagte Philip. »Was ist mit dir, Liebes? Wie ist es dir ergangen?«

Gerührt und zugleich aufgeregt registrierte Lilibet, dass er sie »Liebes« genannt hatte, als er fortfuhr: »Du wirkst stiller als sonst und scheinst mir recht bedrückt.«

Sie nickte und schilderte ihm, was sich am Nachmittag zugetragen hatte. Während sie sprach, konnte sie beobachten, wie sich seine Miene verfinsterte. Die unbotmäßige Einmischung der Arbeiter schien ihn ebenso zu empören wie sie.

Doch zu ihrer Verwunderung stieß Philip, als sie geendet hatte, hervor: »Schämst du dich meiner? Deinem armen Prinzen in den gestopften Hosen?«

Ehrlich erstaunt sah sie ihn an. »Aber natürlich nicht! Wie kommst du denn auf so etwas?«

»Wieso stört es dich dann, wenn die Leute dich nach mir fragen?«, fragte er kampfeslustig.

Lilibet war überfordert. Mit dieser Reaktion hatte sie nicht gerechnet, aber wenn sie es näher betrachtete, konnte sie sie durchaus nachvollziehen.

»Nun«, sagte sie dann langsam, »ich bin einfach der Ansicht, dass es sie nichts angeht. Ich finde es ungehörig, dass sie derart in meinem Privatleben herumschnüffeln.«

»Daran wirst du dich gewöhnen müssen, Lilibet. Du bist die Thronfolgerin. Und ich werde es mit dir tun müssen. Es wird auch immer mehr Zeitungsartikel über uns geben. Es sei denn, ich bin dir peinlich und du willst mich verstecken.«

»Natürlich nicht«, wiederholte sie. »Weshalb glaubst du das nur?«

»Nun, du bist Englands Thronfolgerin und irgendwann eine der reichsten Frauen der Welt, und ich bin ein armer, heimatloser Prinz mit gestopften Socken.«

»Als ob es darauf ankäme.«

»Es gibt Menschen, denen es darauf sehr wohl ankommt«, sagte er. »Ich merke doch, wie die Dienerschaft mich ansieht und dass sie mich nicht für würdig erachten.«

»Ach«, sagte sie. »Die Diener sind größtenteils verstaubt. In ihren Augen mache ich auch nichts richtig.«

»Und deine Eltern haben mich nicht einmal empfangen. Ich hingegen habe meiner Familie von dir erzählt.«

»Das hast du?«, rief Lilibet. »Wie waren die Reaktionen?«

»Nun«, sagte Philip, »sie freuen sich für mich, haben aber auch klargemacht, dass ich wissen muss, worauf ich mich da einlasse.«

»Und worauf lässt du dich ein?«

»Auf ein Leben voller Zwänge und Regeln.«

»Ja, das ist wohl so«, hörte sie sich sagen, und während sie sprach, dachte sie mit einer gewissen Verwunderung über die Wendung nach, die dieses Gespräch genommen hatte. Sie unterhielten sich, als seien sie verlobt! Im Kontext sagte ihr Philip, auch wenn er es nicht aussprach, wie ernst die Absichten waren, die er mit ihr hatte. Ihr Herz schlug schneller.

»Meine Eltern wissen sehr wohl von dir«, stellte sie richtig. »Und das weißt du auch. Sonst wärst du gar nicht hier.«

»Aber sie haben mich noch nicht empfangen, seit ich wieder zurück bin.«

»Mein Vater ist der König!«

»Ja«, sagte er. »Ja, natürlich.«

Aufmerksam sah sie ihn an und glaubte zu wissen, was in ihm vorging. Gerade weil er ihr seine ernsten Absichten ja nun deutlich gemacht hatte, fühlte er sich unzulänglich und an den Rand geschoben.

»Ich habe eine Idee«, stieß sie hervor.

»Und die wäre?«

»Am 29. Mai 1946 heiratet meine neue Hofdame Jean Gibbs meinen Cousin Andrew Elphinstone. Es wäre mir eine Ehre, wenn du mich zu der Hochzeit begleiten würdest.«

Beinahe erstaunt sah er sie an, und zugleich lag in seinem Blick so viel Dankbarkeit, dass ihr das Herz aufging.

»Damit erregen wir aber umso mehr die Aufmerksamkeit der Öffentlichkeit.«

Sie zuckte die Achseln. »Das ist dann eben so.« Lächelnd fügte sie hinzu: »Ich schäme mich deiner ja nicht.«

Überrascht stellte sie fest, dass ihr der Gedanke an das öffentliche Interesse auch gar nicht mehr so schrecklich unangenehm war wie zuvor. Und auf einmal wusste sie, warum sie die vielen Fragen so getroffen, warum sie sich so bloßgestellt gefühlt hatte. Es war nicht nur die Tatsache, dass die Menschen mit ihren Fragereien ihre Privatsphäre missachteten. Es war viel mehr. »Wo ist Philip?« bedeutete ja eigentlich: »Wie steht es um Ihre Beziehung mit Philip?«, und das hatte sie bis jetzt auch nicht so recht gewusst. Schließlich war er eine lange Zeit fort gewesen, hatte vielleicht wieder andere Frauen getroffen, die schöner als sie waren und aufregender und nicht die Bürde der Krone mit sich brachten. Was, wenn er keine ernsten Absichten hatte und sie vor aller Augen blamiert wäre?

Nun, diese Zweifel waren zerstreut. Mehr noch: Lilibet wusste jetzt, dass ihn genau dieselben Unsicherheiten umtrieben wie sie selbst. Und das machte ihr ungeheuer Mut.

Kapitel 8

Es klopfte.

»Ja, bitte?«, rief Lilibet, die gerade einen Brief verfasst hatte und an ihrem Sekretär saß.

Cyril trat ein, in seiner Rechten balancierte er ein Silbertablett, auf dem ein Umschlag lag.

»Eine Nachricht von Ihrer Majestät, der Königin«, verkündete er mit heiligem Ernst.

»Danke«, erwiderte sie. »Bitte, warten Sie einen Moment.« Sie schlitzte das Kuvert auf. Auf dem Bogen, den sie dem Umschlag entnahm, standen nur wenige Worte. Ihre Mutter bat sie zu einem Gespräch in ihr privates Wohnzimmer.

Lilibet kritzelte eine Antwort, steckte sie ihrerseits in einen Umschlag und bat Cyril, ihrer Mutter ihre Antwort zu überbringen. Als er fort war, legte sie den Brief, an dem sie geschrieben hatte, in die Schublade ihres Sekretärs, erhob sich, strich sich den Rock glatt und machte sich auf den Weg zu den Räumlichkeiten ihrer Eltern.

Ihre Mutter saß auf dem Sofa in ihrem Wohnzimmer und sah ihr erwartungsvoll entgegen.

»Mami.« Lilibet knickste und küsste sie dann auf die Wange.

»Lilibet.« Die Königin deutete auf das Sofa, das dem ihren gegenüberstand. »Setz dich doch.«

Lilibet tat wie ihr geheißen.

Ihre Mutter deutete auf den Brief, der auf dem Tisch lag und den sie bisher gar nicht bemerkt hatte. »Er ist von Philip.«

»Von Philip?«, fragte Lilibet überrascht. »Er schreibt dir?«

»Ja, das tut er«, antwortete Queen Elizabeth lächelnd.

Warum hatte er ihr nichts darüber gesagt, grübelte Lilibet und fragte dann: »Und was schreibt er?«

»Nun, er schreibt sehr nett und entschuldigt sich für die«, sie nahm den Brief in die Hand, um zu zitieren, »monumentale Frechheit, mich selbst in den Palast eingeladen zu haben.«

Lilibet lachte. Diese Worte waren ganz nach Philip. »Und weiter?«, fragte sie.

»Nun«, erwiderte ihre Mutter, »er teilt mir mit, er sei zwar sehr zerknirscht, doch sei da eine kleine Stimme in seinem Innern, die ihm immer zuflüstere, wer nichts wagt, der nichts gewinnt. Also habe er es gewagt und durchaus gewonnen, nämlich eine wunderbare Zeit mit dir.«

»Wie … wundervoll«, brachte Lilibet gerührt hervor.

Ihre Mutter legte den Brief wieder auf den Tisch und sandte ihrer Tochter einen bedeutungsvollen Blick.

»Es scheint euch ernst miteinander zu sein.«

»Nun«, murmelte Lilibet verlegen. »Wir haben noch nicht *darüber* gesprochen.«

»Das solltet ihr auch noch nicht«, erklärte die Königin. »Ich mag Philip, wir kennen ihn ja nun auch schon sehr lange. Aber wir müssen handeln. In der Dienerschaft wird schon geredet. Crawfie berichtete mir, einer der älteren Diener habe zu ihr gesagt: Wenn es keine Verlobung geben soll, sollte der Junge nicht so viel in der Nähe sein. Es wird schon zu viel geredet und spekuliert.«

Lilibet nickte.

»Ich hielte es für eine gute Idee, ihn nach Balmoral einzuladen.«

»Das wäre wundervoll«, rief Lilibet.

»Dann will ich ihm schreiben und ihn einladen. Bevor ich das tue, sollst du aber wissen, dass es nicht einfach wird.«

»Das weiß ich.«

»Wirklich?«, fragte ihre Mutter. »Bist du dir über alle Details bewusst?«

»Ich weiß es nicht«, sagte Lilibet. »Ich hoffe.«

»Nun, es beginnt damit, dass er ein ausländischer Prinz ist. Er hat noch nicht einmal die englische Staatsbürgerschaft.«

»Die kann er ja bekommen«, hielt Lilibet dagegen.

»Das könnte er wohl«, entgegnete ihre Mutter ruhig. »Nur darfst du die Situation in Griechenland nicht außer Acht lassen. Philip ist ein griechischer Prinz, und die Lage in Griechenland ist äußerst angespannt. Wie du weißt, ist König Georg, sein Cousin, gerade erst aus dem Exil zurückgekehrt. Er will nun wieder auf den Thron. Es wäre der Situation in Griechenland nicht unbedingt dienlich, wenn sein Cousin ausgerechnet jetzt die griechische Staatsbürgerschaft ablegen und auf seinen Titel verzichten würde. Zumal in Griechenland unsere Truppen stationiert sind und die Kommunisten immer noch viel Zulauf haben.«

Lilibet seufzte. Warum war das alles nur so kompliziert? Weshalb musste ihre Liebe Einfluss auf die Weltpolitik haben? Konnten sie nicht nur einfach ein Mann und eine Frau sein, die zusammen sein wollten?

»Hinzu kommt seine deutsche Verwandtschaft«, fuhr ihre Mutter fort. »Hitler hat die ganze Welt in ein endloses Verderben gestürzt, auch unser Land, wie du weißt.«

»Immerhin haben sie den deutschen Namen seines Großvaters Battenberg ja schon nach dem ersten Krieg ins Englische übersetzt und ihn Mountbatten genannt«, ließ sich Lilibet halbherzig vernehmen.

Doch ihre Mutter schüttelte den Kopf. »Es ist nicht nur seine deutsche Herkunft, sondern auch die Tatsache, dass seine Schwestern allesamt mit ranghohen Offizieren des Nationalsozialismus verheiratet waren.«

»Das ist alles nicht sonderlich ermutigend«, murmelte Lilibet. »Selbst wenn ich um all das natürlich wusste.«

»Es liegt mir fern, dich zu entmutigen«, versicherte die Königin. »Ich will nur, dass du vorbereitet bist und weißt, was auf dich und euch zukommen kann.«

»Danke, Mutter. Darf ich ihm heute Abend sagen, dass wir ihn nach Balmoral einladen?«

»Nein«, sagte Elizabeth. »Nein, das werde ich tun.«

*

Nervös blickte Lilibet einige Wochen später, während sie sich mit ihrem alten Freund Porchey unterhielt, immer wieder zur Tür. Wann würde er endlich kommen? Sie hatte das Gefühl, nie in ihrem Leben so aufgeregt und so angespannt gewesen zu sein. Dieser Zustand galt aber nicht dem Umstand, dass sie Philip gleich sehen würde – auch wenn sie der Gedanke an ihn natürlich in Aufruhr versetzte. Nein, sie hatte Angst, ob alles gut gehen würde. Philip war unkonventionell, was sie durchaus charmant fand, bildete er doch einen enormen Gegenpol zu ihrem eher stillen, scheuen, ruhigen und stets korrekten Wesen. Aber sie wusste, dass die Tatsache, dass er sich nicht um Etikette und Benimm scherte, durchaus für Empörung sorgte. Sie hatte Angst vor einer Eskalation, zumal ihr Vater großen Wert auf Tradition und Etikette legte.

Da war er endlich. Stand in der Tür, als wäre er hier zu Hause, und sofort wandte sich ihm alle Aufmerksamkeit zu. Philip hatte etwas Raumgreifendes, zog sie alle in seinen Bann. Sie starrte ihn an.

Er trug einen Smoking, der schon bessere Tage gesehen hatte und von dem Lilibet vermutete, dass er aus der Erbschaft seines Vaters stammte. Er schenkte Lilibet ein fast unmerkliches Lächeln und ging dann auf ihre Eltern zu, verbeugte sich vor dem König, bedachte die Königin mit einem Handkuss und sagte: »Nochmals danke für die Einladung. Ich freue mich sehr auf meine Zeit hier auf Balmoral.«

Während Elizabeth sich zu einem Lächeln herabließ, verzog Bertie keine Miene. »Sie tragen ja nicht mal einen Kilt«, schnauzte er. »Und der Smoking sitzt auch nicht richtig.«

In Lilibets Magen zog sich etwas zusammen. Wie konnte ihr Vater ihren Gast nur derart harsch angehen! Es war ihr entsetzlich peinlich. Doch Philip wusste sich zu wehren. Hoch erhobenen Hauptes sagte er: »Bedaure, Sir, aber ich besitze keinen Kilt. Und den Smoking habe ich von meinem verstorbenen Vater geerbt.«

»Nun«, murmelte der König. »Ich hoffe, Sie sind wenigstens für die Jagd morgen ausgerüstet.«

»Ich fürchte nein, Sir«, erwiderte Philip. »Ich bin begeisterter Kricketspieler. Aber ich jage nicht.«

Der König schnappte nach Luft, und Lilibet spürte Wut in sich aufsteigen. Ihr Vater wusste das doch alles! Warum führte er Philip so vor? Sie fürchtete, dass die Lage eskalieren würde. Denn sie wusste: Philip würde sich nicht beleidigen lassen, nicht einmal vom König. Und wie anhand der zornesroten Gesichtsfarbe Berties zu befürchten war, stand von dieser Seite ein unangenehmer Wutanfall bevor. Bertie war zwar die meiste Zeit über eher still, manchmal entlud sich seine Unsicherheit aber auch in einem Zornesausbruch. Dann brüllte er sein Gegenüber an und schäumte regelrecht vor Wut.

»Entschuldige mich«, sagte sie zu Porchey. Dann trat sie entschlossen vor und auf Philip zu.

»Philip. Wie schön.«

Sie ließ sich von ihm zuerst die Hand und dann die Wange küssen. Wie gut er roch!

»Hattest du eine gute Anreise?«, fragte sie ihn leise, nachdem es ihr gelungen war, ihn zur Seite zu lotsen und ein ungestörtes Gespräch mit ihm zu beginnen.

»Ja«, sagte er. »Aber ein ungemütlicher Kasten ist das hier ja schon. Endlose, muffelige Gänge und ein noch muffeligerer Diener.«

Sie lachte leise. »Man hat dir Ewan zugewiesen?«

Er nickte. »Und der war sichtlich pikiert über meine schäbige Garderobe. Er hat mir sogar angeboten, meine löchrigen Schuhe zum Schuster zu bringen.«

Sie lachte. »Lass ihn doch. Dann hat er was zu tun und du heile Schuhe. Wenn es löchrige Socken wären, könnte ich selbst Abhilfe schaffen und dir welche stricken.«

»Ein verlockendes Angebot. Socken von Englands Thronfolgerin. Aber meine Socken stopft mein Londoner Diener mit großer Begeisterung.«

»Leider kein Alleinstellungsmerkmal für dich«, scherzte sie. »Ich weiß nicht, wie viele Socken ich im Krieg in der Einsamkeit von Windsor Castle für die Soldaten gestrickt habe.«

Sie lächelte ihm zu. Die Befangenheit, die sie ihm gegenüber fühlte, war keineswegs verflogen, dazu war sie viel zu schüchtern. Gleichzeitig aber bemerkte sie, dass sich seine lockere und unkomplizierte Art auch auf sie übertrug.

»Gibt es bald Essen?«, fragte er hoffnungsfroh. »Ich habe Hunger.«

»Gibt es«, sagte sie. »Aber ich muss dich warnen: Sonderlich viel Abwechslung haben wir nicht. Hier auf Balmoral ist alles immer gleich. Der Tagesablauf, das Essen …«

»Was gibt es denn immer zu essen?«, fragte er.

»Moorhuhn«, verkündete sie. »Das gibt es hier haufenweise. Und nach dem Essen wirst du in den Genuss von Dudelsackspielern kommen, die wieder und wieder den Tisch umrunden.«

Philip verzog das Gesicht. »Nun ja, das Moorhuhn macht die Dudelsackspieler sicherlich erträglicher. Und danach habe ich Gelegenheit, mit dir alleine zu sein?«

Verwundert sah sie ihn an. »Natürlich nicht«, beschied sie ihm. »Danach spielen wir Scharade. Und Verstecken. Und morgen früh geht's zur Jagd.«

»Na, das verspricht ja ein sehr vergnüglicher Aufenthalt zu werden. Was zieht man denn zur Jagd an? Nicht, dass ich viel Auswahl hätte.«

»Plus Four«, sagte sie.

»Nun«, erwiderte er. »Ich werde mich mit meinen Flanellhosen begnügen müssen.«

*

Lilibet sah Philip erst am nächsten Tag nach der Jagd wieder. Doch die Kunde seines großen Erfolgs eilte ihm voraus. Obwohl in der Jagd absolut unerfahren, war es Philip gelungen, einen Hirsch zu erlegen. Jagdhüter Murdoch, der ihn begleitet hatte, war offenbar voll des Lobes. Lilibet wusste, dass ein guter Jäger für ihren Vater fast schon gleichbedeutend mit einem guten Mensch war, und sie hoffte, dass er Philip damit seine Flanellhosen, überhaupt seine unkorrekte Garderobe, verzeihen würde. In der Tat: Als Philip mit zerzaustem Haar, aber geröteten Wangen im Salon erschien, wo die Dienerschaft traditionell Scones, schottischen Bannock-Kuchen und heiße Würstchen im Blätterteig servierte, brandete lauter Applaus auf, und König George eilte auf den Galan seiner Tochter zu, um ihm zu dessen Jagdgeschick zu applaudieren.

Lilibet tauschte ein Lächeln mit Margaret, die ihr in den letzten Wochen immer mehr zur Vertrauten geworden war, auch wenn sie die wirklichen Herzensangelegenheiten natürlich nicht mit der sehr viel Jüngeren besprechen konnte. Na also. Das entwickelte sich alles ganz hervorragend.

In diesem Moment bemerkte sie ihren Onkel David Bowes-Lyon, den Lieblingsbruder ihrer Mutter, der sie auch am VE-Day durch London begleitet hatte. Er beobachtete Philip, und in seinem Blick lag so viel Abschätzigkeit und Missachtung, dass Elizabeth ganz kalt wurde.

Kapitel 9

»Endlich haben wir die Gelegenheit, ein wenig miteinander allein zu sein«, sagte Philip lächelnd.

Lilibet nickte. »Ja, das Leben auf Balmoral ist sehr gesellig.«

»Zu gesellig für meinen Geschmack.«

Sie lachte. »Nun, du stehst nicht gerade in dem Ruf, ungesellig zu sein.«

»Das sicher nicht«, gab er ihr recht. »Aber ich würde der Geselligkeit immer die Zweisamkeit mit dir vorziehen. Vor allem, wenn es so wichtige Dinge zu besprechen gibt.«

Ihr Herzschlag beschleunigte sich. Es war Sonntag, der 11. August 1946, und Philip hatte sie zu einem Abendspaziergang eingeladen. Natürlich hatten sie einen Anstandswauwau dabei. Im wahrsten Sinne des Wortes. Susan begleitete sie. Das war obligatorisch.

Wichtige Dinge besprechen. War es das, wonach es klang?

Inzwischen hatten sie den kleinen Teich erreicht, der auf einem der umliegenden Hügel lag. Es war einer von Lilibets Lieblingsplätzen auf Balmoral, und wie von selbst hatte sie ihre Schritte dorthin gelenkt.

Philip blieb stehen. Sie spürte, dass er sie ansah. Auf einmal wieder ungemein befangen, starrte sie auf den See. Wie wunderbar die Sonne in ihm reflektierte.

»Lilibet«, sagte er an ihrer Seite, und es klang ungewohnt rau.

»Ja?« Immer noch starrte sie auf das Wasser. »Lilibet, sieh mich an.«

Endlich wandte sie den Kopf. Sah die Liebe in seinen Augen.

»Lilibet.« Und dann kniete er vor ihr nieder.

»Elizabeth Alexandra Mary Windsor, möchtest du meine Frau werden?«

Lilibet strahlte. »Ja«, sagte sie. »Von ganzem Herzen ja.«

Anschließend saßen sie lange da, dicht beieinander auf einer glatt gespülten Wurzel, und blickten über die Wasserfläche.

»Hast du meinen Vater schon um Erlaubnis gebeten?«, fragte sie.

Er seufzte. »Ja, das habe ich.«

Erschrocken hob sie den Kopf von seiner Schulter und sah ihn prüfend an. »Das klingt nicht so, als sei er sonderlich erfreut gewesen?«

»Nun, er hat nicht rundweg abgelehnt, aber er hat mich gebeten zu warten. Die schwierige außenpolitische Lage, die Tatsache, dass ich ein ausländischer Prinz bin. Und du seist noch so jung.«

Sie seufzte. »Ich kenne die Argumente.«

Er griff nach ihrer Hand. »Aber ich kann nicht mehr warten, Lilibet, das wäre Folter.«

»Nein«, sagte sie. »Das können wir nicht. Aber tatsächlich kann er es uns verweigern. Noch.«

»Dabei bist du doch bereits volljährig«, stellte er fest.

»Das schon. Tatsächlich muss er unserer Hochzeit aber auch nicht als mein Vater zustimmen, sondern als König. Und zwar bis ich fünfundzwanzig Jahre alt bin.«

»Weil du die Thronfolgerin bist«, vermutete er.

»Nicht nur«, erwiderte sie. »Auch meine Schwester bräuchte

die Erlaubnis. Der Royal Marriages Act von 1772 sieht das so vor.«

»Was hat es mit diesem absurden Gesetz auf sich?«

»Nun«, setzte Lilibet an, »das Gesetz erklärt jede Heirat für ungültig, die Mitglieder des Königshauses, bevor sie das 25. Lebensjahr vollendet haben, ohne Zustimmung des Monarchen eingehen.«

»Und wieso wurde es erlassen?«

»Georg III. war mit der Wahl seines Bruders Prinz Henry, Herzog von Cumberland und Strathearn, die bürgerliche Witwe Anne Horten zur Frau zu nehmen, nicht einverstanden. Er hat sie zwar trotzdem geheiratet, doch der König hat im Anschluss an die von ihm unerwünschte Ehe das Gesetz erlassen.« Nachdem sie diese Worte ausgesprochen hatte, war Lilibet mit einem Mal ganz bang zumute. Dabei war sie doch wenige Minuten zuvor noch so glücklich gewesen. »Was, wenn er es uns wirklich so lange verweigert?«

»Das wird er nicht«, versicherte Philip finster. »Dafür werde ich sorgen. Lass uns umkehren. Ich werde gleich mit ihm sprechen.«

*

»Ach, Bobo, es war so wunderbar. Ich habe ihm die Arme um den Hals geschlungen und ihn geküsst, er hat mich an sich gedrückt und hochgehoben«, sprudelte eine überglückliche Lilibet später am Abend hervor, als ihre Zofe sie für das Dinner zurechtmachte. Obwohl sie die Tatsache, dass Philip zur Stunde mit ihrem Vater sprach, sehr verunsicherte, konnte es ihre Freude über Philips Antrag nur leicht trüben. Er liebte sie! Er wollte sie heiraten! Nur darauf kam es an. Alles andere würde sich fügen.

»Dann haben Sie angenommen?«

Verwundert sah Lilibet die andere im Spiegel an. »Aber natürlich habe ich das, Bobo. Ich liebe ihn. Selbst wenn er für Ihren Geschmack nicht gut genug gekleidet ist. Aber wenn wir erst verheiratet sind, dann hat er einen Kammerdiener, und der wird schon dafür sorgen, dass er sich anständig kleidet. Ach, Bobo, nun freuen Sie sich doch für mich.«

»Ich freue mich für Sie, wirklich«, beteuerte die Zofe. »Dann werden wir uns heute wohl noch mehr Mühe mit Ihrem Aussehen geben. Bei so einem Anlass. Was sagt denn Seine Majestät dazu?«

Bevor Lilibet antworten konnte, klopfte es an der Tür.

»Seine Majestät wünscht Sie zu sehen«, verkündete Cyril, überreichte ihr die Botschaft parallel aber auch schriftlich in dem obligatorischen Briefchen auf dem obligatorischen Silbertablett, dem üblichen Weg, auf dem sich die Royals Nachrichten von einem Zimmer zum anderen sandten. Er wirkte dabei, als würde er einen Kriegsausbruch verkünden. Zum Glück neigte Cyril stets zur Dramatik, sonst hätte sie das als böses Omen gesehen, dachte Lilibet.

Wohl war ihr dennoch nicht, als sie durch die langen, dunklen Gänge in Richtung der Räumlichkeiten ihres Vaters ging. Ein Diener öffnete ihr die Tür, und sie trat ein.

Ein wütender König George saß hinter seinem Schreibtisch und sah ihr verärgert entgegen.

»Ph… Ph… Philip ha… hat mir soeben erklärt, da… da… dass ihr zu heiraten gedenkt, o… o… obwohl ich i… i… ihm deutlich machte, ihr so… solltet noch warten«, stieß er hervor.

Lilibet, die Platz genommen hatte, sank in sich zusammen.

Dass er in ihrer Gegenwart derart stark stotterte, zeigte, wie nah ihm die ganze Angelegenheit ging.

Ruhig und besonnen, wie das ihre Art war, half Königin Elizabeth, die auf einem der seitlich des Schreibtisches platzierten Stühle saß, ihrem Gatten über die schwere Situation hinweg.

»Lilibet«, sagte sie. »Wie du weißt, muss der König dieser Hochzeit zustimmen.«

»Ja«, sagte sie. »Ja, das weiß ich.« Ihr Herz krampfte sich zusammen. Was, wenn der Vater seine Zustimmung tatsächlich verweigern würde?

George hatte sich inzwischen wieder so weit gefasst, dass es ihm gelang, ruhig und ohne jedes Stottern fortzufahren. »Wir werden uns deiner Hochzeit mit Prinz Philip nicht in den Weg stellen«, setzte er zu Lilibets unendlicher Erleichterung an. »Aber ihr werdet noch niemandem von euren Plänen erzählen. Deine Mutter und ich haben es euch noch nicht gesagt, aber wir reisen im Februar alle zusammen nach Südafrika. Danach könnt ihr die Verlobung bekannt geben.«

Lilibet schnappte nach Luft. Das waren zu viele ungeheure Informationen auf einmal. Sie würden zustimmen! Aber: Südafrika! Warum? Und … »Wie lange?«

»Drei Monate«, sagte der König.

Drei Monate. Rasch begann Lilibet zu rechnen. Drei Monate. Das bedeutete eine Rückkehr im Mai oder Juni nächsten Jahres. Jetzt war August.

»Das ist ein Dreivierteljahr«, sagte sie enttäuscht. Philip würde nicht begeistert sein. Und sie war es auch nicht.

»Sieh es so, Liebes«, versuchte ihre Mutter ihr Mut zuzusprechen. »Dadurch habt ihr die Gelegenheit, eure Liebe noch einmal auf den Prüfstand zu stellen. Schließlich geht ihr einen Bund für das ganze Leben ein, ohne die Möglichkeit einer Scheidung.«

Wie paradox das war, dachte Lilibet, in den Stunden nach der Verlobung schon von Scheidung zu sprechen. Doch sie verstand ihre Eltern. Sie wusste um die Pflicht, die die Krone mit sich brachte. Dennoch konnte sie sich des Gefühls nicht erwehren, dass ihre Eltern diese Südafrika-Reise gerade erst ersonnen hatten, um sie und Philip auseinanderzubringen.

»Weiß er es schon?«, fragte sie ihren Vater. »Kennt er eure Haltung und eure Pläne?«

Der König nickte. »Er war nicht begeistert, musste es aber letzten Endes akzeptieren.«

Es letzten Endes akzeptieren, dachte Elizabeth. Eine andere Wahl würde ihr auch nicht bleiben.

Bedrückt stand sie auf.

»Papa, Mami«, sagte sie und verabschiedete sich dann mit einem Nicken. Sie würde sich jetzt auf die Suche nach Philip machen.

Kapitel 10

»Dieser Schnee ist wirklich unglaublich«, sagte Lilibet, als sie aus ihrem Appartement im Buckingham Palace auf die Mall hinaussah.

»Allerdings«, bemerkte Margaret naserümpfend. »Zum Glück können wir diesem scheußlichen Wetter bald entfliehen. In Südafrika scheint die Sonne.«

Sie hob beide Hände gen Himmel und drehte sich einmal um sich selbst.

Lilibet lächelte traurig. Für ihre kleine Schwester war die Südafrika-Reise das Ziel all ihrer Träume und Wünsche. Drei Monate würde sie keinen Unterricht haben – weshalb Crawfie zu ihrem großen Bedauern nicht mitreisen würde, wie ihre Eltern nach langem Hin und Her endlich mitgeteilt hatten. Zudem hatten die Prinzessinnen Markenzuteilungen bekommen, um sich neu auszustatten – man würde aufgrund der vielen Klimazonen, durch die die Reise führte, zahlreiche Kleider mitnehmen müssen. Und erstmals hatte Margaret selbst mitreden dürfen bei der Auswahl ihrer Garderobe. Und sie hatte sich nicht lumpen lassen. Besonders stolz war sie auf den Wollmantel in knalligem Pink, den sie zu einem Hut mit zwei Federn trug. Die Prinzessin wurde zur Trendsetterin, unzählige Mädchen, die einen Fetzen pinkfarbenen Stoffes ergattern konnten, taten es ihr nach, Pink dominierte fortan das Londoner Straßenbild.

Doch Lilibet war weit davon entfernt, die Stimmung ihrer Schwester zu teilen. Sie war einfach nur traurig. Der bevorstehende Abschied von Philip lastete gar zu schwer auf ihrer Seele, zumal er derzeit nicht in London weilte und ihre Eltern es ohnehin nicht gern sahen, wenn sie sich trafen. Man dürfe die Gerüchte nicht schüren, begründeten sie. Immerhin, sie telefonierten jeden Abend, und diese Anrufe waren der Höhepunkt ihres jeweiligen Tages.

Wieder sah sie hinaus. War die schneeweiße Winterlandschaft anfangs noch schön und romantisch gewesen, so war sie nun eher beunruhigend. Für Lilibet, für ihren Vater, für das ganze Land. Großbritannien versank im Schnee. Die Zeitungen brachten Bilder von Zügen, die in den weißen Massen stecken blieben. Und es herrschte bittere Kälte, das ganze Land schien eingefroren zu sein.

*

»Darf ich dich etwas fragen, Papa?«, begann Lilibet, als sie am Abend zu einem intimen Dinner, nur sie, ihre Schwester und ihre Eltern, beisammensaßen.

»Solange du nicht fragst, ob deine Verlobung mit Philip doch noch vor unserer Reise bekannt gegeben werden kann, oder von mir verlangst, dass er uns begleiten darf, ja«, sagte der König halb im Scherz.

»Nichts dergleichen«, ging Lilibet nicht auf seinen leichten Tonfall ein. »Aber hältst du es wirklich für klug, ausgerechnet jetzt das Land zu verlassen? Es hört ja einfach nicht auf zu schneien. Die Zeitungen berichten davon, dass die Menschen furchtbar frieren und hungern. Viele haben keinen Strom, Fabriken schließen. Weil die Eisenbahnen im Schnee stecken bleiben, gibt es in Teilen des Landes keine Versorgung mehr für die Bevölkerung. Würde es dem Königshaus da wirklich gut anstehen, in den Süden zu fahren? Sähe das nicht so aus, als würden wir, die wir es uns leisten können, der Kälte entfliehen?«

Der König legte seine Gabel beiseite und sah seine Tochter stirnrunzelnd an. »Ich muss sagen, Lilibet, du hast ein gutes Gespür. Genau das, was du als künftige Monarchin brauchst.«

»Was bedeutet das konkret?«

»Es hat eine Umfrage gegeben«, mischte sich die Königin ins Gespräch. »Zweiunddreißig Prozent der Bürger finden die Reise zum jetzigen Zeitpunkt verkehrt.«

»Dann ist doch aber die Mehrheit dafür?«, kombinierte Margaret, doch der König schüttelte den Kopf.

»Nur neunundzwanzig Prozent sind positiv gestimmt.«

»Und alle anderen?«, fragte Lilibet.

»Haben keine Meinung«

Sie nickte. So oder so: Das Land war gespalten.

»Dein Vater hat sich dazu heute Morgen ausführlich mit Tommy Lascelles unterhalten, und er hat genau die Gründe für die Umfrage genannt, die du nun auch anführst«, fuhr die Königin fort.

»Das heißt, wir fahren nicht?«, rief Margaret enttäuscht.

»Doch, wir fahren«, erwiderte der König, und die leise Hoffnung, die sich in Lilibet ausgebreitet hatte, zerbarst in tausend Stücke.

Enttäuscht sah sie ihren Vater an. »Aber würde das der Krone in der derzeitigen Situation nicht schaden?«

Er schüttelte den Kopf. »Für die Krone müssen wir fahren. Wir regieren nicht nur ein Land, sondern ein Commonwealth. Die Menschen dort haben auch ein Anrecht darauf, ihren König und seine Familie zu sehen. Während der Kriegsjahre war es uns nicht möglich, dorthin zu reisen. Es ist unsere Pflicht ihnen gegenüber, auch wegen allem, was sie im Krieg für uns getan haben. Schließlich haben sie uns sowohl mit Soldaten als auch mit Material unterstützt. Sie haben unseren Dank und unsere Anerkennung verdient.«

Lilibet nickte. »Ich verstehe.«

Während die Familie sich wieder ihrer Mahlzeit widmete, blickte die Thronfolgerin erneut hinaus. Sie verstand die Beweggründe ihres Vaters und hielt sie für richtig. Auch wenn sie sie bedauerte. Eine abgesagte Reise wäre ihr angesichts ihrer Situation mit Philip wie ein Segen erschienen. Aber die Krone kam immer zuerst. Natürlich tat sie das. Private Befindlichkeiten mussten hintangestellt werden. Ihr Onkel David hatte ja vorgemacht, was passierte, wenn man seine privaten Bedürfnisse über die der Krone stellte. Sein egoistisches Verhalten hätte die Monarchie fast zu Fall gebracht. Mit ihr als Thronfolgerin würde so etwas niemals passieren. Und mit ihr als Monarchin schon gar nicht.

Damit schob sie jeden Gedanken an Philip endgültig fort. Das würde warten müssen.

»Aus persönlichen Gründen bin ich sehr froh, dass wir die Reise nicht absagen müssen und dass sich unsere privaten Pläne mit dem, was für die Krone gut ist, vereinbaren lassen«, sagte Bertie just in diesem Moment.

Fragend sah sie ihn an. Meinte er damit, dass es ihm sehr gut passte, sie damit eine Weile von Philip fernhalten zu können und die Verlobung hinauszuzögern?

Doch ihr Vater lächelte sie nur liebevoll an und sagte: »Weißt du, Lilibet, mir bedeutet diese Reise sehr viel. Nur wir vier und ein paar Diener. Zumal wir noch nie mit euch eine weitere Reise gemacht haben.«

Lilibet lächelte zärtlich. »Us four« war ihrem Vater immer heilig gewesen, seine kleine harmonische Welt. Jetzt verstand sie, warum ihm die Reise so wichtig war. Es mochte Zufall sein oder nicht, dass sie ausgerechnet direkt nach ihrer Verlobung mit Philip angekündigt worden war. Aber es wäre zugleich eine Abschiedsreise von »us four«. Sosehr sie sich auch lieben mochten, ab dem Moment ihrer Heirat mit Philip würde es »us four« in dieser Form nicht mehr geben.

»Ich verstehe dich, Papa«, sagte sie. »Aus tiefstem Herzen.«

*

Bis zur Abreise der königlichen Familie hatte sich die Situation nicht entspannt. Im Gegenteil. Inzwischen war bekannt, dass es sich bei diesem Winter um den härtesten handelte, den es in Europa jemals gegeben hatte. »Seit 1883 hat man nicht mehr solche Tiefsttemperaturen gemessen«, sagte Crawfie, als sie neben Lilibet und Margaret ins Erdgeschoss hinunterging. Im Bow Room des Palastes sollte die königliche Familie nun traditionsgemäß von der Dienerschaft verabschiedet werden.

»Ich habe gelesen, dass sogar die Niagarafälle zugefroren sind«, bemerkte Lilibet.

Inzwischen hatten sie den 1844 umgebauten, in Rot- und Goldtönen gehaltenen Bow Room erreicht, und Elizabeth blickte durch das große Fenster in die Palastgärten hinaus. Obwohl die Dienerschaft rund um den Palast den Schnee räumte, hatte sich schon wieder eine kniehohe Schneedecke gebildet.

»Ich muss sagen, ich beneide euch, dass ihr jetzt ins Warme fahrt.«

»Ach, Crawfie, könnten Sie doch mitkommen«, rief Margaret und warf sich ihrer Gouvernante an den Hals. »Ohne Sie wird es ganz schrecklich werden.«

»Es wird wunderbar werden, mit mir und ohne mich«, tröstete die Ältere. »Und ich bin ja immerhin im Geiste mit Ihnen gereist, schließlich haben wir uns auf der Karte genau angesehen, wohin ihr reisen werdet.«

Lilibet beobachtete die Szene nachdenklich. Auch ihr fiel es schwer, ohne die Vertraute zu fahren. Erst vor Kurzem hatten ihre Eltern endgültig festgelegt, welche zehn Diener sie begleiten sollten. Crawfie hatte nicht dazugehört. Dafür war Peter Townsend als Stallmeister mit an Bord. Lilibet bedauerte im Stillen dessen Frau Rosemary, die bei dieser eisigen Kälte mit ihren Söhnen allein zurückbleiben musste. Dass Crawfie nicht mitfuhr, traf Lilibet hart, aber ihre Mutter hatte sich nicht erweichen lassen.

Die Prinzessinnen, vor allem Margaret, die noch unterrichtet wurde, seien während der Reise so abgelenkt und hätten so viele Eindrücke, dass man ohnehin nicht zum Unterrichten kommen werde. Plötzlich war die junge Thronfolgerin mit Sorge um die Zukunft ihrer Gouvernante erfüllt. Wie würde es für sie weitergehen, wenn Margaret eines nicht allzu fernen Tages ebenfalls das Erwachsenenalter erreicht hätte?

Im nächsten Moment kamen der König und die Königin herein. Bertie trug seine Marine-Uniform, und Lilibet bemerkte besorgt, wie erschöpft er wirkte. Ihre Mutter war in ein blaues Kostüm mit Mantel gekleidet. Die Dienerschaft versank in Knicksen, dann war die Stunde des Abschieds endgültig gekommen.

In Margarets Augen blitzten Tränen, als sie die Hand ihrer Gouvernante ergriff. »Schreiben Sie mir oft, Crawfie«, bat sie. »Wir erwarten von Ihnen Neuigkeiten über die Hunde und Pferde.«

Nachdenklich sah Lilibet ihre Schwester an. Ob sie hinsichtlich Crawfie die gleichen Sorgen umtrieben wie sie selbst?

Kapitel 11

Lilibet stand zwischen ihrer Mutter und Margaret an Deck der *HMS Vanguard* und blickte trübe über das Hafengelände, wo sich neugierige Bürger und die Presse drängten, um noch einen letzten Blick auf die Abreisenden zu werfen, ein letztes Foto, ein letzter Gruß. Nur der, den sie gerne gesehen hätte, der, nach dem sie sich so sehnte, war nicht mit dabei. Philip. Zwar hatten die Mountbattens Lilibet und ihre Eltern zu einer kleinen Dinnerparty in die Chester Street 16 eingeladen, am offiziellen Abschiedsessen der Königsfamilie hatte Philip aber nicht teilnehmen dürfen, und der König hatte ihrem Liebsten auch nicht gestattet, zum Abschied in den Hafen von Waterloo zu kommen, um den ohnehin schon brodelnden Gerüchten keine neue Nahrung zu geben.

Da spürte sie, wie sich eine warme Hand in die ihre schob. Sie wandte den Kopf und blickte in das aufgeregte Gesicht ihrer Schwester. »Es tut mir leid, dass sich das mit eurer Verlobung so lange hinzieht. Aber sei nicht traurig«, sagte sie. »Bald hast du ihn wieder.«

»Ach«, seufzte Lilibet, »wenn es nur schon so weit wäre.«

»Ich finde, du solltest diese Reise als gute Gelegenheit betrachten«, verkündete Margaret.

Überrascht sah ihre Schwester sie an. »Als gute Gelegenheit?«

»Nun«, fuhr Margaret fort, »Philip ist schon in der ganzen Welt gewesen. Er hat mir mal erzählt, dass er in seiner Kindheit die Sommerferien ständig in irgendwelchen Schlössern in Europa bei irgendwelchen Verwandten verbracht hat. Weil er ja keine Eltern mehr hatte. Zumindest keine, die sich um ihn kümmerten.«

»Ja«, sagte Lilibet, die nicht wusste, worauf ihre Schwester hinauswollte. »Ja, das weiß ich. Und weiter?«

»Nun, im Krieg ist er dann auch ganz schön herumgekommen. Er war in Australien, in Südafrika, in den Staaten und in Ceylon. Du warst nie weiter als Balmoral. Das ist die Gelegenheit für dich, die Welt zu sehen. Auch ein wenig Erfahrungen zu sammeln.«

»Ja«, sagte Lilibet. »Ja, da hast du wohl recht.«

Der eisige Wind peitschte ihr grauen Eisregen ins Gesicht. Sie schlug den Mantelkragen hoch und schauderte. Dann sah sie ihre Schwester an, die in ihrem pinkfarbenen Mantel einen erfrischenden Farbtupfer in dem grauen Einheitsbrei bildete. »Danke, Margaret«, sagte sie. »Machen wir das Beste daraus.«

*

Diesen Vorsatz in die Tat umzusetzen erwies sich als schwerer, als Lilibet es erwartet hätte. Kaum war die *HMS Vanguard* in See gestochen, wurde die Thronfolgerin von schrecklicher Übelkeit heimgesucht. Es ging ihr dermaßen schlecht, dass sie in ihrem großzügigen Appartement nur im Bett liegen und an die Wand starren konnte. Selbst Philips Foto auf ihrem Nachttisch vermochte sie nicht zu trösten. Im Gegenteil, es machte sie nur noch trauriger. War Lilibet schon vor ihrer Abreise nach Südafrika in keiner guten Verfassung gewesen, so war sie jetzt nur noch ein Schatten ihrer selbst. Bobo kümmerte sich rührend um sie, auch wenn ihre Zofe ebenfalls von der Seekrankheit geplagt wurde. Einzig Margaret hüpfte wie ein Floh mit schöner Regelmäßigkeit in ihr Zimmer. »Es ist so aufregend, Lilibet«, sprudelte sie heraus. »Die Offiziere sind nicht krank, wir spielen Fangen und Federball an Deck. Und Peter ist auch dabei.«

»Peter?«

»Na, unser Stallmeister«, rief die Sechzehnjährige, und das Funkeln in ihren Augen erinnerte Lilibet an ihre eigenen Gefühle für Philip. Sie war jedoch viel zu sehr mit ihrer Übelkeit und ihrer Sehnsucht nach Philip beschäftigt, um sich weiter damit auseinandersetzen zu können.

»Federball?«, fragte sie stattdessen. »Bei dem Wind?«

»Was für ein Wind?« Margaret zog energisch an Lilibets Hand. »Es gibt gar keinen Wind mehr, keinen Schnee und keinen Regen. Du musst mitkommen, draußen ist es ganz wunderbar. Dann wird es dir auch bestimmt wieder besser gehen.«

Seufzend erhob Lilibet sich und setzte sich auf die Bettkante. Am liebsten wäre sie bis ans Ende ihrer Tage hier so liegen geblieben. Oder zumindest, bis sie Philip wiedersehen durfte.

»Ich glaube, du bist gar nicht mehr seekrank«, stellte Margaret fest. »Du bist liebeskrank.«

»Vielleicht«, seufzte Lilibet. »Jedenfalls hast du in einem recht: Ich muss langsam wieder aufstehen. Bitte schick Bobo zu mir, damit sie mir aufwartet.«

*

Als Lilibet an Deck trat, kam es ihr wirklich vor, als sei sie in eine andere Welt katapultiert worden. Beinah wähnte sie sich in einem Traum. Als sie sich in ihre komfortable Kajüte zurückgezogen hatte, war sie vor einer eisigen, grauen Kälte geflohen. Als sie nun wieder heraustrat, keine drei Wochen später, hatte sich alles verändert. Staunend ging sie an die Reling und blickte in die unendliche blaue Weite. Die Sonnenstrahlen fielen auf ihre Haut, sie hatte das Gefühl, als würden sie sie bis in ihr Innerstes wärmen und durchdringen, als würden sie den Panzer durchbrechen, mit dem sie sich schon vor ihrer Abfahrt umgeben hatte. Lilibet atmete tief ein und wieder aus. Dieses Licht! »Schön, nicht?«, fragte Margaret an ihrer Seite. Lilibet wandte sich zu ihr um. In ihrem weißen, zart geblümten Sommerkleid sah ihre Schwester einfach zauberhaft aus. »Wunderschön«, sagte sie. »Gut, dass du dafür gesorgt hast, dass ich endlich herauskomme.«

»Wenn mir das mit Papa doch auch so einfach gelänge«, seufzte Margaret.

Alarmiert sah Lilibet ihre Schwester an. »Wieso? Was ist mit Papa?«

»Es geht ihm gar nicht gut«, gestand Margaret leise. »Alle machen sich Sorgen um seinen Gesundheitszustand.«

»Und weshalb erfahre ich davon nichts?«

»Dir ging es doch selbst so schlecht.«

»Also ist Papa seekrank?«

»Es ist mehr als das, fürchte ich«, murmelte Margaret.

»Was ist es? Nun sag schon!«, bat Lilibet voller Sorge.

»Er ist ziemlich gereizt und ungehalten«, murmelte Margaret. »Du kennst ihn ja.«

Lilibet nickte. In der Tat. Sie kannte ihren Vater.

»Er wird auch immer dünner«, fuhr Margaret fort. »Und er raucht und trinkt noch mehr als sonst. Mami kümmert sich um ihn. Aber ich mache mir Sorgen, Lilibet.«

»Ja«, sagte sie, und schon war die Leichtigkeit, die sie für einen Moment verspürt hatte, wieder verflogen. »Ja, das tue ich auch.«

*

»Was für ein wunderbarer Tag«, sagte Lilibet, als sie zehn Tage später, am 17. Februar, in den Hafen von Kapstadt einliefen. Sie stand neben ihren Eltern und ihrer Schwester, die wie sie ein helles Kostüm trug, an der Reling und genoss den überwältigenden Blick auf das Land, das sie in den nächsten Wochen bereisen würden. Hinter der enormen, jubelnden Menschenmenge erhob sich groß und majestätisch der Tafelberg. Sie wusste, dass die seit 1910 bestehende Südafrikanische Union die Provinzen Natal, Transvaal, Oranjefreistaat und Kapprovinz umfasste und dass es in jeder der vier Provinzen einen eigenen Provinzrat gab – und einen Verwalter. Dank der kritischen Bemerkungen von Tommy Lascelles gestern Abend beim Dinner wusste sie aber auch, dass es zwischen den europäischen und den nicht europäischen Einwohnern große Spannungen gab. Doch auch die Europäer untereinander waren sich nicht grün, die weiße Bevölkerung spaltete sich in zwei Lager: Die erste europäische Gruppe bestand aus den englischsprachigen Weißen und die zweite Gruppe aus den Afrikaans sprechenden Buren, welche ursprünglich von Niederländern und anderen Siedlern abstammten. Hoffentlich würde es während ihres Aufenthalts nicht zu einer Eskalation kommen, dachte Lilibet unbehaglich. Doch als sie jetzt in die fröhlichen Gesichter der Menschen blickte, schob sie ihre Bedenken beiseite und konzentrierte sich auf den Empfang auf dem roten Teppich.

Ihr Vater schritt schon in seiner strahlend weißen Uniform die Gangway hinunter, gefolgt von ihrer Mutter in hellem Mantel und Hut.

Kapitel 12

»Was für eine Hektik!«, stöhnte Margaret auf, als sie am vierten Tag ihres Aufenthalts in Südafrika neben Lilibet auf der Galerie des Parlamentsgebäudes Platz nahm.

»Da hast du vollkommen recht«, flüsterte Lilibet ihrer Schwester zu. »Und Papa ist furchtbar nervös. Ich hoffe, er wird flüssig sprechen können.«

»Das ist ja auch kein Wunder«, murmelte Margaret besorgt. »Lascelles wurde nicht müde zu betonen, dass dieser Termin …«

»… von äußerster Wichtigkeit ist und davon der Erfolg der Reise abhängig ist«, fiel Lilibet ihrer Schwester ins Wort und ahmte dabei den Privatsekretär ihres Vaters nach. Margaret musste leise kichern, und Lilibet warf ihr einen warnenden Blick zu. »Pst, es geht los«, ermahnte die junge Thronfolgerin ihre lebhafte Schwester.

»Mir reichen eigentlich schon die ganzen Bälle am Abend«, wisperte Margaret weiter.

»Pst«, raunte Lilibet erneut und beugte sich etwas nach vorn, um den Einmarsch ihrer Eltern besser sehen zu können.

Die Hand der Königin in seiner Rechten, ging der König langsam den Gang entlang und steuerte auf die beiden nebeneinanderstehenden Throne zu.

Nachdem ihre Mutter Platz genommen hatte, setzte sich auch der König und sagte: »Meine Herren, bitte nehmen Sie Platz.«

Lilibet, die die folgende Rede gemeinsam mit ihrem Vater geprobt hatte, fieberte mit dem Monarchen mit, als dieser nun auf Afrikaans sagte: »Eck ferrklähr tonce hirdee feearde serrie fon der neachinde parliament fon der Unie fon Säyd Afrikah behoorlik gue-oopen.« Mit diesen Worten hatte er das Parlament in der Landessprache für eröffnet erklärt.

Tiefe Stille beherrschte den Saal für einen Moment. Dann begannen die Ersten zu klatschen, und der Bann war gebrochen.

Lilibet bemerkte erst jetzt, dass sie die ganze Zeit über gewissermaßen die Luft angehalten hatte. König George VI. hatte seine Sache großartig gemacht. Der Erleichterung, die sie durchflutete, folgte ein Gefühl unbändigen Stolzes, als er sich nach seiner Rede erhob und dann durch das Spalier der Parlamentarier langsam und huldvoll an der Seite seiner Gattin wieder nach draußen schritt. Frau von Zyl, die Ehefrau des Generalgouverneurs der Südafrikanischen Union, die die beiden Prinzessinnen begleitet hatte, beugte sich zu Lilibet hinüber und raunte: »Seine Majestät war wundervoll, was für eine imposante Rede.«

»Dem kann ich nur zustimmen«, mischte Margaret sich ein. »Aber auch Mami sah umwerfend aus.«

Lilibet nickte. Queen Elizabeth trug ein figurbetontes Kleid aus kreideweißem Seidenkrepp, das mit Aquamarinen und schimmernden Kristallpailletten in Blau bestickt war, dazu die Schärpe des Strumpfbandordens und eine Tiara.

»Allerdings«, ließ sich Lilibet vernehmen. »Da hatten Mami und Granny aber auch eine gute Idee.«

»Wie meinst du das?«, wollte Margaret wissen und hakte sich bei Lilibet unter, während die beiden Prinzessinnen Frau von Zyl zum Ausgang folgten.

»Nun, die Tiara von Granny hat Mami bewusst gewählt: Dort sind Diamanten eingearbeitet, die Granny 1901 auf ihrer Reise durch Südafrika als Geschenk erhalten hatte.«

»Wie wundervoll«, sagte Margaret. »Das passt dann natürlich perfekt.«

*

Der Zug mit seinen vierzehn in Weiß und Elfenbein gehaltenen Waggons, der eigens für die königliche Reise gebaut worden war, schimmerte hell in der warmen afrikanischen Nachmittagssonne, als die Reisegesellschaft wieder am Hafen ankam. Nicht nur die beiden Schwestern waren bester Stimmung, auch der Rest des königlichen Haushalts wirkte gut gelaunt und beschwingt, nachdem die Eröffnungsrede im Parlament von Südafrika nicht nur hinter ihnen lag, sondern sogar ein voller Erfolg gewesen war. Und nun dieser unglaublich schöne Zug! Ein Kunstwerk auf Rädern. Sosehr Lilibet Philip auch vermisste, bisher erwies sich ihre Reise als ausgesprochen angenehm.

Diener führten sie in den Königlichen Salon, wie von Zauberhand senkten sich die Fenster hinab, und die Königsfamilie winkte der jubelnden Menge zu. »Godspeed«, riefen sie und »Totsiens«, während die Männer die Hüte lüfteten und die Frauen ihre Taschentücher zum Abschied schwenkten.

»Was bedeutet das?«, erkundigte sich Lilibet.

Wie auf alles wusste Tommy Lascelles erwartungsgemäß auch hierauf eine Antwort.

»Viel Glück«, sagte er. »Und auf Wiedersehen.«

Lilibet nickte.

»Komm«, drängelte Margaret. »Lass uns unsere Waggons besichtigen.«

»Sehr gerne«, erwiderte Lilibet und erhob sich.

Sogleich eilte ein Diener herbei, um ihnen die Türen zu öffnen und ihnen den Weg zu zeigen: »Eure Königlichen Hoheiten?«

»Sieh nur, Lilibet, wie wunderbar es hier ist!«, rief Margaret kurz darauf und sah sich in ihrem Zimmer um.

»Das kann man wohl sagen«, staunte Lilibet. Jede hatte einen eigenen Raum mit einem bequemen Bett und einer Sitzgruppe. Unter dem Fenster stand ein kleiner Sekretär. Lilibet sah sich hier schon sitzen und an ihren Liebsten schreiben, während draußen die Landschaft vorbeiflog.

*

Tatsächlich sollte Lilibet in den nächsten Tagen kaum Gelegenheit haben, sich einmal an ihren Schreibtisch zu begeben. Das Programm, das sie zu absolvieren hatten, war anspruchsvoll und dicht gedrängt. Eine Verpflichtung jagte die nächste, an unzähligen Bahnhöfen hielt der königliche Zug, damit die Bevölkerung, die dort stundenlang ausharrte und weite Wege hinter sich gebracht hatte, um zum Bahnhof zu gelangen, einen Blick auf die königliche Familie werfen konnte. Auch heute, am siebten Tag ihrer Reise, standen sie an einem Bahnhof, und Lilibets Vater war wie üblich mit Lascelles und seinen Leibwächtern in das Bahnhofsgebäude gegangen, um in der Downing Street anzurufen und sich nach der Lage im Königreich zu erkundigen. Der Gedanke an ihren Vater bedrückte Lilibet. Er wurde blasser und blasser, wirkte jeden Tag erschöpfter und hatte immer mehr Wutausbrüche, die dann im ganzen Zug zu hören waren. Sie beschloss, dass es Zeit war, mit ihrer Mutter darüber zu sprechen. Entschlossen stand sie auf und ging durch den Gang in Richtung des Salons der Königin.

»Lilibet«, sagte diese. »Komm herein. Wie schön, dass wir einmal Zeit füreinander finden.«

»Ja«, sagte sie. »Ja, das finde ich auch.« Durch das Fenster sah sie ihren Vater an der Seite von Tommy Lascelles zurückkommen. Der König ging gebeugt, wirkte in dem gnadenlosen südafrikanischen Sonnenlicht wie ein weiß geschminkter Mime im Scheinwerferlicht auf einer Bühne. Und genauso kam er Lilibet in diesem Moment vor. Als stünde er auf einer Bühne. Im Spot, alle Augen auf ihn gerichtet, außerhalb dieses Spots das schwarze, dunkle Nichts.

»Kommst du aus einem bestimmten Anlass?«, fragte Elizabeth, die ihren Gatten noch nicht bemerkt hatte, da sie mit dem Rücken zum Fenster saß.

Lilibet nickte. »Ich mache mir Sorgen um Vater.«

Sie deutete hinaus. »Es scheint nicht so, als ob ihm unsere Reise sonderlich guttun würde.«

Ihre Mutter wandte sich um, und beim Anblick ihres Gatten wurde ihr ohnehin schon angespannter Ausdruck noch besorgter.

»Er schaut ganz finster drein«, sagte sie. »Irgendetwas muss geschehen sein.«

»Ich meine aber nicht nur diesen Moment«, setzte Lilibet an, doch da wurde die Tür auch schon geöffnet, und ihr Vater kam herein.

Ihre Mutter stand rasch auf. »Bertie« sagte sie. »Was ist passiert?«

»Die Lage in England verschlechtert sich drastisch«, stieß der König hervor. »Wir überlegen, ob es besser ist zurückzukehren.«

»Zurückkehren?«, rief die Königin, während Lilibet bestürzt fragte: »Mit wem hast du gesprochen?«

»Mit Attlee«, erwiderte der König.

Lilibet nickte. Sie wusste nie so recht, was sie vom derzeitigen Premierminister halten sollte.

Als er 1945 die Wahl gegen Winston Churchill gewonnen hatte, waren alle überrascht gewesen, selbst seine eigenen Parteikollegen trauten dem schüchternen und hart arbeitenden langjährigen Parteivorsitzenden der Labour-Partei keine Führungsrolle zu und wollten ihn kurz vor dem – dann deutlichen – Wahlsieg noch stürzen. Doch mit den innerparteilichen Querelen hatte sich der in London geborene Attlee nicht lange aufhalten können, schließlich musste er Winston Churchill in der Konferenz von Potsdam als britischen Verhandlungsführer ablösen. Dabei unterlief dem Sozialisten, der einst die benachteiligten Kinder im Londoner East End unterrichtet hatte, ein Anfängerfehler, der dazu führte, dass Stalin aus den Verhandlungen als Sieger hervorging.

»Nun«, erklärte der König unterdessen. »Die Kältewelle will einfach nicht abflauen, das wissen wir ja. Aus diesem Grunde spitzt sich die Lage immer weiter zu. Es herrscht Hungersnot.«

»Was meint Attlee?«

»Sie beraten derzeit noch«, sagte George. »Ich rufe morgen wieder an. Aber wie es derzeit scheint, tendiert man eher zu einer Fortsetzung unserer Reise.«

»Dafür wäre ich auch sehr«, stimmte die Königin stirnrunzelnd zu. »Denn selbst wenn sie zu Hause noch so frieren und leiden, was gewiss schrecklich ist, so freuen sich die Südafrikaner seit Monaten auf unseren Besuch. Sie haben eigens diesen Zug für uns gebaut. Da können wir doch jetzt nicht so einfach wieder abreisen. Das würde auch hier für keine gute Stimmung sorgen. Wir besuchen immerhin die wichtigsten Länder unseres Commonwealth, und wenn wir in England wären, könnten wir auch nicht viel ausrichten.«

»So ähnlich argumentiert Attlee auch.«

»Und er ist ja immerhin ein Labour-Premier und damit

gegenüber dem Königshaus hinsichtlich Prunk und Luxus eher kritisch eingestellt«, sagte die Königin.

»Es käme mehr auf das Signal an«, wandte der König ein. »Wichtig ist, ob wir den Bürgern vermitteln können, warum wir uns im sonnigen Süden aufhalten, während England friert.«

»Genau um diese Themen ging es schon bei unserer Abreise.«

»Und seither hat sich die Situation verschlimmert.«

Während Lilibet dem Gespräch ihrer Eltern folgte, lauschte sie in sich hinein. Der Gedanke, eher zurückzukehren, war hinsichtlich eines früheren Wiedersehens mit Philip einerseits ausgesprochen verlockend. Andererseits spürte sie zu ihrem Erstaunen ein leises Bedauern bei dem Gedanken daran in sich aufsteigen. Südafrika war so vielfältig, so farbenfroh, so … heilend. Ja, das war vielleicht der richtige Begriff. Sie hatte das Gefühl, dass dieses Land nicht nur an sich ungemein weit war, sondern dass es auch sie selbst in gewisser Weise weitete. Dass es sie größer machte und freier. Selbstbewusster. Es war, als sei die schüchterne Lilibet im tristen England zurückgeblieben. Vielleicht würde es ihr gelingen, diese neue Lilibet mit nach England zu nehmen. Aber dazu müsste sie sich noch ein wenig festigen. Ja, zu ihrer Verwunderung stellte die Prinzessin fest, dass sie hoffte, die Reise sei noch nicht vorbei.

Kapitel 13

Fasziniert ließ Lilibet ihren Blick über den Indischen Ozean schweifen. Auf dem unbeschreiblichen Blau tanzten weiße Schaumkronen, die Sonne glitzerte auf dem Wasser. Das Gefühl der Weite und der Freiheit, das bei ihrer Ankunft in Südafrika von Lilibet Besitz ergriffen hatte, wurde stärker. Einem Impuls folgend, breitete sie die Arme aus, reckte ihr Gesicht der Sonne entgegen und konnte gerade noch einen Jubelschrei unterdrücken.

»Kommst du?«

Lilibet öffnete die Augen wieder und blickte in das strahlende Gesicht ihrer Schwester, die zwei hölzerne Surfbretter in der Hand hielt. »Lass es uns ausprobieren«, sagte sie. »Papa kommt auch mit.« Mit dem Kinn deutete sie auf den König, der, ein Brett in der Hand, bereits im Begriff war, sich in die Fluten zu begeben.

»Ob ihm das guttut?«, murmelte Lilibet besorgt.

»Und wie ihm das guttut«, bekräftigte Margaret. »Ohnehin habe ich den Eindruck, dass er entspannter ist, seit feststeht, dass wir die Reise fortsetzen.«

Diesen Eindruck teilte Lilibet zwar nicht, jedoch beschloss sie, ihre Sorgen nun beiseitezuschieben und einfach den Tag zu genießen. »Also gut.« Voller Übermut rannte sie gemeinsam mit ihrer Schwester und ihrem Vater in die warmen Fluten, vorbei an ihrer Mutter, die mit den Hofdamen immerhin die Röcke gerafft hatte, um die Füße ins Meer zu strecken.

Sie hatten den ersten freien Tag seit Wochen, und das galt auch für die Lawrences, eines der Ehepaare, die die Familie auf ihrer Reise begleiteten. Denn die britische Verfassung schrieb vor, dass dem Souverän auf Reisen immer ein Mitglied der Regierung zur Seite gestellt werden musste, so auch in der Südafrikanischen Union.

Harry Lawrence war, wie sich zeigen sollte, nicht nur ein passionierter Surfer, sondern auch ein begnadeter Lehrer. Geduldig erklärte er ihnen, wie sie sich auf die Surfbretter legen und sich mit dem Wellengang vertraut machen sollten. Dabei ließ er es freilich nicht an Ehrerbietung fehlen. So einfach und erfrischend es war, auf dem Surfbrett zu liegen: Sich darauf aufzurichten erwies sich als ungemein schwierig. Wieder und wieder stürzten der König und die Prinzessinnen in die Fluten, wieder und wieder stiegen sie erneut auf das Surfbrett, um es nochmals zu versuchen. Aufgeben war keine Option.

»Ich bin nur froh, dass die Reporter ausgesperrt sind«, rief Margaret ihrer Schwester zu.

»Ich auch«, bestätigte diese. Und das nicht nur, damit die Welt nicht Zeuge ihres sportlichen Ungeschicks werden würde, sondern auch weil sie sich in ihrem Badeanzug durchaus spärlich bekleidet wähnte. Es war ihr schon vor den männlichen Hofbediensteten etwas unangenehm gewesen, zumal sie sehr wohl bemerkt hatte, wie Peter Townsend auf Margaret im Badeanzug reagiert hatte – wenn dieser selbstverständlich auch sein Bestes gab, sich nichts anmerken zu lassen.

Erschöpft, aber vollkommen glücklich kehrten der König und die Prinzessinnen nach einer Stunde des Surfvergnügens wieder an den Strand zurück. Ein Blick auf ihren Vater zeigte Lilibet, wie recht Margaret mit der Annahme gehabt hatte, der Wasserspaß würde ihm guttun. Das Gesicht des Königs leuchtete wie schon lange nicht mehr. Selten hatte Lilibet ihren Vater so ausgeglichen und voller Leben gesehen wie in jener Stunde in der traumhaften Bucht nahe Port Elizabeth.

Doch der entspannte Ausdruck in Berties Gesicht nahm mit jedem Zentimeter ab, den sie sich dem Ufer näherten. Dort stand, mit sauertöpfischem Gesichtsausdruck, Tommy Lascelles und blickte ihnen entgegen.

»Sir«, sagte er, kaum dass der König den Strand erreicht hatte. »Ich darf Sie daran erinnern, dass die nächsten Verpflichtungen auf Sie warten.«

Lilibet seufzte. Für einen Moment waren sie frei gewesen.

*

Nach einem langen Tag hatte Lilibet es sich gerade auf ihrem Sofa gemütlich gemacht, als der Zug auf einmal anhielt. Mit einem Blick auf die Uhr stellte sie überrascht fest, dass es bereits weit nach 22 Uhr war. Viele Tage ihrer Reise lagen schon hinter ihnen, mittlerweile bereisten sie den Oranjefreistaat, den die Briten im zweiten Burenkrieg 1900 annektiert und 1910 als gleichnamige Provinz in die Südafrikanische Union integriert hatten. Was hatte der Halt nur zu bedeuten, fragte sie sich besorgt. Lascelles hatte sie nicht über einen weiteren Halt informiert, und auch bei dem gemeinsamen Abendessen mit den van Byls war nicht von einem Stopp in der Nacht die Rede gewesen. Beunruhigt erhob sie sich und machte sich auf den Weg zum Arbeitszimmer ihres Vaters. Lange bevor sie es erreichte, konnte sie seine Stimme hören. »Nein, ich möchte nicht«, schrie der Monarch.

Lilibets Sorge wuchs. Offensichtlich hatte der Vater einen seiner Wutausbrüche, die ihn immer dann heimsuchten, wenn er unter enormer Anspannung stand.

»Bitte, Sir«, versuchte Minister Piet van der Byl, den König zu erweichen. »Ich weiß, der Tag war lang, aber wie würde es denn wirken, wenn sich die königliche Familie ausgerechnet hier nicht zeigen würde?«

»Dann hätte man das von vornherein planen müssen«, beharrte George.

»Was ist denn geschehen?«, fragte Lilibet, als sie das Arbeitszimmer betrat und ihren Vater müde und äußerst mürrisch hinter seinem Schreibtisch vorfand, auf dessen anderer Seite Tommy Lascelles und Piet van der Byl Platz genommen hatten. Hinter dem Vater stand die Königin und hatte ihm beruhigend beide Hände auf die Schultern gelegt.

Keiner der Herren schenkte Lilibet Beachtung, nur ihre Mutter bemerkte sie und nickte ihr kurz zu.

»Sir«, sagte Lascelles gerade, »ich weiß, der Stopp war, wie so viele, nicht geplant, dennoch würde ich Ihnen dringend raten, die Wartenden nicht zu enttäuschen.«

»Mein Lieber«, mischte sich nun Lilibets Mutter ins Gespräch. »Sieh bitte mal nach draußen, dort warten im strömenden Regen und Dunkeln so viele Menschen, die uns sehen möchten.«

Wie so oft gelang es Elizabeth, ihren Mann zu beruhigen und zu überzeugen. Seufzend gab er nach und erhob sich, woraufhin seine Untergebenen ebenfalls hastig aufstanden.

»Na, dann wollen wir mal«, sagte der König immer noch mürrisch und ging an seiner Tochter vorbei, ohne sie eines Blickes zu würdigen. Im Vorbeigehen flüsterte die Königin, die ihrem Gatten folgte, Lilibet zu: »Sag Margaret Bescheid, und leg deinen Schmuck wieder an.«

Als Lilibet wenig später hinter ihrer Mutter die schlammigen Stufen hinabstieg, fühlte sie wieder einmal Stolz und Bewunderung in sich aufsteigen. Scheinbar mühelos und ungeachtet der Strapazen des langen Tages ging die Queen auf die Menschen ein, war freundlich und respektvoll, hatte für viele sogar ein persönliches Wort oder einen Händedruck. Und als Lilibet sah, wie die Angesprochenen strahlten, obwohl sie bereits seit Stunden völlig durchnässt gewartet hatten, ahnte sie, was in den nächsten Jahren, Jahrzehnten, von ihr erwartet werden würde. Was sie selbst von sich erwarten würde. Die Hingabe ihrer Mutter war spürbar, und sie bewunderte sie über alle Maßen, auch wenn diese Hingabe bedeutete, dass die Hofbeamten immer mal wieder unter Druck gerieten, wenn die Königin sich, wie auch heute, besonders viel Zeit ließ und damit die geplanten Abläufe vollkommen durcheinanderbrachte.

Entschlossen klappte Lilibet ihren Schirm zu – ohnehin hatte der Regen inzwischen nachgelassen, es nieselte nur noch leicht – und pikste ihre Mutter, die gerade in ein inniges Gespräch mit einer Afrikanerin vertieft war, entschlossen mit der Spitze des Schirms in die Ferse. Die zuckte zwar leicht zusammen, schien das Signal aber zu verstehen, verabschiedete sich und ging weiter. »Danke«, raunte sie ihrer Tochter zu. »Bitte lass uns das nun immer so handhaben, wenn ich wieder einmal die Zeit vergesse.«

Lilibet lächelte. Diesen Gefallen wollte sie ihrer Mutter gerne tun.

Kapitel 14

Nach fast endlos erscheinenden Kilometern erreichte der White Train am 10. April Rhodesien, jene britische Kolonie, deren Namen sich von dem Gründer der Bergbaugesellschaft De Beers Cecil Rhodes ableitete. Auf Rhodesien und insbesondere auf die Victoriafälle hatte sich Lilibet besonders gefreut. Doch die Wirklichkeit übertraf die Erwartungen, und als sie endlich am 1904 eröffneten Victoria Falls Hotel aus dem Zug stiegen, verschlug es Lilibet buchstäblich den Atem. Es war nicht nur der schiere Luxus, der sie und auch die restliche Reisegruppe so beeindruckte, vor allem zog sie der Ausblick auf die dramatischen Schluchten der Victoriafälle vollkommen in seinen Bann. Wenn Philip das nur sehen könnte! Oder hatte er es bereits gesehen?

»Eure Hoheit«, unterbrach ihre Kammerzofe ihre Gedanken. »Wir sollten Sie umkleiden.«

»Natürlich, Bobo«, erwiderte Lilibet und unterdrückte ein Seufzen. Die Pflicht rief. Wie immer.

*

»Oh, Bobo, ich bin so aufgeregt«, vertraute Lilibet ihrer Kammerzofe am nächsten Morgen an.

»Das schaffen Sie schon«, sprach ihr ihre Vertraute Mut zu.

»Sie haben doch schon öfter Reden gehalten, und auch hier in Südafrika haben Sie öffentliche Auftritte ganz allein wahrgenommen.«

»Mag wohl sein«, gab Lilibet dankbar ob des Zuspruchs ihrer Kammerzofe zu. »Aber das hier hat noch mal eine andere Dimension.«

»Wenn etwas schiefgehen sollte, kann die Aufzeichnung wiederholt werden«, entgegnete Bobo.

»Ja, das ist beruhigend«, stimmte Lilibet ihr zu. Sie war ihrem Vater unendlich dankbar, dass dieser darauf bestanden hatte, die Radio- und Fernsehansprache, die Lilibet anlässlich ihres einundzwanzigsten Geburtstages halten sollte, vorab aufzuzeichnen und nicht live nach England und in das gesamte Commonwealth zu übertragen.

Frank Gillard von der BBC hatte alle Details mit ihnen durchgesprochen, und Lilibet hatte die ergreifende Rede, die Dermot Morrah für sie verfasst hatte, mehrfach gelesen und mit kleinen Anmerkungen versehen. Viel war allerdings nicht nötig, denn der begnadete Redenschreiber, der gemeinhin für die Ansprachen ihrer Eltern verantwortlich war, verstand sein Handwerk und hatte genau den richtigen Ton getroffen. Die BBC baute im Garten bereits die Technik auf und war dabei bemüht, einen Blickwinkel zu finden, der möglichst ähnlich aussah wie das Government House in Kapstadt, sodass diejenigen, die die Ansprache vor den Bildschirmen verfolgten, dennoch den Eindruck hatten, es handle sich um eine Liveübertragung. Denn ihren Geburtstag würde Lilibet eben dort verbringen: im Government House von Kapstadt.

»Na also«, sagte das ehemalige Kindermädchen nun, »kein Grund zur Sorge, außerdem …«

»Außerdem?«

»Außerdem haben sämtliche Hofdamen, inklusive mir, als sie die Rede von Morrah gelesen haben, Tränen in den Augen gehabt.«

Nun musste auch Lilibet blinzeln, und statt etwas zu sagen, drückte sie Bobo schlicht die Hand, ehe sie die Schultern straffte und sich auf den Weg in den bezaubernden Garten des Hotels machte.

Nachdem sie mit ihren Eltern und Gillard die Rede noch einmal Satz für Satz durchgegangen war und hier und da noch etwas verändert wurde, konnte es endlich losgehen.

Ruhig schritt Lilibet zu dem kleinen Tisch, den die Mitarbeiter der BBC vorsorglich unter einen Baum gestellt hatten, damit die Prinzessin der unerbittlichen Nachmittagssonne nicht schutzlos ausgeliefert war.

Lilibet nahm Platz und spürte den festen Stamm des Baumes in ihrem Rücken. Er gab ihr Sicherheit, so wie ihr dieses ganze Land Sicherheit gab. Mit seiner unendlichen Weite, seiner Freiheit, seinen majestätischen starken und so graziösen Tieren, seinen so selbstbewussten und herzensfrohen Menschen. Sie presste ihren Rücken fest an ihn, spürte durch den dünnen Stoff ihres Sommerkleides, wie sich die harte Rinde in ihre Haut drückte, und stellte sich das Muster vor, das er auf ihrem Rücken hinterließ. Der Baum prägte sie in gewisser Weise, dachte sie.

»Seid Ihr bereit, Ma'am?«, begehrte Frank Gillard zu wissen.

Sie nickte. »Ja. Ich bin bereit.«

Sie beugte sich dem Mikrofon entgegen, das der Techniker auf dem Tisch platziert hatte, eine Kamera fuhr nah an ihr Gesicht heran. Anfangs sprach sie noch etwas zaghaft und zögerlich, doch je länger sie redete, desto sicherer wurde sie, desto überzeugter von der tiefen Wahrheit dessen, was sie da gerade sagte. »Es gibt da ein Motto, das viele meiner Vorfahren geführt haben, ein nobles Motto: Ich diene«, begann sie, und in diesem Moment war sie vollkommen überzeugt davon, dass sie das mit jeder Faser ihres Herzens, ihrer Persönlichkeit tun würde. Und das bedeutete, dass sie es auch als Königin tun würde.

»Diese Worte waren eine Inspiration für viele frühere Thronerben, wenn sie sich bei Erreichen des Mannesalters zu ihrer ritterlichen Aufgabe verpflichteten. Ich kann es nicht so machen wie sie, aber dafür erlaubt mir die Erfindung der Technik etwas, was ihnen nicht möglich war: Ich kann meinen feierlichen Akt der Hingabe sprechen, während das ganze Empire zuhört«, fuhr sie fort. »Diese Verpflichtung möchte ich jetzt abgeben. Es ist ganz einfach. Ich erkläre vor euch allen, dass mein ganzes Leben, ob es lang währt oder kurz, dem Dienst an euch und der großen Familie des Empires, der wir alle angehören, gewidmet sein soll.« Vor ihrem inneren Auge sah sie all die Menschen an sich vorüberziehen, denen sie in den letzten Wochen begegnet war. Die Zulu-Krieger und ihre Frauen mit den kurz geschorenen Haaren. Sie dachte aber auch an die Menschen in England, denen sie begegnet war. An die riesige Menge, die ihnen am VE-Day und am VJ-Day zugejubelt hatte. Sie dachte an den Offizier, der sie in einer dieser Nächte erkannt und geschützt hatte. Sie holte einmal tief Luft, und dann fuhr sie fort: »Aber ich werde nicht die Kraft haben, diesen Vorsatz allein auszuführen, wenn ihr nicht hinzutretet, wozu ich euch hiermit einlade. Ich weiß, dass eure Unterstützung mir unwandelbar gegeben wird. Möge Gott mir helfen, dieses mein Gelöbnis zu erfüllen, und möge Gott alle segnen, die gewillt sind, mir dabei zu helfen.«

Als sie geendet hatte, blickte sie direkt in die Augen von Frank Gillard, der sie ansah wie vom Donner gerührt. Hastig schaltete er die Übertragung ab, dann sagte er: »Das war ergreifend, Eure Königliche Hoheit. Ausgesprochen ergreifend.«

»Ich danke Ihnen«, erwiderte Lilibet lächelnd. Sie war sich der tiefen Wahrheit dessen, was sie gesagt hatte, bewusst. Sie hatte ein öffentliches Versprechen gegeben. Daran würde sie sich halten. Sie, Lilibet. Sie, Elizabeth Alexandra Mary aus dem Haus Windsor.

Kapitel 15

Ein Vogel zwitscherte. Laut und insistierend. Er drang in die Träume der Prinzessin, die, inmitten tropischer Gärten, in dem palastartigen Government House in ihrem Himmelbett schlief. Und die heute ihren 21. Geburtstag feiern würde. Freudig öffnete sie die Augen.

»Herzlichen Glückwunsch, Lilibet«, sagte Bobo, die in diesem Moment mit der üblichen morgendlichen Tasse Tee und mit rund fünfhundert Telegrammen zur Tür hereinkam. »Nun sind Sie endlich erwachsen.«

»Danke, liebe Bobo«, entgegnete Lilibet lächelnd. »Wie schön, dass Sie mir als Erste gratulieren.«

»Das tun Sie ja auch immer«, sagte die Zofe liebevoll. Lilibet nickte. Es war seit Ewigkeiten Brauch, dass sie, Lilibet, ihrem einstigen Kindermädchen an deren Geburtstag Tee und Kekse ans Bett brachte.

»Und während Sie stets die wichtigste Gratulantin für mich sind, bin ich sicher heute die unwichtigste«, murmelte Bobo.

»Unsinn, Bobo«, empörte sich Lilibet. »Jeder ist wichtig, und Sie sind es besonders, schließlich sind Sie nun schon so lange an meiner Seite.«

»Das bin ich«, bestätigte Bobo. »Wir haben schon viel zusammen erlebt, nicht wahr, Ma'am?«

»Das haben wir«, unterstrich Lilibet und sah ihrer Kammerzofe dabei zu, wie diese ihre Kleidung zurechtlegte. Für heute hatte sie Lilibets Lieblingskleid in einem hellen Rosaton herausgesucht, das an Hals und Taille mit Schleifenverschlüssen verziert war. Dazu gehörte ein Strohhut von Aage Thaarups mit einem kleinen Schleier.

Als Lilibet fertig angekleidet war, begab sie sich nach unten, wo bereits ihre Familie auf sie wartete.

»Liebes«, sagte ihre Mutter und nahm sie in die Arme. »Nun bist du also erwachsen.«

Auch ihr Vater gratulierte sichtlich ergriffen, und Lilibet konnte ihm deutlich ansehen, wie schwer der Gedanke für ihn zu ertragen war, dass sein kleines Mädchen nun auch ganz offiziell kein Kind mehr war. Margaret hüpfte so aufgeregt herum, als sei sie die Jubilarin.

»Schau nur, wie viele Geschenke und Glückwünsche du aus aller Welt bekommen hast«, sagte sie und deutete auf einen Tisch, auf dem sich ein hübsch verpacktes Präsent neben dem anderen drängte.

»Ach du lieber Himmel«, sagte Lilibet, und die Tatsache, wer da alles an sie gedacht hatte, rührte sie zutiefst.

»Ich helfe dir beim Auspacken«, bot Margaret eifrig an.

»Aber erst nach dem Frühstück«, mahnte ihre Mutter. »Darauf bestehe ich.«

Selbiges nahm die königliche Familie im nahe gelegenen Rathaus ein, während die Glocken *Happy Birthday* spielten. Zeitgleich erklangen, wie Lilibet wusste, ihr zu Ehren in London die Glocken der St. Paul's Cathedral. Ob Philip sie hören konnte?

Während Lilibet mit Margarets eifriger Unterstützung nach dem Frühstück die Geschenke öffnete, donnerten von draußen einundzwanzig Salutschüsse, die von der Signal Hill, der Vanguard, Kreuzern und Schaluppen vor Simon's Town gefeuert wurden. Obwohl sie sie ja erwartete, zuckte Lilibet jedes Mal leicht zusammen und musste dann ob ihrer Schreckhaftigkeit lachen. Bei den Präsenten handelte es sich samt und sonders um ausgesuchte Kostbarkeiten. »So viel Schmuck kann ich ja niemals tragen«, sagte Lilibet. Und während sie einen der unzähligen Diamantringe ansteckte, die sie heute erhalten hatte, die Hand von sich streckte und fasziniert beobachtete, wie er in der Sonne funkelte, war sie ungemein glücklich wegen all dieser Freundlichkeit und Fürsorge, zugleich fühlte sie sich aber auch einsam. All diese Menschen meinten nicht Lilibet. All diese Menschen meinten Ihre Königliche Hoheit Elizabeth Alexandra Mary aus dem Haus Windsor, Englands künftige Königin.

Was aber war mit ihr? Wo war Lilibet? Hatte sie überhaupt noch Platz in oder neben der übermächtigen Thronfolgerin? Durfte sie noch Lilibet sein, oder würde sie Lilibet eines Tages ablegen müssen wie einen alten Mantel? Konnte sie das überhaupt? Und wen liebte eigentlich Philip? Lilibet oder die Thronfolgerin?

»Der heutige Tag ist ein großer Einschnitt für dich«, sagte ihr Vater in diesem Moment leise. »Sollte ich schwer erkranken und arbeitsunfähig werden, obliegt dir die Aufgabe der Regentin.«

Unfähig zu antworten, nickte Lilibet nur. Hatte er ihre Gedanken erraten?

»Da allen bewusst ist, dass ab heute mehr Verantwortung auf deinen Schultern ruht, wird dein Einkommen von sechstausend Pfund auf fünfzehntausend angehoben«, fuhr der Monarch fort.

Als ginge es darum! Als besäße sie nicht genug irdische Güter. Für einen Moment hatte Lilibet das Bedürfnis, wegzulaufen. Sie schloss die Augen und sah den Strand von Port Elizabeth vor sich, wo sie erst vor Kurzem solch unbeschwerte Stunden verbracht hatte. Doch dann schob sich ein anderes Bild vor ihr inneres Auge. Sie sah sich selbst im Garten sitzen, unter einem großen Baum, der ihr Schatten spendete und sie schützte. Die Kamera war auf ihr Gesicht gerichtet, und sie spürte eine tiefe Wahrheit in sich, als sie sagte: »Ich erkläre vor euch allen, dass mein ganzes Leben, ob es lang währt oder kurz, dem Dienst an euch und der großen Familie des Empires, der wir alle angehören, gewidmet sein soll.«

Das war nun einmal ihre Bestimmung. Auch wenn es sie die Freiheit kostete. Und als sie nach einer Militärparade zu ihren Ehren von Kindern aller Nationen der Südafrikanischen Union ein Tablett mit wilden Herbstblumen überreicht bekam und aus Tausenden Kinderkehlen *Happy Birthday, Dear Princess* in den Himmel klang, wusste sie, dass es alle Mühe wert war. Sogar den Verlust der Freiheit, die sie ja ohnehin nie gehabt hatte, seit ihr Vater König geworden war. Wieder stand ihr das Bild der Mutter vor Augen. Wie engagiert Elizabeth ihre Pflichten erledigte. Bei ihr hatte man nie den Eindruck, als bestünde sie aus zwei Personen. Vielleicht würde sie, Lilibet, dieses Kunststück ja ebenfalls vollbringen.

*

Am Ende des rauschenden Geburtstagsfestes stand ein riesiger Ball, den das Ehepaar van Zyl im Government House zu Lilibets Ehren geplant hatte. Die Jubilarin hatte so viel getanzt, dass sie kaum noch zu laufen vermochte, als sie sich weit nach Mitternacht endlich nach Hause begaben.

»Was für ein Tag«, ächzte sie, als sie sich neben ihrer Schwester auf die Stufen des Government House sinken ließ.

»Ja, das kann man wohl sagen«, erwiderte Margaret. »Ich bin völlig erledigt. Und das will was heißen, denn ich bin eigentlich nie erledigt, wenn es ums Tanzen geht.«

»Das unterscheidet dich von mir«, stöhnte Lilibet, während sie sich die Tanzschuhe abstreifte und begann, ihre schmerzenden Füße zu massieren. »Und wenn du schon so erledigt bist, kannst du dir vorstellen, wie es mir geht.«

»Kein Wunder, so wie deine Füße aussehen«, sagte Margaret entsetzt. Lilibets Fesseln waren geschwollen, an den Fersen hatte sie wunde Stellen und an den Zehen riesige Blasen. »Hast du den Hünen gesehen, mit dem ich ganz zu Anfang des Balls getanzt hatte?«, fragte Lilibet.

»Ja, habe ich«, schmunzelte Margaret.

»Ich weiß nicht, wie oft er mir auf die Füße getreten ist, ich war nur froh, als der Tanz endlich vorbei war. Es kam mir vor wie eine Unendlichkeit.«

»Stell dir vor, er hätte mit dir getanzt, als sich schon Blasen gebildet hatten«, alberte Margaret. »Wie schmerzhaft das gewesen wäre. Du solltest froh sein, dass er am Anfang dran war, als deine Füße noch unversehrt waren.«

»Wobei die folgenden Tanzpartner nicht unbedingt besser waren«, bemerkte Lilibet.

»Du meinst den, der dich in die Nische neben dem Kamin gedrängt hat?«, fragte Margaret Anteil nehmend.

»Ihn und alle anderen«, sagte Lilibet. »Ich habe die ganze Zeit nur an Philip gedacht und wie wunderbar es ist, mit ihm zu tanzen.«

»Er fehlt dir sehr?«

»Ja, gerade heute. Es waren so viele Menschen, die mir gratuliert haben, und ich habe den ganzen Tag Hände geschüttelt, aber er war nicht da.«

»Bald hast du ihn wieder«, murmelte Margaret und legte den Arm um sie. »Und dann für immer.«

»Ja, dann für immer.«

*

Der Jubel, der zum Deck empordrang, war, so kam es Lilibet vor, noch ohrenbetäubender als bei ihrer Ankunft. Kein Wunder. Damals waren sie Fremde gewesen. Monarchen aus einem fernen Land – und unter einem englischen König hatten sich die meisten auch sicher nur wenig vorstellen können, denn George VI. war der erste Monarch gewesen, der in die Südafrikanische Union reiste. Nun aber hatten sie Zeit miteinander verbracht. Die Begegnungen würden auf beiden Seiten niemals vergessen werden, dessen war sich Lilibet sicher.

Auf dem Deck unter ihr standen die Offiziere aufgereiht. Zu einem dreifachen Hipp-Hipp-Hurra warfen sie genau gleichzeitig ihre Mützen in die Luft, ein unglaubliches Bild, das von den Südafrikanern am Kai mit noch größerem Jubel quittiert wurde.

»Wie reich wir doch mit dieser großartigen Reise beschenkt worden sind«, sagte Lilibet nachdenklich zu ihrer Schwester. »Und damit meine ich nicht meine Geburtstags- oder nun die Abschiedsgeschenke. Ich meine nicht die dreihundertneunundneunzig speziell geschliffenen Diamanten und zweihundertdreißig Rosendiamanten, die Papa erhalten hat. Ich meine auch nicht das goldene Teeservice, das Mama von den Oppenheimers erhielt. Nicht einmal die Lebensmittel für England, die wir im Schiffsbauch geladen haben. Ich meine die Begegnungen.«

»Ja«, murmelte Margaret. »Die Begegnungen auf dieser Reise waren wirklich ganz besonders.«

Sie wandte den Kopf und blickte auf einen Punkt hinter ihrer Schwester. Neugierig geworden, drehte Lilibet sich um und sah direkt in das Gesicht von Peter Townsend, der ihr kurz zunickte und dann verlegen den Kopf senkte.

Kapitel 16

England! Endlich! Wenngleich es Lilibet – obwohl es inzwischen Mai geworden war – fröstelte und sie sich ein wenig nach der wärmenden Sonne Südafrikas zurücksehnte, so war sie doch überglücklich, als die *HMS Vanguard* in den Hafen von Portsmouth einlief. »Ist es nicht herrlich, wieder zu Hause zu sein, Margaret?«, rief sie und tanzte unter den verwunderten Augen der Belegschaft mit ausgebreiteten Armen über das Vorderdeck.

»Du beunruhigst mich«, spottete Margaret liebevoll.

Lilibet hielt verwundert in der Bewegung inne. »Ich beunruhige dich? Wie kommt das denn?«, fragte sie ernsthaft besorgt.

»Ich mache nur Spaß«, versicherte Margaret. »Aber eigentlich ist es ja eher mein Part, über das Deck zu tanzen. Du bist doch die Vernünftigere von uns beiden.«

»Das stimmt«, gab die Thronfolgerin ihr lachend recht. »Ich freue mich nur so sehr.«

»Philip?«, vermutete Margaret, und in ihren Augen las Lilibet ein Verständnis, das sie bisher ihn betreffend noch nie an ihrer Schwester wahrgenommen hatte. Ob es mit Peter Townsend zusammenhing? Ein beunruhigender Gedanke, denn mit ihm würde, *konnte* Margaret nicht glücklich werden. Und das nicht nur wegen des Altersunterschieds, sondern auch und vor allem wegen der Tatsache, dass er verheiratet war und zwei kleine Kinder hatte, zu denen er nun zurückkehren würde.

Doch das war sicher nicht der geeignete Moment, um mit ihrer Schwester darüber zu sprechen.

»Philip«, bestätigte sie daher nur.

»Wann wirst du ihn wiedersehen?«, fragte Margaret anteilnehmend. »Ist er am Kai, wenn wir einlaufen?«

»Leider nein«, seufzte Lilibet. »Papa hat es nicht erlaubt. Die Verlobung ist ja noch nicht offiziell. Er ist an der Naval Petty Officers School in Corsham und unterrichtet dort. Aber er wird bald kommen. Und immerhin ist er inzwischen englischer Staatsbürger, wenigstens diese Hürde ist also genommen. Er ist jetzt auch kein griechischer Prinz mehr, sondern nur noch Leutnant Philip Mountbatten, RN.«

»Er hat seine Identität für dich aufgegeben«, stellte Margaret unumwunden fest. »Das ist ein großes Opfer. Zumal es ja das Einzige war, was ihm von seiner Familie noch blieb.«

»Ja«, sagte Lilibet leise und dachte wieder einmal, wie erwachsen ihre kleine Schwester auf dieser Reise geworden war. »Ja, das weiß ich.«

»Nun *müssen* Papa und Mami zustimmen, dass ihr es öffentlich macht«, fuhr Margaret fort. »Ihr habt lange genug gewartet. Nach der Reise, so war die Abmachung.«

»Ja.« Lilibet strahlte. »Ja, nun ist es endlich so weit.«

Langsam fuhr die *HMS Vanguard* in den Hafen von Portsmouth ein. Wie anders dieser Hafen doch war als jener, an dem sie in Südafrika angekommen waren, dachte Lilibet. Wie viel enger, wie viel grauer, wie viel trauriger und vom Krieg gezeichneter. Doch eines war gleich: der Jubel, mit dem sie empfangen wurden. Die Menschen schienen ihnen ihre Reise in die Sonne in dieser für England so schweren Zeit offenbar doch nicht übel genommen zu haben.

*

»Seine Majestät, der König, möchte Sie sprechen«, teilte Crawfie Lilibet zwei Tage nach ihrer Ankunft mit und sah dabei so bestürzt aus, dass Lilibet erschrak.

»Muss ich mir Sorgen machen?«, fragte sie.

»Nicht weil er Sie sprechen möchte«, sagte die Gouvernante, mit der die Prinzessinnen zuvor ein herzliches Wiedersehen gefeiert hatten, zögerlich. »Es ist nur… wenn man Seine Majestät eine Weile nicht gesehen hat so wie ich, dann fällt einem der Unterschied vielleicht besonders auf.«

»Der Unterschied zu was?«, hakte Lilibet stirnrunzelnd und zutiefst beunruhigt nach.

»Nun, schon bei Ihrer Abreise sah der König gar nicht gut aus. Nach allem, was ich höre, trug dies mit dazu bei, dass man die königliche Familie wegen der Reise in den Süden nicht kritisiert hat. Alle sahen, wie krank Seine Majestät ist und dass er ein wenig Sonne und Erholung dringend gebrauchen konnte. Das Land war in tiefer Sorge. Es macht allerdings nicht den Anschein, als habe Seine Majestät sich erholt. Er hat schrecklich abgenommen, er hustet viel mehr, er sieht noch viel mitgenommener aus als bei seiner Abreise.«

Die Worte ihrer Gouvernante trafen Lilibet wie ein Schlag. Natürlich hatte auch sie beobachtet, wie schlecht es ihrem Vater ging, und sich dazu ja auch verschiedentlich mit ihrer Mutter und mit Margaret ausgetauscht. Doch je aufregender und eindrucksvoller die Reise wurde, desto mehr hatte sie den Gesundheitszustand ihres Vaters aus den Augen verloren. Aber Crawfie hatte recht. Auf einmal wurden ihr die Knie ganz weich, und sie beschloss, bald mit ihrer Mutter darüber zu sprechen. Nun galt es aber zunächst einmal, ihren Vater aufzusuchen.

*

»Papa.« Als Lilibet ihm gegenüberstand, wollte ihr das Herz überfließen vor lauter Liebe und Sorge. Crawfie hatte so recht! Ihr Vater sah furchtbar aus!

Jetzt jedoch lächelte er sie nur liebevoll an, was sein hageres und blasses Gesicht zum Leuchten brachte, und sagte: »Im Studierzimmer wartet jemand auf dich.«

Sofort war ihr klar, von wem die Rede war. Philip!

»Danke, Papa!«

Wie dicht Sorge und unbändige Freude doch beieinanderlagen, dachte sie, als sie auf dem Absatz kehrtmachte und davoneilte.

Ein Diener öffnete die Tür – und da stand er, als wäre sie nie fort gewesen. Wie immer fiel ihm eine zu lange Strähne in die Stirn, seine Augen funkelten eisblau, und um seinen Mund lag jenes jungenhafte Grinsen, das sie so an ihm liebte.

»Philip.«

Da der Diener die Tür inzwischen wieder hinter ihnen geschlossen hatte, musste sie keinerlei Rücksicht auf Benimm oder Etikette legen, und fiel ihm einfach um den Hals. »Philip. Wie sehr ich dich vermisst habe.«

»Das erging mir ebenso«, versicherte er und schlang die Arme enger um sie.

Ihre Freude machte grenzenloser Erleichterung Platz, denn auch wenn sie das Wiedersehen dringend herbeigesehnt hatte, so hatte sie es doch auch ein wenig gefürchtet. Was, wenn Philip sich in der Zwischenzeit anders entschieden oder Zweifel bekommen hatte – auch wenn das weder seine Briefe vermuten ließen noch die Tatsache, dass er für sie seinen Titel abgelegt hatte? Nun, in seinen Armen, war auch der letzte Zweifel fortgeblasen.

»Du hast dich verändert«, sagte Philip, als sie kurz darauf Hand in Hand durch den Park des Buckingham Palace spazierten.

»Ich hoffe, zum Guten«, sagte sie halb scherzhaft, halb beunruhigt.

»Eigentlich ja«, murmelte er. »Äußerlich kann ich es auch schon festmachen. Du bist dünner geworden.«

»Oh«, machte Elizabeth. Sie war sich nicht sicher, ob das nun als Kompliment zu werten sei. Und waren Kommentare über ihre Figur von einem Mann nicht ein wenig ungehörig? Andererseits handelte es sich schließlich nicht um *irgendeinen* Mann, sondern um ihren künftigen Gemahl.

»Es gefällt mir«, sagte er. »Zumal deine Kurven ja noch am richtigen Platz sind.«

Elizabeth wurde rot. »Philip!«, tadelte sie ihn.

»Was denn?«, sprach er laut aus, was sie zuvor gedacht hatte. »Immerhin bin ich dein künftiger Ehemann.«

Dann wurde er ernst. »Abgesehen davon, hat sich aber auch deine Ausstrahlung verändert.« Nachdenklich sah er sie an. »Ich kann es gar nicht richtig benennen. Es ist, als würdest du mehr in dir selbst ruhen, als seist du sicherer geworden. Und zugleich klarer.«

»Ja«, sagte sie. »Ich habe selbst festgestellt, wie gut es mir getan hat, dieses Land und seine Menschen kennenzulernen. Diese Weite. Diese Freiheit.«

»Freiheit ist etwas, das mir auch sehr wichtig ist«, erwiderte er und kickte einen Kieselstein beiseite.

Erschrocken sah sie auf. Sie wusste, was er damit ansprach.

Das Leben im Palast war nicht von großer Freiheit geprägt, im Gegenteil. Es war ein starres Gerüst aus Traditionen, Vorschriften und Erwartungen. Ihr war ja auf der Reise genau das so schmerzhaft klar geworden: dass es keine Freiheit für sie geben würde. Und dass es an ihr war, einen Weg zu finden, damit umzugehen.

»Ich weiß, was du meinst«, sagte sie. »Was du ansprichst. Aber vielleicht können einem äußere Regeln und Zwänge nichts anhaben, wenn die innere Freiheit groß genug ist.«

»Das sind schöne Worte. Aber ob sie sich in die Realität tragen lassen?«

Plötzlich war die Angst wieder da. »Hegst du Zweifel?«

Er nahm ihre Hand. »Zweifel an meiner Liebe zu dir nicht. Aber sagen wir einmal so: Ich hätte nichts dagegen, wenn du nicht Englands künftige Königin wirst.«

»Na, dann weiß ich immerhin, dass du mich nicht nur wegen meines Titels haben willst.«

»Nein, Darling, es ist andersherum«, stellte er grinsend richtig. »Ich will dich *trotz* deines Titels haben. Andererseits: Wärst du nicht Englands Thronfolgerin, würde ich dich vermutlich nicht heiraten.«

»Ach, doch nicht? Bist du also doch nur hinter der Krone her?«

Philip lachte. »Ich nicht, aber Onkel Dickie. Ich glaube, wenn er unsere Begegnungen nicht so energisch gefördert hätte, hätte ich gewusst, dass die Thronfolgerin sehr hübsch und über viele Ecken mit mir verwandt ist, aber das wäre es auch schon gewesen.«

»Dann können wir Louis Mountbatten also dankbar sein«, fasste Lilibet zusammen.

»Oder er uns, wenn der Name der englischen Königsfamilie Mountbatten lauten wird«, sagte Philip.

Lilibet senkte den Kopf. Daran wollte sie lieber noch gar nicht denken! Zwar fieberte sie dem Moment, in dem aus Elizabeth aus dem Haus Windsor Elizabeth Mountbatten werden sollte, sehr entgegen. Aber dass das Haus Mountbatten regieren und sich Dickies Wunsch erfüllen würde, wäre ja erst der Fall, wenn ihr Vater nicht mehr am Leben war. Plötzlich erschien wieder sein blasses, ausgemergeltes Gesicht vor ihr, und die Angst schnürte ihr die Kehle zusammen.

»Es wird nicht einfach werden«, sagte Philip in diesem Moment. »Und es ist auch jetzt leider nicht einfach.«

Erschrocken sah sie ihn an. »Was hat Vater zu dir gesagt?«

»Dass wir noch warten müssen«, erwiderte er finster.

»Wie bitte?«, rief sie und blieb unvermittelt stehen. »Das kann doch nicht sein! Mit was für einer Begründung? Er hat es uns doch versprochen!«

»Es soll auch nicht mehr lang dauern«, entgegnete Philip, dem seine Verärgerung dennoch deutlich anzumerken war. »Er hat nun den 15. Juli als Datum vorgeschlagen. Die Zeit bis dahin will er nutzen, um an meinem Image zu arbeiten.«

»An deinem Image«, wiederholte Lilibet tonlos.

»Ich bin und bleibe ein ausländischer Prinz, auch wenn ich nun die englische Staatsbürgerschaft angenommen und auf meine Titel verzichtet habe«, sagte er. »Eine Umfrage während eurer Abwesenheit ergab ganz klar, dass vierzig Prozent gegen eine Heirat der englischen Thronfolgerin mit einem griechischen Prinzen sind.«

»Gegen unsere Reise in den Süden waren auch immerhin neunundzwanzig Prozent, und wirklich übel nimmt es uns keiner«, sagte Lilibet, was ihr jedoch wieder in Erinnerung brachte, dass das an der schlechten Verfassung ihres Vaters lag.

»Was ist nun sein Plan?«, wollte sie wissen.

»Nun, offenbar hat er immerhin bereits den Premierminister und die Regierungschefs der Commonwealth-Länder informiert«, begann Philip. »Auch wenn es sich also noch weiter verzögert, hat er wohl nicht zum Ziel, es endlos hinauszuzögern, und es ist sicher auch keine Ausrede, um die Hochzeit endgültig zu verhindern.«

Sie nickte. Das immerhin war beruhigend. Und seine folgenden Worte beruhigten sie noch mehr. »Geplant ist, dass ich in den nächsten Wochen bis zur Bekanntgabe häufig an seiner Seite gesehen werde und auch in den Hofnachrichten auftauche.«

Lilibet seufzte. »Nun«, sagte sie schließlich. »Jetzt haben wir schon so lange gewartet, da kommt es wohl auf die paar Wochen auch nicht mehr an. Und es geht ja in die richtige Richtung.«

Kapitel 17

König George VI. bebte vor Wut. »Wie kann das sein!«, tobte er. »Wir hatten eine ganz klare Vereinbarung! Die Verlobung wird am 15. Juli bekannt gegeben. Keinen Tag früher.«

»Es ist ja nicht so, dass Philip oder Lilibet zur Presse gegangen sind, um alles auszuplaudern. Sie haben sich wirklich sehr diskret verhalten«, verteidigte Königin Elizabeth ihre Tochter und ihren künftigen Schwiegersohn.

»Nicht diskret genug«, schäumte George.

»Nun bist du ungerecht, und du weißt es auch«, trat ihre Mutter zu Lilibets Erleichterung weiterhin unbeirrt für sie ein. Und sie hatte recht mit ihren Worten. Es konnte wirklich niemand etwas dafür – außer den englischen Journalisten.

Nachdem Lilibet mit ihren Eltern Philips Mutter Alice von Griechenland und deren bärbeißige Mutter Viktoria Mountbatten im Kensington Palace besucht hatten, um einander kennenzulernen und Details zur Hochzeit zu besprechen, war Lilibet, die sich mit Philips Mutter gut verstand, immer wieder dort gewesen. Die ältere Frau übte auf sie eine eigenartige Faszination aus. Lilibet wusste natürlich alles, was man sich über Alice erzählte. Dass sie im Sanatorium gewesen war, sich für die Braut Christi gehalten hatte, und sie ahnte, wie sehr Philip in seiner Kindheit unter alldem gelitten hatte. Aber sie wusste auch, dass

Prinzessin Alice schon als junge Frau, als Griechenland in einem blutigen Krieg gegen die Osmanen steckte, an die Front gereist war, um Krankenhäuser aufzubauen und Verwundete zu versorgen. Sie wusste, dass sie während des Zweiten Weltkriegs unter Gefahr für ihr eigenes Leben eine jüdische Familie bei sich versteckt hatte und dass sie ihr letztes Hemd für die Armen gab. Die beiden Frauen sahen sich also häufig, und bei einem dieser Besuche war auch das Thema Verlobungsring angesprochen worden.

»Mein Junge hat kein Geld, und ich habe nichts, was ich ihm geben könnte. Es ging alles an die Armen«, hatte die zierliche Frau bedauernd gesagt, als Philip und Lilibet sie wieder einmal besuchten.

»Aber das macht doch nichts«, hatte Lilibet erwidert und sich bemüht, ihren Kopf so zu wenden, dass die taube Alice ihrer künftigen Schwiegertochter von den Lippen ablesen konnte.

»Doch«, hatte die widersprochen. »Doch, das macht etwas. Ein junger Mann sollte in der Lage sein, der Dame seines Herzens einen Ring an den Finger zu stecken.«

Sie erhob sich, ging nach nebenan und kehrte mit einer Schmuckschatulle zurück. »Das hier ist mein Verlobungsring«, sagte sie.

Lilibet betrachtete gerührt den goldenen Ring mit einem kleinen Diamanten. Er war wunderschön, dennoch würde sie sich einen solchen Ring nicht heraussuchen.

»Das ist es, was ich anbieten kann.«

Philip sah sie liebevoll an, sagte dann jedoch: »Ich weiß dein Angebot sehr zu schätzen, Mutter, und dass du das für mich tun willst. Aber er passt nicht zu Lilibet. Und außerdem …«

»Außerdem hast du die glückliche Zeit unserer Ehe nicht erlebt, und es mag dir wie ein schlechtes Omen erscheinen, deiner Zukünftigen das Symbol einer Liebe an den Finger zu stecken, die am Ende scheiterte.«

»Ja«, sagte Philip verlegen. »Ja, vielleicht.«

»Ich kann euch verstehen«, versicherte Alice, blickte angesichts der Tatsache, dass sie nun nicht helfen konnte, aber doch sehr bekümmert drein.

Plötzlich erhellte sich ihre Miene. »Meine Tiara!«, rief sie.

Philip sah sie fragend an.

»Sie liegt in Paris in einem Safe mit noch ein paar anderen Dingen«, fuhr Alice fort. »Ich brauche sie nicht mehr. Oder könnt ihr euch mich mit einem Diadem auf dem Kopf vorstellen?«

Bei der Vorstellung musste Lilibet in der Tat leise lachen. Die etwas verhärmt wirkende Frau in ihrer schlichten Kleidung mit einem Diadem auf dem Kopf, war eine nahezu absurde Vorstellung.

»Aber Lilibet braucht keine Tiara, sondern einen Verlobungsring«, sagte Philip begriffsstutzig.

»Genau dafür soll es ja sein«, erklärte Alice. »Aus den Diamanten könntet ihr einen Verlobungsring fertigen lassen. Und noch ein weiteres Schmuckstück dazu. Betrachtet es als mein Hochzeitsgeschenk.«

Sie wandte sich an Lilibet. »Was halten Sie davon, meine Liebe?«

»Sind Sie denn sicher, dass es Ihnen nichts ausmacht, es zu zerstören?«, fragte die zurück.

»Ich würde es nicht zerstören«, versicherte Alice. »Es würde in verwandelter Form neu erstehen. Und an der Hand meiner künftigen Schwiegertochter«, sie nahm Lilibets zarte Hand in die ihre, »wo sie tagtäglich das Licht erblicken und in der Sonne funkeln, kommen sie doch viel besser zu Ehren als in einem finsteren Tresor. Wie Sie wissen, brauchen Diamanten das Licht, um ihre Schönheit entfalten zu können.«

»Dann, also… dann sehr, sehr gerne«, stimmte Lilibet zu. Alice sprang auf und klatschte in die Hände, eine Geste, die nicht zu dieser etwas gebeugten, grauen Person passte, und für einen Moment sah Lilibet die Frau, die Alice einmal gewesen sein mochte. »Ich werde umgehend nach Paris reisen«, beschloss sie. »Ich werde das Diadem holen, und dann können wir es nach euren Vorstellungen umarbeiten lassen.«

»Danke, Mutter«, sagte Philip. »Das bedeutet mir sehr viel. Wenn du es erlaubst, würde ich gerne die Gestaltung übernehmen.«

»Natürlich erlaube ich das. Und ich danke dir ebenso. Auf diese Weise kann ich doch noch etwas für dich tun.« Zärtlich strich sie ihm über die Wange.

Gerührt beobachtete Lilibet die Szene. »Auch mir bedeutet das sehr viel. Von ganzem Herzen Danke.«

Dieses Gespräch war nun einige Wochen her. Inzwischen war Alice nach Paris gereist, um die Tiara und einige andere Wertgegenstände zu holen. Auch zwei graue Samtschleier, die noch von ihrer russischen Schwiegermutter stammten, waren darunter. Daraus wollte sie sich ihr Kleid für die Hochzeit schneidern lassen. Nach ihrer Rückkehr hatte Alice die Tiara aus Sicherheitsgründen direkt zu Juwelier Philip Antrobus im Zentrum von London gebracht, der mit der Umarbeitung in einen Verlobungsring und ein passendes Armband betraut werden sollte. Dabei hatten ihr Reporter aufgelauert. Am nächsten Morgen hatten drei Zeitungen darüber spekuliert, was die Mutter von Philip Mountbatten denn wohl bei einem Juwelier gemacht haben könne. Alle Journalisten waren sich einig darüber, dass die bescheidene Dame sicherlich nicht für sich selbst dort gewesen sei und dass es einen Zusammenhang zwischen dem Juwelierbesuch und der Verbindung zwischen der englischen Thronfolgerin und dem ehemaligen Prinzen geben müsse. »Hat Prinzessin Alice von Griechenland den Verlobungsring gekauft?«, fragte eine der Zeitungen, ebenjene, die George VI. nun wutschäumend in der Hand hielt. »Wenn Sie gestatten, Eure Majestäten«, ließ sich in diesem Moment Tommy Lascelles vernehmen, »so fürchte ich, dass wir die Bekanntgabe nun nicht mehr länger hinauszögern können. Wir riskieren sonst, die Bürger zu verärgern.«

»Es wäre doch ohnehin nur noch eine Woche bis zur Bekanntgabe«, gab Königin Elizabeth nicht auf, ihrem erzürnten Gatten gut zuzureden. »Und inzwischen sind ja schon alle informiert und alle Hürden genommen. Wir können die Verlobung wirklich jetzt schon verkünden.«

»Also gut«, schnaubte George. »Philip soll heute Abend kommen. Und, Tommy, bereiten Sie eine Erklärung vor, und organisieren Sie für übermorgen eine Gartenparty.«

Lilibet strahlte. Endlich, endlich, endlich hatte das Warten ein Ende.

Kapitel 18

Bobo«, sagte Lilibet aufgeregt, als ihre Kammerzofe im Begriff war, sie für den besonderen Tag anzukleiden. »Endlich passiert etwas. Nachher ist es so weit. Ich kann es kaum glauben.«

»Das wurde auch Zeit«, erwiderte die Ältere sichtlich gerührt. »Und wenn ich das so sagen darf: Sie sehen wunderschön aus. Diese Farbe hat Ihnen schon immer gut gestanden. Ich sehe es noch vor mir, wie Sie in einem knielangen, gelben Sommerkleidchen durch den Garten von Windsor Castle gerannt sind. Das war Ihr Lieblingskleid.«

»Ich weiß«, erwiderte Lilibet. »Ich erinnere mich noch sehr gut. Und ich habe dieses Kleid und diese Farbe mit vollem Bewusstsein für den heutigen Abend gewählt.«

Die Zofe blinzelte, und plötzlich wurde Lilibet klar, was dieser Augenblick auch für ihre treue Weggefährtin bedeuten musste. Sie wandte sich um und sah Bobo liebevoll an. »Danke, dass Sie mich auf meinem Weg stets so treu begleitet haben.«

»Es ist von Herzen gern geschehen, Lilibet«, sagte Bobo, die Einzige, die sie außerhalb der Familie beim Vornamen anreden durfte.

»Ich freue mich auf den weiteren Weg, den wir Seite an Seite gehen werden, auch wenn ich dann eine verheiratete Frau sein werde.«

»Darauf freue ich mich auch«, murmelte Bobo. »Ein Leben ohne Sie wäre für mich nicht vorstellbar.«

Da klopfte es nebenan an der Tür.

»Leutnant Philip Mountbatten, RN«, kündigte Cyril mit tragischer Stimme an, und Lilibet wechselte einen amüsierten Blick mit Bobo. Bislang hatte Cyril Philip noch als »Seine Königliche Hoheit, Prinz Philip von Griechenland« angekündigt. Und zwar in genau dem gleichen Tonfall.

Im nächsten Moment stand er vor ihr – und sie waren ganz allein. Bobo hielt sich noch im Ankleidezimmer auf, und Cyril hatte sich wieder zurückgezogen.

Sie eilte Philip mit ausgestreckten Händen entgegen. »Nun ist es also so weit«, sagte sie aufgeregt. »Heute Abend gibt Papa die offizielle Erklärung heraus. Hast du sie schon gesehen?«

Er schüttelte den Kopf. »Bitte, zeig sie mir. Aber vorher wären da noch drei wichtigere Dinge.«

»Ja?«

»Das erste Wichtige ist, dir zu sagen, wie wunderschön du aussiehst.«

Sie errötete leicht. »Danke sehr.«

»Ich glaube, du warst nie schöner«, fuhr er mit belegter Stimme fort. »Und nun bist du ja auch ganz offiziell die Meine. Was mich zum zweiten sehr wichtigen Punkt führt.« Philip kniete vor ihr nieder und zog aus seiner inneren Anzugtasche eine kleine Schachtel hervor. Er klappte sie auf, und die Diamanten, die einst Alice' Diadem geziert hatten, funkelten ihr in vollendeter Schönheit entgegen. »Nun kann ich dir endlich ganz formvollendet einen Antrag machen«, sagte Philip. »Lilibet – möchtest du meine Frau werden?«

»Und wie ich das will!«, rief sie. »Ja, ja und tausendmal ja! Endlich.«

Grinsend und ein wenig ungeschickt fummelte Philip den Ring aus der Schachtel, um ihn ihr an den Ringfinger ihrer linken Hand zu stecken.

»Er ist zu groß«, stellte sie enttäuscht fest.

»Nein!« Ärgerlich fuhr Philip sich durch das Haar. »Wir hätten vorher Maß nehmen sollen. Ich werde ihn enger machen lassen und ihn bis zu der Gartenparty übermorgen wieder mitbringen.«

Hastig entzog sie ihm ihre Hand und versteckte sie hinter dem Rücken.

»Auf keinen Fall«, sagte sie entschieden.

Fragend und auch ein wenig belustigt sah er sie an.

»Ich habe so lange auf diesen Moment gewartet – ich gebe den Ring nun erst einmal nicht mehr her. Später kann man ihn immer noch enger machen.«

»Aber wenn er dir nun vom Finger rutscht und du ihn verlierst?«, fragte Philip besorgt. »Er ist ja wirklich viel zu groß.«

»Ich werde ihn nicht verlieren. Ich klemme einfach die Finger zusammen.«

Er lachte. »Wenn du meinst.«

»Ich meine«, sagte sie entschlossen. Dann sah sie ihn fragend an. »Und was war nun Nummer drei?«

»Nummer drei?«

»Du sprachst von drei Dingen, die wichtiger sind als unsere Verlobungsankündigung.«

»Ach so.« Er lachte. »Nummer drei ist der Kuss, den ich schon die ganze Zeit von dir herbeisehne.«

»Da können wir Abhilfe schaffen«, sagte sie und ließ sich in seine Arme ziehen.

*

Als Philip gegangen war, stand Lilibet noch eine Weile mitten im Zimmer und betrachtete glücklich den funkelnden Ring an ihrer Hand. Dann öffnete sie die Tür, ging zum Zimmer ihrer Gouvernante, ließ sich vom bereitstehenden Diener die Tür öffnen und trat ein.

»Sie sehen wunderschön aus«, rief Crawfie, als sie ihren Zögling erblickte.

»Danke, Crawfie«, sagte Lilibet und hielt der Gouvernante ihren Ringfinger unter die Nase, an dem die Diamanten aus dem einstigen Diadem ihrer künftigen Schwiegermutter verlockend funkelten. Als sie die Finger spreizte, drehte sich der Ring, und die Steine zeigten nun zur Handinnenfläche.

»Er ist etwas zu groß«, murmelte sie. »Ich hätte ihn anprobieren sollen. Der Hofjuwelier wird ihn enger machen, aber nicht heute. An meinem Verlobungstag will ich ihn keine Sekunde ablegen. Und auch ansonsten fällt mir der Gedanke daran schwer.«

»Das wird nicht lange dauern«, war sich Crawfie sicher, während sie den Ring bewunderte. »Und er ist wunderschön.«

»Vor allem hat er eine Geschichte«, sagte Lilibet. »Es bedeutet mir sehr viel, dass in diesem Ring so viel von Philips Mutter steckt. Gerade weil er ja so wenig von seiner Familie hat.«

Crawfie, die die Geschichte bereits kannte, nickte.

»Ach, aber Crawfie, was wird denn nun aus Ihnen?«, fragte Lilibet traurig. »Noch benötigt Margaret Ihre Unterstützung, aber bald wird sie auch erwachsen sein, und dann …«

Doch zu ihrer Überraschung blickte die Ältere nicht traurig drein, sondern erhob sich, ging zu ihrem Nachtschränkchen und zog eine kleine Schmuckschatulle aus der Schublade. »Hier«, sagte sie, während sie sie öffnete. »Das ist mein Verlobungsring.«

»Ihr Verlobungsring?«, fragte Lilibet perplex.

Crawfie lächelte. »Ja. Ich werde endlich heiraten.«

Plötzlich fühlte sich Lilibet ganz schäbig. Wenn ihre Gouvernante heiraten wollte, bedeutete das, dass sie seit Langem eine Liebe lebte, von der sie, Lilibet, mit der sie die meiste Zeit verbrachte, keine Ahnung hatte.

»Mein George hat lange auf mich warten müssen«, bestätigte Crawfie ihre Gedanken. »Aber es war Krieg, Sie und Margaret haben mich gebraucht. Ich wollte für Sie da sein. Nun jedoch, da Sie groß sind und erwachsen oder in Margarets Fall fast erwachsen, nun ist es Zeit für mich, mein eigenes Leben zu leben.«

»Ich freue mich so sehr für Sie«, versicherte Lilibet, und zugleich war die Vorstellung von einem Leben ohne Crawfie undenkbar. »Wollen Sie mir nicht mehr von Ihrem George erzählen?«

»Später«, wehrte die Ältere ab. »Heute ist Ihr Tag.« Sie zeigte auf Lilibets Verlobungsring.

Die nickte. »Aber wenn Sie doch verlobt sind«, sagte sie, »warum tragen Sie Ihren Ring dann nicht?«

»Aus den gleichen Gründen, aus denen auch Sie Ihre Verlobung bisher nicht öffentlich gemacht haben«, erwiderte die andere. »Auch eine Gouvernante muss den richtigen Moment und die Zustimmung bestimmter Menschen abwarten.«

»Mami und Papa werden Ihnen doch keine Steine in den Weg legen?«, rief Lilibet erschrocken.

Crawfie schüttelte beruhigend den Kopf. »Ich habe sowohl mit Ihrer Großmutter als auch mit Ihrer Mutter gesprochen. Beide freuen sich für mich. Aber beide haben mich gebeten, erst Ihre Verlobung abzuwarten.«

Lilibet nickte, und die Gouvernante wandte sich um und griff nach einem Papier, das auf dem Sideboard lag. »Haben Sie die Verlobungsanzeige schon gesehen?«, fragte sie.

»Natürlich«, bestätigte Lilibet, »aber ich kann mich nicht daran sattsehen.«

Auffordernd streckte sie die Hand aus, und Crawfie legte das Papier hinein.

Feierlich las Elizabeth laut vor:

»Mit größter Freude geben der König und die Königin die Verlobung ihrer innig geliebten Tochter, der Prinzessin Elizabeth, mit Lieutenant Philip Mountbatten, RN, dem Sohn des verstorbenen Prinz Andreas von Griechenland und Prinzessin Andreas (Prinzessin Alice von Battenberg) bekannt, zu welcher Vereinigung der König gerne seine Zustimmung gegeben hat.«

*

Nachdem sie so lange gewartet hatten, ging nun alles Schlag auf Schlag. Es war wie ein Rausch, eine endlose Abfolge wunderschöner Bilder, die an Lilibet vorbeizogen. Die Gartenparty, die man ihr und Philip zu Ehren gab, die unzähligen Glückwünsche, die sie entgegennahmen, Seite an Seite, nun offiziell ein Paar. Es schien ihr so unwirklich, nach all den Irrungen und Wirrungen tatsächlich neben ihm zu stehen und später dann gemeinsam mit ihm für die Fotos zu posieren. Sie kam aus dem Strahlen gar nicht mehr heraus, ständig gab es etwas, das sie beobachtete, das sie ihrem Verlobten – wie wunderbar das klang – unbedingt mitteilen musste, und sie strapazierte die Geduld der Fotografen bis aufs Äußerste, weil sie immer wieder den Kopf zu ihm wandte, um ihm etwas zu sagen, auf das er dann lächelnd antwortete.

Draußen vor den Toren des Buckingham Palace sammelte sich das Volk, lief zusammen, um einen Blick auf das glückliche, frisch verlobte Paar zu erhaschen. »Wir wollen Elizabeth und Philip sehen, wir wollen Elizabeth und Philip sehen«, skandierten die Menschen vor dem Palast.

Doch sie mussten sich bis zum Abend gedulden, bis die beiden endlich heraustraten und der jubelnden Menge zuwinkten. Es mussten Hunderttausende sein, dachte Lilibet ergriffen. Sie alle waren gekommen, um ihnen persönlich Glück zu wünschen. Im Gegensatz zu damals, als die Fabrikmitarbeiter sie nach Philip gefragt hatten, störte sie diese Anteilnahme an ihrem Privatleben nun gar nicht mehr. Im Gegenteil, sie rührte sie. Was sicher auch daran lag, dass die Dinge nun endlich geklärt waren und Philip offiziell an ihrer Seite stand. Stehen *durfte.*

In diesem Moment traten auch der König und die Königin auf den Balkon, um sich zwischen den Verlobten aufzustellen und der Menge zuzuwinken.

Der Jubel steigerte sich ins Unermessliche.

Kapitel 19

»Eure Königliche Hoheit.«

Lilibet fuhr hoch, als Crawfie sie an der Schulter berührte. »Was um alles in der Welt…«, rief sie und fügte dann, nach einem Blick auf die auf ihrem Nachttisch neben Philips Foto stehende Uhr hinzu: »Es ist mitten in der Nacht, Crawfie, und Sie sind im Nachthemd. Ist denn etwas geschehen?«

»Seine Majestät wünscht Sie zu sprechen.«

»Jetzt?«, fragte Lilibet und beeilte sich, aus dem Bett zu kommen. Crawfie hatte schon nach dem seidenen Morgenmantel gegriffen und half ihr hinein. Lilibet war außer sich vor Sorge. »Geht es Vater gesundheitlich schlechter? Aber dann würde ja nicht er mich zu sich bitten, sondern Mutter«, kombinierte sie.

»Nein«, ließ sich Crawfie vernehmen. »Soweit ich es verstanden habe, geht es um Philip.«

»Um Philip?« Plötzlich hämmerte Lilibets Herz noch schneller. Was war denn nun schon wieder? Sie waren doch eigentlich endlich an einem Punkt angekommen, an dem alles gut war! Zumindest hatte sie das gedacht.

Hastig eilte sie den Flur entlang zu den Privatgemächern ihrer Eltern. Sie fand beide, in Pyjama, Nachthemd und Morgenmantel, in deren Wohnzimmer vor.

»Papa, Mami«, sagte sie aufgeregt. »Was ist mit Philip?«

»Setz dich«, sagte der König.

Lilibet tat wie ihr geheißen und sah ihre Eltern mit angstvoll geweiteten Augen an, während sie mit der rechten Hand nervös an ihrem Verlobungsring nestelte. Ihm würde doch nichts geschehen sein?

»Philip wurde in einen Unfall verwickelt«, sagte ihr Vater da auch schon, und ihre Mutter fügte rasch hinzu: »Es geht ihm gut.«

Lilibet, die bei den Worten ihres Vaters furchtbar erschrocken war und Philip vor ihrem geistigen Auge schon blutüberströmt auf der Straße hatte liegen sehen, atmete erleichtert auf.

»Man hat im Palast angerufen, um uns darüber zu informieren, dass er mit seinem Sportwagen auf dem Heimweg ins Schleudern geraten und im Graben gelandet ist. Der Stallmeister hielt diese Information für so wichtig, dass er mich sogleich informiert hat.«

»In der Tat ist sie das«, sagte Lilibet, und ihre Sorge um Philip wich leisem Ärger. Wie oft hatte sie ihn schon darum gebeten, nicht so schnell zu fahren – ob sie nun auf dem Beifahrersitz saß oder nicht. Nun hatten sie die Bescherung!

»Ich möchte mit ihm sprechen. Jetzt!«, forderte sie.

»Du kannst gleich mit ihm telefonieren«, sagte ihre Mutter. »Aber zunächst hat dir dein Vater noch etwas mitzuteilen.«

»Du bist nicht nur die Thronfolgerin, Lilibet«, sagte er, »sondern auch meine geliebte Tochter. Du stehst unter meinem Schutz. Philips Fahrstil hat mir noch nie gefallen. Ich weiß nicht, ob ich dir erlauben soll, dich weiterhin von ihm kutschieren zu lassen.«

»Oh, bitte, Papa«, rief Lilibet. »Ich werde eindringlich mit ihm sprechen. Und ihm sagen, dass er in Zukunft vorsichtiger sein muss.«

Bertie zögerte, und wieder einmal bemerkte Lilibet, wie schlecht er aussah. Ihre Wut auf Philip wuchs. Ihr Vater sollte im Bett liegen und sich erholen, statt mitten in der Nacht herausgeklingelt zu werden und zu erfahren, dass sein Schwiegersohn in spe wieder einmal so gerast war, dass er im Straßengraben gelandet war.

»Also gut«, sagte der König schließlich. »Dann wirst du ihn nun also anrufen, und wir können uns wieder zu Bett begeben.«

Lilibet nickte. »Gute Nacht, Papa, gute Nacht, Mami«, verabschiedete sie sich und ging zur Tür.

*

»Wie konntest du nur?«, schäumte sie kurz darauf, als sie, zurück in ihrem Appartement, den Hörer in der Hand, an ihrem Schreibtisch saß.

»Nun mach nicht so ein Drama, Liebling«, murrte Philip. »Es ist mir ja nichts geschehen.«

»Nichts geschehen, nennst du das?«, rief sie. »Dann bist du also nicht im Straßengraben gelandet und es ist nicht der ganze Palast in Aufruhr, um das wieder auszubügeln?«

»Ich bin in der Tat im Straßengraben gelandet, was passieren kann, die Fahrbahn war regennass. Was ich allerdings nicht verstehe, ist, warum deswegen der ganze Palast in Aufruhr ist.«

»Vielleicht, um die Presse davon abzuhalten, das riesengroß auszuschlachten?«, schlug Lilibet schnippisch vor. »Schließlich bist du auch häufig mit Englands künftiger Königin unterwegs. Wenn mir etwas zustoßen würde, wäre das von immenser Bedeutung für das ganze Land.«

»Ach, dann ist dein Leben also wertvoller als das meine?«, sagte er. Erst jetzt bemerkte Lilibet, dass seine Stimme leicht verwaschen war. Hatte er getrunken?

»Nun red doch keinen Unsinn«, sagte sie. »Du weißt genau, was ich meine.«

»O ja, das weiß ich«, rief er erzürnt. »Ständig muss ich mich an irgendwelche Regeln halten, ständig wird an mir herumgemäkelt. Seien das nun meine geliebten Flanellhosen, seien es meine Socken, seien es meine Manieren ...«

»Das Leben in einem Palast ist nun mal von Regeln und Traditionen geprägt«, erwiderte sie. »Das wusstest du. Du entstammst doch selbst einem Königshaus.«

»O nein«, sagte er. »Das wusste ich nicht. Bei uns ging und geht es doch deutlich ungezwungener zu. Und es sind im Übrigen nicht nur die Regeln des Palastes. Es bist auch du, Elizabeth.«

»Ich?« Ihr Herz krampfte sich zusammen. Sie hatten noch nie gestritten, zumindest nicht so heftig. Und sie konnte sich auch nicht daran erinnern, wann er sie das letzte Mal *Elizabeth* genannt hatte. War das überhaupt schon einmal geschehen? Es klang jedenfalls ganz fürchterlich aus seinem Mund!

»*Du!*«, schnaubte er bestätigend durch den Hörer. »Rauchen soll ich nicht, trinken soll ich nicht, und nun willst du mir auch noch das Autofahren verbieten. Willst du mir denn gar keine Freiheit lassen? Zumindest zwischen uns muss es die doch geben.«

»Ich denke, es ist besser, wenn wir das Gespräch jetzt beenden, Philip«, sagte Lilibet. »Komm morgen in den Palast, dann reden wir weiter.«

»Natürlich«, entgegnete Philip bissig. »Wie Eure Hoheit befehlen.«

*

Lilibet hatte die ganze Nacht nicht geschlafen und war furchtbar übermüdet, als sie am nächsten Morgen im Frühstückszimmer auf Margaret und ihren Vater traf. »Lilibet«, platzte Margaret heraus, kaum dass sie den Raum betreten hatte. »Das war ja kein Wunder, dass Philip eines Tages im Graben landet. So schnell, wie der fährt.«

Lilibet ging zu der Anrichte, um sich von einer der Wärmeplatten etwas von ihrem geliebten Räucherhering zu nehmen, den sie täglich zu frühstücken pflegte, und setzte sich dann an den Tisch. Sie seufzte.

»Ich habe ihn einbestellt«, sagte der Vater. »Ich werde ihm klarmachen, dass er vorsichtiger sein muss. Ansonsten werden dich in Zukunft nur noch die Palast-Chauffeure kutschieren.«

Erschrocken sah Lilibet auf. »Bitte, geh nicht allzu sehr mit ihm ins Gericht«, flehte sie. »Wir haben uns gestern am Telefon genug gestritten, und ich möchte ihn nicht noch mehr verärgern.«

»Er soll froh sein, dass *wir* nicht noch verärgerter sind«, ließ sich der König nicht erweichen. »Philip wird begreifen müssen, was es heißt, ein Mitglied der königlichen Familie zu sein.«

Lilibet nahm hastig einen Schluck ihres Earl-Grey-Tees. Genau das bereitete ihr ja Sorge. Sie hatte den Eindruck, dass das Philip erst jetzt, nach und nach, klar wurde. Und dass es ihm ganz und gar nicht gefiel.

*

Wie ein gefangener Tiger ging Lilibet in ihrem Wohnzimmer auf und ab. Philip war, wie sie wusste, inzwischen seit einer halben Stunde bei ihrem Vater. Was dauerte denn da so lang? So viel gab es doch nun auch nicht zu besprechen! Wurde ihm doch alles zu viel? Bereute er es vielleicht am Ende sogar, sich mit ihr verlobt zu haben?

Da, endlich, ertönte das ersehnte Klopfen, und kurz darauf stand ein sehr bedrückt aussehender Philip vor ihr.

»Es tut mir leid«, setzten sie gleichzeitig an, um dann, ebenfalls gleichzeitig, in Gelächter auszubrechen.

»Nun, wenn es uns beiden leidtut, dann sind das doch beste Voraussetzungen«, fand Philip.

Sie nickte und ließ sich glücklich in seine weit ausgebreiteten Arme sinken. Wie gut das tat! »Nun hätten wir also auch unseren ersten Streit überstanden«, bilanzierte sie.

»Ja«, bestätigte er zärtlich. »Ja, das haben wir.«

Sie blickte fragend zu ihm auf. »War es sehr schlimm? Mit Vater?«

Er verzog das Gesicht. »Er hatte einen seiner berüchtigten Wutanfälle.«

»Oh«, sagte sie. »Das tut mir leid.«

Er zuckte die Achseln. »Nun, ich habe es überlebt. Und zumindest hat er mir nicht verboten, dich zu fahren.«

Bittend sah er sie an. »Lass mich dir beweisen, dass ich es auch vorsichtiger kann.«

»Eine Ausfahrt?«, fragte sie zögernd. »Jetzt?«

Er nickte. »Du könntest ein Kopftuch umbinden und eine Sonnenbrille aufsetzen. Wir könnten uns unter die Leute mischen.«

»Eine verlockende Vorstellung«, sagte sie. »Aber in welchem Wagen? Ich nehme nicht an, dass deiner schon wieder zur Verfügung steht?«

»In der Tat, das tut er nicht«, bestätigte Philip mit schmerzverzogener Miene. »Aber wenn ich mich recht entsinne, hast du nicht nur einen eigenen Privatsekretär, sondern auch einen eigenen Wagen, einen recht hübschen Daimler.«

Nun war es an Lilibet, das Gesicht zu verziehen. »Und ich liebe es, ihn zu fahren. Du kannst gern mein Beifahrer sein.«

»Nun komm schon«, sagte er und sah sie so flehend an, dass auch noch der letzte Widerstand in ihr zusammensank.

Halb seufzend, halb lachend gab sie nach.

»Also gut.«

*

Es wurde ein herrlicher Tag, den sie aus vollen Zügen genossen. Umso mehr, als sie sich zuvor ja so schrecklich gestritten hatten. Hand in Hand spazierten sie, dank ihrer riesigen Sonnenbrillen – Lilibet trug außerdem ein Kopftuch – vollkommen unerkannt, durch den Richmond Park, und anschließend hatte Philip noch eine Überraschung für sie parat: Er besuchte mit ihr das Musical *Oklahoma!* im Theatre Royal in der Drury Lane. Als Lilibet wieder im Palast zurück war, ertappte sie sich dabei, wie sie – zum Leidwesen ihrer Familie – ständig den Song *People will say we're in love* wahlweise trällerte oder auf ihrem Grammofon abspielte, was wiederum dazu führte, dass auch die Dienerschaft sich dieses Ohrwurms irgendwann nicht mehr erwehren konnte.

»Hättest du mal im nächsten Frühjahr geheiratet oder im Sommer, wie Papa und Mami es vorgeschlagen hatten«, sagte Margaret und drehte und wendete sich vor dem Spiegel. »Dann wäre alles schöner. Ich verstehe nicht, wie man ausgerechnet den furchtbaren November als Monat für seine Hochzeit wählen kann. Im Sommer hätte man eine Gartenparty veranstalten und bestimmt auch zu deinem *People will say we're in love* draußen tanzen können.«

»Ich finde den November wunderbar. Tanzen kann man auch drinnen«, beschied Lilibet sie. »Und außerdem haben wir jetzt doch wirklich lange genug gewartet.«

Kapitel 20

Das Atelier des Sir Norman Bishop Hartnell lag schräg gegenüber dem Haus, in dem Lilibet geboren worden war, in 26 Bruton Street Mayfair. Es war in einem beeindruckenden Gebäude aus dem 18. Jahrhundert beheimatet, dessen Räume der bekannte Architekt Gerald Lacoste mondän ausgestattet hatte. Lilibet, die bereits häufig hier gewesen war, liebte diesen Traum aus Glas und Spiegeln. Die Familie war schon lange Kunde bei Hartnell, selbst ihre Großmutter Mary schätzte seine bestickten Traumgebilde. Bei der Krönung Georges VI. hatte seine Frau die Kleider für die Ehrenjungfern hier nähen lassen – und für Königin Elizabeth hatte es außer Frage gestanden, dass das Hochzeitskleid ihrer Tochter bei dem Hofschneider gefertigt werden würde. Lilibet wusste, dass der Endvierziger sein Atelier bereits vor fast einem Vierteljahrhundert – drei Jahre vor ihrer Geburt – eröffnet hatte. Als sie nun mit ihrer Mutter, Bobo und Margaret auf dem Weg zu diesem Schneider war, fragte sie sich unvermittelt, ob er seinerzeit etwas davon mitbekommen hatte, dass sie nebenan das Licht der Welt erblickte. Damals war er noch nicht königlicher Hofschneider gewesen, richtig begonnen hatte das erst im Jahr 1935. Seitdem aber war er *der* Mann für die Kleidung bei Hofe. Auch Lilibet hatte er schon das eine oder andere Mal eingekleidet, zum Beispiel hatte er ihres und

Margarets Brautjungfernkleid für die Hochzeit von Lady Alice Montagu Douglas Scott, Tochter des Herzogs von Buccleuch, und ihrem Onkel, dem Herzog von Gloucester, genäht – und natürlich auch das Brautkleid selbst. Doch kleidete er den Hof nicht nur für besondere Anlässe, sondern auch für den Alltag ein: gerade geschnittene Kleider, die das Knie bedeckten, für den Tag, elegante und kunstvoll bestickte Roben für den Abend. Lilibet fand, dass er ziemlich hochnäsig und exaltiert sei, zumal er über die Modestadt Paris, insbesondere die Designerin Coco Chanel, die Nase rümpfte. Seiner Meinung nach war *London* das Zentrum der Mode, schlicht und einfach deshalb, weil sich hier ja auch *sein* Atelier befand.

»Wenn Ihre Königlichen Hoheiten erlauben, würden wir Euch nun unsere ersten Entwürfe vorführen«, ließ sich Hartnell jetzt vernehmen.

»Sehr gerne, teurer Mr Hartnell«, erwiderte Königin Elizabeth. »Wir sind schon sehr gespannt.«

»Nun«, der Mittvierziger warf sich ein wenig in die Brust, »inspiriert hat mich Sandro Botticellis Gemälde *Frühling*, und hier im Besonderen Flora, die Frühlingsgöttin.«

Die eifrigen Assistentinnen breiteten einen Druck des Werkes vor ihnen aus, und während ihre Mutter dem Designer begeistert zustimmte und erklärte, eine bessere Vorlage als Botticellis *Frühling* könne es nicht geben, starrte Lilibet ein wenig irritiert darauf. Sie ging davon aus, dass es sich bei der Flora um keine der Grazien in den halb durchsichtigen Gewändern handelte, das wäre für eine künftige Königin doch etwas würdelos. Also konnte es nur die in der Mitte stehende Figur mit dem roten Tuch oder die ein wenig weiter vorne befindliche sein, deren helles Gewand mit dunklen Blüten bestickt war. Beide fand sie nicht sonderlich hübsch und hoffte, dass ihr Hochzeitskleid doch etwas anders aussehen würde. Sie wagte aber nichts zu sagen. Alle um sie herum schienen das Bild schon einmal gesehen zu haben und natürlich auch zu wissen, bei welcher dieser Figuren es sich um Flora handelte. Nur sie war wieder einmal die Unwissende. Plötzlich stieg Wut in ihr auf. Warum nur hatten ihre Eltern so wenig Wert auf Bildung gelegt! Sicher, die englische Verfassung beherrschte sie in- und auswendig, man hatte eigens einen Professor von Eton kommen lassen, um diese eingehend und in allen Facetten mit ihr durchzunehmen. Auch wusste sie genau, an welchem Moment einer königlichen Mahlzeit sie mit welchem Tischherrn zu plaudern hatte. Aber das war es auch schon. Weder kannte sie sich in der Literatur aus noch in der Kunst, und auch in Geschichte haperte es sehr. Von Mathematik ganz zu schweigen. Manchmal, nein, sehr oft kam sie sich furchtbar dumm vor, wenn sie mit gebildeten und klugen Menschen zusammen war und keine Ahnung hatte, was sie zu ihnen sagen sollte. Und so ging es ihr nun auch wieder. Wie würde das erst werden, wenn sie einmal Königin wäre? Eine Königin, die nichts wusste!

»Gefällt dir das Kleid auch, Liebes?«, fragte ihre Mutter an ihrer Seite und betrachtete ihre schweigsame Tochter mit einer gewissen Verwunderung.

»Ja, sicher«, brachte Lilibet, nun wieder in ihrer alten Schüchternheit gefangen, stammelnd hervor. »Vielleicht … könnte man es noch ein wenig besticken?«

»Aber selbstverständlich, Eure Königliche Hoheit«, sagte Hartnell und wirkte fast beleidigt. »Kunstvolle Stickereien sind, wie Ihr sicher wisst, die Spezialität unseres Hauses. Wir denken daran, über zehntausend Zucht- und Tausende weiße Glasperlen aufzusticken. Und Euer Schleier, Ma'am, Euer Schleier wird der reinste Traum. Über und über mit Blütenranken bestickt.«

Ist es nun meine Hochzeit oder deine, dachte Lilibet mit einem gewissen Unwillen. Was, wenn ich keine Blütenranken will? Doch da ihre Mutter neben ihr schon wieder in Begeisterungsrufe ausbrach und Lilibet ihre wiedererwachte Unsicherheit noch nicht wieder überwunden hatte, schwieg sie.

Der Eindruck, dass sich viel zu viele Menschen viel zu sehr in ihre Hochzeit einmischten, verstärkte sich noch, als Tommy Lascelles am übernächsten Tag nach dem Nachmittagstee erschien und Lilibet und ihre Mutter zu ihrer Verwunderung um eine Unterredung wegen des Hochzeitskleides bat.

»Attlee ist ziemlich in Sorge wegen der Hochzeit im Allgemeinen und wegen des Kleides im Besonderen«, ließ er wissen.

»Was hat denn der Premierminister mit meinem Hochzeitskleid zu tun?«, fragte Lilibet in einer Mischung aus Unwillen und echter Verwunderung.

»Nun, Eure Hoheit, er fragt nach, wo der Stoff hergestellt wird. Etwa im Ausland? Immerhin ist allein schon die Schleppe fünf Meter lang.«

Königin Elizabeth seufzte. »Diese Bedenken können wir zerstreuen. Ich habe diese Details mit Hartnell längst besprochen. Es wird den Premierminister freuen zu hören, dass das Hochzeitskleid unserer Tochter Arbeitsplätze sichert. Dreihundertfünfzig Frauen werden in den nächsten sieben Wochen damit beschäftigt sein, in Essex an dem Kleid zu arbeiten. Das können Sie dem Premierminister mitteilen. Ach, manchmal wünsche ich mir wirklich …«

Königin Elizabeth unterbrach sich, nachdem Lascelles ihr einen warnenden Blick zugeworfen hatte. Lilibet hatte ihn ebenfalls bemerkt und wusste sowohl, was dieser Blick bedeutete, als auch, was ihre Mutter hatte sagen wollen: Ach, manchmal wünschte ich mir wirklich, Winston wäre noch Premierminister. Aber die Krone äußerte sich nie zur aktuellen Regierung. Man hatte sich herauszuhalten. Und insofern, dachte Lilibet mit einem Anflug von Bitterkeit, war es vielleicht auch nicht wirklich schlimm, wenn der Vertreter der Krone keine allzu große Bildung genossen hatte.

»Da wäre noch etwas, Eure Majestäten«, sagte Lascelles, der zwar viel zu lange in Diensten stand, um noch verlegen zu sein – war er doch schon unter König Georg V. Privatsekretär gewesen und wusste viel mehr als sie alle zusammen –, aber dennoch etwas unbehaglich wirkte, als er fortfuhr: »Die Raupen.«

»Die Raupen?«, fragten die alte und die junge Elizabeth wie aus einem Munde.

»Die Raupen«, bestätigte Lascelles, um dann zu präzisieren: »Die Seidenraupen. Man befürchtet wohl, dass sie aus Rotchina oder schlimmer noch aus Japan oder aus Italien kommen. Ich werde den Premierminister, mit Eurer Erlaubnis, wissen lassen, dass die Prinzessin bei ihrer Hochzeit natürlich auf gar keinen Fall ein Kleid tragen wird, dessen Seidenraupen aus einem Land kommen, gegen das wir im Krieg gekämpft haben.«

»Selbstverständlich nicht«, bekräftigte die Königin empört, während Lilibet gegen einen heftigen Kicherreiz ankämpfen musste. Sie verstand zwar die Einwände des Premierministers, aber irgendwie schien es ihr nahezu absurd, an was man alles denken und was man alles einwenden konnte! Wer dachte denn beim Anblick eines Kleides an Raupen!

Sie wechselte einen amüsierten Blick mit Margaret, die das Gespräch bis dahin mit ungewohnter Schweigsamkeit verfolgt hatte und ebenfalls so aussah, als wolle sie bald laut lachend herausplatzen.

»Woher kommen sie denn nun, die Raupen für das Hochzeitskleid meiner Schwester?«, begehrte sie zu wissen. »Ich finde das ungemein wichtig.«

»Aus Taiwan, Eure Hoheit«, sagte Tommy mit unbewegter Miene.

»Ist es nicht unglaublich, dass mein Hochzeitskleid zum Politikum wird?«, fragte Lilibet, als Lascelles sich zurückgezogen hatte.

»So ist das nun einmal bei uns«, seufzte die Königin. »Alles hat irgendeine Bedeutung. Aber da gibt es mehr Schönes als Lästiges. Denk doch nur an eure künftigen Eheringe.«

Lilibet nickte. »Ja, das ist sehr schön.«

»Was ist mit euren künftigen Eheringen?«, wollte Margaret wissen.

»Heute kam ein Stück walisisches Gold an«, erklärte Lilibet. »Crawfie, die ja aus dieser Gegend stammt, hat mir gesagt, dass das besonders wertvoll ist, weil es dort nur in ganz geringen Mengen vorkommt. Alle königlichen Eheringe sind aus walisischem Gold.«

»Mamis auch?«, fragte Margaret und betrachtete den Ring ihrer Mutter mit anderen Augen.

»Dann wird mein Ehering auch einmal aus walisischem Gold sein?«

»Davon ist auszugehen«, sagte Lilibet.

»Vielleicht lässt du mir einfach ein Stück von deinem übrig«, alberte Margaret. »Es ist sicherlich groß genug.«

*

Die Aufregung um das Kleid sollte hinsichtlich der Hochzeit bei Weitem nicht die einzige bleiben. Das Essen war im Nachkriegsengland nach wie vor rationiert, die Menschen litten Not. Allerdings, wie Philip betonte, als man bei einem gemeinsamen

Dinner mit Queen Mary, seinen künftigen Schwiegereltern und dem Bruder der Königin, David Bowes-Lyon, darauf zu sprechen kam, längst nicht so sehr wie in Deutschland. Davon hatte er sich anlässlich des Besuches bei der Hochzeit seiner Schwester im Vorjahr überzeugen können.

»Das mag ja sein«, erwiderte David Bowes-Lyon spitz, »allerdings sind es Deutsche wie deine Verwandten, Philip, denen es zu verdanken ist, dass wir hier in England immer noch Hunger leiden müssen. Und das ist, gelinde gesagt, absurd.«

Lilibet verdrehte die Augen. Die ständigen Sticheleien ihres Onkels gegen ihren künftigen Gatten gingen ihr schon seit einer ganzen Weile gehörig auf die Nerven.

»Nun ist es aber mal gut, David«, zeigte nun auch die Königin ihrem Bruder Grenzen auf. »Wir alle am Tisch wissen, dass Philip deutsche Verwandte hat.«

»Und streng genommen sogar halb Deutscher, halb Däne ist«, gab David keine Ruhe. »Eigentlich hätte er nicht Mountbatten, sondern Schleswig-Holstein-Sonderburg-Glücksburg heißen müssen. Oder Oldenburg.«

»Oder schlicht und einfach Battenberg, wenn man sich 1917 aufgrund des letzten Krieges nicht der deutschen Wurzeln des englischen Königshauses so sehr geschämt hätte, dass man entschied, den Namen von Battenberg zu anglisieren. Und außerdem aus lauter Verlegenheit, weil man nicht wusste, wie das Königshaus fortan heißen sollte, den Namen Windsor erschuf. Sachsen-Coburg-Gotha ging ja nicht mehr«, erwiderte Philip eisig.

»Nun, zumindest stehe ich mit meiner Meinung, was die Deutschen und die Rationierung angeht, nicht alleine da«, trumpfte David auf. »Wenn ich richtig informiert bin, hat sich der Abgeordnete Harry Crookshank bereits letztes Jahr über diesen, ich zitiere, ›Don Quichotte'schen Akt der Geschichte‹

beklagt und gesagt: ›Da besiegen wir ein Land und bitten dann unsere Steuerzahler, ihm mit achthundert bis tausend Millionen Pfund im Jahr wieder auf die Beine zu helfen.‹«

»Das hast du dir aber gut gemerkt, Onkel David«, sagte Margaret spitz. »Es hat dir wohl Philips wegen gut gepasst, etwas gegen die Deutschen zu hören.«

»Margaret«, tadelte der König, während Lilibet ihrer Schwester einen so erstaunten wie dankbaren Blick zuwarf. Sie freute sich, dass Margaret und Philip sich zwar oft gegenseitig aufzogen und viel frotzelten, sich aber ganz offensichtlich schätzten und mochten. Dass ihre Schwester Philip nun sogar verteidigte, rührte sie.

»Jedenfalls«, sagte Mutter in diesem Moment in dem Versuch, die Wogen etwas zu glätten, ablenkend: »Obwohl richtigerweise auch wir von den Rationierungen betroffen sind, haben wir doch das Glück, dank Sandringham und Balmoral immer genügend Wild zur Verfügung zu haben.« Sie deutete auf das prächtige Moorhuhn, das zu verspeisen sie gerade im Begriff waren.

Doch auch der König war an diesem Abend eher schlecht gelaunt und wusste die Bemühungen seiner Gattin nicht zu schätzen, im Gegenteil boykottierte er sie. »Das hilft der Stimmung gegen die Hochzeit auch nicht unbedingt weiter«, murmelte er zwischen zwei Bissen. »Attlee findet, wir müssten noch mehr sparen. Und er steht mit dieser Meinung nicht allein: Es gibt wohl innerhalb der Regierung deutliche Kritik an den Kosten der Hochzeit. Die Labour-Partei fordert, die Feier eher privat zu halten.« Missmutig fügte er hinzu: »Ich finde, sie übertreiben.«

Lilibet sah zu Philip. Sie fand diese Einmischung ebenfalls unerträglich und wusste, dass es ihm genauso ging.

»Egal, was die Regierung sagt«, versuchte sie nun ihrerseits, die angespannte Stimmung bei Tisch etwas zu lockern, »die

Bevölkerung freut sich jedenfalls und fiebert unserer Hochzeit entgegen. Stellt euch vor, unzählige Frauen haben mir Kleidermarken geschickt, die sie sich buchstäblich vom Munde abgespart haben. Für mein Hochzeitskleid. Ist das nicht reizend?«

Irritiert bemerkte sie, dass ihre Eltern einen vielsagenden Blick wechselten. Was hatte das zu bedeuten?

»Mami? Papa?«, fragte sie.

»Liebes«, setzte ihre Mutter an, »du wirst sie leider zurücksenden müssen.«

»Zurücksenden?«, rief Lilibet betroffen. »Aber warum denn das?«

»Es ist uns nicht erlaubt, Kleidermarken aus der Bevölkerung anzunehmen. Das wäre Schwarzhandel. Und es könnte den Unmut gegen die Hochzeit nur noch schüren, wenn es bekannt würde. Die arme Bevölkerung, die nichts zum Anziehen hat, verzichtet auf ihre Kleidermarken, damit die Thronfolgerin ein verschwenderisches Kleid tragen kann. Außerdem steht dir, wie jeder Braut, ohnehin ein Extrakontingent an Coupons für deine Aussteuer zu.«

Lilibet fühlte bei den Worten ihres Vaters tiefe Enttäuschung in sich aufsteigen. Enttäuschung nicht um ihretwillen, schließlich würde sie ihr Kleid bekommen, mit oder ohne Marken. Nein, Enttäuschung stellvertretend für jene, die bereit waren, etwas Wertvolles von sich zu geben, um damit in gewisser Weise aktiv an dieser Hochzeit teilzuhaben.

Entschlossen sah sie auf und ihrem Vater direkt in die Augen.

»Ich verstehe das«, versicherte sie. »Aber ich glaube, dass es ein Fehler ist. *All das* ist ein Fehler. Ja, die Menschen leiden Hunger. Aber dadurch, dass sie mit ihren Kleidermarken zu meinem Hochzeitskleid beitragen wollen, ist es ein klein wenig so, als sei es auch ihr Kleid.«

»Ist es aber nicht. Es ist das Kleid der Thronfolgerin«, beschied sie ihr Vater.

»Verstehst du denn nicht?«, beharrte Lilibet. »Die Menschen haben genug Elend. Das ganze Land ist außer sich vor Freude wegen der Hochzeit. Sie brauchen sie als ein Märchen, als etwas, das sie aus dem traurigen und armseligen Alltag heraushebt.«

»Und sie würden es uns nicht übel nehmen«, sprang Margaret ihrer Schwester zur Seite. »Sie wären enttäuscht, wenn es keine prachtvolle Hochzeit wäre.«

»Zumal man nicht vergessen hat, wie Sie Seite an Seite mit der Königin durch das zerstörte East End gegangen sind und außerdem im Buckingham Palace ausgeharrt haben, statt zu Ihren Töchtern ins sicherere Windsor Castle zu fliehen«, ließ sich nun Philip vernehmen. »Sie haben wirklich nicht den Eindruck hinterlassen, als ob Sie in Saus und Braus leben, während das Volk hungert.«

Interessiert sah Bertie ihn an. »Woher wissen Sie, was das Volk über uns denkt?«

»Onkel Dickie hat es mir gesagt«, erwiderte Philip.

Der König nickte. »Nun, ich fürchte, es wird aber nichts an der Haltung der Regierung ändern.«

»Warte es ab«, meinte seine Frau. »Ich sage, das letzte Wort ist noch nicht gesprochen.«

»Ich hoffe, dass es auf der Hochzeit keinen Ärger zwischen meinen Schwestern und deinem Onkel geben wird«, sagte Philip, als er später mit Lilibet und Margaret in deren Wohnzimmer beisammensaß – Margaret hatte nach wie vor die Aufgabe, als Anstandswauwau zu agieren.

»Aber deine Schwestern kommen doch gar nicht«, entfuhr es ihr.

Lilibet stöhnte auf. Schlechter hätte es nicht laufen können! Seit ihr Vater ihr gestern Morgen eröffnet hatte, dass die Regierung bestimmt hatte, Philips Schwestern dürften auf der Hochzeit nicht dabei sein, hatte sie hin und her überlegt, wie sie es ihm beibringen sollte. Aber bisher hatte sich einfach noch nicht der passende Moment ergeben. Dass Margaret nun so damit rausplatzte, war das Schlimmste, was hätte passieren können. Was musste Philip denn nun denken!

Während sie ihrer Schwester einen bösen Blick zuwarf, sah Philip zwischen ihnen beiden entgeistert hin und her. »Was heißt das, sie kommen doch gar nicht?«, fragte er mit einer Stimme, die beängstigend ruhig war. »Sie sind meine Schwestern. Natürlich werden sie kommen.«

Lilibet schüttelte den Kopf. »Es tut mir so leid, Philip. Die Regierung hat entschieden, dass deine Schwestern nicht dabei sein werden. Und glaub mir, ich habe gekämpft. Ich habe alles getan, was in meiner Macht steht.«

Philip saß auf dem Sofa, das er eigenhändig mit ihr von seinem Platz vor dem Fenster vor den Kamin geschleppt hatte, gleich am Anfang ihrer Liebe, weil er es so gemütlicher fand. Er saß vornübergebeugt, die Ellbogen auf den Knien, die Hände gefaltet, und starrte zu Boden. Er hatte sie nicht angesehen, als sie sich ihm erklärt hatte. Nun aber wandte er den Kopf, ohne seine Haltung zu ändern, und musterte sie von der Seite.

»Ich verstehe«, sagte er und erhob sich dann. »Meine Familie ist nicht erwünscht. Ich hoffe, dass wenigstens meine Mutter kein Problem darstellt. Es könnte euch ja peinlich sein, wenn sie einfach gekleidet auftaucht.«

»Aber das tut sie doch gar nicht«, rief Lilibet, ohne über ihre Worte und deren Wirkung auf Philip nachzudenken. »Sie hat doch eigens die grauen Samtschleier aus Paris mitgebracht.«

Philip stopfte seine geballten Fäuste in die Taschen seiner geliebten Flanellhose, zum Verdruss des Palastes gewöhnte er sich, obwohl er nun einen eigenen Kammerdiener hatte, nur zögerlich an die neue Garderobe und funkelte Lilibet böse an. »Und wenn sie sich nun umentscheiden sollte? Wäre sie dann nicht willkommen? Wäre sie euch dann peinlich? So wie meine Schwestern?«

»Philip«, flehte Lilibet. »Ich bin doch auf deiner Seite.«

»Sie kann wirklich nichts dafür«, kam ihr Margaret, der ihre unbedachte Aussage von zuvor offenbar von Herzen leidtat, zu Hilfe. »Sie macht diese Regeln nicht.«

»Ich weiß«, sagte Philip versöhnlicher und setzte sich wieder.

»Ich habe wirklich gekämpft«, versicherte Lilibet. »Ich habe es nicht akzeptiert. Aber sie haben es dennoch durchgesetzt.«

»Zum Glück bist du nicht so wie sie«, sagte Philip und nahm ihre Hand. Und während sie da so vor dem Feuer saßen, beschlich Lilibet plötzlich ein Gefühl der Angst.

Zum Glück bist du nicht so wie sie, hatte er gesagt.

Aber war sie das wirklich nicht? Sie war so erzogen worden, dass man sein eigenes Leben hinter die Ansprüche der Krone stellen musste. Und sie hatte erlebt, was geschah, wenn man das nicht tat. Wieder musste sie an ihren Onkel denken, der sich seinerzeit zur Abdankung entschieden hatte – bevor er überhaupt gekrönt wurde. Ob Philip wirklich klar war, worauf er sich da einließ?

Margaret rettete sie aus ihren finsteren Gedanken.

»Es sind schon wieder Hochzeitsgeschenke gekommen«, erklärte sie. »Wann fangen wir endlich damit an, sie zu öffnen?«

Kapitel 21

»Igitt!«, rief Marion Crawford entsetzt und legte die beiden schwarzen Gebilde angewidert in das Paket zurück, dem sie sie gerade entnommen hatte. »Was ist denn das?«

Neugierig kam Lilibet näher. Sie hatte Margarets Flehen erhört und Crawfie gebeten, heute mit dem Öffnen der unzähligen Hochzeitsgeschenke zu beginnen. Zwar hätte sie das lieber gemeinsam mit Philip getan, doch der war wieder nach Corsham zurückgekehrt, und es waren auch viel zu viele, als dass sie sie in der Zeit, die er im Palast verbrachte, alle hätten öffnen können. Dafür hob sie sich die offiziellen Präsente auf – und alle anderen würde er ja ohnehin in der Ausstellung, in der alle Geschenke gezeigt wurden, ansehen können. Die Schau im St. James's Palace sollte auch für die Öffentlichkeit zugänglich gemacht werden. Für einen Schilling Eintritt konnten die Schätze bestaunt werden – nach der Hochzeit würde dort auch ihr Brautkleid ausgestellt werden. Die Einnahmen aus den Eintrittsgeldern sollten dann an einen guten Zweck gehen.

Wobei das, was Crawfie da gerade ausgepackt hatte, sich eher nicht für die Ausstellung eignete. »Das sind zwei tiefschwarze Toastscheiben«, stellte sie verwundert fest.

»Es gibt eben auch boshafte und neidische Menschen«, kommentierte Lilibets Hofdame Lady Margaret Egerton, die Verlobte ihres Privatsekretärs, die auch schon in Südafrika dabei gewesen war. »Machen Sie sich nichts draus. Cyril soll das entfernen, und dann widmen wir uns den anderen Geschenken. Ich bin sicher, dass Sie eine solch unangenehme Überraschung nicht mehr erleben werden.«

Doch Lilibet schüttelte den Kopf und deutete auf das gefaltete Blatt Papier, das neben den verbrannten Toastscheiben in der Schachtel lag. »So etwas schickt mir niemand aus Bosheit. Da muss mehr dahinterstecken. Und ich will wissen, was es ist.«

Sie zog den Bogen hervor, entfaltete ihn, überflog die Zeilen und begann dann herzlich zu lachen. Das musste sie Philip erzählen!

»Was ist so lustig?«, fragte Margaret neugierig, und auch Crawfie und Lady Egerton sahen sie gespannt an.

»Ich lese vor«, sagte Lilibet. »*Eure Königliche Hoheit, verehrter Herr Leutnant der Marine und ehemaliger Prinz Philip, wir haben Ihre Liebesgeschichte von Anfang an verfolgt und lange Zeit gerätselt, ob Sie denn nun wirklich ein Paar sind oder nicht. Wir waren immer sicher: Sie sind es. Aber wirklich wissen konnten wir es ja nicht. Als dann die Nachricht von Ihrer Verlobung bekannt wurde, haben wir uns so gefreut, dass wir die beiliegenden Toastscheiben ganz vergessen haben und sie uns verbrannten. Als wir uns dann überlegten, was wir Euch zur Hochzeit schenken sollten, waren wir uns schnell einig, dass es die Toastscheiben sein müssen. Denn im Gegensatz zu uns habt Ihr ja alles, was Ihr Euch nur wünschen könnt. Was wir Euch aber schenken können, ist unsere große Freude – und die kommt in diesen angebrannten Toastscheiben sehr gut zum Ausdruck. Wir haben sie etwas trocknen lassen, bevor wir sie Euch schickten. Und so, wie wir sicher waren, dass Ihr Euch eines Tages verloben werdet – und damit ja richtiglagen –, so sicher sind wir auch, dass Ihr ein langes und glückliches Leben miteinander führen werdet. Hochachtungsvoll, Polly Mosley und Cynthia Chamberlain«*

Margaret, Lady Egerton und Crawfie, die, während Lilibet vorlas, immer breiter gegrinst und vereinzelt auch gekichert hatten, brachen nun in schallendes Gelächter aus. »Wie gut, dass Sie den Brief noch entdeckt haben«, sagte Lady Egerton, »sonst wäre uns doch ein sehr reizender Glückwunsch entgangen.«

Lilibet nickte. »Solche Glückwünsche bedeuten mir mehr als alle Diamanten. Ich kann es gar nicht erwarten, Philip davon zu erzählen.« Insgeheim hoffte sie, dass die große Herzlichkeit auch ihn etwas über die Tatsache, dass seine Schwestern nicht zur Hochzeit kommen durften, hinwegtrösten konnte.

»Lass uns weitermachen«, bat Margaret. »Vielleicht gibt es ja noch mehr von diesen unglaublichen Überraschungen.«

»Allerdings«, murmelte Crawfie, die im Begriff war, das nächste Paket zu öffnen. Unter leisem Ächzen holte sie einen großen, zerklüfteten Felsbrocken heraus.

»Ein Stein!«, sagte Lilibet ratlos. »Hat der Absender darauf vor Freude getanzt, als er von unserer Verlobung erfuhr?«

»Hier ist wieder ein Brief«, rief Margaret und schnappte sich das Papier.

»Margaret«, tadelte Crawfie. »Finden Sie nicht, dass Sie es Ihrer Schwester überlassen sollten, die Anschreiben zu lesen?«

»Sie schafft ja ohnehin nicht alle. Und sie hat nichts dagegen«, verkündete Margaret, ließ sich dann aber doch dazu herab, Lilibet einen fragenden Blick zuzuwerfen. »Oder?«

»Ja, ist schon in Ordnung«, sagte die lächelnd. »Das gilt auch für Sie, Crawfie. Und für Sie natürlich ebenfalls«, ergänzte sie an Lady Egerton gewandt. »Solange ihr mir mitteilt, was drinsteht.«

»Sicher«, versprach Margaret, die den Brief inzwischen überflogen hatte. »Der Stein ist von einem alten Mann aus Wales. Er soll ein Glücksbringer sein. Wie er schreibt, sei es ein Stück des höchsten Berges dort, dem Snowdon.«

»Wie bezaubernd, was sich die Leute alles überlegen«, befand Lilibet.

»Das hier ist auch bezaubernd«, sagte Crawfie, die einen spitzenbesetzten, handgearbeiteten, viktorianischen Unterrock ausgepackt hatte. »Er ist von einer alten Frau. Sie schreibt, der Unterrock habe sich seit Generationen im Besitz ihrer Familie befunden und sei immer von der Braut getragen worden.«

»Aber das kann ich doch nicht annehmen«, sagte Lilibet. »Dieser Unterrock sollte in der Familie bleiben.«

»Vielleicht hat sie keine mehr«, wandte Margaret ein. »Und du würdest sie sehr kränken, wenn du ihn ihr zurückschickst. Bei den Kleidermarken hast du ja genau diesen Einwand gebracht. Diesen Unterrock darfst du behalten.«

Lilibet nickte. Ihre Schwester hatte ja recht. Und dass sie den Unterrock behalten durfte, war auch nicht selbstverständlich: Noch ihren Eltern war es bei deren Hochzeit nicht erlaubt gewesen, Geschenke persönlicher Art entgegenzunehmen, wenn diese von Menschen kamen, die die Familie nicht kannte. Wenigstens diesbezüglich war man moderner geworden. Und was die Kleidermarken anging: Hier würde sie es sich nicht nehmen lassen, die Rücksendungen jeweils mit ein paar Zeilen zu versehen, in denen sie ihren großen Dank und ihre große Freude zum Ausdruck brachte. Auch für die anderen Geschenke und Aufmerksamkeiten wollte sie sich bedanken. Für jedes und jede einzelne.

Die vier Frauen brachten noch viele Stunden damit zu, Geschenke auszupacken. Es waren genug, um hundert Bräute damit auszustatten.

Plötzlich sah Lilibet ihre Gouvernante, die im September geheiratet hatte, sich allerdings hatte überreden lassen, noch eine Weile bei ihnen in Diensten zu stehen, an. »Haben Sie eigentlich schon alles beisammen, Crawfie?«

»Nun«, sagte die Ältere etwas verlegen. »Das eine oder andere fehlt schon noch, aber wir haben ein gutes Leben, dank der Großzügigkeit Seiner Königlichen Hoheit.«

Lilibet nickte. Ihr Vater hatte Crawfie anlässlich ihrer Hochzeit eines der Gnaden- und Gunsthäuser geschenkt. Dieses stand auf dem Gelände, das zum Kensington Palace gehörte, und Lilibet fand es zauberhaft. »Es wirkt ganz so, als sei es aus Versehen aus einem fernen ländlichen Ort nach London gelangt«, hatte Crawfie einmal zu ihr gesagt, und dem konnte sie nur zustimmen. Das rosenbewachsene Backsteincottage mit seinen weiß gestrichenen Fensterläden, der weißen Tür, auf der *Nottingham Cottage* geschrieben stand, und dem weißen Zaun war wie aus einer anderen Welt. Lilibet wusste, dass ihre Großmutter Queen Mary, die im Kensington Palace geboren war, das Cottage gut kannte und dort so manche Teestunde verbracht hatte. Sie beneidete ihre Gouvernante ein wenig um diese eigenen vier Wände, zumal es mit ihrem und Philips eigenem Zuhause, Clarence House, einfach nicht voranging. Die Renovierung erwies sich als unfassbar teuer – fünfzigtausend Pfund – und war angesichts der Tatsache, dass es während des Krieges vom Roten Kreuz genutzt worden war, aufwendiger als gedacht. Ihr Vater hatte ihr gegenüber angedeutet, dass es bis zu zwei Jahre dauern konnte, bis Clarence House bewohnbar wäre. Diese Hiobsbotschaft hatte sie Philip, der Buckingham Palace hasste, noch gar nicht überbracht. Sie wollte ihm nicht zu viel auf einmal zumuten, hatte er doch noch genug an der Tatsache zu knapsen, dass seine Schwestern nicht zur Hochzeit eingeladen waren.

»Sie müssen etwas von den Geschenken nehmen«, beschloss Lilibet nun. »Ich würde mich dann besser fühlen. Es kommt mir nicht richtig vor, dass ich so unendlich viel haben soll, mehr, als ich je benutzen kann, während andere so wenig haben. Sie selbst und auch meine Eltern haben mich zur Bescheidenheit erzogen. Und nun eine derartige Geschenkflut.«

Crawfie nickte. In der Tat waren die Prinzessinnen, nicht zuletzt aufgrund des Krieges, aber auch ob der monarchischen Überzeugung, nie mit Geschenken überschüttet, sondern immer zur Sparsamkeit erzogen worden. »Wenn Sie sich sicher sind, dann nehme ich gern etwas«, sagte sie. »Ich verspreche Ihnen, dass ich die Dinge in Ehren halten werde.«

»Viel mehr, als ich es tun würde«, sagte Lilibet. »Hier würden sie doch nur in irgendwelchen Schubladen verschwinden und nie wieder hervorkommen.«

»Ich nehme auch gern etwas«, bot Margaret an. »Am liebsten etwas von dem walisischen Gold für eure Eheringe. Das ist viel zu viel für euch.«

Ihre Schwester schenkte ihr ein spöttisches Lächeln.

»Daran zweifle ich nicht.«

»Dann stimmst du mir also zu?«, fragte Margaret.

»Nicht in dem Punkt, dass du etwas von dem walisischen Gold haben kannst«, sagte Lilibet. »Ich zweifle nicht daran, dass du gerne etwas von den Geschenken nehmen würdest.«

Unter den Geschenkbergen war noch ein weiteres, das sich von den anderen – bestickte Taschentücher, Tischdecken, Nylonstrümpfe – abhob. Es kam allerdings nicht aus England, sondern aus Amerika. Eine Frau aus Brooklyn hatte ihr einen Truthahn zukommen lassen mit den Zeilen:

»Weil Sie in England leben und sie in England nichts zu essen haben.« Wenn die wüsste, über wie viel Wild sie als königliche Familie verfügten!

*

Selbstredend hatten auch die führenden Herrscher sich nicht lumpen lassen und unfassbar schöne und wertvolle Geschenke geschickt – diese packte sie, sofern möglich, mit Philip gemeinsam aus. Der Nizam von Hyderabad gratulierte mit einem Diamantencollier, das Baumblättern nachgebildet war. Für Aufregung sorgte ein von Mahatma Gandhi handgewebtes Tuch, über das sich Queen Mary vor Empörung kaum halten konnte – sie hielt es für ein Lendentuch. Besonders begeistert war Pferdenärrin Lilibet freilich von dem Geschenk des Aga Khan III., Sultan Sir Mohammed Schah, der ihr einen seiner so berühmten wie wertvollen Vollblüter überließ. Aus dem gleichen Grund – ihrer Tierbegeisterung – freute sie sich auch sehr über das Geschenk der Kolonie Kenia, die das Brautpaar mit der eigens gebauten Sagana-Jagdhütte bedachte. Philip, der Lilibets Jagdleidenschaft nicht teilte, verzog zwar das Gesicht, bemerkte dann aber, eine Nacht mit ihr in der Wildnis zu verbringen könne ihm durchaus gefallen.

Lilibet lächelte etwas verlegen ob der dahinterliegenden Andeutung – mehr als innige Küsse hatte es zwischen ihnen bisher noch nicht gegeben, auch wenn sie zugeben musste, dass sie seine Nähe sehr erregte und sie sich zusehends nach mehr sehnte – und sagte ablenkend: »Was mich so berührt, ist, dass sich die Menschen wirklich Gedanken über uns machen. Ob es nun einfache Bürger sind oder die Regierenden des Commonwealth: Sie schenken nicht nur, um eine lästige Pflicht zu erledigen, sondern überlegen genau, womit sie uns eine Freude machen können.«

»Vor allem wohl, womit sie *dir* eine Freude machen können«, korrigierte Philip.

»Philip«, sagte sie erschrocken, doch er schüttelte nur den Kopf und sagte beruhigend: »Lass nur. Das war nicht ganz ernst gemeint. Und es ist ja auch verständlich und richtig, schließlich bist du die Thronfolgerin, ich hingegen nur ein einfacher Leutnant.«

»Ein Prinz«, stellte sie richtig.

»Nein, nicht mehr«, widersprach er und grinste dann plötzlich.

»Warum erheitert dich das so?«, hakte sie nach.

»Nun, weil das dem griechischen Premierminister offenbar entgangen sein dürfte«, sagte er amüsiert. »Er hat mir als Seine Königliche Hoheit Prinz Philip gratuliert.«

»Ich glaube nicht, dass er es vergessen hat«, sagte Lilibet. »Das kann er gar nicht. Nicht als griechischer Premier, wenn es sich um ein Mitglied des griechischen Königshauses handelt. Wahrscheinlich ist es ein Ausdruck des Missfallens, dass du deinen Titel abgelegt hast. Er will damit deutlich machen, dass du für ihn immer noch ein griechischer Prinz bist.«

»Da magst du recht haben«, sagte Philip lachend. »Jedenfalls schwitzt das britische Außenministerium offenbar Blut und Wasser, weil sie nun ein Dankesschreiben aufsetzen müssen, in dem sie meinen Namen nicht erwähnen. Sie fürchten, die Griechen wären beleidigt, wenn sie nun *Leutnant Mountbatten* schreiben würden. Aber *Prinz Philip* können sie auch nicht schreiben, weil ich es ja nicht mehr bin.«

»Was für ein Wirrwarr«, stimmte Lilibet in sein Lachen ein – erleichtert, dass sie das mal wieder konnten: Gemeinsam lachen, statt mit der Hochzeit verbundene Probleme zu lösen. Die mit alldem einhergehende Anspannung war schon enorm und konnte einem die Freude nehmen.

Dann sah sie ihn fragend an. »Woher weißt du das denn alles? Also, woher hast du von den Problemen des Außenministeriums Kenntnis?«

»Lascelles hat mich darüber informiert.«

»Tommy?«, fragte Lilibet überrascht. Sie wusste, dass sich der sehr auf Ordnung, Disziplin und Tradition bedachte königliche Privatsekretär ihres Vaters und ihr unkonventioneller Verlobter eher kritisch gegenüberstanden.

»Ich wüsste nicht, dass es noch einen anderen Lascelles geben sollte im Palast«, erwiderte Philip spöttisch.

»Nein«, sagte Lilibet. »Natürlich nicht. Ich wundere mich nur, dass er mit dir darüber spricht.«

»Weil es unter seiner Würde wäre«, schlussfolgerte Philip, der heute allerdings ausnehmend gute Laune hatte und deshalb grinsend fortfuhr: »Nun ja, er hat mit deinem Vater darüber gesprochen, und der hat mich hinzugebeten.«

»Lascelles hat auch mit mir gesprochen«, entschied sich Lilibet, Philips gute Laune auszunutzen.

»Über meinen Namen?«, fragte er überrascht.

»Nein«, sagte sie. »Über mein Ehegelübde.«

Plötzlich war alle Leichtigkeit aus seinem Gesicht verflogen, voller Anspannung sah er sie an. Offenbar ahnte er schon, um welchen Punkt es ging. »Was ist mit deinem Ehegelübde?«, fragte er.

»Nun, Lascelles findet, dass ich den Punkt, an dem es heißt, dass ich gelobe, dir zu gehorchen, weglassen solle. Das sei unpassend für eine künftige Königin, und als solche stünde ich ja so weit über dir, dass ich dir auf keinen Fall gehorchen werde.«

Philips Blick war stechend, als er sie eindringlich ansah und fragte: »Und was hast du erwidert?«

»Dass hier nicht die Königin heiratet, sondern Elizabeth Windsor. Eine Frau, die gedenkt, ihrem Mann zu gehorchen, so, wie alle Frauen das vor dem Altar geloben. Und dass ich auch als künftige Königin keinen Grund sehe, das zu ändern. Denn damit folge ich den Traditionen der englischen Kirche, die diesen Passus seit 1662 verwendet und deren Oberhaupt ich einmal werden soll. Jede Königin vor mir hat vor dem Altar geschworen, ihrem Mann zu gehorchen.«

Scharf stieß er die Luft aus, die er offenbar angehalten hatte.

»Danke, Darling«, sagte er dann und zog sie in seine Arme. »Das bedeutet mir sehr viel.«

»Ich weiß«, murmelte sie. Und sie wusste es wirklich. Philip war ein ungemein stolzer, ein unbeugsamer, ein starker Mann, eine natürliche Führungspersönlichkeit. Genau für diese Eigenschaften liebte sie ihn ja so sehr. Eigentlich, dachte sie, würde die Rolle des Königs viel besser zu ihm passen als die der Königin, die sie eines Tages sein würde, zu ihr. Und nun würde er der Mann an der Seite einer Frau werden, die über ihm stand. Außerdem war er, und auch das liebte sie an ihm, ein Freigeist, unkonventionell und unangepasst. Und ausgerechnet er musste sich nun immer und überall unterwerfen. Sich in ein enges Korsett aus verstaubten Traditionen pressen lassen. Sie wusste, wie schwer es für ihn war. Wie konnte sie ihm da auch noch einen Teil des Ehegelübdes vorenthalten? Wie ihm etwas versagen, das jeder Mann Englands von seiner Frau bekam?

»Sofern es in meiner Macht liegt, werde ich immer dafür sorgen, dass es dir gut geht, Liebster«, flüsterte sie.

Er entließ sie aus seinen Armen. »Das weiß ich jetzt«, erwiderte er zärtlich. »Und da ich das nun weiß, geht es mir gut.«

Dann sah er sich um. »Noch glücklicher wäre ich allerdings, wenn ich wüsste, dass wir nicht hier leben müssen. Wie geht es denn mit Clarence House voran?«

Sie seufzte. Diese Frage hatte ja irgendwann kommen müssen. »Darüber wollte ich auch noch mit dir reden«, sagte sie. »Leider gar nicht gut. Es ist sehr teuer, und wenn es schlecht läuft, wird es zwei Jahre dauern, bis alles fertig wird.«

Philip reagierte nicht so verärgert, wie Lilibet es insgeheim befürchtet hatte. Vermutlich war es gut, dass sie gerade jetzt darauf zu sprechen gekommen waren, da er nun erfahren hatte, dass sie sich hinsichtlich des Ehegelübdes für ihn eingesetzt hatte.

»Na«, sagte er. »Wenn das so ist, dass wir hier die nächsten zwei Jahre ausharren müssen, werde ich vermutlich noch mehr tun, als nur ein Sofa vor den Kamin zu stellen.«

Lilibet lachte erleichtert auf und gab ihrem Verlobten einen Kuss.

Kapitel 22

Als Lilibet die Augen aufschlug, wusste sie, dass etwas anders war als sonst. Noch bevor ihr aber einfiel, dass es sich bei diesem Tag um ihren Hochzeitstag handelte, war ihr klar, was sie selbst im Schlaf dermaßen irritiert hatte, dass sie davon aufgewacht war: die Geräusche, die von der Mall heraufdrangen, unterschieden sich von den sonstigen. Sie waren viel lauter – aber auch einfach anders. Statt des übrigen leisen Verkehrsrauschens war nun lautes Stimmengewirr zu hören. Außerdem ein eigenartiges Klappern. Verwundert stand sie auf und ging zum Fenster. Und da sah sie es: Seit sie – es dürfte gestern Mittag gewesen sein – das letzte Mal hinausgesehen hatte, hatten sich Hunderttausende Menschen versammelt. Wie Lilibet anhand der Decken, Kopfkissen und Campingkocher erkennen konnte, hatten sie offenbar dort draußen übernachtet, um sich einen Platz vor dem Palast zu sichern und Zeuge zu sein, wenn die königliche Familie den Buckingham Palace verließ.

»Du liebe Güte«, murmelte Lilibet. Wenn hier schon so ein Gedränge herrschte, wie mochte es dann erst vor Westminster Abbey aussehen, wo sie und Philip sich nachher das Jawort geben würden?

»Sie haben alle auf den Straßen übernachtet, um an Ihrem

großen Tag dabei zu sein, Lilibet«, sagte Bobo, die in diesem Moment, von ihr unbemerkt, das Zimmer betreten hatte.

»Unglaublich«, staunte Lilibet. Sie deutete auf eine Gruppe Frauen, die sich an einem Campingkocher zu schaffen machten. Zwischen den Menschenmassen sah sie berittene Polizisten, die versuchten, die Straßen zumindest einigermaßen frei zu halten. Überall wehten Fahnen und bunte Luftballons.

»Sie bereiten das Frühstück zu«, erwiderte Bobo und streckte die Hand aus, um das Fenster einen Spalt zu öffnen. Sofort wurde der Geräuschpegel noch stärker, und der Geruch von Speck, Rührei und frischem Kaffee drang zu Lilibet herauf.

»Da bekomme ich doch gleich Hunger«, sagte sie, »obwohl ich vor lauter Aufregung vermutlich keinen Bissen herunterbringen werde.«

»Das sollten Sie aber. Sonst kippen Sie vor dem Altar noch um.«

»Also gut«, gab Lilibet nach. Dann fügte sie hinzu: »Ich kann nicht glauben, dass das wirklich passiert, Bobo. Ich muss mich ständig kneifen.« Sie sah ihre Zofe voller Panik an. »Habe ich wirklich genug Zeit, um mich mit so etwas Banalem wie Frühstück zu beschäftigen? Es gibt noch so furchtbar viel zu tun.«

»Natürlich haben Sie Zeit«, beruhigte Bobo sie. »Sie sind ja noch aufgewacht, bevor ich gekommen bin. Und es ist alles ganz genau abgestimmt. Die Schneiderinnen kommen erst in einer Stunde, um Sie anzukleiden.«

»Gut«, entgegnete Lilibet, ließ sich von Bobo in ein leichtes Tageskleid helfen und eilte zum Frühstückszimmer, wo sie sich von einer aufgeregten Margaret und einem ausgesprochen gerührt wirkenden Königspaar zu jedem Bissen nötigen lassen musste. Selbst ihren geliebten Hering bekam sie heute nur schwer herunter.

Viel zu früh war sie wieder oben, wo sie gemeinsam mit Bobo und der an ihre Seite geeilten Crawfie auf Mr Hartnell und seine Schneiderinnen wartete. Als sie endlich kamen, um Lilibet in diesen Traum aus Seide zu hüllen, konnte sie es kaum glauben. Endlich, endlich würde sie nachher neben Philip an den Traualtar treten, und das endlose Warten hätte ein Ende! Wie in Trance beobachtete sie, wie die Schneiderinnen sie in eine königliche Braut verwandelten. Sie sah, das musste sie eingestehen, hinreißend aus, all ihre Befürchtungen hinsichtlich Botticellis *Frühling* waren umsonst gewesen. Auch der Friseur war inzwischen eingetroffen, und unter seinen kunstvollen Händen verwandelte sich Lilibets Haar zu einer dunkel glänzenden Pracht. Hartnells Assistentinnen standen schon mit dem Schleier bereit, zupften hier und da etwas herum, und Lilibet starrte, immer noch ein wenig benommen, auf die blütenbestickte Pracht. »Wunderschön, Eure Königliche Hoheit!«, flüsterte die junge Frau, an deren Namen Lilibet sich nicht erinnern konnte. Sie bemerkte jedoch, dass deren Hände leicht zitterten, als sie ein letztes Mal am Schleier zupfte, um sich dann nach dem Diadem umzudrehen, das auf dem neben ihnen stehenden Tischchen bereitlag. Lilibet lächelte. Was für ein ungemein bedeutsamer Moment! Ihre Mutter hatte es einst von Queen Mary geschenkt bekommen und ihr nun eigens für die Hochzeit geliehen. »Es bedeutet mir unendlich viel, es zu tragen«, sagte sie. Als die ohnehin schon fahrige Assistentin, durch diese Worte nun offenbar noch nervöser und aufgeregter, ihr das Diadem auf den Schleier setzen wollte, fiel es zu Boden und zerbrach vor der entsetzten Braut in zwei Teile. Lilibet, sonst die Beherrschung in Person, schrie auf und schlug fassungslos die Hand vor den Mund. Totenstille legte sich über den Raum, der zuvor noch von emsiger Geschäftigkeit geprägt gewesen war. Die junge Assistentin, die neben dem zerbrochenen Diadem in die Hocke ging und mit ungeschickten Händen versuchte, es wieder zusammenzustecken, brach in Tränen aus. »Ich bitte um Verzeihung, Eure Königliche Hoheit«, schluchzte sie. »Es kam mir so unrecht vor, das zu tun, und da wurde ich noch nervöser.«

»Unrecht?« Lilibet war so verblüfft, dass sie die dramatische Situation, in der sie sich befanden, für einen Moment vollkommen vergaß.

»Aber warum denn unrecht? Queen Elizabeth hat mir das Diadem mit ihrem allergrößten Segen gegeben.«

Doch die zierliche Frau mit den feuerroten Haaren schüttelte heftig den Kopf. »Nein, Ma'am, das ist es nicht.«

»Aber was dann?«, fragte Lilibet, die auf einmal das Gefühl hatte, auf keinen Fall heiraten zu können, ohne zu wissen, warum diese junge Frau fand, es sei unrecht, das Diadem ihrer Mutter zu tragen.

»Bitte lacht mich nicht aus, Ma'am«, stieß die junge Frau hervor. »Aber als ich so vor Euch stand, das Diadem in der Hand, da kam es mir so vor, als würde ich Euch … Euch …«

»Mich was?«, fragte Lilibet sanft.

»Euch krönen!«, stieß das Mädchen hervor. »Und das steht mir doch nicht zu. Das darf doch nur ein Erzbischof.«

Lilibet musste ein Lachen unterdrücken, zugleich stellte sie aber fest, dass sie das junge Mädchen in seiner Panik verstand. Was musste es für sie für ein Gefühl sein, ein Diadem von Queen Elizabeth in Händen zu halten und es der künftigen Königin für deren Hochzeit auf das Haupt zu setzen!

»Beruhigen Sie sich«, sagte Lilibet zu der Rothaarigen. »Wie Sie selbst schon festgestellt haben: Sie *können* mich gar nicht krönen.«

Inzwischen war längst eine hektische Debatte darüber entstanden, wie die Situation denn nun zu retten sei. Die herbeigeeilte Königin bot ihrer Tochter an, ihr ein anderes Diadem zu leihen, doch Lilibet lehnte ab. Ihre Mutter hatte ihr *dieses* Diadem gegeben, weil es ihr Glück bringen und sie solchermaßen von ihr und auch von Queen Mary behütet zum Altar hätte schreiten sollen. Es war undenkbar, es einfach auszutauschen, ging es doch nicht um das Aussehen des Diadems, sondern um dessen Bedeutung. Auch von ihrem Vater würde sie schließlich etwas zum Altar begleiten. Die zweireihige Perlenkette, die er ihr zur Hochzeit geschenkt hatte.

»Bobo, schicken Sie es mit einem Polizisten zum Hofjuwelier«, hörte Lilibet ihre Mutter rufen, während ihre Hand erschrocken an ihren Hals fuhr. Wo war die Perlenkette?

Genau diese Frage stellte sie Bobo, als diese, gefolgt von dem Polizisten, zurückkam. Und während sie mit halbem Ohr mitbekam, dass ihre Mutter dem Mann auftrug, das Diadem sofort zum Juwelier zu transportieren, dort reparieren zu lassen und wieder zurückzubringen, vernahm Lilibet fassungslos die nächste Hiobsbotschaft.

»Ich fürchte, die Perlenkette ist noch in der Ausstellung in St. James's Palace«, sagte Bobo. Entsetzt starrte Lilibet sie an. Im nächsten Moment fing sie sich aber wieder. Sie hatten keine Zeit zu verlieren. »Schicken Sie nach Jock Colville«, bestimmte sie.

Der Polizist war gerade mit dem Diadem zur Tür hinaus, als auch schon ihr Privatsekretär diensteifrig herbeieilte.

»Jock«, sagte Lilibet. »Sie müssen zum St. James's Palace, um meine Perlenkette aus der Ausstellung zu holen. Sie wissen schon, die, die mir Papa zur Hochzeit geschenkt hat.«

Jock Colvilles Miene entglitt ihm für einen Moment, als er sich vergewisserte: »Zum St. James's Palace, Ma'am?«

»Ja«, erwiderte Lilibet ungewohnt ungehalten.

»Sicher, Ma'am«, beeilte sich Jock zu sagen. Bevor er sich jedoch zum Gehen wenden konnte, mischte sich abermals die Königin ein.

»Liebes«, sagte sie sanft zu der sichtlich aufgeregten jungen Braut. »Die Straßen draußen sind verstopft. Es ist vollkommen unmöglich für Jock, rechtzeitig zum St. James's Palace und zurück zu kommen. Nimm doch eine von deinen anderen Perlenketten.«

»Ich möchte aber diese tragen«, beharrte Lilibet. »Die, die mir Papa eigens zu diesem Zweck geschenkt hat. So, wie ich das Diadem tragen möchte, dass du mir extra für die Hochzeit geliehen hast. Jock wird das schon schaffen, nicht wahr, Jock?«

Doch ihr Privatsekretär hatte längst das Zimmer verlassen, um seine so wichtige Mission auszuführen.

Währenddessen bemerkte Lilibet, dass Crawfie sie lächelnd ansah.

»Was?«, fragte sie. »Was ist?«

»Ach«, sagte ihre Gouvernante, »ich dachte nur, dass all das, was gerade hier passiert, so gut zu Ihnen und Ihrer Persönlichkeit passt.«

»Inwiefern?«, fragte Lilibet.

»Einfach, dass bei Ihnen immer alles seine Ordnung haben muss«, fuhr Crawfie fort. »Ich muss gerade daran denken, wie Sie und Margaret sich immer gefreut haben, wenn ich Ihnen erlaubte, ausnahmsweise etwas Kandiszucker pur zu essen.«

»Dessen kann ich mich ebenfalls noch gut entsinnen«, sagte Lilibet. »Es waren himmlische kleine Momente. Aber warum denken Sie ausgerechnet jetzt daran?«

»Es ist die Art, wie Sie Ihren Kandiszucker gegessen haben. Margaret stopfte ihren immer gleich in den Mund, Sie hingegen sortierten ihn erst nach Größe.«

»Ich weiß, was Sie meinen«, erwiderte Lilibet. »Sie meinen, dass ich die Dinge gerne geordnet habe. Dass alles so sein muss, wie es sich gehört.«

»Ganz genau«, bestätigte ihre ehemalige Lehrerin. »Sie hatten schon als Kind gern alles unter Kontrolle. Veränderungen haben Sie verunsichert. Jeder Abend vor dem Zubettgehen musste gleich sein. Ihre Spielzeugpferde mussten gefüttert und gestriegelt sein, Ihre Kleidung zusammengelegt neben dem Bett liegen ...«

»... und jetzt würde es mich verunsichern, wenn ich ein anderes Diadem und eine andere Kette tragen würde als geplant. Damit haben Sie sicher recht«, sagte Lilibet nachdenklich. »Aber ich glaube, es ist mehr als das. Ich möchte meine Eltern dabeihaben, wenn ich zum Altar gehe.«

Crawfie wollte gerade zu einer Antwort ansetzen, als das nächste Drama über die Braut und die, die ihr zur Seite standen, hereinbrach.

»Wo ist der Brautstrauß?«, rief jemand, und die hektische Suche begann.

»Er ist geliefert worden, da bin ich ganz sicher«, ließ sich die Königin stirnrunzelnd vernehmen. »Ich habe ihn ja selbst in Augenschein genommen.«

»Oje«, sagte Crawfie und warf Lilibet einen mitleidsvollen Blick zu. »Sie werden sehr auf die Probe gestellt. Dann mache ich mich mal mit den anderen auf die Suche.«

Während Crawfie nach draußen schlüpfte, wo der ganze Palast aufgrund des verlorenen Brautstraußes in heller Aufregung war, blickte Lilibet nervös auf die Uhr, die, neben Philips Bild, auf dem Kaminsims stand. Langsam wurde die Zeit knapp, in zwanzig Minuten mussten sie aufbrechen. Mit Brautstrauß, Diadem und Perlenkette oder ohne.

In diesem Moment öffnete sich die Tür, und Cyril ließ einen atemlosen Polizisten herein. »Eure Majestäten«, keuchte er, »es ist dem Juwelier gelungen, das Diadem zu reparieren. Wenn es ihm in der Eile nicht geglückt sein sollte, ganz so präzise zu arbeiten wie sonst, bittet er …«

»Hauptsache, es hält und fällt meiner Tochter nicht während der Trauung vom Kopf«, unterbrach die Königin und sah ihn streng an. »Ist das zu befürchten?«

»Selbstverständlich nicht, Eure Majestät«, stammelte der Mann überfordert.

»Das hat er sehr gut gemacht«, lobte Lilibet, die das Diadem inzwischen in Augenschein genommen hatte, den abwesenden Juwelier. »Ich kann die Bruchstelle gar nicht mehr erkennen.«

Da sich die schluchzende Assistentin inzwischen verabschiedet hatte und sich angesichts des vorigen Missgeschicks – zumal nach der gestammelten Erklärung der Rothaarigen – keiner mehr wirklich traute, diese Handlung vorzunehmen, setzte die Königin ihrer Tochter höchstselbst das Diadem auf. Und Lilibet hatte dadurch erst recht das Gefühl, ihren Segen zu haben.

Kaum saß die Tiara, wurde erneut die Tür aufgerissen. Lilibet und die Königin wandten den Kopf in der Hoffnung, es möge der Privatsekretär mit der Perlenkette sein oder doch zumindest jemand, der den Brautstrauß ausfindig gemacht hatte. Doch zu ihrer beider Enttäuschung war es nur Crawfie, die mitteilte, der Brautstrauß sei immer noch nicht aufgetaucht und von Jock gebe es keine Spur.

»Wir haben nur noch zehn Minuten«, sagte die Königin nervös. »Wir brauchen eine Alternative.«

»Die Hofgärtnerei ist schon informiert und gehalten, einen neuen Strauß zusammenzustellen«, unterrichtete Crawfie die Königin mit einem entschuldigenden Blick Richtung Lilibet. Sie wusste, dass die Braut auch damit nicht wirklich einverstanden sein konnte, schließlich handelte es sich nicht um *irgendeinen* Brautstrauß. Florist Marin Longman hatte in sein zauberhaftes Gebilde aus Maiglöckchen und drei Arten weißer Orchideen nämlich einen Myrtenzweig aus dem Garten von Osborne House auf der Isle of Wight, dem Landsitz von Queen Victoria, eingearbeitet.

In diesem Moment ertönten hinter ihnen Rufe und hastige Schritte. Crawfie wandte sich um, sah in den Flur hinaus und überbrachte gleich darauf die frohe Botschaft: »Sie haben den Brautstrauß gefunden.«

Im nächsten Moment stand ein sichtlich erschöpfter, aber freudestrahlender Cyril in der Tür, in seiner Hand einen Traum in Weiß.

»Aber wo war der Strauß denn nur?«, rief die erleichterte Lilibet.

»Im Kühlschrank, Eure Majestäten«, verkündete Cyril feierlich und so, als sei das der natürliche Platz für einen Blumenstrauß.

»Was in aller Welt macht mein Brautstrauß denn im *Kühlschrank?*«, fragte Lilibet, die nun schon die dritte Überraschung an diesem Tag erlebte.

»Nun«, erklärte Cyril. »Da der Strauß bereits gestern geliefert wurde, fürchtete der Diener, der ihn versorgen sollte, wohl, er könne bis heute welken. Deshalb hat er ihn in der Portiersloge in den Kühlschrank gelegt.«

»Und warum hat er ihn nicht wieder herausgeholt?«, wollte Lilibet stirnrunzelnd wissen.

»Er hat es in der Aufregung wohl vergessen, Ma'am«, erläuterte Cyril. »Soweit ich weiß, hat er heute frei, damit er den königlichen Hochzeitszug genießen kann.«

Und wenn er dabei gesehen hätte, dass ich den falschen Brautstrauß bei mir habe, wäre er sicherlich halb in Ohnmacht gefallen, dachte Lilibet bei sich.

In diesem Moment ertönte von draußen von der Mall Jubel und Hufgeklapper.

Crawfie ging zum Fenster. »Die Polizisten reiten zum Tor hinaus«, sagte sie. Lilibet trat neben sie. Was für ein Anblick! Zum ersten Mal nach dem Krieg trug die Wache wieder ihre Festtagsuniform, federbesetzte Helme und scharlachrote Waffenröcke.

»Ich werde mich nun auf den Weg machen müssen«, sagte Crawfie.

Lilibet nickte. Sie hatte für ihre Gouvernante und deren Gatten George zwei Plätze im Poets' Corner arrangiert, nicht weit von ihren Eltern. Es war ihr wichtig, dass Crawfie ihr in diesem Moment nahe war, wie sie das all die Jahre über gewesen war.

»Das ist das Zeichen für mich, dass ich ebenfalls aufbrechen sollte«, wandte sich die Königin an die Braut. »Und auch du musst dich mit deinem Vater in zehn Minuten auf den Weg machen, hörst du? Wenn Jock es nicht schafft, legst du eine der anderen Perlenketten an.«

Sie zögerte, schien nach einem Argument zu suchen, das ihre Tochter überzeugen könnte, und sagte dann: »Schließlich trägst du statt etwas Blauem ja den Hosenbandorden. Und den hat dein Vater dir verliehen. Und das Diadem habe ich dir aufgesetzt. Wir sind bei dir, mein Liebling, und du hast unseren Segen.«

Sie beugte sich vor, um ihrer Tochter einen Kuss auf die Wange zu geben, und Lilibet konnte sehen, wie gerührt die Königin war. Ihr erging es ebenso. Zum ersten Mal an diesem Tag sah sie ihre Mutter genauer an. Dazu war sie in all der Aufregung noch nicht gekommen. Elizabeth trug ein Kleid aus aprikotfarbenem Seidenbrokat, dazu einen passenden Hut und ein bezauberndes Collier. Lilibet fand, dass ihr diese Farbe ganz hervorragend stand, und bei Gelegenheit würde sie ihr das auch sagen. Doch mit einem Kuss hatte sich ihre Mutter inzwischen verabschiedet und war schon zur Tür hinaus.

Das Glück war Lilibet hold: Sie wollte gerade aufbrechen – mit ihrer Alltagsperlenkette um den Hals –, als ein völlig aufgelöster Mr Coleville hereinstürzte.

»Jock!«, rief Lilibet erleichtert. »Ich wusste, dass Sie es schaffen werden.«

Und während Bobo ihr die Perlenkette um den Hals legte, ließ sich Lilibet von ihrem Privatsekretär von dessen Odyssee berichten.

»Haakon VII., der König von Norwegen, erkannte meine Not und bot mir freundlicherweise an, mich zu fahren, doch es war kein Durchkommen, Sie können sich gar nicht vorstellen, wie verstopft die Straßen sind. Also bin ich ausgestiegen und zu Fuß gegangen.«

»Zu Fuß?«, rief Lilibet.

»Wenn es nur das gewesen wäre«, fuhr Jock Colville fort. »Das Problem war, dass der Aufseher im St. James's Palace mich nicht kannte und nicht gedachte, mich hineinzulassen, geschweige denn mir gestattete, die Perlen mitzunehmen.«

»Hatten Sie denn nichts dabei, um sich auszuweisen?«, fragte Lilibet und betrachtete im Spiegel die Perlenkette an ihrem Hals. Nun war sie perfekt. Perfekt und bereit. Noch fünf Minuten. Sie wandte sich wieder an Colville.

»Nein«, sagte der. »Daran habe ich in der Eile nicht gedacht. Ich bat dann darum, im Palast anzurufen und meine Identität und mein Ansinnen bestätigen zu lassen, doch niemand ging ans Telefon.«

»Du lieber Himmel«, murmelte Lilibet. »Sie haben wahrscheinlich alle nach dem Brautstrauß gesucht.«

Fragend sah Colville sie an. »Den Brautstrauß, Ma'am?«

»Ja«, bestätigte sie. »Der war zwischenzeitlich auch verschwunden. Aber das ist jetzt nicht wichtig. Wie also konnten Sie den Aufseher überzeugen?«

»Mir fiel irgendwann ein, dass ich ja auf der Personalliste des Königshauses stehen müsste«, sagte er. »Ausweisen konnte ich mich ja, nur eben nicht meine Zugehörigkeit zum Palast. Der Alte ließ es sich dann aber dennoch nicht nehmen, die Polizei zu rufen, die mich zum Palast begleitete.«

»Sie müssen los, Lilibet«, sagte Bobo und zupfte noch einmal ihren Schleier zurecht.

Lilibet nickte. »Danke, Bobo, wir sehen uns gleich in der Abtei«, sagte sie. »Und danke, Jock.«

Dann wandte sie sich zur Tür, um durch den langen Gang zur Treppe zu gehen. Und von dort aus nach unten. Wo ihr Vater auf sie wartete.

Kapitel 23

Dichter Nebel lag über der Stadt, wie sich das für einen englischen Novembervormittag gehörte. Laut und feierlich klangen die elf Schläge von Big Ben durch die Straßen und kündigten an, dass es nun wirklich so weit war: Die Hochzeit des Jahrhunderts würde beginnen. Die Menge, die sich rechts und links der Straße positioniert hatte, jubelte zunächst dem Wagen der Königin und Prinzessin Margaret zu, die in ihrem elfenbeinfarbenen Satin-Tüll-Kleid einfach zauberhaft aussah. Es folgte die Kolonne von Lilibets Großmutter, Queen Mary, dann kamen Prinzessin Juliana und Prinz Bernhard der Niederlande, der Kronprinz von Schweden und seine Gemahlin sowie der Herzog und die Herzogin von Gloucester. Erst dann folgte endlich die Kolonne der Braut, die von den Gardereitern der Household Cavalry in deren roter Galauniform eskortiert wurde.

Als Lilibet neben ihrem Vater am Eingang von Westminster Abbey stand, verstärkte sich in ihr das Gefühl, das sie am Morgen schon einmal gehabt hatte, aus dem sie dann aber durch die Tatsache, dass so viele Katastrophen passiert waren, für die es eine Lösung brauchte, herausgerissen worden war: dass das alles ein Traum war. Doch es war kein Traum, es war die Wirklichkeit: Vor ihr lag der lange, lange Gang, durch den sie nun schreiten würde. Und am anderen Ende dieses Ganges wartete Philip.

»Bereit?«, fragte ihr Vater mit seltsam belegter Stimme.

Sie nickte. »Bereit.«

Als hätte der Organist sie gehört, ertönten just in diesem Moment die Klänge von Mendelssohns *Hochzeitsmarsch*, und Lilibet und der König setzten sich in Bewegung. Ihnen folgten ihre acht Brautjungfern – als erste Prinzessin Margaret, dann Prinzessin Alexandra von Kent, Lady Caroline Montagu Douglas Scott, Lady Mary Cambridge, Pamela Mountbatten, Margaret Elphinstone und Diana Bowes-Lyon, außerdem zwei Knaben: Prinz William von Gloucester und Prinz Michael von Kent.

Sie schritt durch das Menschenmeer der gekrönten Häupter, begegnete dem Blick Queen Marys und dem ihrer Mutter, die ihnen gerührt entgegensahen. Auch ihre treue Crawfie konnte sie in der Menge ausmachen.

Und dann war da nur noch er. Philip. Er stand mit dem Rücken zu ihr, groß und stark, in seiner Marineuniform, die von seinem jüngst verliehenen Hosenbandorden geziert wurde. Und obwohl er so groß und stark aussah, spürte sie seine Anspannung, seine Nervosität, und er wirkte auf sie mit einem Mal ungemein verletzlich, wie er dort ganz alleine stand. Immerhin, seine Mutter war da, aber ansonsten war er ganz ohne Familie in dieser Kirche. Er hatte einmal zu ihr gesagt, dass er seit seinem Wegzug aus Griechenland kein Zuhause mehr gehabt hatte. Ein ewig Suchender, ein ewiger Gast in Europas Schlössern. Nun, sie würde ihm ein Zuhause geben. Die Liebe und Beständigkeit, die er immer vermisst hatte.

Dann stand sie neben ihm. Endlich. Sie löste sich vom Arm ihres Vaters, und Philip wandte den Kopf und sah sie an. Voller Bewunderung und voller tiefer, echter Liebe.

»Wie schön du bist«, flüsterte er.

Sie lächelte.

Und dann begann die Trauung, die sie zu Mann und Frau machen sollte.

Der Erzbischof von York sagte: »Die eine von euch beiden, Tochter unseres geliebten Königspaares, hat durch Charme und einfache Grazie bereits die guten Wünsche und die Zuneigung aller erworben. Der andere: ein Seemann. Wieviel wir doch dem starken Schutzschild unserer Marine verdanken!«

Als das Traugelübde kam, zögerte Lilibet keine Sekunde, und sie sah Philip feierlich in die Augen, als sie gelobte, ihn zu lieben, zu ehren und *ihm zu gehorchen.*

Sie erkannte ein kurzes Aufflackern in seinem Blick, dann erklärte der Erzbischof von York sie zu Mann und Frau. Die Klänge von *God Save the King* ertönten, und Lilibet und Philip schritten, begleitet von ihrem Vater, dem König, ihrer Mutter, Philips Onkel Dickie Mountbatten und seinem Trauzeugen David Milford Haven, in die St. Edwards Kapelle, um dort das Standesregister zu unterschreiben und damit ihren Ehebund zu bezeugen.

»Hast du einen neuen Stift?«, fragte Lilibet, als Philip einen goldenen Füllfederhalter hervorzog.

Er nickte lächelnd. »Ein Hochzeitsgeschenk meiner Schwestern«, sagte er leise und deutete auf die drei eingravierten Namen. Philips vierte Schwester war bei einem Flugzeugabsturz ums Leben gekommen. Sie war damals schwanger gewesen, und als man die Leichen barg, hatte man das Neugeborene neben seiner Mutter gefunden.

Lilibet schluckte. Sie fand diese Geste ungemein rührend.

»So sind sie doch noch bei dir an diesem besonderen Tag«, flüsterte sie und legte ihre Hand kurz auf die seine.

Auch der König zeigte sich ergriffen, als er seine Unterschrift unter das Dokument setzte, und sagte: »Das bedeutet mir sogar mehr als bei meiner eigenen Hochzeit.«

Nachdem auch ihre Mutter sowie Onkel und Trauzeuge ihre Unterschriften unter das Dokument gesetzt hatten, ertönte ein weiterer Hochzeitsmarsch, und die frisch Vermählten schritten, Hand in Hand, zum Ausgang der Westminster Abbey, um in der bereitstehenden Kutsche Platz zu nehmen, die sie zum Buckingham Palace bringen würde. Begleitet vom frenetischen Jubel der Umstehenden. Zuvor aber blieb Lilibeth noch einmal vor ihren Eltern stehen und versank in einem tiefen Knicks.

Kapitel 24

»Es ist einfach wunderschön«, flüsterte Lilibet, als sie neben Philip den Ball Supper Room betreten hatte, in dem das Hochzeitsessen für den immerhin aus rund hundertfünfzig Personen bestehenden engeren Kreis stattfinden sollte. Sie ließ ihren Blick über den prachtvoll gedeckten Tisch schweifen. Wie schon bei den Hochzeitsgeschenken war sie auch jetzt wieder gerührt über die Tatsache, dass sich hier jemand offenbar wirklich Gedanken gemacht hatte, was ihr gefallen, was ihr Freude bereiten konnte. Die Tische waren mit Smilax und weißen Nelken geschmückt – und Nelken waren Lilibets Lieblingsblumen. Außerdem gab es kleine weiße Heidesträuße aus Balmoral, jenem Ort, an dem Elizabeth sich so gerne aufhielt, an dem sie sich so frei fühlte. Auch die Dudelsäcke, die mit Begeisterung gespielt wurden, ließen Balmoral'sche Stimmung aufkommen. Lilibets Blick traf auf Crawfies, die, wie sie fand, in ihrem kirschroten Samtkleid mit dem großen schwarzen Hut und den schwarzen Straußenfedern ganz bezaubernd aussah.

Strahlend nahm sie neben ihrem Mann Platz – wie wunderbar das klang, *ihrem Mann* – und ließ sich das Hochzeitsmenü schmecken. Es bestand zwar nur aus drei Gängen – mehr, so hatte Lascelles erläutert, könne man sich angesichts der immer noch andauernden Nahrungsmittelknappheit nicht erlauben, und Lilibet fand das auch ganz richtig so –, aber was es gab, war ganz vorzüglich: Rebhuhn, anschließend Seezunge, »Filet de Sole Mountbatten«, und zum Schluss eine Eisbombe, die ihren Namen trug: »Bombe Glacée Princess Elizabeth«.

Ganz und gar nicht sparsam war allerdings die Hochzeitstorte, und als sie hereingebracht wurde, schnappte Lilibet nach Luft. Philip an ihrer Seite schien es ebenso zu gehen, denn er stieß ein Ächzen aus, als er ihrer ansichtig wurde.

Das vierstöckige Gebilde war zwei Meter und vierundsiebzig Zentimeter hoch und dreihundert Kilo schwer! Sie war, wie der Chefkellner diensteifrig erklärte, in der Edinburgher Konditorei McVitie & Price hergestellt worden – und die hatte bewusst Zutaten aus dem ganzen Commonwealth verwendet: Butter aus Neuseeland, Mehl aus Kanada, Rum aus Jamaika, Zucker und karamellisierte Früchte aus Australien. Das Kunstwerk war mit verschiedenen Kronen verziert, und obenauf befand sich ein riesiger Blumenstrauß.

Sosehr Lilibet das Zusammensein mit den Festgästen und das Hochzeitsdinner genoss: Am allermeisten sehnte sie den Moment herbei, in dem sie mit Philip in den Wagen steigen und in die Flitterwochen fahren würde.

Am späten Nachmittag – sie hatte sich inzwischen umgekleidet und trug eine blaue Kombination aus Mantel und Hut, die, wie ihr Brautkleid, aus dem Hause Hartnell stammte – machten sie sich, nach herzlichen Abschieden von Familie und Festgästen, auf den Weg.

»Ich hoffe, dir ist nicht kalt«, sagte er zärtlich, als sie sich neben ihn in die offene Kutsche setzte.

»Nein«, sagte sie. »Du bist ja bei mir, um mich zu wärmen.«

»Und die Flaschen«, ergänzte Philip grinsend.

»Ja«, bestätigte sie. »Und die Flaschen.«

Selbige hatte die Dienerschaft mit heißem Wasser gefüllt und in die offene Kutsche gelegt, die sie zur Victoria Station bringen sollte. Dort wartete der Royal Train, mit dem sie auf den Landsitz von Lord Mountbatten in Broadlands fahren würden.

»Und wenn das nicht ausreicht, hast du ja genug anzuziehen. Im Gegensatz zu mir«, fügte er grinsend hinzu.

Fragend sah sie ihn an. »Wie meinst du das?«

»Nun«, ließ Philip sie wissen, »wenn ich es richtig beobachtet habe, hast du neben Susan fünfzehn Koffer dabei, ich hingegen nur zwei Reisetaschen.«

»Das hat alles Bobo eingepackt«, verteidigte sich Lilibet und gab den sanften Spott ihres Gatten zurück: »Ich wusste gar nicht, dass du genug Kleidung für zwei Reisetaschen besitzt! Hat dir die Dienerschaft zur Hochzeit etwa Socken geschenkt?«

Seit Philip ihr erzählt hatte, dass sein Kammerdiener Dean ihm nachts sein einziges Hemd gewaschen und gebügelt und sein einziges und löchriges Paar Socken gestopft hatte, zog sie ihn gern damit auf, allerdings nur, seit sie sicher sein konnte, dass es ihn nicht verletzte, denn Philip konnte ja nichts dafür, dass er hinsichtlich der Garderobe so schlecht ausgestattet gewesen war. Am ergreifendsten war Philips Freude über die Hilfsbereitschaft des Dieners gewesen. »Ich habe ihn nicht darum gebeten, Lilibet«, hatte er zu ihr gesagt. »Er hat es einfach getan, aus purer Hilfsbereitschaft.«

Sie hatte sich den Hinweis gespart, dass genau das ja seine Aufgabe war, und sich einfach mit ihm gefreut. Und war gerührt gewesen, wieder einmal. Aus ihm hatte der kleine, einsame Junge gesprochen, der es nicht gewohnt war, dass man sich um ihn kümmerte.

*

Die Hochzeitsnacht war wundervoll gewesen. Zärtlich, leidenschaftlich und intensiv. Philip war ein erfahrener Liebhaber, doch es brauchte ohnehin nicht viel, um sie in Brand zu setzen, im Gegenteil: In den letzten Wochen war sie sich in seiner Nähe seiner überbordenden Männlichkeit nur zu bewusst gewesen und hatte sich danach gesehnt, ihm endlich ganz nahe sein zu dürfen. Als sie am nächsten Tag beim Frühstück beisammensaßen und den Ausblick über den weitläufigen Park genossen, deutete Philip verärgert nach draußen. Lilibet folgte seinem Blick und sah zwei Männer mit Kameras durch den Garten schleichen.

»Reporter.«

»O nein«, seufzte Lilibet.

Zwar war sie es gewohnt, vor die Kameras zu treten, aber bisher hatten die Royals stets den Zeitpunkt bestimmt: In schöner Regelmäßigkeit hatte ihre Mutter Fotografen einbestellt, die sie in privaten Situationen zeigten. Lisa Sheridan zum Beispiel, die sie mit ihren Corgis abgelichtet hatte, auf Pferderücken, aber auch in anderen Alltagsszenen, die zwar privat, aber dennoch gestellt waren. Jedenfalls war das etwas ganz anderes, als wenn ihr nun am Morgen nach der ersten Liebesnacht mit ihrem Ehemann beim Frühstück aufgelauert wurde.

»Ich werde hinausgehen und sie zur Rede stellen«, brummte Philip verärgert, doch Lilibet legte bittend ihre Hand auf seinen Unterarm. »Nicht«, sagte sie. »Das bringt doch nichts. Vielleicht verschwinden sie ja von alleine wieder, wenn wir sie beharrlich ignorieren. Näher ans Haus heran kommen sie wegen der Wachen ohnehin nicht.«

»Gut«, seufzte Philip und ging zum Büfett, um sich sein Frühstück zu holen. »Aber wenn sie noch weiter mein privates Glück mit dir stören, werde ich ihnen die Meinung sagen, das kann ich dir versprechen.«

Lilibet konnte sich gut vorstellen, wie ihr Mann nach draußen stürmen würde, um die Horde neugieriger Reporter zu verjagen.

In diesem Moment klopfte es an der Tür, ein Diener brachte die *Times* und die Morgenpost.

»Ein Brief von meinem Vater«, sagte Lilibet beunruhigt. »Ich hoffe, es ist nichts Schlimmes geschehen!«

»Dann hätte man telegrafiert oder einen Boten geschickt«, erwiderte Philip.

Er hatte recht, wie Lilibet feststellte, als sie die Zeilen überflog.

Ich war so stolz und so aufgeregt, Dich auf unserem langen Weg durch Westminster Abbey so nah an meiner Seite zu haben, schrieb der König. *Aber als ich Deine Hand in die des Erzbischofs legte, fühlte ich, dass ich etwas sehr Wertvolles verloren hatte. Während der Zeremonie warst Du so ruhig und gefasst, Du hast Deine Worte mit solcher Überzeugung gesprochen, dass ich wusste, alles ist gut. Ich kann, das weiß ich, immer auf Dich zählen und nun auch auf Philip, uns bei unserer Aufgabe zu helfen. Dein Abschied hat eine große Leere in unserem Leben hinterlassen, aber denke daran, dass Dein altes Zuhause immer noch Deines ist. Dein Dich liebender Vater.*

Während der Lektüre waren Lilibet Tränen der Rührung in die Augen gestiegen.

»Was ist?«, fragte Philip, und sie reichte ihm den Brief.

»Nun gibt es *us four* nicht mehr«, sagte sie leise.

»Nein«, sagte er, nachdem er gelesen hatte. »Aber dafür gibt es *us two*. Und diese beiden werden sehr glücklich miteinander werden. Die *Times* glaubt das auch.«

»Wieso?«, fragte Lilibet lächelnd. »Was schreibt sie denn?«

Er zog das Blatt zu sich heran und las vor: »Eine machtvolle Vergangenheit hat an diesem Tag ein neues, hoffnungsreiches Kapitel hinzugewonnen. Und die Braut, Prinzessin Elizabeth, sah überaus glücklich und zugleich überaus kindlich aus.«

Eindringlich sah er sie an. »Dass du überaus glücklich bist, diesen Eindruck hatte ich letzte Nacht auch. Überaus kindlich hast du allerdings Gott sei Dank nicht gewirkt. Ich schlage vor, wir probieren das noch einmal aus. Zumal wir oben, in unseren Schlafgemächern, vor den Reportern sicher sind. Schließlich haben wir nicht nur eheliche, sondern auch royale Pflichten und müssen das Fortbestehen der Monarchie sichern.«

Lilibet errötete und sah ihn in einer Mischung aus Verlegenheit und Empörung an. »Philip!«

Teil II

1948-1953

Kapitel 25

Die nächste Wehe kam und flutete mit dem Gefühl der Einsamkeit über sie hinweg. Wo war Philip? Weshalb stand er ihr nicht bei? Zu wissen, dass er draußen auf dem Flur ausharrte, auf Neuigkeiten der Hebamme hoffend, hätte ihr so viel bedeutet. Doch Philip, so hatte ihr Bobo auf ihr drängendes Fragen hin widerwillig erklärt, war mit seinem Freund und Trauzeugen Mike Parker losgezogen, um sich mit Squashspielen und einem ausgiebigen Aufenthalt am Pool abzulenken. »Er hält es nicht aus, untätig vor der Tür zu sitzen, während Sie schlimme Schmerzen haben. Es macht ihn wahnsinnig, dass er nichts tun kann, um Sie davor zu beschützen.«

Lilibet nickte. Ja, das klang nach Philip. Aber war das wirklich die Wahrheit? War er mit Mike allein? Oder tröstete er sich in den Armen einer anderen über diese für ihn unangenehme Situation hinweg?

Der Schmerz war so heftig, dass er alle quälenden Gedanken forttrieb. Doch während die Wehe abebbte und ihr die Gelegenheit gab, wieder Kraft zu schöpfen, gönnten ihr die Gedanken keine Verschnaufpause.

Wo ist er, hämmerte es in ihrem Kopf. Etwa bei *ihr?* In einer Stunde wie dieser? Würde er es wagen?

Auch wenn man versucht hatte, es vor ihr zu verheimlichen,

hatte sie doch sehr wohl von Pat Kirkwood erfahren, jenem Showgirl mit den endlos langen Beinen, die Philip durch den Hoffotografen Baron kennengelernt hatte. Im *Hippodrom* in der Nähe des Leicester Square hatte er sie in dem Musical *Starlight Roof* bewundert und sie, gemeinsam mit Baron, anschließend in ihrer Umkleidekabine aufgesucht, sie dann ins *Les Ambassadeurs* zum Essen ausgeführt und anschließend im *Milroy Supper Club* unablässig mit ihr getanzt. Da in jener Nacht auch Höflinge unter den Gästen gewesen waren, hatte sowohl Lilibets empörter Vater davon erfahren und seinem Schwiegersohn gehörig den Marsch geblasen als auch Lilibet, die heftige Eifersucht verspürte – und ebenfalls Empörung. Sie war schwanger mit seinem Kind, und er durchtanzte die Nacht mit einer anderen? Wie konnte er nur! Hinter vorgehaltener Hand erzählte man sich, dass es nicht nur beim Tanz geblieben war – und ebendas befürchtete Lilibet auch.

Ebenso wie sie jetzt fürchtete, dass sich ihr Gatte gerade wieder auf Abwegen befand, während sie ihr erstes Kind zur Welt brachte und sich draußen vor dem Palast achttausend Menschen versammelten, die gespannt auf Neuigkeiten warteten.

Als Charles um Viertel nach neun Uhr abends das Licht der Welt erblickt hatte, stand Philip jedoch, noch in Sportkleidung, sofort an ihrem Bett, in seiner Hand ein Strauß Rosen und Nelken. Er küsste seine Frau, staunte mit Lilibet über Charles' winzige Händchen und sorgte dann dafür, dass dem medizinischen Personal Champagner gebracht wurde.

»Er ist vollkommen«, flüsterte er, während die anderen miteinander anstießen.

Sie erwiderte sein Lächeln, und sogar der Gedanke an die Tänzerin, der sie so quälte, war in diesem Moment weit fort. »Ich bin froh, dass der Innenminister nicht kommen muss«, sagte sie. »So ist es doch ein wenig intimer und persönlicher.«

»O ja«, erwiderte die Königin, die ihrer Tochter während der Geburt beigestanden, das junge Paar dann aber kurz alleine gelassen hatte. »Gut, dass dein Vater dafür gesorgt hat, dass dieses Ritual nun aufgegeben wird. Bei *deiner* Geburt war das noch anders. Eine furchtbare Aufregung.«

»Dabei kannst du noch froh sein, dass bei Lilibets Geburt nur der Innenminister anwesend war«, ließ sich der König, der nun, an der Seite seiner Mutter Queen Mary, ebenfalls herbeigeeilt war, um den Neuankömmling zu bewundern, vernehmen. »Erst 1894 hat Queen Victoria die hohe Personenanzahl von bis zu sechzig Zeugen auf den Innenminister reduziert.«

»Du liebe Güte«, murmelte Lilibet und sah gerührt dabei zu, wie sich ihr Vater über den kleinen Charles beugte, um sein erstes Enkelkind zu bewundern. Wie glücklich er aussah! Doch selbst in diesem Moment, als George über das ganze Gesicht strahlte, wirkte er blass und erschöpft, wie Lilibet beunruhigt bemerkte. Der Monarch schien sich kaum auf den Beinen halten zu können.

»Woher kommt eigentlich der Brauch, dass bei einer königlichen Geburt so viele Zeugen anwesend sein müssen?«, fragte Philip, während er gedankenverloren mit Charles' kleinen Fingerchen spielte.

Queen Mary schnaubte, und es ließ sich nicht genau sagen, ob sie dieses ausstieß, weil sie es missbilligte, dass Philip über diese Sache nicht Bescheid wusste, oder ob es dem Gesetz als solchem galt – das ihr Sohn ja nun gekippt hatte. Dann jedoch setzte sie zu einer Erklärung an. »Als König James II. und Königin Maria Beatrice d'Este 1688 ihren Sohn Stuart zur Welt brachten, wurde ein Gerücht in die Welt gesetzt, das besagte, dass der wahre Sohn bei der Geburt gestorben sei und eine Hofdame dafür gesorgt habe, dass man ihnen das Kind einer armen Frau brachte und es für das ihre ausgab.«

»Vielleicht wurde James Stuart deshalb später so unglücklich«, murmelte der König.

»Jedenfalls fand ich es damals ganz und gar nicht schön, den Innenminister bei deiner Geburt dabeizuhaben«, sagte Königin Elizabeth und strich ihrer Tochter zärtlich über die Wange.

»Wir sollten die Leute draußen nicht länger warten lassen«, mahnte Lilibet, die hörte, dass die Rufe der Wartenden vor den Toren immer lauter wurden.

»Ja«, gab der König seiner Tochter recht. »Die Bekanntgabe ist schon verfasst. Tommy Lascelles, von dem ich die allerherzlichsten Glückwünsche bestellen soll, liest sie gerade, er muss sie legitimieren. Er war zwischenzeitlich nicht auffindbar. In Kürze wird sie am Zaun angeschlagen.«

Lilibet nickte. »Und dann heißen sie dich alle willkommen, mein kleiner Prinz.« Sie küsste ihren Sohn auf sein Näschen, was dieser mit einem Kräuseln der winzigen Lippen erwiderte.

»Er ist so hinreißend«, bemerkte Queen Mary und betrachtete ihren Urenkel verzückt.

»Ja, nicht wahr, das ist er«, erwiderte Philip ergriffen.

In diesem Moment brach draußen vor dem Palast frenetischer Jubel aus. Sogleich eilte der Gynäkologe Sir William Gilliatt besorgt herbei.

»Ist Euch das zu laut, Eure Majestät?«, fragte er besorgt. »Zu strapaziös? Ich werde um mehr Ruhe für die junge Mutter und ihr Neugeborenes bitten müssen.«

Doch Lilibet schüttelte nur lächelnd den Kopf. »Lassen Sie nur«, sagte sie. »Was gäbe es Schöneres für eine Mutter, als dass die Welt über die Geburt ihres Kindes in Jubel ausbricht!«

Gut zehn Minuten später war der Nachthimmel über London von Freudenfeuern erhellt, im Hyde Park und vom Tower of London wurden einundvierzig Salutschüsse abgegeben, die Glocken von Westminster Abbey und St. Paul's Cathedral begannen ihr dreistündiges Geläut, und die Tatsache, dass der Springbrunnen am Trafalgar Square blaues Wasser spuckte – und das eine Woche lang –, sorgte dafür, dass auch der Letzte erfuhr, dass es sich bei dem Kind, das in der Nacht vom 14. November um einundzwanzig Uhr vierzehn das Licht der Welt erblickt hatte, um einen Jungen handelte. Charles Philip Arthur George von Edinburgh.

*

»Ich habe eine erfreuliche Nachricht für dich, Liebling«, sagte Philip, als er am nächsten Morgen an ihrem Bett stand. »Ich habe es gerade eben erfahren und musste mir mit Margaret einen heftigen Kampf darum liefern, wer es dir als Erster sagen darf.«

»Nun«, erwiderte Lilibet und sah ihren Gatten lächelnd an. »Da bin ich aber gespannt. Du hast ja schon immer verstanden, dich gegen Margaret durchzusetzen. Ich denke da an die Szene im Aufzug.«

Er wusste sofort, was seine Gattin ansprach, und lachte auf. »Na, irgendjemand musste sie ja erziehen.«

Das königliche Protokoll sah vor, dass niemand aus einem Fahrstuhl steigen durfte, bevor die Prinzessinnen – oder gar ihre Eltern – selbigen verlassen hatten. Die aufmüpfige Margaret hatte sich daraus einen Spaß gemacht und sich immer wieder geweigert auszusteigen, was dazu geführt hatte, dass alle anderen dies auch nicht tun konnten. Bis es Philip – damals waren sie noch nicht verheiratet gewesen – zu dumm wurde und er seiner Schwägerin in spe einen sanften Stoß versetzte.

»Nun rück schon damit heraus«, sagte Lilibet jetzt.

»Also gut«, gab Philip grinsend nach. »Nicht nur *du* bist letzte Nacht Mutter geworden.«

Fragend sah sie ihn an. Doch bevor er weitersprach, wusste sie, was er meinte.

»Susan!«, rief sie erfreut. »Sie hat geworfen!«

Er nickte grinsend. »Wie sich das für eine treue Hündin gehört. Zwei Welpen. So süß wie ihre Namen. Sugar und Honey.«

»Das ist ja wundervoll!«, freute sich Lilibet. »Ich muss sie sofort sehen.«

»Ich lasse sie dir später bringen«, sagte Philip. »Aber nun möchte ich zuerst einmal meinen Sohn bewundern.«

»Ich auch.« Glücklich sah sie ihn an und klingelte nach der Amme.

Vielleicht würde doch noch alles gut werden. Sie entschloss sich, den Namen Pat Kirkwood endgültig aus ihren Gedanken zu verbannen.

*

Doch Lilibet sollte sich täuschen. Es würde nicht alles gut werden. Zwar trug Philip sie auf Händen und war aufmerksam und charmant wie in den ersten Wochen ihrer Ehe, aber ihr Glück wurde von der Sorge um ihren Vater mehr als überschattet. Schon während ihrer Schwangerschaft hatte Lilibet immer wieder um ihn gebangt, sein Husten war stärker und stärker geworden, das Rauchen wollte er aber keinesfalls aufgeben. Zu dem Husten kamen starke Krämpfe, die Ärzte hatten festgestellt, dass seine Beine immer schlechter durchblutet waren, und eine niedergeschlagene Queen teilte Lilibet zwei Tage nach Charles' Geburt mit, dass man bei deren Vater Arteriosklerose diagnostiziert habe und dass das Risiko für Gangrän in seinem rechten Bein so hoch sei, dass der Chirurg erwogen habe, es zu amputieren.

»Amputieren?«, rief Lilibet entsetzt. »Aber das wäre ja schrecklich für Papa.«

»Sie können sein Bein vielleicht retten«, versuchte die Königin ihre aufgewühlte Tochter zu beruhigen. »Aber wichtig ist, dass er sich in der nächsten Zeit schont. Die Reise nach Australien und Neuseeland wird er auf jeden Fall absagen müssen.«

Beinahe entschuldigend sah sie ihre Tochter an. »Ich fürchte, dass auf dich und Philip nun mehr Pflichten zukommen werden.«

»Mehr Pflichten?«, fragte sie.

»Ja, leider. Ihr werdet damit rechnen müssen, dass ihr über kurz oder lang immer mehr Aufgaben von deinem Vater übernehmen müsst. Auch reisen.«

»Wie soll das gehen?«, fragte Lilibet. »Philip ist schließlich bei der Marine. Und Charles …«

»Noch ist es ja nicht so weit«, beruhigte die Königin sie. »Aber es wird kommen. Vielleicht kannst du Philip schon einmal darauf vorbereiten, dass es auf Dauer besser für ihn wäre, auf Halbsold zu gehen.«

Lilibet runzelte die Stirn. Das würde nicht einfach werden, Philip wäre nicht begeistert. Dabei hatte sie doch gestern noch gedacht, dass nun endlich alles gut werden würde.

Kapitel 26

Lilibet sog scharf die Luft ein. Philip raste mit derart halsbrecherischer Geschwindigkeit auf die Kurve zu, dass sie sich vor ihrem inneren Auge schon blutüberströmt unter einem Baum liegen sah. Sie wagte jedoch nicht, etwas zu sagen, denn auch wenn er kurz nach Charles' Geburt äußerst gut gelaunt, aufmerksam und zärtlich gewesen war, so war dieser wunderbare Zustand mittlerweile längst wieder verflogen. Manchmal hatte Lilibet das Gefühl, er nehme sie gar nicht richtig wahr. Immer häufiger ging er mit Mike abends aus, und Lilibet fürchtete insgeheim, dass er *sie* bei diesen Ausflügen aufsuchte, auch wenn sie es, stolz, wie sie war, nicht aussprach. Gegen den Gedanken, auf Halbsold zu gehen, hatte er sich bisher vehement gewehrt, und Lilibet war nicht weiter in ihn gedrungen, zumal es König George inzwischen auch ein wenig besser ging.

Philip raste auf die nächste Kurve zu, und wieder sog Lilibet scharf die Luft ein.

»Wenn du das noch einmal machst, werde ich dich einfach raussetzen«, schnauzte er sie an.

Lilibet schluckte und starrte zum Fenster hinaus. Wann war diese Höllenfahrt endlich vorüber! Wie so oft, wenn es zwischen ihr und Philip kriselte, musste sie an Porchey denken. Bei ihrem alten Freund fühlte sie sich stets sicher, verstanden und geborgen. Bei ihm und bei ihren Tieren, mit denen sie allerdings für ihr Empfinden viel zu wenig Zeit verbringen konnte. Nicht zum ersten Mal überlegte sie, dass eine Ehe mit Porchey letzten Endes vielleicht glücklicher gewesen wäre als mit Philip. Aber sie liebte nun einmal Philip, ihren unbeugsamen, ungezügelten Mann. Und eben weil sie ihn so liebte, hatte er auch die Macht, sie derart zu verletzen.

Plötzlich spürte sie eine Hand auf ihrer Schulter. Dickie Mountbatten, Philips Onkel und einstiger Vormund, der bei dieser von Philip initiierten Spazierfahrt auf dem Rücksitz saß, wollte ihr damit andeuten, dass er sie verstand.

»Warum hast du dir das denn gefallen lassen, du hattest doch vollkommen recht?«, fragte Dickie sie später, als sie wieder in Clarence House angekommen waren.

»Aber du hast doch gehört, was er gesagt hat«, erwiderte Lilibet erstaunt. »Er hätte mich rausgesetzt. Ich hatte wirklich keine Lust, ganz alleine mitten in der Landschaft zu stehen.«

»Das hätte er nicht getan. Und wenn, dann hätte er es mit mir zu tun bekommen.«

Lilibet nickte. Er hatte ja recht. Solches Verhalten konnte sie ihm nicht durchgehen lassen. Wie so vieles. Sie hatte das Gefühl, dass sie beide in letzter Zeit wieder in ihre angeborenen Charaktere fielen: sie die Schüchterne, er der ungestüme Freiheitskämpfer.

»Was habt ihr beide denn so Wichtiges zu besprechen?«, fragte Philip, der schon vorangegangen war und nun stehen blieb, um auf sie zu warten.

»Ich habe deiner Frau gesagt, dass du rücksichtslos bist und einen unmöglichen Fahrstil hast«, sagte Dickie geradeheraus.

»So?« Philips Miene verfinsterte sich, doch Lilibet wusste

ihren Mann geschickt einzuwickeln: »Wir verstehen alle gut, dass du es nicht erwarten kannst, Onkel Dickie den Fortschritt in Clarence House zu zeigen.«

»In der Tat«, sagte Philip und machte eine einladende Geste. »Nur herein!«

»Donnerwetter«, staunte Louis Mountbatten, der seit Monaten nicht mehr hier gewesen war. »Das Haus ist ja kaum wiederzuerkennen.«

»Wäre ja auch schlimm, wenn doch, nach all der Arbeit, die wir hier hineingesteckt haben«, sagte Philip und sah sich zufrieden um.

»Was war denn dein letzter Stand?«

»So genau weiß ich es nicht mehr«, sagte Dickie achselzuckend. »Ich weiß nur noch, dass ihr mir von dem alten Herzog von Connaught erzählt habt, der vor dem Krieg hier gewohnt hatte.«

Philip verzog das Gesicht. »Erinnere mich nicht daran. Er hatte wirklich keinen Sinn für ein modernes Haus. Es war ziemlich geschmacklos, was er aus diesem wunderbaren Gebäude gemacht hat.«

»Nun, immerhin war er ja auch schon einundneunzig Jahre alt«, verteidigte Lilibet den Altherzog. »Und jetzt ist es bei uns ja in guten Händen.«

Sie hatten aber auch wirklich jede Menge zu tun gehabt: Durch die Bombenschäden war das Dach teilweise undicht gewesen, Stuckdecken mussten saniert und Bäder eingebaut werden. Philip und sie waren in den letzten Monaten ein- bis zweimal am Tag nach Clarence House gekommen, um den Baufortschritt zu überwachen und neue Ideen einzubringen. Lächelnd musste sie daran denken, wie sie eigenhändig die hellgrüne Farbe für die Wohnzimmerwand angerührt hatte.

Doch es war vor allem Philip gewesen – und war es noch –, der sich über alle Maßen bei der Sanierung einsetzte und an ihrem künftigen Zuhause arbeitete. Ständig hatte er Einfälle oder Ideen, besuchte Ausstellungen und brachte fast immer irgendeine neue technische Errungenschaft mit, von der er dachte, dass sie sie gebrauchen könnten. Und auch ansonsten hatte er seine Fantasie spielen lassen und sich und seiner Frau etlichen Luxus gegönnt, was allerdings, als das öffentlich wurde, zu einiger Kritik geführt hatte. Ohnehin hatten die Gewerkschaften gegen die vom Parlament genehmigten fünfzigtausend Pfund Sanierungskosten protestiert. Für das Geld, so die Argumente, hätte man auch Sozialwohnungen bauen können. Als Philip dann in einem der Nebenräume einen Kinoraum einbauen ließ, war die Empörung groß gewesen – die Gemüter hatten sich erst wieder beruhigt, als bekannt wurde, dass ihnen die Filmvereinigung das Kino zur Hochzeit geschenkt hatte. Auch ansonsten waren von den unzähligen Hochzeitsgeschenken etliche für Clarence House bestimmt gewesen. Was allerdings zu ziemlichen Schwierigkeiten geführt hatte: Zahlreiche Länder aus aller Welt hatten ihnen einheimische Hölzer für Fußböden, Raumverkleidungen und Möbel zur Verfügung gestellt und wollten natürlich auch wissen, wie diese am Ende verwendet wurden. Lilibet und Philip hatten sich gemeinsam mit dem Architekten den Kopf darüber zerbrochen, wie man der einen Nation erklären sollte, dass ihre großzügige Spende lediglich in einem Dienstbotenzimmer verbaut worden war, während die des Nachbarlandes den Salon zierte.

»Wann wurde Clarence House denn eigentlich erbaut?«, wollte der stets interessierte Dickie Mountbatten wissen.

»In den 1820er-Jahren für König Wilhelm IV.«, erklärte Lilibet wie aus der Pistole geschossen. Nachdem klar gewesen war, dass sie Clarence House einmal bewohnen würden, hatte sie sich ausführlich mit dessen Geschichte befasst. Sie entwickelte einen regelrechten Wissensdurst, der auch kompensieren sollte, dass die schulische Ausbildung, die sie als Kind erhalten hatte, eher spärlich verlaufen war.

Nun genoss sie es umso mehr, mit ihrem Wissen aufwarten zu können: »Er war damals Herzog von Clarence und betraute John Nash mit den Entwürfen.«

»Den Architekten von Buckingham Palace?«, fragte Philip interessiert nach. »Das wusste ich ja noch gar nicht.«

»Genau«, nickte Lilibet zufrieden.

Voller Stolz führte Philip seinen Onkel in sein Arbeitszimmer, in dem er einen kleinen Kühlschrank installiert hatte. »So habe ich jederzeit ein kühles Getränk, ohne nach dem Personal schicken zu müssen. Das ist sehr angenehm, nicht wahr, Jack?«, wandte sich Philip an einen bereitstehenden Diener.

»Sehr angenehm, Sir, obwohl ich betonen möchte, dass es uns allen keine Mühe macht, Ihnen ein Getränk zu servieren.«

»Aber so ist es doch wirklich besser, und ich mache keine Umstände.«

»So war Philip schon immer«, ließ Louis Mountbatten Lilibet wissen. »Unsere Diener haben ihn geliebt, weil er sich ständig Mühe gegeben hat, ihnen nicht zur Last zu fallen. Dabei tun sie doch nur ihre Arbeit.«

Lilibet lächelte und dachte, dass sie sich vermutlich ebenso verhalten hätte, wenn sie immer nur zu Gast gewesen wäre. Hier aber war Philip nicht nur zu Gast. Dies war sein Zuhause.

»Das Personal sagt selbst, dass es in einem Schloss des Luxus leben wird«, ließ sie ihren angeheirateten Onkel wissen.

»Na, ob das so gut ankommt, wenn das draußen bekannt wird?«, sorgte sich Dickie.

»Wie meinst du das?«, fragte Lilibet. »Ich kann mir nicht vorstellen, dass irgendjemand es schlecht finden würde, wenn man die Dienerschaft gut behandelt.«

»Das nun nicht gerade«, gab Louis Mountbatten ihr recht. »Mir geht es auch mehr um etwas anderes: Wie ich höre, wurden die ohnehin schon hohen Kosten um mehr als achtundzwanzigtausend Pfund überschritten. Wenn nun bekannt wird, dass es allzu viel Luxus gibt, könnte das negativ ausgelegt werden.«

Lilibet musste ihm im Stillen recht geben. Philip hatte es in seiner Begeisterung, endlich ein eigenes Heim zu schaffen, wirklich übertrieben! Ihr Mann hatte nicht nur jedes Schlafzimmer, auch das der Dienstboten, mit einem eigenen Radio ausstatten lassen, Philips Kammerdiener Dean besaß beispielsweise auch ein eigenes prachtvolles und mit Hochzeitsgeschenken aus Südafrika ausgestattetes Badezimmer, und in der Dienstbotenhalle waren ein weißer Fernseher – ein Hochzeitsgeschenk der Mountbattens – und ein Funkgerät zu finden. Auch die Quartiere der einfacheren Angestellten im Obergeschoss waren prachtvoll ausgestattet: Es gab einen weiteren Aufenthaltsraum, jedes Schlafzimmer war mit Teppichboden in Edinburgh-Grün ausgelegt, dazu kamen passende Vorhänge und gemusterte Tapeten, Sitzgruppen, und in jedem Zimmer fand sich ein kleiner Sekretär mit Schreibunterlage, Stiften und Briefpapier.

Inzwischen hatten sie Dickie Mountbatten zu ihren privaten Schlafgemächern geführt, wo Philip seinem einstigen Vormund stolz seinen Schrank vorführte, der Anzüge und Uniformen auf Knopfdruck präsentierte. Dickie zeigte sich auch entsprechend beeindruckt und fragte dann: »Wie lange wird es denn noch bis zur Fertigstellung dauern? Ihr renoviert ja schon seit über einem Jahr.«

»Ich denke, bis zum Sommer wird es so weit sein, dass wir endlich einziehen können«, sagte Philip und schaltete eines der Radiogeräte ein, um es seinem Onkel vorzuführen.

»Hier ist London«, ertönte in diesem Moment die ernste Stimme des Radiosprechers. »Der britische Luxusdampfer *Magdalena* ist in der Bucht von Rio de Janeiro auf einen Felsen gelaufen, während er in den Hafen geschleppt wurde.«

Philip schüttelte den Kopf. »Du lieber Himmel«, murmelte er erschrocken. »Wenn mich nicht alles täuscht, ist die *Magdalena* vor Kurzem erst vom Stapel gelaufen.«

Sein Onkel nickte. »Das weiß ich sogar genau. Sie ist am 9. März zu ihrer Jungfernfahrt aufgebrochen. Ihr Bau kostete zwei Millionen Pfund.«

»Allen dreihundertfünfzig Passagieren und Besatzungsmitgliedern ist es glücklicherweise gelungen, das Schiff zu verlassen, bevor es endgültig in zwei Teile zerbrach und sank«, fuhr der Sprecher fort. »Selbst das Gepäck und die Postsäcke konnten noch gerettet werden. Seit dem Untergang der *Titanic* gab es in Friedenszeiten keine Havarie dieses Ausmaßes mehr.«

Philip, Lilibet und Onkel Dickie wechselten einen betroffenen Blick.

*

Philip sollte recht behalten: Es dauerte nicht mehr lange, bis der Umbau abgeschlossen war und sie in ihr neues Zuhause einziehen konnten. Lilibet hatte das Gefühl, noch nie in ihrem ganzen Leben so glücklich gewesen zu sein. Es war, als sei eine schwebende Zeit des Übergangs nun vorbei und als hätten sie endlich in ihr Leben zurückgefunden. Ein Leben ohne andere Frauen. Und ein Leben ohne die strenge Etikette des Buckingham Palace. Nach einem ausgiebigen Frühstück – ihres bestand wie immer aus Joghurt mit Ahornsirup, Müsli und Räucherhering, Philips aus Toast und Kaffee – ging Lilibet, gefolgt von ihrem Leibwächter in gebührendem Abstand, stundenlang mit ihren Corgis und manchmal auch mit Charles im Kinderwagen, den John Gibson zuvor auf Hochglanz poliert hatte, im St. James's Park spazieren, so wie sie auch auf Balmoral unterwegs gewesen wäre: mit Gummistiefeln, einem alten Regenmantel und Kopftuch. Wie sie das genoss! Wenn Philip von der Arbeit nach Hause kam – er war in der Verwaltung der Marine tätig und außerdem durch die Hochzeit Mitglied im House of Lords geworden –, spielte er hingebungsvoll mit dem kleinen Charles, bevor das Kindermädchen Helen Lightbody übernahm. In schönstem Einvernehmen verzichtete das junge Paar darauf, sich zum Abendessen umzukleiden, zumindest, wenn sie keine Gäste erwarteten. Und auch wenn Lilibet anfangs ein leises Bedauern verspürt hatte, dass sie sich so nicht für ihren Mann am Abend schön machen konnte, überwog bei ihr, die sie, seit ihr Vater König geworden war, einer strengen Etikette unterworfen gewesen war, der Genuss der neu gewonnenen Freiheit. Beinahe fühlte sie sich so leicht und ungezwungen wie in den Jahren vor der Krönung ihres Vaters, als sie ein inniges Familienleben gepflegt hatten. Philip gefiel es, dass sie nun essen konnten, was sie wollten, und gelegentlich ließen sie sich zum Abendessen auch mal einfach nur Salat und Würstchen servieren. Zu Lilibets Überraschung interessierte sich Philip sehr für die Haushaltsführung, ging mit der Köchin den Menüplan durch und ließ sich über jedes Detail informieren. Es schien wirklich, als wolle er alles aufholen, was er bisher versäumt hatte.

*

Auch bei der Schlafzimmereinrichtung hatte sich Philip intensiv eingebracht. Wie in ihren Kreisen üblich, schliefen sie nicht in einem Bett, nicht mal in einem Zimmer. Dennoch waren sie beisammen und genossen Intimität. Ihre Schlafräume grenzten aneinander, wenn die großen Flügeltüren offen standen, konnten sie sich von Bett zu Bett ansehen. Zwischen ihren Schlafzimmern lagen nur ihrer beider Ankleideräume, sodass sie auch, wenn Lilibets Zofe Bobo oder Philips Kammerdiener James MacDonald sie morgens an- oder abends für einen Besuch umkleiden wollten, miteinander plaudern konnten. Vor allem aber konnten sie sich an den Abenden, wenn die Türen geschlossen und kein Diener in Sicht war, in das Zimmer des jeweils anderen schleichen. Lilibet empfand ein großes körperliches Verlangen nach ihrem Mann, und der Umstand, dass dieser zum Entsetzen der Dienerschaft stets nackt zu schlafen pflegte, erregte sie.

»Unser persönlicher Trakt ist wirklich ganz wunderbar geworden«, sagte Lilibet, nachdem sie sich wieder einmal geliebt hatten, und schmiegte sich eng in die Arme ihres Mannes. »Und die Schotten hast du damit auch glücklich gemacht. Persönlicher geht es ja kaum.«

Philip lachte und sah sich zufrieden in seinem Schlafzimmer um, das mit weißer schottischer Platane getäfelt war und mit der Bettdecke in der Farbe Vin de Rose, den Damastvorhängen und dem Teppichboden sehr behaglich wirkte. »Damit wäre dieses Projekt dann also abgeschlossen«, sagte er, doch Lilibet, die ihren Mann inzwischen gut kannte, spürte, dass er ihr offenbar noch mehr dazu sagen wollte.

Halb richtete sie sich auf und sah ihm ins Gesicht. »Was ist, Philip?«, fragte sie.

»Nun«, erwiderte er. »Ich … du weißt, wie mein Badezimmer aussieht.«

»Natürlich«, sagte Lilibet verwundert. Wollte er ihr nun etwa mitteilen, dass sein Badezimmer ihm nicht gefalle und er sich ein neues gestalten lassen wollte?

»All die Schiffe an den Wänden sind Schiffe, auf denen ich während des Krieges gedient habe.«

»Ja«, sagte sie mit wachsender Verwunderung. »Das weiß ich doch.«

»Nun«, fuhr er zögernd fort, während seine Hand mit ihrem dunklen Haar spielte, »ich stelle zunehmend fest, dass es mir nicht reicht, in meinem Badezimmer Schiffe anzusehen. Und nun, da Clarence House fertiggestellt und dieses Ziel erreicht ist, gibt es für mich so wenig zu tun. Ich fühle mich unterfordert, Darling.«

Das Gefühl der Beunruhigung verstärkte sich. Worauf wollte er hinaus?

»Deinem Vater geht es inzwischen wieder besser, Lilibet. Er braucht uns nicht mehr, zumindest nicht mehr so sehr.« Er zögerte noch einen kurzen Moment, dann stieß er hervor: »Ich möchte wieder auf Vollsold gehen. Ich habe ein Angebot aus Malta erhalten.«

»Aus Malta?« Ruckartig setzte sie sich auf und sah ihn aus weit aufgerissenen Augen an. »Aber das ist unendlich weit fort, Philip. Wir werden getrennt sein!«

»Du kannst mich ja besuchen. Oder mit mir kommen.«

»Und Charles?«

»Charles auch.«

»Aber ...«, setzte Lilibet an, »wie sieht das denn aus, wenn wir Clarence House nun für diese Summe haben renovieren lassen – und kaum ist es fertig, gehen wir fort?«

»Es wäre ja nicht für immer«, hörte Philip nicht auf, ihr gut zuzureden. »Nur für eine Weile.«

»Hm«, machte Lilibet.

»Ich glaube, das bist du mir schuldig«, sagte er und sah sie ernst an.

»Dir schuldig? Weshalb?«

»Weil sich unser Leben stark nach den Belangen der Krone richtet. Und weil das noch viel stärker werden wird, wenn du eines Tages Königin bist. Das weißt du so gut wie ich. Das hier ist für mich die einzige, die *letzte* Gelegenheit, mein eigenes Leben zu leben.«

Nachdenklich sah sie ihn an. Sie wusste, dass er recht hatte. Und sie wusste, dass sie ihm diesen Wunsch nicht versagen konnte.

Kapitel 27

Ihnen blieb noch der Sommer in ihrem neuen Zuhause. So wirklich genießen konnten sie ihn jedoch nicht, denn kurz nach ihrem Einzug überschlugen sich die Ereignisse: Ende Juni begannen die Hafenarbeiter zu streiken. Die Situation verschärfte sich immer mehr, sodass König George VI. sich am 11. Juli schließlich nicht mehr anders zu helfen wusste, als den nationalen Notstand auszurufen und tausendsiebenhundert britische Soldaten in den Hafen einrücken zu lassen, die die dringendsten Tätigkeiten der Hafenarbeiter wie das Entladen von Lebensmittelfrachtern übernehmen sollten.

»Was mich daran so ärgert«, sagte George, als er Lilibet und Philip mit seiner Frau und mit Margaret in Clarence House besuchte, »ist die Tatsache, dass die Hafenarbeiter eigentlich gar nicht streiken, weil sie vor Ort unzufrieden wären. Sie tun das nur aus Solidarität mit den kanadischen Seeleuten, die am 31. März in den Ausstand getreten sind. Außerdem hat die Londoner Gewerkschaft den Seeleuten ausdrücklich von diesem Streik abgeraten.«

»Seeleute halten zusammen, so wie sie sich auf den Meeren gegenseitig aus Notlagen befreien, so helfen sie sich auch an Land«, erklärte Philip und wollte gerade mit dem Essen beginnen, als er einen warnenden Blick seiner Frau erhielt. Selbst wenn sie unter sich und in ihrem Hause waren, durfte Philip nicht anfangen, bevor der König das getan hatte.

Resigniert legte Philip seine Gabel zurück und ergänzte: »Das Problem ist, dass ihr sie auf diese Weise nur noch mehr aufbringt.«

George VI. gab ihm stirnrunzelnd recht. »In der Tat haben nun noch mehr Dockarbeiter ihre Arbeit niedergelegt, inzwischen sind wir bei dreizehntausendfünfhundert Streikenden und haben hundertzweiunddreißig nicht abgefertigte Schiffe.«

Endlich nahm Bertie einen Bissen, was Philip dazu veranlasste, sich mit großem Heißhunger ebenfalls über seine Portion herzumachen, weshalb er seinem Schwiegervater erst einmal nicht antwortete. Stattdessen sagte Lilibet: »Ich vermute, dass das vor allem angesichts der großen Hitze Probleme bereitet?«

Der König nickte. »Ja. Bei diesen Temperaturen verderben Lebensmittel natürlich umso schneller.«

»Ich kann mich nicht daran erinnern, wann wir das letzte Mal einen derart heißen Sommer gehabt haben«, mischte sich nun Queen Elizabeth ins Gespräch. »Dabei trifft es uns hierzulande ja nicht ganz so schlimm wie in Südeuropa.«

»In der Tat«, pflichtete Philip ihr bei. Er hatte inzwischen seine Portion Wildlachs mit Kartoffeln verspeist und wirkte etwas entspannter. »Onkel Dickie berichtet aus dem Süden, dass sie in Frankreich sogar längere Stromabschaltungen angeordnet haben.«

»Warum schalten sie den Strom ab, wenn es heiß ist?«, wollte Margaret wissen. »Was soll das nützen?«

»Weil die Stromerzeugung über die Wasserkraftwerke läuft«, erklärte Philip, »und weil mehr Wasser verdunstet, wenn es sehr heiß wird.«

»Der Premierminister meint, dass die Schwierigkeiten in dieser Hinsicht erst begonnen haben«, wandte der König bekümmert ein, während die Diener das gebrauchte Geschirr des Hauptgangs abräumten. »Man geht davon aus, dass Kartoffeln und Getreide durch die Hitze zu schnell reifen und dadurch zu klein bleiben, um den üblichen Ertrag zu bringen. Auch die Fische sind gefährdet, weil es durch die Hitze zu wenig Sauerstoff im Wasser gibt.«

»Und ausgerechnet jetzt willst du in den Süden fliegen, nach Malta«, wandte sich Lilibet an ihren Mann.

»Bis ich aufbreche, ist Oktober und die Hitzewelle vorbei«, beruhigte er sie.

»Weil du aber Dickie ansprichst und Frankreich – was tut er da? Ich dachte, sie sind ebenfalls auf Malta.«

Philip zuckte die Achseln. »Ich nehme an, Edwina brauchte Abwechslung und neue Kleider.«

»Davon ist immer auszugehen«, ließ sich der König mit leisem Spott vernehmen.

»Bertie«, sagte seine Frau tadelnd.

»Schon gut«, lachte der und ließ sich zu Philips offensichtlicher Erleichterung sofort den Nachtisch Erdbeeren mit Sahne schmecken, der gerade serviert wurde.

Lilibet unterdrückte ein Schmunzeln. Ihr Vater hatte ja recht: Dickie Mountbattens Gattin war so extrovertiert wie unfassbar reich, allerdings auch sehr großherzig: Für sie war es selbstverständlich gewesen, Philips Familie zu unterstützen, als diese aus Griechenland hatte fliehen müssen.

»Da wir gerade von Kleidern sprechen«, ließ sich die stets an solchen Themen interessierte Margaret vernehmen. »Mutter und ich wollten zu Hartnell, um uns Kleider für die Vermählung von Cousin George und Marion Stein schneidern zu lassen. Möchtest du uns begleiten?«

»Sicher«, sagte Lilibet, die Abwechslung gut vertragen konnte.

»Wenn das Vater wüsste«, murmelte Bertie.

»Was?«, fragte Lilibet irritiert. »Dass ich meine Mutter und meine Schwester zu Hartnell begleite?«

Der König lachte auf. »Natürlich nicht. Ich meine den Umstand, dass der siebte Earl of Harewood eine einfache Konzertpianistin heiratet. Er hätte das niemals zugelassen.«

*

Die Hochzeit war für Lilibet und Philip der letzte Anlass gewesen, zusammen auszugehen. Wenige Wochen später machte sich Philip auf den Weg nach Malta, um dort in den aktiven Dienst der Marine als stellvertretender Kommandant des Torpedobootzerstörers *Chequers,* des Flaggschiffs des Zerstörergeschwaders der britischen Mittelmeerflotte, einzutreten.

Lilibet begleitete ihn nicht. Der Gedanke, den kleinen Charles zurückzulassen, fiel ihr zu schwer, zumal dieser ja am 14. November seinen ersten Geburtstag gefeiert hatte – zu diesem Anlass hatte sein schon in Malta weilender Vater ihm einen Kricketschläger geschenkt.

Als der Geburtstag vorbei und Philip etwa drei Wochen fort war, überkam sie jedoch eine tiefe Einsamkeit, zumal Crawfie, ihre treue und langjährige Weggefährtin, nun, da Margaret alt genug war, endgültig aus dem Dienst der Royals geschieden war. Die Tage in Clarence House dehnten sich unendlich. Sie unternahm Spaziergänge mit ihren Corgis, spielte ab und an mit Charles, besuchte ihre Eltern im Palast, doch Tag reihte sich an Tag, und sie wusste nicht wirklich etwas mit sich anzufangen. Hinzu kam der Kummer um Philips Treue. Auf einmal stand ihr das Bild der schönen Ballerina wieder messerscharf vor Augen. Auf Malta gab es sicher auch schöne Frauen!

»Flieg doch zu ihm«, sprach ihre Mutter ihr Mut zu, als Lilibet sie wie täglich zum Tee besuchte. »Ich mache mir Sorgen um dich. Du wirst immer stiller und blasser.«

»Charles ist gerade einmal ein Jahr alt«, hielt Lilibet dagegen. »Sollte ich nicht bei ihm sein?« Insgeheim musste sie sich eingestehen, dass sie im Umgang mit dem Kleinen recht unsicher war. Beim Kindermädchen war er sicher besser versorgt als bei ihr. Sie erhoffte sich allerdings noch die Absolution ihrer Mutter. Und die bekam sie.

»Ich verspreche dir, mich in deiner Abwesenheit um ihn zu kümmern, und wie soll er denn sonst eine gute Verbindung zu mir und deinem Vater aufbauen?«

Lilibet nickte dankbar – und unendlich erleichtert, dass sie nun sogar einen guten Grund geliefert bekommen hatte, ohne schlechtes Gewissen fahren zu können. Ihre Mutter hatte recht. Sie, Lilibet, hatte nicht nur zu Queen Mary, sondern auch zu ihrem Großvater eine überaus enge Bindung gehabt, und das wäre ohne den langen Aufenthalt im Palast sicher nicht der Fall gewesen. Inzwischen wusste Lilibet, dass ihr mittlerweile verstorbener Großvater Kinder eigentlich nicht mochte und sie einmal als »reine Nervensägen« bezeichnet hatte. Sie wusste auch, dass ihr Vater sich, als Kind, aber auch noch als Erwachsener, schrecklich vor Georg V. gefürchtet hatte, diesem konservativen und prinzipientreuen Mann, der äußerst streng zu seinen Kindern war, ja, sie regelrecht drangsaliert und ein Klima der Angst verbreitet hatte. Was er auch noch richtig zu finden schien. Lilibet hatte einmal ein Gespräch ihrer Eltern belauscht, in dem ihr Vater seinen Vater zitierte. Georg V., so hatte sein Sohn seiner Frau berichtet, habe einmal gesagt: »Mein Vater hatte Angst vor seiner Mutter, ich hatte Angst vor meinem Vater, und ich werde verflucht noch mal alles tun, damit meine Kinder auch Angst vor mir haben.«

Daraufhin hatte Elizabeth die Hände ihres Mannes in die ihren genommen und ihm gesagt, wie froh sie sei, dass diese Regeln in ihrem Hause nicht gälten, dass sie nun im Grunde endgültig mit dieser Tradition des Schreckens gebrochen hätten. Lilibet hatte auch gehört, dass ihre Mutter der Ansicht war, das Stottern ihres Gatten sei auf dessen Vater zurückzuführen oder habe es zumindest noch schlimmer gemacht. Schließlich sei dieser kleine Junge aus Furcht vor seinem Vater jedes Mal beinahe erstarrt, wenn er ihm gegenüberstand, und wenn er dann nach Worten rang, hatte es der König nur noch schlimmer gemacht, indem er seinen Sohn anfuhr: »Jetzt spuck die Kröte endlich aus.«

Lilibet konnte sich all das gar nicht vorstellen! Sie brachte diese schrecklichen Schilderungen einfach nicht mit dem freundlichen Alten zusammen, der für sie sogar auf die Knie ging, sie auf seinem Rücken reiten ließ, ihr später ein Pony namens Peggy schenkte und sogar gestattete, dass sie auf Peggy durch den Thronsaal von Buckingham Palace ritt – und zwar im Beisein des Erzbischofs von Canterbury!

»Aber hast du mich denn nicht schrecklich vermisst?«, fragte Lilibet ihre Mutter nun.

»Und wie ich dich vermisst habe«, bestätigte die Königin lächelnd. »Mittwochs haben deine Großeltern immer Fotos von dir machen lassen und uns die Abzüge als königliche Depeschen mit Imperial Airways geschickt. So konnten wir all deine Fortschritte mit eigenen Augen sehen. Ich habe die Fotos immer bei mir gehabt und sie in meiner Tasche mit mir getragen.«

»Würdest du das auch tun? Mir Fotos von Charles schicken?«

»Aber natürlich«, versprach die Königin.

Kapitel 28

»Möchten Sie auch ein Glas?«, fragte Lilibet gut gelaunt und blickte in die Runde ihrer Begleiter, während ihr ein Lakai Schokolikör eingoss. Sie saßen im Flugzeug, das sie nach Malta bringen würde, und hatten noch eine Stunde Flugzeit vor sich.

Major John Brandon, der auf dieser Reise für ihre Sicherheit sorgen sollte, sah sie entsetzt an. »Vielen Dank, Eure Königliche Hoheit«, sagte er, »aber ich glaube nicht, dass dies angemessen wäre.«

Sein Blick ließ keinen Zweifel daran, dass er es nicht nur unangemessen fand, mit der Thronfolgerin Likör zu trinken, sondern dass es ihn auch empörte, dass sie diesen selbst zu sich nahm.

»Also, ich sage nicht Nein«, ließ sich Bobo MacDonald vernehmen, und auch John Dean, Philips Kammerdiener, der die Reise mit ihnen angetreten hatte, ließ sich nicht zweimal bitten.

»Zum Wohl«, sagte Lilibet und hob ihr Glas. »Auf eine schöne Zeit in Malta.«

»Auf eine schöne Zeit in Malta«, wiederholte Bobo und ließ ihr Glas leise an das der Prinzessin klirren. »Ich freue mich sehr, dass Sie und Philip nun gemeinsame Wochen verbringen können.«

Lilibet nickte. »Ich hoffe nur, dass Charles bei seinem Kindermädchen Helen so gut aufgehoben ist wie ich damals bei Ihnen«, sagte sie. »Unglaublich, wie lange Sie mich nun schon begleiten.«

»Eigentlich Ihr ganzes Leben«, bemerkte Bobo und sah Lilibet liebevoll an. »Und machen Sie sich keine Gedanken um Charles. Ihm wird es gut gehen.«

*

Die Villa Guardamangia war ein prachtvolles Anwesen, das nach dem Hügel benannt war, auf dem es lag. Hier residierten die Mountbattens während ihrer Anwesenheit auf Malta – Dickie hatte kürzlich das Kommando über das First Cruiser Squadron übernommen –, und sie hatten ihr Heim mehr als freudig für Philip und Lilibet geöffnet. Von Philip wusste Lilibet, dass die Tatsache, dass sie ihren Gatten nun besuchen würde, in der Villa für einigen Aufruhr gesorgt hatte.

Onkel Dickie und Tante Edwina schlafen getrennt, hatte er ihr geschrieben, *aber nicht so wie wir getrennt und doch beieinander, sondern* wirklich *getrennt, also in zwei verschiedenen Appartements, sodass sie über den Flur müssen, wenn sie einander nachts besuchen wollen. Solange Du hier bist, sollen wir in Edwinas Räumen residieren, es sind einfach die besten, und sie bieten einen herrlichen Blick auf die Stadt. Edwina hat sich daraufhin in Onkel Dickies Schlafzimmer ein-, ihn jedoch ausquartiert. Er muss nun in einem einfacheren Zimmer residieren, aber mach Dir keine Sorgen, er platzt beinahe vor Stolz darüber, dass die englische Thronfolgerin unter seinem Dach wohnen wird.*

Als die Wagen, die sie vom Flughafen zu ihrer königlichen Unterkunft brachten, durch Maltas Straßen fuhren, sah Lilibet verzückt aus dem Fenster. Wie wunderschön es hier war! Malerisch schmiegten sich die hellen Sandsteingebäude an die engen Sträßchen oder kontrastierten vor dem tiefblauen Meer, die Temperaturen waren trotz des Novemberwetters angenehm mild, und während sie den Berg zur Villa Guardamangia hinauffuhren, bot sich ihnen ein fantastischer Blick über die Stadt und das Meer.

Und als sie oben ankamen, war er da. Schlank, groß und hell mit seinem blonden Haar und in der weißen Marine-Uniform. Und sein unverkennbares Grinsen auf dem Gesicht. »Philip.«

Lilibet flog ihm so schnell entgegen, wie es die Etikette zuließ.

»Lilibet«, raunte er an ihrem Ohr, während er sie ganz eng an sich zog. »Du hast mir so gefehlt.«

»Du mir auch«, wisperte sie und schmiegte sich noch etwas dichter an ihn.

Inzwischen waren auch Dickie und Edwina aus dem Haus getreten, um ihren Gast zu begrüßen, und Lilibet rechnete es ihnen hoch an, dass sie ihr die Gelegenheit zu einem sehr privaten Willkommen durch ihren Ehemann gegeben und auch darauf verzichtet hatten, die neunzehnköpfige Dienerschaft Spalier stehen zu lassen.

»Herzlich willkommen, meine Liebe«, sagte Dickie und küsste sie rechts und links auf die Wange. Edwina tat es ihrem Gatten nach, und Lilibet dachte wieder einmal bei sich, dass sie noch nie eine mondänere Frau gesehen hatte als Edwina Mountbatten. Neben ihr kam sie sich in ihrem schicken blauen Kleid und dem leichten weißen Mantel plötzlich furchtbar unscheinbar vor.

»Du möchtest dich nach der langen Reise sicherlich erst mal frisch machen«, sagte Edwina und nahm besitzergreifend Lilibets Arm, um sie durch das prachtvolle Treppenhaus nach oben zu führen. »Wir treffen uns dann in einer Stunde zum Dinner, ich hoffe, das ist dir recht?«

»Natürlich«, erwiderte Lilibet, die es allerdings bevorzugt hätte, mit ihrem Mann allein sein zu können. Aber das würde warten müssen. Zunächst würde sie, während Bobo in Windeseile die Kleider zurechtlegte, ein Bad nehmen und sich dann umkleiden. Zwar würde sie Philip bei dieser Gelegenheit sehen, da auch er sich für den Abend umkleiden musste, aber allein wären sie keineswegs.

»Ich möchte dir noch einmal dafür danken, dass du uns deine Gemächer überlassen hast«, sagte Lilibet, als sie die in der Tat äußerst prachtvollen Räume betrat.

»Das ist selbstverständlich«, sagte Edwina abwinkend. »Wichtig war mir nur, dass Dickie mich in dieser Zeit nicht stört. Aber dafür habe ich gesorgt.«

Lilibet schwieg. Onkel Dickie tat ihr etwas leid, und sie hatte manchmal das Gefühl, dass sie Schicksalsgenossen waren. Zwar behandelte Philip sie nicht wirklich lieblos, so wie Edwina das mit Dickie tat, manchmal war er aber doch recht beiläufig. Und während man über Edwinas Affäre mit Jawaharlal Nehru Bescheid wusste, war auch Philips Liaison mit der Tänzerin kein Geheimnis. Auf gewisse Weise, dachte Lilibet, waren Philip und Edwina sich ziemlich ähnlich. Und sie und Dickie waren es auch. Liebte Dickie Edwina viel mehr als sie ihn? Und verhielt es sich bei ihr und Philip ebenso? Plötzlich fragte sie sich voller Angst, ob sie in dem Paar Dickie und Edwina Mountbatten ihre eigene Zukunft sah.

»Ich lasse dich jetzt alleine«, sagte Edwina in ihre Gedanken hinein. »Bitte zögere nicht, jederzeit nach allem zu verlangen, was du benötigst.«

Lilibet nickte. »Danke, Edwina.«

*

An jenem Abend und vor allem in der darauffolgenden Nacht gelang es Philip, ihre stummen Zweifel zu zerstreuen. Er war ein ausgesprochen charmanter Tischherr und in der Nacht ein so leidenschaftlicher wie zärtlicher Liebhaber. Als sie am nächsten Morgen die Augen aufschlug, dachte sie, dass sie schon lange nicht mehr so glücklich gewesen war. Und es sollte noch besser werden: Philip hatte Landgang bekommen, ganze drei Tage, und er war wild entschlossen, ihr zusammen mit den Mountbattens die Insel zu zeigen.

»Die Landschaft hier ist einfach großartig«, staunte Lilibet am nächsten Mittag. Die Mountbattens hatten sie zu einem Ausflug auf ihrem Boot eingeladen, und Dickie und Philip segelten vergnügt in die zauberhaftesten Buchten.

»Ich hätte vor Kurzem nicht davon zu träumen gewagt, dass ich im November sonnenbaden werde«, seufzte Lilibet und streckte ihr Gesicht den wärmenden Strahlen entgegen. »Wenn ich daran denke, dass es in London jetzt furchtbar grau und kalt ist …«

»Dann weißt du, warum ich dem unbedingt entfliehen wollte«, vollendete Philip den Satz für sie und gab ihr einen zärtlichen Kuss auf den Nacken. »Zumindest war das einer der Gründe.«

»Du machst das schon alles ganz richtig, mein Junge«, bestärkte Edwina ihren angeheirateten Neffen und zwinkerte ihm zu.

Dickie steuerte das Boot unterdessen geschickt in eine Bucht und machte fest. »Ich habe Hunger«, verkündete er. »Daher schlage ich vor, dass wir uns nun mal ansehen, was uns die Köchin Feines eingepackt hat.«

»Das ist eine gute Idee«, befand der stets hungrige Philip, sprang vom Boot und hob seine Frau ganz unkompliziert herunter. Lilibet schlang die Arme enger um seinen Hals und dachte, dass sie ihn noch nie so frei und glücklich erlebt hatte. So war das Leben also, wenn man nicht ständig auf Etikette achten musste.

Edwina hatte inzwischen damit begonnen, nebeneinander zwei Picknickdecken auszubreiten und die beiden großen Körbe, die Dickie von Bord gebracht hatte, auszupacken.

»Das sieht ja köstlich aus«, freute sich Elizabeth. Es gab Soppa Tal-armla, Stuffat Tal Fenek und Ftira. »Findest du nicht auch, Philip?«

Doch ihr Gatte antwortete nicht.

»Philip?«

Sie wandte sich nach ihm um, sah allerdings nur Dickie vor sich.

»Er wird dich nicht hören«, sagte der und deutete ins Meer, wo ein, wie sie anhand seiner Kleider am Ufer vermutete, splitternackter Philip schwamm.

»Dieser verrückte Kerl«, sagte sie. »Das geht doch nicht.«

»Warum nicht?«, fragte Edwina und warf dem armen Dickie einen provozierenden Blick zu. »Ich habe schon viele nackte Männer gesehen.«

»Ich meine nicht einmal die Tatsache, dass er nackt badet«, sagte Lilibet, die sowohl Dickies wegen als auch aufgrund Edwinas Anzüglichkeit etwas verlegen war. »Ich meine einfach, dass es zu kalt ist.«

»Aber gar nicht«, ließ sich in diesem Moment ein grinsender Philip vernehmen. Er hatte sich ein Handtuch um die Hüften geschlungen und war gerade im Begriff, sich wieder anzukleiden. »Es war ja auch nur eine kurze Erfrischung. Jetzt schmeckt das Picknick umso mehr.«

»Wenn du noch mehr Erfrischung brauchst, schlage ich vor, dass wir die Damen nach dem Essen dem Sonnenbad überlassen und ein wenig Speerfischen gehen«, sagte Dickie. »Eigentlich wäre mir mehr nach Wasserski zumute, aber dafür fehlt uns heute die richtige Ausrüstung.«

»Mit Vergnügen«, zeigte sich Philip begeistert. »Hast du denn Harpunen dabei?«

»Würde ich sonst fragen?«

Philip lachte. »Dann ist es also ausgemacht.«

Sie entschlossen sich spontan, die Nacht auf dem Boot zu verbringen, obwohl es erst Lilibets zweite auf Malta war. Doch die Nacht war so mild, die Dienerschaft hatte genug Verpflegung eingepackt, und die komfortablen Kajüten waren groß genug. Obendrein war die Ausbeute der Stockfischerei so groß, dass die Herren es kaum erwarten konnten, die Fische am Abend zuzubereiten. Es war vor allem Philip, der hier mit Feuereifer ans Werk ging, sodass Lilibet, als Edwina auf das Boot gegangen war, um sich für den Abend ein wenig zurechtzumachen, die Gelegenheit hatte, allein mit Dickie zu sprechen.

»Ich habe gemerkt, wie unangenehm Edwinas Satz dir vorhin war«, sagte er leise.

»Das tut mir leid. Ich möchte mich nicht einmischen«, sagte Lilibet. »Das ist eure Sache. Ich finde es nur generell etwas … lieblos.«

»Du musst dir um mich keine Gedanken machen. Wir haben unser Arrangement, und ich kann damit leben. Edwina kann mir nicht alles schenken. Ich bin dankbar für das, was sie mir gibt. Ich liebe sie sehr, musst du wissen«, sagte er versonnen. »Und ich liebe auch Philip – wie meinen eigenen Sohn.« Nachdenklich blickte er zu seinem Neffen hinüber. »Aber er macht es einem nicht immer leicht.«

Besorgt sah Lilibet ihren Onkel an. »Gab es Ärger?«

»Nein, nein«, beruhigte Dickie die Frau seines Neffen. »Aber du kennst deinen Mann. Er will selbstständig sein, sich nichts sagen lassen. Es ist ein wenig, als müsse er nun, da er wieder in meinem Hause ist, ständig seine Unabhängigkeit unter Beweis stellen. Weißt du, ich glaube, mit Philip ist es wie mit Edwina. Ich liebe sie mehr als die beiden mich.«

Beinah erschrocken sah Lilibet ihn an. Er sprach im Grunde genau das aus, was sie selbst schon gedacht hatte! Nur nicht in Bezug auf Philip und seinen Onkel. Mit einem Mal schien ihr dieser gut aussehende, distinguiert wirkende Herr ungemein einsam zu sein, auch wenn sie wusste, dass er selbst kein Kind von Traurigkeit war.

»Philip liebt dich sehr«, sagte sie. »Aber du hast völlig recht mit dem, was du sagst. Er legt großen Wert auf seine Unabhängigkeit. Und die muss er dir nun aus genau dem Grund beweisen, den du vermutet hast.«

Dickie nickte. »Es ist inzwischen auch viel besser als zu Anfang. Wir hatten ein sehr angenehmes Gespräch – von Herz zu Herz. Aber in manchen Dingen ist er immer noch stur.«

»In welchen denn?«, fragte Lilibet.

»Nun«, sagte Dicke. »Eigentlich ist es furchtbar belanglos. Ich würde gerne erreichen, dass er Polo spielt. Als ich ihm das vorschlug, musste ich mir einiges anhören.«

Das allerdings war offensichtlich eher erheiternd gewesen, zumindest musste Dickie in der Erinnerung daran laut auflachen.

»Ach ja?«, fragte Lilibet lächelnd. »Was war es denn?«

»Nun, er sagte, er werde gewiss nicht auf einem Rasen herumstolpern und diesem Snob-Sport nachgehen. Und dass er lieber auf dem Schiff Hockey spiele.«

»Nun«, sagte Lilibet, »was mich angeht, so schaue ich lieber dem Polo als dem Hockey zu, ich bin also voll und ganz auf deiner Seite. Aber du kennst Philip ebenso gut wie ich: Je weniger du ihn dazu bringen willst, Polo zu spielen, desto eher wird er von selbst darauf kommen, und ich sage dir: Er wird es mit Begeisterung ausüben. Er kann gut reiten, hat ein hervorragendes Ballgefühl und ist von sich aus sportlich. Polo wird eines Tages noch sein Lieblingssport werden.«

Sie sahen beide zu Philip hinüber, der in diesem Moment aufblickte und etwas verlegen grinste.

»Immer, wenn ihr beide die Köpfe zusammensteckt, habe ich das Gefühl, dass ihr über mich redet«, sagte er, und Lilibet kannte ihn gut genug, um zu bemerken, dass in seiner so selbstbewusst vorgebrachten Frage Unsicherheit mitschwang.

»Das tun wir auch«, erwiderte sie lächelnd. »Schließlich sind wir die beiden Menschen, die dich auf dieser Welt am besten kennen. Und am meisten lieben.«

Kapitel 29

Lilibet stieß einen lauten Jubelschrei aus, als sie, am Steuer ihres Daimlers sitzend, den man ihr für ihren Aufenthalt auf Malta zur Verfügung gestellt hatte, auf der Küstenstraße in Richtung des an der Nordostküste gelegenen Hauptstädtchens Valletta fuhr. Noch nie in ihrem ganzen Leben hatte sie sich so glücklich gefühlt, war sie so frei gewesen wie jetzt, wie in dieser Zeit auf Malta. Hier war sie nur eine verliebte junge Ehefrau und Philip ein verliebter junger Ehemann. Sie besuchten Restaurants, gingen tanzen, trafen sich mit anderen Paaren in ihrem Alter und genossen das Leben. Sie hatte gar nicht gewusst und hätte nie gedacht, dass das Leben so leicht und unbeschwert sein konnte! Jetzt war sie auf dem Weg zum Friseur und wollte danach mit den Frauen der anderen Marineoffiziere, mit denen sie sich angefreundet hatte, ins Café gehen. Und bei Cocktails und Champagner das Leben genießen. Auch hier trafen sie neugierige Blicke, denn natürlich wussten die Malteser, wer sie war. Aber man ließ sie in Ruhe, war diskret. »Ich habe den Eindruck, dass die Einwohner ein wenig stolz darauf sind, dass ich hier so frei sein kann, und dass sie mir das nicht nehmen wollen. Sie sind wie eine Schutzhülle, die sich um mich gelegt hat«, hatte sie am Vorabend zu Dickie gesagt.

Sicherlich, dachte sie nun, lag es auch am Zauber des Südens, an der Lieblichkeit, dass hier alles so leicht, so frei und so einfach war.

Sie lenkte ihren Wagen auf die Landzunge des Monte Sciberras, auf dem das Städtchen gelegen war. Wie erhaben die Stadt mit ihrer enormen Befestigung wirkte! Erhaben und doch zugleich so natürlich, kein Wunder, lag Valletta doch zwischen den beiden größten Naturhäfen des Mittelmeers, Grand Harbour und Marsamxett Harbour.

Sie parkte ihren Daimler in der Nähe der Merchant Street, die, zusammen mit der King Street, die Hauptgeschäftsstraße bildete, und machte sich dann auf den Weg. Sie hatte sich schon in das Städtchen verliebt, als sie das erste Mal, Hand in Hand mit Philip, durch seine malerischen Straßen und Gassen geschlendert war. Die barocken Gebäude entfalteten eine ungemeine Pracht, die einen in dieser wunderbaren Mittelmeeratmosphäre aber nicht erdrückte, sondern beflügelte. Lilibet war sich sicher, dass es sich bei Valletta um die schönste Stadt der Welt handelte. Kein Wunder, dass die Beltin, wie sich seine Einwohner nannten, Valletta einfach »die Stadt« nannten. *Die Stadt,* als gäbe es keine neben ihr. Der belesene Dickie hatte ihr erzählt, dass die Ritter des Malteserordens – ihnen hatte Malta seinen Namen zu verdanken – nach der erfolgreichen Verteidigung durch die Osmanen 1565 beschlossen hatten, Valletta auf der Landzunge zu errichten. Die Lage zwischen den beiden Naturhäfen bot einfach eine verteidigungsstrategisch perfekte Position. Ein Jahr später war der Grundstein gelegt worden, die monumentale Barockstadt war aber erst im 17. und 18. Jahrhundert entstanden, als die militärischen Interessen in den Hintergrund rückten. Im letzten Krieg war einiges zerstört worden, und die Malteser hatten, zusammen mit dem Archipel, dem sie angehörten, zeitweise nur drei Flugzeuge zur Verteidigung zur Verfügung gehabt, weswegen Lilibets Vater dem maltesischen Volk noch während des Krieges, im Jahr 1942, das George Cross für besonderes Heldentum verliehen hatte.

Lilibet passierte den prunkvollen Grandmaster's Palace, bog von hier aus in eine Seitenstraße ein, steuerte auf den Friseurladen zu und öffnete die Tür.

»Ah, Prinzessin«, begrüßte sie Tony, der Friseur, grinsend. »Ihre Freundin ist auch schon da.«

Er deutete auf eine hübsche Blondine unter einer Trockenhaube.

Christina Brown schenkte Lilibet ein Lächeln und hob zur Begrüßung kurz die Hand.

»Wenn Eure Königliche Hoheit Platz nehmen wollen?«, schlug einer von Tonys Angestellten vor. Lilibet bemerkte amüsiert, dass der Meister seinem Mitarbeiter einen strafenden Blick zuwarf und ihn mit einem Schwall italienischer Worte überschüttete. Lilibet war zwar außerstande zu verstehen, was Tony sagte, ahnte aber den Inhalt und fügte lächelnd hinzu: »Hier bin ich einfach nur Lilibet und höchstens noch mit einem kleinen Augenzwinkern Prinzessin.«

»In Ordnung, Eure … Lilibet«, stammelte der arme Mitarbeiter, während sich Lilibet neben Christina niederließ. »Du ahnst gar nicht, wie wunderbar es ist, einfach so ein Auto fahren und parken zu können. Und einfach so in einen Friseursalon zu spazieren und mit einer Freundin zu plaudern. Ich war in England noch nie bei einem Friseur.«

»Natürlich«, erwiderte Christina Brown lächelnd. »Die Friseure sind immer in den Palast gekommen. Und danke, dass du mich Freundin nennst. Es ist mir eine Ehre.«

»Es soll dir aber keine Ehre sein«, erwiderte Lilibet. »Können wir nicht einfach zwei junge Frauen sein, die sich mögen?«

»Und genau deshalb ist es mir eine Ehre, Lilibet«, entgegnete Christina und lugte unter ihrer Wärmehaube hervor. »Weil ich dich mag. Und weil du ein ganz besonderer Mensch bist. Dass du obendrein noch Englands Thronfolgerin bist, ist mir offen gestanden ziemlich egal.«

»Wie wunderbar, das zu hören«, sagte Lilibet, die wusste, dass die andere es ernst meinte. Dann kicherte sie plötzlich.

Wieder spähte Christina unter ihrer Haube hervor, diesmal fragend. »Was?«, fragte sie. »Was ist?«

»Ach, ich stelle mir gerade vor, was in London los wäre, wenn ich dort einfach so in ein Friseurgeschäft gehen würde. Ich denke, die Leute würden in Ohnmacht fallen.«

Christina stimmte in ihr Lachen ein. »Das kann ich mir vorstellen. Aber ehrlicherweise wundere ich mich schon ein wenig, dass du hier einfach so ohne Personenschützer herumspazieren kannst. Auch wenn sie es dich nicht merken lassen, sie wissen selbstverständlich alle, wer du bist.«

»Tatsächlich ist ein Polizist mit mir gereist«, sagte Lilibet widerwillig. »Und natürlich will er mich auf Schritt und Tritt begleiten, das ist auch seine Aufgabe und seine Pflicht. Aber …«

»Aber?«

»Nun, von Zeit zu Zeit entwische ich ihm einfach. Er ist so furchtbar konservativ und trocken und humorlos, er würde mir allen Spaß und jedes Freiheitsgefühl zunichtemachen.«

»Ich verstehe dich gut«, sagte Christina. »Und solange du dich nicht in Gefahr begibst …«

»Keine Sorge«, versicherte Lilibet. »Das tue ich nicht. Und wenn ich hier auf der Insel doch mal was Offizielles machen muss, ob das nun irgendeine Eröffnung ist oder die Enthüllung einer Gedenktafel, ist er selbstverständlich an meiner Seite.«

*

Ursprünglich war Lilibets Besuch auf Malta für sechs Wochen anberaumt gewesen. Doch je näher die Zeit des Abschieds rückte, desto trübsinniger wurde sie, zumal nun klar war, dass Philip an Weihnachten nicht dienstfrei bekommen würde. Er musste sich bereithalten. Jederzeit konnte er auf der *Chequers* mit sechs weiteren Kriegsschiffen ins Rote Meer entsandt werden, da in Eritrea Unruhen ausgebrochen waren. Zwar plagte Lilibet manchmal durchaus die Sehnsucht nach Charles, aber dennoch ließ sie der Gedanke, bald ins kalte, eisige England zurückzukehren, immer wehmütiger werden.

»Du wirkst wie ein wunderschöner Paradiesvogel, der nun wieder in seinen sehr kleinen, viel zu kleinen Käfig muss«, sagte Edwina Mountbatten ihr auf den Kopf zu, als die beiden Frauen in Valletta unterwegs waren, um Weihnachtsgeschenke auszusuchen.

»Ich fühle mich auch so«, gestand Lilibet und hatte zu ihrer Überraschung Mühe, die Tränen zurückzuhalten. »Ich fühle mich schrecklich bei dem Gedanken.«

»Dann kehr nicht zurück«, sagte Edwina. »Bleib hier bei uns. Unser Haus steht dir offen, mein Gatte vergöttert dich.«

Zaghaft lächelnd sah Lilibet die Ältere an. »Tut er das?«

»Das tut er«, bestätigte Edwina. »Er hat mir gesagt, dass er dich bezaubernd findet und dass er alles, was von seinem Herzen übrig ist, an dich verloren hat. Und er findet, dass du hervorragend Samba tanzt.« Sie drückte die Hand der anderen. »Und auch ich habe dich sehr lieb gewonnen.«

»Das geht mir ebenso«, sagte Lilibet. »Und ich tanze auch wirklich ausgesprochen gern Samba mit Dickie.«

»Dann bleib«, wiederholte Edwina.

»Ich kann nicht«, widersprach Lilibet. »Ich muss mich um Charles kümmern. Und Vater braucht mich. Schließlich bin ich seine Stellvertreterin, und gerade jetzt, da er gesundheitlich so angeschlagen ist, muss ich ihm zur Seite stehen.«

»Ich dachte, es geht ihm besser?«

»Nicht gut genug, dass ich mich meiner Pflichten gänzlich entziehen könnte«, sagte Lilibet.

»Dann bleib wenigstens über Weihnachten«, schlug Edwina einen Kompromiss vor. »Und fahr danach.«

»Aber sollte ich an Weihnachten nicht bei meinem Kind sein?«

»Dein Kind ist etwas über ein Jahr alt«, hielt Edwina dagegen. »Es wird sich später an dieses Fest nicht erinnern und auch nicht daran, ob seine Mutter bei ihm war oder nicht. Außerdem ist Charles bei seiner Nanny und deinen Eltern in den besten Händen. Wichtiger ist doch, dass du und Philip, die ihr das Fest bewusst erlebt, zusammen seid.«

Lilibet nickte zögernd und spürte, dass sich unendliche Erleichterung in ihr breitmachte. Das fühlte sich nach dem Ausweg an, den sie so verzweifelt gesucht hatte. Es fühlte sich richtig an. Wie schon ihre Mutter vor ihrer Reise nach Malta, hatte nun auch Edwina Mountbatten ihr versichert, dass es in Ordnung war, ihr Kind alleine zu lassen.

Kapitel 30

Im Januar 1950 wurde Indien, das 1947 seine Unabhängigkeit von Großbritannien erklärt hatte, souveränes Mitglied des Commonwealth, in England tobte der Wahlkampf zwischen den Konservativen und den Liberalen, wobei sich bei den Wahlen im Februar die seit vier Jahren regierende Labour-Partei knapp zu behaupten vermochte und Premier Clement Attlee im Amt blieb. Da der Vorsprung aber nur denkbar knapp war, ging England davon aus, dass in Kürze Neuwahlen ausgeschrieben werden müssten. Und am 15. August 1950 wurde Lilibet unter großem Jubel der Bevölkerung von einem kleinen Mädchen entbunden. Während all der Zeit war Philip in Malta – und Lilibet zeitweise mit ihm –, nur kurz vor Annes Geburt eilte Philip nach England und an die Seite seiner Frau. Die Ankunft der kleinen Prinzessin wurde mit hundertdrei Salutschüssen vom Tower und vom Hydepark gefeiert, und die Flut von Glückwunschtelegrammen, Blumen und Geschenken, die über Clarence House hereinbrach, war enorm. Ein Geschenk erheiterte die junge Mutter besonders: Prinzessin Anne bekam, wie alle Neugeborenen des Königreiches, zur Vorbeugung gegen die »englische Krankheit«, die Rachitis, je eine Flasche Orangensaft und Lebertran. »Da unterscheidet der Staatliche Gesundheitsdienst nicht zwischen königlich und nicht königlich«, bemerkte die in die kleine Prinzessin völlig vernarrte Margaret amüsiert.

Nachdem Lilibet Philip zuletzt in Malta erlebt hatte, schien er ihr hier wie in einer seltsam fremden Umgebung, einer, die nicht zu ihm passte. Dabei spielte er ausgelassen mit Charles und hielt die kleine Anne zärtlich in seinen Armen, ein seltsam anrührendes Bild. Ein winziger Moment des Friedens in einer Welt, die Lilibet kopfzustehen schien: Auch in Philips Geburtsland war und blieb die Lage angespannt. Am 10. September trat Sofoklis Weniselos als griechischer Ministerpräsident zurück, um drei Tage später erneut Regierungschef zu werden. Weniselos war schon der fünfte griechische Ministerpräsident in diesem Jahr und hatte das Land selbst bereits vom 23. März bis 14. April und seit dem 21. August geführt. Auch in Großbritannien kochten die Wogen hoch. Die Konservativen stellten einen Misstrauensantrag gegen die Labour-Regierung unter Premierminister Clement Richard Attlee wegen deren Verstaatlichungspolitik, den das Unterhaus jedoch mit knapper Mehrheit ablehnte. »Was sind das nur für unruhige Zeiten, in die du da hineingeboren wirst«, flüsterte Lilibet ihrer kleinen Tochter ins Ohr. Und während sie diese Worte sprach, merkte sie, dass diese Unruhe auch in ihr selbst war. Sie konnte es kaum erwarten, wieder fortzukommen. Fort, nach Malta. So, wie auch Philip wieder fortging. Man hatte ihn wenige Tage vor seinem neunundzwanzigsten Geburtstag zum Kommandanten der Fregatte *Magpie* ernannt, für Philip ein wichtiger Karrieresprung.

Lilibet freute sich über seinen Stolz und seine Begeisterung, als er ihr mit leuchtenden Augen erklärte: »Ich werde die *Magpie* zu einer der besten der Flotte machen, die die Welt je gesehen hat.«

Doch so glücklich sie auch für ihn war – so traurig war sie

für sich selbst. Wieder würde sie ihn ziehen lassen müssen. Nur diesmal würde sie ihm für längere Zeit nicht folgen können, sondern in Clarence House zurückbleiben müssen, um sich um die Kinder zu kümmern. Und auch das gelang so viel besser, wenn er an ihrer Seite war. Philip ging ganz anders auf sie ein, als sie das tat, wenn ihre Mutter auch fand, dass er mit dem kleinen Charles zu streng sei und zu wenig auf die Sorgen und Nöte eines Kleinkindes Rücksicht nahm.

»Er ist kein Mann, Philip, er ist noch ein kleiner Junge«, hatte die Königin ihren Schwiegersohn erst kürzlich zurechtgewiesen, der hatte jedoch nur stirnrunzelnd erwidert: »Ich weiß. Deshalb spiele ich ja auch mit ihm. Aber was ist falsch daran, ihn nicht allzu sehr zu verhätscheln? Ich muss ihn auf seine Rolle vorbereiten, schließlich wird er einmal König werden.«

Lilibet wagte dazu nichts zu sagen, dazu war sie viel zu unsicher im Umgang mit ihrem Jungen. Die Wärme, die ihre Mutter ansprach, konnte auch sie ihm nicht geben.

*

Lange hielt Lilibet es ohne Philip nicht aus. Während er im Namen der Krone die Könige von Jordanien und Iran besuchte, bei den Präsidenten der Türkei und des Iran speiste und im November auch noch seinen Schwiegervater bei der Eröffnung des neuen Legislativrates von Gibraltar vertrat, saß sie in Clarence House mit ihren Kindern, denen sie, sosehr sie sich auch bemühte und sosehr sie daran verzweifelte, nicht die gleiche Herzlichkeit entgegenbringen konnte, die ihre eigene Mutter ihr geschenkt hatte. Und auch zu dieser spürte sie eine seltene Distanz, fast hatte sie den Eindruck, dass Elizabeth sie für eine schlechte Mutter hielt und sie dafür verurteilte. Das jedoch machte es Lilibet unmöglich, bei ihr Rat zu suchen. Es war Queen Mary, ihre Großmutter, der sie sich letztendlich anvertraute, als diese sie und ihre Urenkel in Clarence House besuchte.

»Ich verstehe mich selbst nicht, Granny«, klagte sie. »Eigentlich wünsche ich mir, dass es in Clarence House so ist, wie es war, bevor Vater König wurde. Da war so viel Nähe zwischen uns und den Eltern. Warum ist das bei uns nicht so?«

»Das kannst du nicht vergleichen, Liebes«, sagte ihre Großmutter. »Für deinen Vater war deine Mutter ein Halt. Er hat in ihr etwas gesucht, das er in seiner Kindheit nie hatte. Glück und Harmonie. Du weißt, dass er und dein Großvater sich nicht gut verstanden haben.«

»Ja, das weiß ich«, erwiderte Lilibet. »Aber warum sagst du, dass es bei uns ganz anders ist? Auch Philip hatte diese Nähe und diese Geborgenheit doch nie. Er könnte sie bei uns finden. Aber es treibt ihn immer fort.«

»Es treibt *euch beide* immer fort«, korrigierte Englands einstige Königin. »Wahrscheinlich liegt es daran: Ihr seid noch so jung. Und anders als auf deinen Eltern liegt auf euch die Last der Krone. Das war bei deinem Vater anders. Er konnte nicht damit rechnen, eines Tages König zu werden. Das machte sein Leben viel freier und unbeschwerter. Bis dann alles anders kam.«

Lilibet nickte. Daran war durchaus etwas Wahres.

»Was rätst du mir?«

»Ich rate dir, dein Leben jetzt zu leben«, sagte Queen Mary. »Dein Vater wird hoffentlich noch lange leben. Aber wir dürfen nicht verkennen, dass er sehr krank ist.«

»Was willst du damit sagen?«, fuhr Lilibet auf.

»Damit will ich sagen, dass du dich darauf vorbereiten musst, dass du die Krone früher tragen wirst, als dir lieb ist.«

Entsetzt starrte Lilibet ihre Großmutter an.

»Du hältst mich nun für herzlos, weil ich so ruhig über einen möglichen Tod meines Sohnes spreche«, sagte sie. »Aus mir spricht allerdings nicht die Mutter, sondern die einstige Königin. Du musst dir darüber im Klaren sein, dass die Krone immer über dem Persönlichen steht. Du musst dir auch darüber im Klaren sein, dass es ab dem Moment, in dem du die Krone tragen wirst, Lilibet Mountbatten nicht mehr geben wird. Dann bist du nur noch Königin.«

Lilibet schluckte.

»In diesem Sinne, mein Kind, kann ich dir nur raten: Lass Lilibet Mountbatten das Leben noch ein wenig genießen.«

Lilibet nickte. Sie war wie benommen. Zum ersten Mal hatte jemand das Undenkbare ausgesprochen: Dass ihr Vater nicht mehr allzu lange zu leben hätte. Und dieser Jemand war ausgerechnet seine eigene Mutter gewesen! In der Nacht ging sie wie ein unruhiger Tiger in ihrem Zimmer auf und ab und spähte immer wieder zu Philips leerem Bett hinüber. Tagsüber versuchte sie, sich auf ihre Kinder zu konzentrieren, war aber noch ungeduldiger als sonst und konnte einfach nichts mit ihnen anfangen. Am nächsten Morgen entschloss sie sich, dem Rat ihrer Großmutter zu folgen und wieder nach Malta zu fliegen. Es war eine Flucht. Eine Flucht vor dem Leben, das sie erwartete, vor dem Zustand ihres Vaters und vor der Angst, als Mutter zu versagen.

*

Kaum war das Flugzeug gelandet, fühlte sie sich besser. Sie lebten wieder in der Villa Guardamangia und fanden schnell zu einem herrlichen, immer gleichen Tagesablauf: Wenn Philip um halb sieben Uhr das Bett verließ und ein schnelles Frühstück einnahm, schlief Lilibet noch, sie selbst stand spät auf, frühstückte ausgiebig und fuhr dann in die Stadt, um, wie schon bei ihrem letzten Aufenthalt, zum Friseur zu gehen und mit ihren Freundinnen durch die Geschäfte zu bummeln oder Kaffee zu trinken. Wenn Philip sein Schiff am frühen Nachmittag wieder verließ, trafen sie sich im *Marsa Sports Club* zum Polospiel – denn ganz wie Lilibet vorausgesagt hatte, war Philip zu einem begeisterten Polospieler geworden.

Sie waren glücklich. Zu ihrer einstigen Unbeschwertheit fand Lilibet aber nicht wieder zurück. Über ihrem Glück lag der Schatten dessen, was Queen Mary zu ihr gesagt hatte.

Stets wartete sie voller Sorge auf Nachrichten aus England, und als George VI. im Mai 1951 das große Festival of Britain eröffnete, das zur Feier des hundertsten Jahrestages der Großen Ausstellung begangen wurde, betrachtete Lilibet betroffen den Zeitungsartikel, in dem darüber berichtet wurde. Wie schmal und blass ihr Vater auf dem Foto aussah! Das schlechte Gewissen wurde beinahe übermächtig. Sollte sie nicht an seiner Seite sein? Hätte *sie* nicht das Festival eröffnen sollen, um ihn zu unterstützen? Stattdessen gab sie sich auf Malta dem süßen Leben hin und tanzte buchstäblich von einer Party zur nächsten. Denn es gab jede Menge Partys, die allesamt ausgerichtet wurden, um Philip und Elizabeth zu unterhalten. Und es ging dort sehr wild zu, für ihren Geschmack etwas zu wild. Erst gestern hatten die Partygäste zu fortgeschrittener Stunde begonnen, Löffel und Brötchen zu werfen. Einem der Wurfgeschosse hatte Lilibet in letzter Sekunde ausweichen können.

»Ich vermute, dass es nicht nur seine Gesundheit ist, die ihn so niederdrückt«, sagte Philip, als sie ihn auf den schlechten Zustand ihres Vaters ansprach. »Es werden auch die außenpolitischen Konflikte in Persien, Korea und Ägypten sein sowie die innenpolitischen Turbulenzen.«

Lilibet nickte. Die Ausgaben für den Korea-Krieg waren enorm gestiegen, was zur Folge hatte, dass die Gesundheitsfürsorge, die nach dem Krieg beitragsfrei geworden war, den Einzelnen nun doch wieder Geld kostete. Das wiederum sorgte für Spannungen zwischen der Bevölkerung und der Regierung.

Kapitel 31

»Philip!« Lilibet stand in der Cockpittür und sah ihren Gatten streng an. »Würdest du mich bitte zu unseren Plätzen begleiten?« Überrascht, aber auch dankbar blickten die beiden Piloten von ihren Messgeräten auf und nickten Lilibet zur Ehrerbietung kurz und erleichtert zu.

»Die Piloten wissen, was sie tun, oder teilst du plötzlich die Befürchtungen von Winston?«, fragte sie, als ihr Mann ihr gegenüber Platz genommen hatte.

»Nein«, erwiderte Philip genervt, »ich hatte im Gegensatz zu ihm keine Angst, dass die Thronfolgerin abstürzen würde. Ich bin im Cockpit, weil ich nun mal gern das Steuer in der Hand halte. Und da ich das nun nicht mehr selbst tun darf, will ich doch zumindest anderen dabei zusehen.«

Lilibet wusste, worauf er anspielte: Philip hatte seinen Dienst bei der Marine auf unbestimmte Zeit unterbrechen müssen, nachdem König George VI. am 23. September ein Lungenflügel entfernt worden war. Es gab fünf Staatsräte, die die laufenden Geschäfte des Königs erledigten. Neben der Königin, Lilibet und der inzwischen einundzwanzig Jahre alten Margaret waren das der Herzog von Gloucester und Berties Schwester Mary. Schon vor der Operation hatte Lilibet ihren Vater sehr unterstützt: Nachdem sie mit Philip im Sommer noch kurz in dessen Geburtsland gereist war – er wollte ihr unbedingt seine dort lebende Familie vorstellen –, war sie zurückgekehrt und hatte ihren Vater bei zahlreichen öffentlichen Verpflichtungen vertreten: Zum Beispiel hatte sie beim Staatsbankett für König Haakon von Norwegen, der ihr ja seinerzeit bei ihrer Hochzeit mit der Kette zu Hilfe gekommen war, die Rede gehalten. Für Philip war all das nicht einfach, was sie auch verstand. Sie hatte jedoch gelernt, seine diesbezügliche schlechte Laune am besten zu ignorieren und lenkte deshalb das Gespräch wieder auf den Premierminister.

»Ja, manchmal ist er schon seltsam«, sagte sie. »Gerade wenn man bedenkt, wie oft er in Kriegszeiten selbst über den Atlantik geflogen ist.«

»Ganz genau«, sagte Philip und stieß dann hervor: »Ich wollte mich auch deshalb mit den Piloten über die Technik austauschen und mir die Messgeräte erklären lassen, weil ich selbst fliegen möchte.«

»Das tust du doch bereits«, erwiderte sie, obwohl sie ahnte, dass er auf etwas anderes hinauswollte – und das gefiel ihr gar nicht.

»Ich meine, dass ich das Flugzeug selbst steuern möchte«, bestätigte er da auch schon ihre leisen Befürchtungen. »Wenn ich ein Schiff mit unzähligen Matrosen befehligen und navigieren kann, werde ich wohl auch ein Flugzeug fliegen können.«

»Aber ….«, wollte Lilibet insistieren.

»Was aber?«, schnauzte Philip mehr als ungehalten zurück.

»Nichts aber«, sagte Lilibet friedfertig, denn sie hatte bemerkt, dass sich ihr Privatsekretär Martin Charteris nach ihnen umgedreht hatte. Tommy Lascelles war ebenfalls auf den Streit aufmerksam geworden, wie sicherlich auch der Rest ihrer Reisegesellschaft, der Bobo und Philips Kammerdiener Dean angehörten.

Außerdem verletzte sie es wie stets, wenn er so mit ihr sprach. Da ihr auch die Sorge um den Vater sehr aufs Gemüt schlug, war sie in letzter Zeit schnell den Tränen nahe – obwohl es ihr selbstverständlich immer gelang, diese hinunterzuschlucken. Angestrengt sah sie nun aus dem Fenster, um sich wieder zu fassen, da fühlte sie Philips Hand auf der ihren.

»Entschuldige, Liebes, aber diese Reise durch Kanada ist für mich schwierig, und ich vermisse unser Leben in Malta.«

Lilibet seufzte, schenkte ihm ein Lächeln und versicherte: »In beiden Punkten kann ich dich sehr gut verstehen.«

*

Auch wenn die Kanada-Reise ungemein anstrengend war – Termin drängte sich an Termin –, wurde sie ein voller Erfolg: Gleich nach ihrer Ankunft waren sie vom kanadischen Premierminister Louis Saint-Laurent und dem Generalgouverneur, Feldmarschall Viscount Alexander von Tunis, sowie einundzwanzig Salutschüssen begrüßt worden. Alexander sollte auch nach dem Empfang in Montreal ihr ständiger Begleiter bleiben. Überall wurde das junge Paar mit Jubelrufen empfangen, und wie Lilibet amüsiert bemerkte, schienen die Kanadier insbesondere von ihrem tatkräftigen Gatten begeistert zu sein. Philip bekam weit mehr Jubelrufe als sie! Lilibet gönnte ihm diese wohlwollende Aufmerksamkeit von Herzen, schließlich hatte Philip mehr als genug unter den immer noch anhaltenden ständigen Sticheleien einiger Höflinge und Verwandter zu leiden. Außerdem konnte sie die Kanadier gut verstehen, schließlich war sie ja selbst ganz begeistert davon, wie interessiert und bereitwillig Philip sich auf die Bräuche und Sitten des Gastgeberlands einließ.

Am dritten Abend kam es allerdings zu einer kleinen Krise:

Das junge Paar war außerplanmäßig zu einer Square-Dance-Party eingeladen worden, und Philips Kammerdiener John Dean war außer sich gewesen angesichts der Tatsache, dass man für diesen Zweck nichts Passendes zum Anziehen hatte. Lilibet war ganz ruhig geblieben, hatte ihn zum Einkaufen geschickt und war mit seiner Ausbeute – für sie eine braun karierte Bluse und ein weit schwingender Rock, für ihn eine Bluejeans mit weiten Aufschlägen, ein auffallend kariertes Hemd, ein rotes Halstuch und ein Cowboygürtel – mehr als zufrieden.

Was sie jetzt in Amerika wohl erwartete?

*

Der Empfang, den der dreiunddreißigste Präsident der Vereinigten Staaten von Amerika, Harry Truman, ihnen bereitete, war mehr als pompös – und die Amerikaner hießen sie noch herzlicher willkommen als die Kanadier. Auch hier waren die Straßen gesäumt von jubelnden Menschen, die allesamt die britische Fahne schwenkten.

»Du lieber Himmel«, kommentierte Philip. »So haben die Leute ja noch nirgendwo gejubelt.«

»Ich glaube, die Amerikaner feiern alles Neue«, versuchte sich Lilibet in einer Erklärung. »Und sie kennen keinen Monarchen.«

»Aber sie wollen ja auch gar keinen.«

»Hätten sie einen, würden sie ihn vermutlich nicht so feiern!«

Das Paar lächelte sich liebevoll zu, während es nicht müde wurde, den Amerikanern, die inzwischen ganz aus dem Häuschen waren, so hoheitsvoll wie freundlich zuzuwinken. Die Kanada-Reise hatte ihnen gutgetan und die sonst so angespannte Stimmung zwischen ihnen verbessert.

Wie sich zeigen würde, war der Präsident von dem Paar –

und vor allem von Prinzessin Elizabeth – mindestens ebenso begeistert wie der Rest der Amerikaner. »Als ich ein kleiner Junge war, habe ich über eine Feenprinzessin gelesen, und hier ist sie«, sagte er zur Begrüßung zu Lilibet, nachdem er ehrerbietig ihre Hand geküsst hatte.

»Oh«, sagte sie überrascht und warf dem grinsenden Philip einen hilflosen Blick zu. Die Amerikaner waren ja im Gegensatz zu den Briten dafür bekannt, etwas überschwänglich zu sein. Hier war sie also, die amerikanische Herzlichkeit. Und die sollte sich nicht nur auf die Begrüßung beschränken: Truman ließ ihnen während ihres Aufenthaltes in Blair House alle nur erdenklichen Annehmlichkeiten zuteilwerden.

»Ich bedaure sehr, dass ich Sie nicht im Weißen Haus empfangen kann, das wäre natürlich viel angemessener«, sagte er. »Aber es würde Ihre Sicherheit gefährden. Ich hatte im Winter 1947 eine Inspektion durchführen lassen, nachdem es mir doch sehr marode erschien. Das Ergebnis war erschreckend. Der zweite Stock, in dem sich die Wohnräume befinden, war schrecklich instabil. Gleiches galt für die Decke im Bankettsaal.«

Du lieber Himmel, dachte Lilibet anteilnehmend und fragte sich, ob diese Gefahr möglicherweise auch für den Buckingham Palace bestünde. Sie nahm sich vor, Tommy Lascelles später zu fragen, wann in diesem zuletzt eine Inspektion durchgeführt worden war.

»Wir haben zwar Notstützen installiert, aber als uns im darauffolgenden Sommer buchstäblich die Böden unter den Füßen wegbrachen, war klar, dass das Haus entkernt und innen neu aufgebaut werden musste.«

»Wie bedauerlich«, kommentierte Lilibet. »Mein Mann und ich hätten das Weiße Haus gerne besucht.«

»Oh, morgen werden Sie immerhin den Rosengarten des

Weißen Hauses besichtigen können. Und Sie kommen selbstverständlich wieder, meine Liebe!«, rief Truman, während Martin Charteris und Tommy Lascelles ob der ungebührlichen Anrede unisono nach Luft schnappten.

»Er ist bis über beide Ohren in dich verliebt«, ließ Philip sich an ihrem ersten Abend grinsend vernehmen. »Er folgt uns – dir – ja wirklich auf Schritt und Tritt. Vermutlich können wir froh sein, dass ich dich wenigstens in unserem Schlafzimmer für mich allein habe.«

»Bist du etwa eifersüchtig?«, scherzte sie und dachte, dass sie dieses Gefühl ja nur allzu gut kannte.

»Auf diesen alten Mann? Wohl kaum. Er wirkt eher wie ein stolzer Onkel, der dich überall herumzeigen muss. Und er berührt ständig deinen Rücken oder deinen Arm, um dir irgendwo hinaufzuhelfen.«

»Das meint er ganz bestimmt nicht übergriffig«, verteidigte Lilibet den amerikanischen Präsidenten. »Es ist freundlich gemeint. Die Amerikaner sind so.«

»Lascelles ist vor Empörung beinah umgefallen. Selbst Charteris war entsetzt. Auch angesichts der Tatsache, dass er dich nicht mit Königliche Hoheit, sondern einfach nur mit ›my dear‹ angesprochen hat.«

»Noch bin ich nicht Königin«, beruhigte sie ihn. »Da ist das Protokoll nicht ganz so streng.«

»Und hoffentlich bleibt das noch lange so. Dass du nicht Königin bist.«

Sie antwortete nicht. Das tat sie nie, wenn die Rede darauf kam, dass sie einmal ihrem Vater nachfolgen würde. Vor diesem Moment fürchtete sie sich aus verschiedenen Gründen so sehr, dass sie ihn immer weit von sich schob.

»Ich glaube, in dem, was er ganz zu Anfang sagte, liegt schon die Antwort«, sagte sie stattdessen. »Eben weil die Amerikaner keine Monarchie haben, wirken wir auf sie märchenhaft. Wie Gestalten aus einer anderen Welt.«

Ihr Eindruck sollte sich in den kommenden Tagen noch verstärken. Bei dem Empfang, den der Präsident am nächsten Tag im Rosengarten des Weißen Hauses gab, sagte er zu dem neben ihm stehenden Ehepaar in seiner Rede: »Wir haben hier in dieser Stadt viele hochkarätige Besucher, aber noch nie hatten wir ein so wunderbares Paar, das uns alle so vollkommen erobert hat.«

Der Präsident erklärte erneut, er hoffe, dass Philip und Lilibet einmal wiederkehren würden. Und dass sie dann ihre reizenden Kinder mitbrächten.

Als er das sagte, spürte Lilibet einen leisen Stich in der Magengegend. Charles würde nun bald seinen dritten Geburtstag feiern, und sie wären nicht bei ihm. Andererseits, versuchte sie sich zu beruhigen, kam es auf ihre Anwesenheit vermutlich nicht wirklich an. Wie hatte doch Edwina Mountbatten gesagt, als sie sie zum Bleiben über Weihnachten überredet hatte? Er kann sich später ohnehin nicht mehr daran erinnern. Und die Nanny und seine Großeltern würden ihm sicherlich einen schönen Tag bereiten. Staatsbesuche waren nun einmal wichtiger als Kindergeburtstage.

Kapitel 32

Sie haben im ganzen Land einen hervorragenden Eindruck hinterlassen«, sagte Truman später, nachdem sie sich zu offiziellen Fotos mit dem Präsidenten, seiner Frau und seiner Tochter vor dem Kamin aufgestellt hatten. »Der *Washington Star* findet das auch.« Er deutete mit dem Kinn auf einen Stapel Zeitungen, und nachdem die Fotografen zufrieden von dannen gezogen waren und die Bediensteten des Blair House kleine Erfrischungen serviert hatten, griff der Präsident nach der Zeitung und las vor: »Der Prinzessin sollte die einfache Wahrheit von jemandem gesagt werden, dass sie diese Stadt so verzaubert und gefesselt hat, dass unsere ältesten Einwohner, die in ihren Erinnerungen suchen, sich nur schwer an den Namen eines früheren Besuchers erinnern können, der ihr in Bezug auf gutes Aussehen und süße Persönlichkeit durchaus vergleichbar ist.«

Auch dieses Lob quittierte Lilibet mit leicht verlegenem Lächeln, als ihr auffiel, dass zur Abwechslung nun einmal Truman verlegen dreinblickte. Fragend und abwartend sah sie ihn an. »Wenn ich ehrlich bin, habe ich Ihnen in voller Absicht diesen Artikel und keinen der vielen anderen sehr positiven gezeigt«, begann er.

»Oh«, erwiderte Lilibet. »Warum das?«

»Weil darin auch die Rede von den älteren Bürgern ist und was Euer Besuch für sie bedeutet.«

»Ja?« Da Trumans Erklärungen offenbar noch nicht zu Ende waren, fuhr sie fort, ihn fragend anzusehen.

»Nun, ich habe eine taube, bettlägerige Schwiegermutter, die im obersten Stock lebt. Sie verehrt Sie sehr, meine Liebe, ist aber zu krank, um herunterzukommen. Und da Sie ja ebenfalls eine taube Schwiegermutter haben, dachte ich …«

»Harry«, tadelte seine Frau.

»Das ist schon in Ordnung«, versicherte Lilibet. »Wir besuchen sie gerne.«

Kurz vor seiner Abfahrt stieg das königliche Paar hinter der Präsidentenfamilie nach oben. Lilibet zuckte etwas zusammen, als Truman, kaum dass sie das Zimmer betreten hatte, brüllte: »Mutter! Ich habe Prinzessin Elizabeth mitgebracht!«

Die alte Dame lag in einem großen Doppelbett, das in der Mitte des Zimmers stand, und sah ihnen entgegen. Lilibet fand, dass sie ein wenig verloren und auch etwas verwirrt wirkte. Sie lächelte der Alten freundlich zu. Die streckte ihr die Hand entgegen, und ganz unkompliziert nahm Lilibet sie in die ihre. Mrs Truman tätschelte die Hand der Jüngeren und schrie: »Ich bin so froh, dass dein Vater wiedergewählt wurde, mein Kind.«

Lilibet wechselte einen verwunderten Blick mit Philip, während die Präsidentengattin brüllte: »Das ist nicht Churchills Tochter, Mutter. Das ist die Tochter des englischen Königs.«

»Ach so?«, fragte die Alte und wirkte etwas ratlos.

»Ich hoffe, Sie sind nun nicht enttäuscht«, sagte Lilibet lächelnd.

»Das ist sie ganz bestimmt nicht«, versicherte Truman verlegen. »Sie ist nur etwas verwirrt.«

»Die Neuwahlen in England haben meine Schwiegermutter sehr beschäftigt«, erklärte er, als sie wieder auf dem Weg nach unten waren. »Und da wir in Amerika keine Monarchie kennen…«

»… geht sie davon aus, dass die Tochter des Regenten Churchills Tochter sein muss«, vollendete Philip grinsend.

»Es ist mir wirklich sehr unangenehm«, sagte Mrs Truman hinter ihnen verlegen.

»Das muss es nicht. Wirklich nicht. Es macht mir nichts aus«, versicherte Lilibet.

Bei sich dachte sie, was sie natürlich nicht äußern konnte, schon gar nicht dem amerikanischen Präsidenten gegenüber, dass auch sie sehr froh war, dass Churchill wieder Premierminister war. Attlee war ihr immer ein wenig fremd geblieben. Churchill aber war der Mann, der England mit starker Hand durch den Krieg geführt und neben dem sie nach dessen Ende auf dem Balkon gestanden hatte. Bei Churchill war das Land in guten Händen. Und das Land brauchte einen starken Führer, denn innen- wie außenpolitisch schlugen die Wellen nach wie vor hoch. In Abdan gab es eine schwere Krise, weil das iranische Parlament auf Betreiben seines Premierministers Mohammad Mossadegh die Umsetzung der kürzlich beschlossenen Verstaatlichung der Erdölindustrie des Landes vorantrieb. Da diese unter britischer Kontrolle stand, war das Königreich betroffen. Auch in der Kolonie Kenia schwelten Unruhen seitens der Mau-Mau. All diese Konflikte machten Lilibets Ansicht nach die Führung eines Mannes nötig, der vom britischen Kolonialismus überzeugt war und sich darin auskannte. Ja, bei Churchill wäre das Land sicher. Und bei Churchill wäre auch sie, Lilibet, in guten Händen, wenn der schreckliche Fall eintreten sollte, dass sie die Krone bald übernehmen müsste. Ungern hätte sie das mit Attlee als Premier getan. Mit Churchill an ihrer Seite würde sie es schaffen.

*

Der Empfang in Amerika war nur eine Stippvisite gewesen, die ihre Kanada-Reise unterbrochen hatte. Nach zwei Tagen mit Präsident Truman kehrten sie nach Kanada zurück, und die große Reise ging weiter. Philip genoss auch dieses Mal wieder die Sympathien der Kanadier, und wenn sie von einem Termin zum nächsten flogen, ließ er sich von seiner Frau nicht mehr in den Passagierraum nötigen, sondern nahm zu Lilibets Leidwesen häufig auf dem Co-Piloten-Sitz des Flugzeugs der Royal Canadian Air Force Platz. Irgendwie war sie deshalb immer erleichtert, wenn sie vom Flugzeug auf den Zug wechselten. Dieses Mal hatte ihr Mann aber selbst am Boden keinen Blick für sie, sondern zeichnete konzentriert in sein Skizzenbuch.

»Was malst du da?«, wollte Lilibet wissen.

»Uniformen«, erwiderte er vertieft. »Die Soldaten haben hier Reißverschlüsse statt Knöpfe. Das finde ich ungemein praktisch. Ich will es für die Uniformen der britischen Marine einführen.«

Sie nickte. »Ah.« Etwas Intelligenteres fiel ihr zu dieser Offenbarung nicht ein.

Da ihr Gatte sich schon wieder in seine Zeichnerei vertieft hatte, sah sie zum Fenster hinaus. Es war nicht immer einfach zwischen ihnen, aber auf dieser Reise war ihr klar geworden, dass Philip vielleicht tatsächlich das für sie war, was ihre Mutter für ihren Vater war. So wie Elizabeth dem unsicheren König stets Unterstützung gab und ihm zum Beispiel half, seinen Sprachfehler zu überwinden, so sprang Philip ihr, das hatte sich hier in Kanada gezeigt, sofort zur Seite, wenn sie sich von einer Situation überfordert fühlte oder ihre Schüchternheit sie übermannte.

Liebevoll sah sie ihn an und griff dann in die Dose mit den gemischten Nüssen, die zwischen ihnen auf dem Tisch stand.

Und dann schrie sie gellend auf. In den Nüssen befand sich eine Schlange!

»Eure Königliche Hoheit!« Privatsekretär Charteris stürzte sofort herbei. »Was ist geschehen?«

»Da! Eine Schlange!« Voller Panik deutete Lilibet auf das Tier, das bewegungslos dalag.

Um Charteris Mundwinkel zuckte es, während Philip in aller Seelenruhe die Hand ausstreckte und nach dem Tier griff.

»Philip, du…«, setzte Lilibet an und erkannte im nächsten Moment, dass es sich um ein Spielzeugtier handelte.

Charteris zog sich diskret zurück, um nicht Zeuge des zu erwartenden königlichen Streits zu werden, während Lilibet ihrem Gatten das Gummitier aus der Hand riss, um es nach ihm zu werfen.

»Du Scheusal!«, rief sie. »Gestern legst du mir ein Gebiss auf den Stuhl, und heute steckst du mir eine Schlange in die Nüsse. Was fällt dir wohl als Nächstes ein?«

»Vor mir kann man eben nie sicher sein«, grinste er.

Sie musste nun ebenfalls lachen. »Nein, das kann man nicht. Du bist und bleibst ein großer Junge.«

Das unterschied ihn wohl von ihrer Mutter. Philip gab ihr zwar Sicherheit und Geborgenheit. Aber so ganz wusste sie bei ihm nie, woran sie war. Aber eines wusste sie: Dass es letzten Endes genau das war, was sie an ihm liebte.

Kapitel 33

Da sind sie!« Lilibet deutete hinaus, als der Zug in den Bahnhof Euston einrollte. Sie waren an Bord des Linienschiffes *Empress of Scotland* nach Hause gereist, das sie bis nach Liverpool gebracht hatte. Von hier aus hatten sie für ihre letzte Etappe den Zug genommen. Auf einmal war sie ganz aufgeregt. »Es ist schön, wieder zu Hause zu sein«, sagte sie.

»Tatsächlich?«, fragte Philip und zog eine Augenbraue hoch. »Du scheinst mir aber doch recht reiselustig zu sein.«

Lilibet schwieg. Es war ein Unterschied, ob sie in Malta neben ihm an einem Strand saß oder einem Polospiel beiwohnte, oder ob sie in offizieller Funktion unterwegs waren. Aber jetzt blieb keine Zeit, ihm das zu erklären, und sie war im Grunde auch sicher, dass eine Erklärung nicht nötig sein würde und dass er sie nur aufziehen wollte.

»Vater sieht viel besser aus«, sagte sie daher nur erleichtert, als sie den König durch die Scheibe erblickten.

»Ja«, gab Philip ihr recht. »Ja, das tut er tatsächlich. Es war gut für ihn, sich erholen zu können. Diese strapaziöse Reise hätte er nie durchgestanden.«

Am Bahnhof begrüßte Lilibet ihre Eltern mit dem formvollendeten Knicks, bevor sie beide auf die Wange küsste, wobei sie feststellte, dass ihr Vater nicht nur besser aussah, sondern auch eine viel vitalere Ausstrahlung hatte und gesünder zu sein schien, als das bei ihrer Abreise der Fall gewesen war. Auch Margaret bekam einen Kuss, dann erst beugte sich Lilibet zu dem kleinen Charles hinunter, der, an der Hand seiner Großmutter, schüchtern zu ihr aufblickte. »Hallo, Charles«, sagte sie und küsste ihn rechts und links auf die Wange. Das Gefühl der Fremdheit blieb. Und es tat ihr weh.

Später, im Buckingham Palace, besuchte sie der Premierminister und zeigte sich überaus zuvorkommend. »Ma'am«, lobte er Lilibet im Beisein ihrer Eltern. »Die ganze Nation ist Ihnen dankbar für das, was Sie für uns getan haben, und der Vorsehung dafür, dass sie Sie mit den Gaben und der Persönlichkeit ausgestattet hat, die nicht nur für das britische Commonwealth, das Empire und die Heimatinsel wertvoll sind, sondern auch dazu beitragen werden, den Fortschritt der menschlichen Gesellschaft auf der ganzen Welt zu befördern und zu beflügeln.«

»Danke, Premierminister«, sagte Lilibet. Für einen Augenblick sahen sie einander in die Augen, und sie wusste, dass er in den ihren die Bewunderung erkannt hatte, die sie für ihn empfand. Aber auch all ihre Angst und Unsicherheit.

Und in jenem Moment, da war sie sich sicher, gab Winston Churchill ihr ein stummes Versprechen. Es lautete: Ich lasse dich nicht im Stich.

»Ich stimme dem Premierminister zu.« Die Worte des Königs drangen in den kleinen persönlichen Moment zwischen dem Premierminister und der künftigen Monarchin. Churchill nickte unmerklich, dann wandten sich beide George VI. zu.

»Eure Tour durch Kanada und auch der kurze Besuch in den USA waren ein gigantischer Erfolg. Ihr habt mich würdig vertreten. Das gilt vor allem für dich, mein Junge«, wandte er sich an Philip. »Nach allem, was man hört und liest, lag dir ganz Kanada zu Füßen. Ich möchte es euch danken, indem ich euch beide zu Geheimen Beratern ernenne.«

*

»Es ist so schön, wieder hier zu sein.«

Philip ging von Zimmer zu Zimmer, ließ keinen Winkel aus, begrüßte das Personal, unterhielt sich mit jedem.

Wie ein Kapitän auf einem Schiff, dachte Lilibet im Stillen.

»Ich bin froh, dass es deinem Vater wieder besser geht«, sagte er, als sie am Abend, erschöpft von der Reise, Arm in Arm in seinem Bett lagen. »Vor allem freut mich das für ihn. Aber es freut mich auch für uns. Für mich.«

Lilibet nickte. »Ja, es erlaubt uns ein selbstbestimmteres Leben.«

»Nicht nur das«, ergänzte er. »Es könnte für mich bedeuten, dass ich meine Karriere bei der Marine fortsetzen kann. Ich bin so lange dabei, dass ich in kürzester Zeit Kommandant werden würde. Ich könnte schon 1953 als Kommandant eines Zerstörers wieder zur See fahren.«

Lilibet atmete tief ein, um des stechenden Schmerzes, der ihr bei seinen Worten in den Magen gefahren war, Herr zu werden. Es ist nicht leicht, eine Seemannsbraut zu sein, dachte sie. Allein seine Worte und der Gedanke daran, wieder so lange von ihm getrennt zu sein, erzeugten eine tiefe, schwarze Leere in ihr.

»Aber ich dachte, du genießt es so, wieder hier zu sein«, wandte sie ein und merkte selbst, wie hilflos sie dabei klang. »Das hast du doch vorhin erst zu mir gesagt.«

»Das ist ja auch so, Lilibet«, sagte er. »Endlich habe ich ein Zuhause, in das ich immer wieder zurückkehren kann. Aber im Herzen bin ich ein Seemann, und ich muss immer wieder hinaus.«

Schon am nächsten Tag wurden Philips Hoffnungen aber wieder zunichtegemacht. König George bat sie zu einer Audienz zu sich, und als sie sein Arbeitszimmer betraten, bemerkten Lilibet und Philip zu ihrem Erstaunen und zu ihrer Beunruhigung, dass auch der Privatsekretär ihres Vaters, Sir Tommy Lascelles, bei ihm war.

»Bitte«, sagte George und deutete auf die Besucherstühle, nachdem Lilibet geknickst und Philip den Kopf gesenkt hatte. »Setzt euch.«

Lilibet wechselte einen beunruhigten Blick mit ihrem Gemahl und tat dann wie ihr geheißen.

»Ich bin wirklich sehr stolz auf euch«, sagte der König. »Und ich bin auch erleichtert, dass ihr eure Sache so gut gemacht habt.« Beinah entschuldigend sah er sie an und fuhr dann fort: »Mein Gesundheitszustand hat sich in der letzten Zeit stabilisiert. Es hat mir gutgetan, die Kanada-Reise nicht anzutreten.«

Lilibet nickte. »Ja. Du siehst auch viel besser aus.«

»Allerdings«, sagte der König, ohne auf ihre Bemerkung einzugehen, »haben mir die Ärzte sehr deutlich zu verstehen gegeben, dass es völlig undenkbar für mich ist, die Commonwealth-Reise im Januar wie geplant anzutreten. Es wäre wohl … mein Todesurteil. Ihr müsst mich auch auf dieser Reise vertreten.«

Philip ließ ein leises Ächzen hören, Lilibet aber hob das Kinn, sah ihrem Vater in die Augen und sagte mit fester Stimme: »Sicher, Papa. Du kannst dich auf uns verlassen.«

Kapitel 34

Papa.«

»Lilibet. Mein Mädchen.«

George VI. sagte die Worte leise, während sie ihn zum Abschied auf die Wange küsste. So leise, dass nur sie sie hören konnte.

Lilibet. Mein Mädchen. Mit einem Mal verspürte sie einen dicken Kloß im Hals und merkte, dass ihre Lippen bebten.

Sie atmete tief ein, blinzelte, fasste sich und lächelte ihrem Vater noch einmal zu, um sich dann von ihrer Mutter, die im perlenbestickten Mantel neben dem Vater stand, und ihrer Schwester zu verabschieden.

Ein letzter Blick zu König George VI., und sie stieg vor Philip und ihren Begleitern Mike Parker, Pamela Mountbatten und Martin Charteris sowie ihrer Kammerzofe Bobo und Philips Kammerdiener Dean die Gangway der *Argonaut Atalanta G-ALHK* der British Overseas Airways hinauf, die sie nach Kenia, zu ihrer ersten Etappe der Commonwealth-Reise, bringen sollte.

»Er sieht wieder schlechter aus«, sagte sie zu Philip. »Ganz blass und eingefallen. Und seine Lippen waren so fahl, findest du nicht?«

Ihr Gatte nickte ernst. »Ich muss dir da leider recht geben. Obwohl ich fand, dass er zu Weihnachten und auch danach regelrecht heiter gewirkt hat. Er ist ja auch jeden Tag zur Jagd raus.«

Versonnen sah Lilibet aus dem Fenster. Philip hatte recht: Das Weihnachtsfest, das sie wie üblich alle gemeinsam auf Sandringham gefeiert hatten – endlich hatte sie auch ihren alten Freund Porchey wiedergesehen –, war von einer ungewohnten Leichtigkeit, ja, fast schon von Optimismus geprägt gewesen, und ihr Vater war stolz darauf gewesen, dass er hinsichtlich seiner Jagdfähigkeiten durch seine Gesundheit keine Einschränkungen hatte hinnehmen müssen. Nachdem selbst die Ärzte ihm bescheinigt hatten, mit seinem Gesundheitszustand sehr zufrieden zu sein, hatte die königliche Familie in Begleitung des königlichen Stallmeisters Peter Townsend zum Abschied noch dem Musical *South Pacific* im Drury Lane Theatre beigewohnt, bevor er sie am nächsten Morgen zum Flughafen begleitete und auf einmal wieder so schmal, so blass und so eingefallen wirkte.

Papa.

Lilibet. Mein Mädchen.

Sie schluckte. »Ich sehe nun ein, trotz seines guten Zustandes in den letzten Wochen, dass es absolut unumgänglich war, dass wir ihn vertreten«, sagte Philip in ihre Gedanken hinein.

Das Flugzeug setzte sich in Bewegung, Lilibet sah ein letztes Mal hinaus und ihre Familie an, ihr Blick heftete sich an das Gesicht ihres Vaters, das kleiner und immer kleiner wurde.

Wieder drohten die Gefühle sie zu übermannen, wieder atmete sie tief durch und sagte dann zu Philip: »Ich bin dir so dankbar für deine Unterstützung. Dafür, dass du dich nicht beklagst. Ich weiß, wie gern du deine Karriere bei der Marine fortgesetzt hättest.«

Und sie war wirklich außerordentlich dankbar. Als sie nach dem Gespräch mit ihrem Vater nach Clarence House zurückgekehrt waren, war Philip sofort in sein Schlafzimmer gegangen und hatte seine Marine-Uniform, die Dean am Abend zuvor lediglich auf einen Bügel gezogen und an einen Kleiderhaken gehängt hatte, in den Schrank geräumt.

Er nickte. »Noch bin ich ja nur auf unbestimmte Zeit beurlaubt.«

Sie lächelte ermutigend und war sich nicht sicher, ob sie mit dieser Miene sich oder ihm Mut machen wollte.

»Und zumindest werden wir in Kenia Gelegenheit haben, unser Hochzeitsgeschenk zu genießen«, sagte sie.

Er erwiderte ihr Lächeln. »Darauf freue ich mich.«

*

Als sie in Nairobi landeten, war es Lilibet gelungen, sich hinsichtlich der Gesundheit ihres Vaters ein wenig zu beruhigen. Und als sie neben Philip und gefolgt von Mike Parker und Pamela Mountbatten, ihrer Brautjungfer und Hofdame, aus dem Flugzeug stieg, wurde sie von einer tosenden Menge willkommen geheißen. Der Jubel war ohrenbetäubend, die Einwohner schwenkten gut gelaunt Luftballons und Fähnchen, und Lilibet dachte voller Sehnsucht an ihre erste Reise auf den afrikanischen Kontinent. Damals hatte sie das Land allerdings nicht über die Gangway eines Flugzeuges, sondern über die eines Schiffes betreten. Und sie war nicht in Begleitung ihres Mannes, sondern in Begleitung ihrer Eltern und Margaret gewesen.

Unten wurden sie von Gouverneur Phillip Mitchell und einem regelrechten Blitzlichtgewitter empfangen. Bevor sie sich auf den Weg zur rund hundertvierzig Kilometer entfernt liegenden Sagana Lodge machen konnten, lagen allerdings noch zwei Tage in Nairobi vor ihnen, in denen sich Gartenparty an Gartenparty und Festbankett an Festbankett reihte.

Doch dann war es endlich so weit. Sie fuhren mit zwei Wagen durch dichten Dschungel und über unbefestigte Straßen, durchquerten Bäche und mussten immer wieder aussteigen, um den Wagen anzuschieben. Philip war bester Laune, und nicht zum ersten Mal dachte Lilibet, dass er ein Mann war, der in die Wildnis gehörte und nicht an ein steifes Festbankett. Er hatte einen Heidenspaß, und auch Lilibet merkte, dass sie hier regelrecht aufblühte, so wie sie auch zu Hause aufblühte, wenn sie den Palast verlassen und in die Ställe gehen konnte, zu ihren Pferden, oder mit den Corgis das Moor durchqueren. Vielleicht liebten sie das Jagen auch deshalb alle so. Weil das Wilde, das Ursprüngliche, ihnen die Gelegenheit gab, all dem Steifen und der Etikette zu entfliehen? Und weil es so guttat, kein unbequemes Kleid tragen und den Kopf gerade halten zu müssen, damit das Diadem nicht verrutschte, sondern stattdessen in einer Wachstuchjacke, in Gummistiefeln und mit einem Kopftuch um die Haare durch Wind und Wetter zu stapfen, frische Luft zu atmen statt den jahrhundertealten Staub der Schlösser, den zu inhalieren man allerdings bei der Rückkehr stets wieder aufs Neue gezwungen war.

Plötzlich tat das Auto einen Ruck und riss Lilibet aus ihren Gedanken.

Fluchend stieg der Fahrer aus und öffnete die Motorhaube, unter der ein beunruhigender Dampf emporstieg. Er klopfte ein paarmal gegen das Blech und kroch dann unter das Auto. Lilibet konnte ein Grinsen nicht unterdrücken. Von ihrer Ausbildung beim ATS wusste sie, dass das Problem mit Sicherheit nicht auf der Unterseite des Wagens zu finden, geschweige denn zu beheben war.

Kurzerhand stieg sie aus.

»Was tust du?«, rief Philip ihr nach.

»Ich repariere das Auto«, erwiderte sie und sagte selbstbewusst über die Schulter: »Ich habe das gelernt, schon vergessen?«

Sie bemerkte, dass Mike Parker und Philip einen halb amüsierten, halb bewundernden Blick wechselten, während Pamela Mountbatten ihr aus dem Wagen, der hinter ihnen zum Stehen gekommen war, zurief, dass sie doch einfach zu ihnen ins Auto steigen solle, und Martin Charteris diensteifrig herbeieilte, um Lilibet davon abzuhalten, sich in Gefahr zu begeben.

Doch die Thronfolgerin ließ sich nicht beirren, mit geschickten Händen, um die sie vorsorglich eine Safari-Jacke gewickelt hatte, drehte sie den heißen Metalldeckel des Kühlwassertanks auf und wich der aufsteigenden Dampfwolke aus. Suchend blickte sie sich um und erinnerte sich dann, dass Charteris Dutzende Wasserflaschen in ihren Jeep hatte packen lassen.

»Martin?«

»Ja, Ma'am?«

»Bitte, bringen Sie mir zwei Wasserflaschen. Der Motor ist viel zu heiß, und das ganze Kühlwasser ist verdampft.«

»Sehr wohl, Ma'am.«

Nachdem sie den Kühlwasserbehälter aufgefüllt hatte, sagte sie zu Philip, der inzwischen ausgestiegen und neben sie getreten war: »Jetzt müssen wir warten, und in ein paar Minuten kann der Fahrer versuchen, den Motor zu starten.«

»Probieren Sie es jetzt noch mal«, sagte sie wenig später freundlich zu dem immer noch verdattert dreinblickenden Fahrer.

»Sehr wohl, Eure Königliche Hoheit«, erwiderte der junge Mann. Er stieg wieder in das Fahrzeug und drehte den Zündschlüssel herum, um den Motor anzulassen, der tatsächlich hustend und spuckend startete. Lilibet lächelte zufrieden und kletterte, ohne ein weiteres Wort zu sagen, nach hinten auf die Rückbank, wo Philip inzwischen Platz genommen hatte und sie mit dem für ihn so typischen Grinsen bedachte. »Meine Frau ist eine Mechanikerin.«

»Ja«, sagte sie. »Das wusstest du doch.«

Schließlich erreichten sie die Sagana Lodge in den Aberdares, ein lang gestrecktes Holzhaus am Ende einer Auffahrt.

»Wie wunderbar es hier ist«, sagte sie. »Wie friedlich.«

Philip war ebenfalls ausgestiegen und hinter sie getreten. Für einen kurzen Moment umschlang er sie, und sie genossen den Ausblick auf das Gebäude, in dem sie in den nächsten Tagen eine Heimat finden würden.

In der Tat bot die Zeit in der Sagana Lodge so etwas wie Erholung. Sie schliefen morgens lange, nahmen dann ein Frühstück aus herrlichen Früchten ein, und Lilibet musste daran denken, wie sie bei ihrer ersten Reise nach Afrika mit ihren Eltern über diese kulinarische Vielfalt gestaunt hatte, zumal sie ja aufgrund des Krieges lange Jahre der Entbehrung hinter sich gehabt hatten.

Sie angelten, unternahmen Ausritte durch die unendliche Weite des Landes und saßen abends dicht umschlungen auf der Veranda, um in die Sterne zu blicken, die hier zum Greifen nahe schienen. Lilibet war so glücklich, dass sie es fast bedauerte, als sie am späten Nachmittag des 5. Februar wieder in ihre Fahrzeuge steigen mussten, um mit ihrem Gastgeber Sherbrooke Walker zum Treetops zu fahren. Wie sie erfahren hatte, handelte es sich dabei um ein Baumhaus, das auf einem riesigen Feigenbaum errichtet worden war.

Der »weiße Jäger« Jim Corbett, der sie zum Treetops begleitete, hielt den Wagen nach einer etwa halbstündigen Fahrt an.

»Von hier aus müssen wir zu Fuß gehen«, erklärte er. »Es ist nicht mehr weit, eine Viertelmeile etwa.«

»Gut«, sagte Lilibet. »Das ist kein Problem.«

Das Auto, in dem Mike und Pamela saßen, parkte neben dem ihren, und zu sechst machten sie sich auf den Weg. »Bitte, bleiben Sie immer dicht hinter mir«, sagte Jim Corbett eindringlich. »Das ist ganz wichtig. Sie müssen leise sein und unbedingt tun, was ich sage.«

»Ja«, versicherte Lilibet. »Ja, natürlich.«

Sie ging mit Philip und Jim, Pamela und Mike hielten sich an Sherbrooke Walker.

Plötzlich hörte Lilibet ein Knacken im Gebüsch. Sie wandte den Kopf und sah ein Zebra, das eilig davonlief. Aufgeregt packte sie Philips Hand und deutete mit der freien in die Richtung des Tiers.

»Ja«, wisperte Philip. »Ich habe es gesehen.«

Ein Lächeln lag auf seinen Lippen.

Im nächsten Moment erblickte sie den Feigenbaum mit dem Baumhaus, vor dem sich eine riesige Plattform erstreckte, von der aus man wohl die Tiere beobachten konnte, wie Lilibet vermutete. »Offenbar wollen sie uns nicht angreifen«, kommentierte Lilibet irritiert, als sie bemerkte, dass aus den Fenstern des Baumhauses weiße Tücher wehten.

»Haben die aufständischen Mau-Mau-Krieger die Hütte eingenommen und wollen nun friedlich mit uns verhandeln?«, fragte Philip ebenfalls halb im Scherz, halb ratlos.

»Leider ist das kein gutes Zeichen«, flüsterte Jim, während er sein Gewehr hob und seine Blicke wachsam über das Unterholz schweifen ließ. Aus den Augenwinkeln sah Lilibet, dass Sherbrooke Walker es ihm gleichtat.

»Sind wir in Gefahr?«, flüsterte sie. »Aber warum hissen sie dann die weiße Flagge?«

Jim schüttelte den Kopf. »Das sind Kopfkissenbezüge. Es ist

abgesprochen, dass unsere Leute sie dann heraushängen, wenn uns Gefahr durch in der Nähe befindliche wilde Tiere droht, die sie von oben erspäht haben.«

»Oh«, machte Lilibet und griff wieder nach Philips Hand.

»Uns wird nichts geschehen«, beruhigte er sie leise. »Sie wissen, was sie tun.«

Lilibet war davon nicht so ganz überzeugt, hatte ihre Angst aber im nächsten Moment wieder vergessen, obwohl diese durchaus gerechtfertigt gewesen wäre. Doch die Faszination war größer als die Furcht, als sie sich kurz darauf einer Herde Elefantenkühe und ihren Jungen gegenübersah.

»Elefanten sind eigentlich harmlos«, erklärte Jim flüsternd. »Aber wenn sie fürchten, dass man ihre Jungen angreift, kennen sie kein Pardon.«

»Das kann ich verstehen«, brummte Philip. »Wobei die Jungen ja auch lernen müssen, sich selbst zu wehren.«

»Ja, aber dafür müssen sie erst einmal stark genug sein«, entgegnete Jim leise. »Bewegen Sie sich ganz langsam und vorsichtig auf das Baumhaus zu. Keine schnellen Bewegungen. Es wäre besser für uns, wenn sie uns nicht bemerken würden.«

»Das gilt sicher auch für die Bullen dort drüben«, sagte Philip und zeigte nach rechts.

»O ja«, erwiderte Jim. »Für sie gilt das in besonderem Maße.«

Vorsichtig glitten sie in Richtung der Leiter, die aber noch ein ganzes Stück entfernt war.

In diesem Moment wandte eine der Elefantenkühe den Kopf und sah sie an. Sie erstarrten unter ihrem Blick.

Dann trötete das mächtige Tier einmal laut und stapfte ihnen entgegen.

»Renn, Lilibet. Ich lenke ihn ab. Renn zum Baumhaus«, zischte Philip.

»Das werden Sie nicht tun. Sie gefährden unser aller Leben«, schnauzte Jim und richtete den Lauf seines Gewehrs auf das Tier. »Weiter. Ganz langsam.«

Zu Lilibets Überraschung und Erleichterung insistierte Philip nicht, er schien den Ernst der Lage begriffen zu haben. Als Seemann wusste er vermutlich auch, dass man die Anweisungen des Kapitäns nicht zu hinterfragen hatte. Und Kapitän war hier ganz eindeutig Jim.

Minuten später hatten sie die rettende Leiter erreicht. Die erleichterte Lilibet stieg als Erste hinauf, gefolgt von Philip und dem Wildhüter. Im nächsten Moment erreichten auch Sherbrooke Walker, Pamela Mountbatten und Mike Parker das Baumhaus, der jungen Frau war der Schreck noch ins Gesicht geschrieben.

Zwei Diener standen bereit, um sie zu begrüßen und ihnen das aus drei Schlafzimmern, einem Esszimmer und einem Dienerzimmer bestehende Baumhaus zu erklären. Doch Lilibet hatte keinen Blick dafür, hastig zog sie ihre Kamera aus der Tasche und umrundete das Häuschen einmal auf der Plattform, bis sie gute Sicht auf die Elefantenkühe und ihre Jungen hatte. Eines der Muttertiere säugte sein Kalb und schubste es anschließend in das Wasserloch, um ihm Schwimmunterricht zu geben. Wie hingebungsvoll sie sich um ihr Jungtier kümmerte! Was für eine Innigkeit die beiden ausstrahlten! Mit einem Mal verspürte Lilibet eine nie gekannte, schreckliche Sehnsucht nach Charles und Anne, und sie beneidete die Elefantenkühe um die offensichtlich so enge Bindung zu ihren Kälbern. Vielleicht fühlte sie sich in der Tierwelt auch deshalb so wohl, dachte sie. Weil hier alles so einfach war. Und so selbstverständlich. Wie hatte Philip vorhin gesagt? Dass er den Elefanten verstehen könne, der alles tun würde, um sein Junges zu schützen? Es war klar, dass er in diesem Moment auch sich und seine Kinder gemeint hatte. Aber er hatte noch etwas anderes gesagt. Dass die Kinder selbst lernen müssten, sich zu wehren. Und Jim hatte geantwortet: »Erst, wenn sie stark genug dafür sind.«

Plötzlich wurde Lilibet bewusst, dass Charles noch nicht stark genug war. Dass Philip ihm zwar ein guter Vater war, ihn aber auch einschüchterte, zu viel von ihm erwartete. Hatte er nicht neulich gesagt, er wolle ihn möglichst schnell zu einem Mann machen?

In Lilibets Herz krampfte sich etwas zusammen, als vor ihrem inneren Auge das Bild ihres kleinen Jungen auftauchte, der nach ihrer Rückkehr aus Kanada so sehnsüchtig auf sie gewartet und dem sie dann kaum Beachtung geschenkt hatte. Der seinen Geburtstag ohne sie hatte feiern müssen und Weihnachten auch. Mit einem Mal wusste sie, was sie tief in ihrem Innern schon immer gewusst hatte: Dass es sehr wohl eine Rolle spielte, ob sie bei ihm war oder nicht. Und dass Edwina nicht recht gehabt hatte.

Das Elefantenjunge hatte angesichts der unermüdlichen Bemühungen seiner Mutter beim Schwimmen inzwischen deutliche Fortschritte gemacht. Und während Lilibet ihnen, mit Tränen in den Augen, weiter bei ihrer Unterrichtsstunde zusah, gab sie sich innerlich ein Versprechen. Sie, Lilibet Mountbatten, würde ihren Kindern künftig eine bessere Mutter sein.

*

Die Sonne war noch nicht aufgegangen, als Mike Parker laut an ihre Schlafzimmertür klopfte. »Wir sollten die Morgendämmerung nicht verpassen«, sagte er. »Es ist zauberhaft schön, und in dieser Zeit sind besonders viele Tiere zu sehen.«

Lilibet war sofort hellwach. Ohnehin hatte sie nicht viel

geschlafen, sondern im Schein des Mondes fasziniert Giraffen, Nilpferde und Elefanten beobachtet, die an die Wasserstelle kamen, um ihren Durst zu stillen.

»Kommst du auch?«, fragte sie und legte ihrem wie immer nackt schlafenden Ehemann die Hand auf die Schulter.

»Hm?«, fragte der und drehte sich schlaftrunken auf die andere Seite. »Ich komme gleich. Geh schon mal vor.«

»Aber nicht wieder einschlafen.« Sie küsste ihn auf den Rücken und ging dann zu dem Stuhl, auf dem ihre Kleidung bereitlag. Hier, im Dschungel, gab es keine Bobo, die ihr dabei behilflich sein konnte, aber das war auch nicht nötig. Die sandfarbene Hose mit dem passenden Hemd war nun wirklich einfach anzuziehen.

Leise trat sie hinaus auf die Plattform, wo Mike Parker schon saß und wie verzaubert auf das Wasserloch starrte. Der Himmel rings um sie färbte sich rot. Lilibet setzte sich neben ihn. Eine merkwürdige Stimmung ergriff von ihr Besitz, plötzlich fühlte sie sich ungemein einsam und verloren. Wie klein und bedeutungslos, wie schutzlos der Mensch doch war angesichts dieser überwältigenden Natur.

Ein Adler kreiste über ihnen, kam immer näher, seine schwarzen Federn streiften beinahe ihr Gesicht. Lilibet zuckte zusammen, war aber auch seltsam berührt von dieser zarten Nähe dieses so erhabenen, so besonderen Vogels.

Im nächsten Moment war der Adler wieder fort.

Lilibet blickte ihm nach.

Es war der 6. Februar 1952.

Kapitel 35

Lilibet war wie verzaubert. In ihren Gedanken war sie noch bei den Beobachtungen, die sie in Treetops gemacht hatte, bevor sie wieder zurück zur Sagana Lodge gefahren waren. Wie ungeheuer schön diese Tiere doch waren! Wie vollkommen dieser Platz. Wie weit, wie frei. Doch auch das Gefühl der Einsamkeit, das sie in diesem Moment spürte, hatte sie nicht vergessen. Nachdenklich schraubte sie den Füllfederhalter zu – sie hatte im Wohnzimmer gesessen und einen Brief an ihren Vater geschrieben, in dem sie ihm über die besonderen Stunden auf dem Baumhaus berichtete – und ging hinaus in den Park. Lilibet wollte die überbordende Natur noch ein wenig genießen, draußen sein, im Freien.

Nachdem sie eine Weile umhergewandert war, bemerkte sie am anderen Ende des Parks eine Bewegung. Mike Parker eilte mit großen Schritten über den Rasen. Er stürmte regelrecht auf Philip zu, der in einer zwischen zwei Bäumen befestigten Hängematte ruhte, eine Zeitung über dem Gesicht, die er kurz darauf herabnahm, aufsprang und sich durch die Haare fuhr. Sie sah die beiden Männer wild gestikulieren, Mike rannte kurz darauf, wie von der Tarantel gestochen, wieder ins Haus. Philip aber stand da, mit hängenden Armen. Selbst auf die Entfernung wirkte er auf Lilibet so, als liege die Last der ganzen Welt auf seinen Schultern. Etwas war geschehen, etwas Unsagbares, Schreckliches.

Dann hob er den Kopf und entdeckte sie. Kam auf sie zu mit langen Schritten. Blieb vor ihr stehen, sah die bange Frage in ihren Augen und nickte. Sie schluchzte trocken auf, und er zog sie in seine Arme, als er leise an ihrem Ohr sagte: »Es tut mir so leid.«

Die Tränen, die sie in Philips Armen weinte, waren die letzten, die Lilibet Mountbatten vergoss. Und die ersten, die Queen Elizabeth II. in ihrem Leben weinte. In Philips Armen verwandelte Lilibet sich von der Tochter zur Nachfolgerin, von der Frau zur Königin. Und dass sie das tat, dass sie diese Möglichkeit hatte, zur Königin zu werden, rettete sie. Denn sie wusste: Als Tochter wäre sie an diesem Moment zerbrochen. Als Königin aber stand sie ihn durch. Denn die Königin in ihr hatte schon als Kind gelernt, Haltung zu zeigen. Man weinte nicht, wenn man sich das Knie verletzt hatte. Was das Mädchen Lilibet einst gelernt hatte, wendete die Königin nun an. Deshalb gewährte sie sich diesen Moment der Trauer und der Schwäche nur kurz, nach Minuten löste sie sich aus seiner tröstenden Umarmung und wandte sich zur Lodge um, wo Mike Parker neben Pamela Mountbatten und Michael Charteris stand. Die beiden Männer hielten ihre Hüte in den Händen. Pamela brach in Tränen aus, als sie Lilibet auf sich zukommen sah. »Oh, Liebes, es tut mir so leid«, rief sie und zog Lilibet in ihre Arme. Gleich darauf ließ sie sie erschrocken wieder los und versank in einem Hofknicks. »Ach Gott, ich muss ja jetzt knicksen, du bist ja jetzt Königin.«

Lilibet verzog keine Miene, auch nicht, als die beiden Herren ebenfalls kondolierten.

Dann sagte sie: »Es tut mir so leid für euch. Das bedeutet, dass wir alle wieder zurückmüssen.«

»Das ... das versteht sich doch«, stammelte Pamela.

Lilibet nickte nur und wandte sich dann an ihren Privatsekretär.

»Was wird nun von mir erwartet? Welche Formalitäten muss ich in dieser Stunde erfüllen?«, fragte sie ihn, sah den Moment der Überraschung in seinem Gesicht, der jedoch gleich darauf wieder verflogen war.

»Nur eine, Ma'am«, sagte Charteris. »Sie müssen Ihren Namen wählen.«

»Meinen Namen?«, fragte sie.

»Den Namen, mit dem Sie als Königin angesprochen werden wollen. So wie Ihr Vater Albert Frederick Arthur George nicht seinen ersten, sondern seinen vierten Vornamen auswählte.«

»Ich kann also wählen zwischen Elizabeth, Alexandra und Mary?«, vergewisserte sie sich.

»Sehr richtig, Ma'am.«

»Nun, da muss ich gar nicht überlegen. Ich denke, es ist klar, dass mein Name Elizabeth sein wird.«

Charteris nickte.

»Dann habe ich eigentlich nur noch eine Frage.«

»Jede, Ma'am.«

»Wie ist es ... geschehen?« Lilibet sah ihrem Privatsekretär tapfer in die Augen.

»Nun, Ma'am, soweit ich informiert wurde, fand sein Diener James MacDonald den König in seinem Bett vor, als er ihm, wie jeden Morgen, eine Tasse Tee bringen wollte. Er ist friedlich eingeschlafen, wie es scheint.«

»Gut. Soweit ich weiß, war mein Vater auf Sandringham?«

»Sehr richtig, Ma'am.«

In Gedanken tröstete sie sich damit, dass es gut war, dass er seine letzten Stunden an dem Ort verbracht hatte, den er besonders liebte und an dem sie zuletzt auch alle miteinander ein schönes und harmonisches Weihnachtsfest gefeiert hatten.

*

»Da sind schon wieder diese Fotografen«, knurrte Philip, als sie wenig später aus der Sagana Lodge traten, um zum Nanyuki Airport zu fahren. Dort wartete die Maschine, die sie nach England bringen sollte. »Können sie einen nicht einmal in einem solchen Moment in Ruhe lassen?«

»Das ist ihre Pflicht, Philip«, erwiderte Lilibet ruhig. »Es ist mein erster Auftritt als Königin.«

Doch auch wenn die Fotografen Philips Worte nicht hatten hören können, so schien auch ihnen bewusst zu sein, dass es Momente gab, die keine Bilder vertrugen, keine Blitzlichter, keine Erinnerungen für die Ewigkeit. Es musste Momente geben, die so privat waren und so intim, dass sie nur von denen geteilt werden durften, die ihnen beiwohnten.

John Jochimsen legte seine Kamera als Erster auf den Boden und senkte den Kopf. Zögernd zunächst, dann immer entschlossener, folgten seine Kollegen seinem Beispiel. So standen sie, ihre Kameras zu ihren Füßen, während Englands neue Königin, gefolgt von ihrem Gatten und ihren Begleitern, in die bereitstehenden Autos stieg, um zum Flughafen zu fahren.

*

Wie in Trance starrte Lilibet aus dem Fenster. Philip, der neben ihr saß, warf ihr immer wieder einen Blick zu, sagte aber nichts, griff nur nach ihrer Hand und hielt sie in der seinen. Sie fand die Geste tröstlich, aber gleichermaßen bedeutungslos angesichts dessen, was geschehen war. So viel ging ihr durch den Kopf.

»Kann ich etwas für dich tun?«, fragte Pamela Mountbatten teilnahmsvoll.

Lilibet schüttelte den Kopf. »Es ist nun ohnehin zu spät. Für uns alle.«

»Was?«, fragte Philip. »Was ist zu spät?«

»Nun«, begann sie. »Wir hätten nicht fliegen dürfen. Wir wussten, dass es Vater nicht gut geht. Wir hätten ihn nicht allein lassen dürfen.«

Philip schloss seine Hand fester um die ihre. »Darling«, sagte er. »Eben *deswegen* sind wir doch geflogen. Weil es ihm nicht gut genug ging, um die Reise selbst anzutreten. Er hat uns doch darum gebeten.«

»Ja, aber wir hätten gar nicht fahren dürfen.«

»Wenn irgendjemand geahnt hätte, was geschehen wird, hätten Sie das vermutlich auch nicht getan, Ma'am«, sagte Martin in diesem Moment. »Aber niemand konnte wissen, dass es so schlimm um ihn steht. Es ging ihm schließlich besser, und er ist ja sogar noch auf die Jagd gegangen.«

Doch, widersprach Lilibet im Stillen und ohne es laut auszusprechen. Ich hätte es wissen können. Ich *habe* es gewusst. Ich habe es in seinen Augen gesehen. Ich habe nur nicht wahrhaben wollen, was es bedeutet.

Plötzlich war es ihr, als stünde ihr Vater wieder vor ihr. Noch einmal sah sie tief in seine Augen. Noch einmal las sie die Botschaft, die in seinem Blick geschrieben stand. Diesmal verstand sie sie. Dann streiften Flügel ihre Wange, sie sah einen Adler, der über ihr kreiste und davonflog. Und plötzlich glaubte sie auch das zu verstehen. War das möglich?

»Lilibet?«, fragte Philip. »Ist alles in Ordnung?«

»Ja, ich musste nur daran denken, dass ich vermutlich gerade auf dem Baumhaus war und den Tieren zusah, als Papa starb.«

Philips Cousine Pamela nickte. »Als Prinzessin bist du die Leiter hinaufgestiegen auf der Flucht vor einer Elefantenkuh. Und als Königin bist du wieder hinuntergestiegen.«

Lilibet sah sie verblüfft an. So hatte sie es noch gar nicht betrachtet.

Kapitel 36

In London herrschte passenderweise trübes Wetter, als die Maschine landete. Ein feiner Nieselregen ging hernieder, alles war in tristem Grau, als habe sich ein Trauerschleier über die Stadt gelegt. Nicht nur, dass Schulen und Geschäfte geschlossen hatten und die Fahnen auf halbmast wehten – der Himmel hatte ebenfalls sein Trauerkleid angelegt. Auch Lilibet trug ein Trauerkleid, das in Afrika noch eilends für sie besorgt worden war.

Sie blickte aus dem Fenster. Ein schmerzhafter Stich durchfuhr sie. Hier hatte ihr Vater gestanden und sich von ihr verabschiedet. Nun war er tot. Stattdessen erblickte sie Winston Churchill, unverkennbar mit seinem Zylinder, den kräftigen Körper schwer auf seinen Stock gestützt. Auch mehrere Mitglieder der Regierung waren gekommen, Lilibet erkannte den Oppositionsführer Clement Attlee, Winstons Vorgänger. Hinter ihnen stand ein Rolls-Royce neben dem anderen. Plötzlich musste Lilibet daran denken, dass sie und Margaret die großen, schwarzen Fahrzeuge immer scherzhaft »Leichenwagen« genannt hatten. Was für einen bitteren Beigeschmack dieser Kinderscherz nun bekam!

*

Als Lilibet, die bereits am Abend zuvor von Queen Mary in Empfang genommen worden war, am nächsten Morgen aus der Haustür von Clarence House trat, um sich auf den Weg zum St. James's Palace zu machen, wo der zweite Teil ihrer Proklamation erfolgen sollte – der erste war bereits in ihrer Abwesenheit erfolgt –, kam Philip mit ihr. Schwer stützte sie sich auf seinen Arm, als sie, ihre Personenschützer in gebührendem Abstand, durch Londons verschneite Straßen gingen. Lilibet hatte sich spontan entschlossen, den Weg zu Fuß zurückzulegen, um die Gelegenheit zu haben, sich etwas zu fassen. Denn ganz so einfach, wie sie es gedacht hatte, als Philip sie nach der Nachricht vom Tod ihres Vaters auf der Sagana Lodge in den Armen gehalten und sie sich nach außen hin so schnell wieder gefasst hatte, war es dann doch nicht. Lilibet Mountbatten, die Tochter, die bitterlich um ihren Vater trauerte, war immer noch da, auch wenn es ihr leidlich gelang, diese tieftraurige Lilibet gut zu verbergen. Aber ganz allein gelang ihr das nicht. Sie brauchte Philip. So sehr.

»Du schaffst das, Darling«, sagte Philip ermutigend, als sie den St. James's Palace erreichten, in dem der Beitrittsrat sich versammelt hatte. Sie holte tief Luft und betrat, gefolgt von Philip, den Sitzungssaal. Die Geheimen Berater, zu denen auch Lilibets Familie gehörte, saßen an einem imposanten, ovalen Tisch auf ebenso imposanten Stühlen, erhoben sich, als sie eintrat, und neigten ehrerbietig die Köpfe. Lilibet räusperte sich. Es fühlte sich seltsam an, vor all diesen ehrwürdigen und hochdekorierten Männern zu sprechen, von denen die meisten von ihnen ihr Großvater hätten sein können.

Sie schlug die Mappe auf, in der ihre Souveränitätserklärung lag, und ihre Stimme verlor nur leicht an Festigkeit, als sie schließlich mit den Worten schloss: »Mein Herz ist zu voll, um

Ihnen heute mehr zu sagen als das: Was ich immer tun werde, ist arbeiten, wie es mein Vater während seiner gesamten Regierungszeit getan hat, um die verfassungsmäßige Regierung aufrechtzuerhalten und das Glück und den Wohlstand meiner Völker zu fördern.« Sie atmete einmal tief ein und wieder aus, blickte in die Runde der sichtlich ergriffenen Anwesenden und fuhr dann fort: »Ich bete, dass Gott mir hilft, diese schwere Aufgabe, die mir so früh in meinem Leben auferlegt wurde, würdig zu erfüllen.«

Bei den letzten Worten hatte ihre Stimme leicht zu zittern begonnen, und Philip war im nächsten Moment neben ihr. Schweigend nahm er ihren Arm, führte sie nach draußen und schob sie in den bereitstehenden Daimler.

»Ich habe zur Vorsicht veranlasst, dass wir einen Wagen haben werden«, erklärte er ihr.

»Danke«, brachte sie noch hervor und flüchtete dann nach drinnen, wo ihr zumindest ein kleines bisschen Privatsphäre gegönnt war. Nie hätte sie sich erlaubt, in aller Öffentlichkeit in Tränen auszubrechen.

*

So bitter ihre Tränen auch waren – wieder einmal gelang es Lilibet verhältnismäßig schnell, sich zu fangen, und als der Wagen das Tor zum Sandringham House passierte, über dem nun die Royal Flag auf halbmast flatterte, blickte sie schon wieder aufrechten Hauptes aus dem Fenster. Der Wagen passierte die lange Allee und kam vor dem Eingang zum Stehen. Der Diener öffnete ihnen die Autotüren, und als sie die Stufen nach oben stieg, wurde ihr Herz doch wieder schwer. Vor Kurzem hatten sie hier noch gemeinsam Weihnachten verbracht, und ihr Vater war in so fröhlicher und ausgelassener Stimmung gewesen. Nur am Rande nahm sie wahr, dass die Pagen und Diener sich verbeugten, wenn sie, gefolgt von Philip, an ihnen vorbei in Richtung des privaten Wohnzimmers ihrer Eltern ging, wo sie von ihrer Schwester und ihrer Mutter erwartet wurde. Als sie eintrat, erhoben Margaret und Elizabeth sich hastig. Die Lilibet in ihr, die Tochter, die Schwester, hätte sich in ihre Arme werfen und bittere Tränen weinen mögen. Die Königin aber blieb stehen und sah diese beiden wichtigsten Frauen in ihrem Leben nur still an. Seite an Seite gingen sie ihr entgegen. Knicksten. Was eine große Distanz zwischen ihnen schuf, ein Gefühl der Fremdheit aufkommen ließ. Und dennoch war es richtig, das wusste Lilibet. Sie war jetzt die Königin. Natürlich knickste man vor ihr.

Nach dem Knicks jedoch küssten die beiden sie auf die Wange, die Augen voller Tränen, und Lilibet konnte ihrer Mutter ansehen, dass diese alle Kraft aufbringen musste, um nicht zusammenzubrechen vor Kummer und vor Schmerz um den Verlust von Bertie, ihrem geliebten Mann. Jetzt war Lilibet froh, dass sie als Königin und nicht als Tochter und Schwester vor ihnen stand. Als Königin war es ihre Aufgabe, stark zu bleiben, die Fassung zu wahren. Als Tochter hätte sie diesen Augenblick, wie schon jenen, als sie vom Tod ihres Vaters erfahren hatte, nicht überstanden.

»Ich gehe jetzt zu ihm«, sagte Lilibet leise. Dann wandte sie sich ab und ging durch den Flur in das Schlafgemach ihres Vaters. Philip, der ihr auch jetzt wieder gefolgt war, wurde von den Wachen an der Tür zurückgehalten, doch sie bemerkte es kaum. Sie sah nur ihren Vater, der dort auf seinem großen Himmelbett lag, seltsam bleich und wächsern, die Hände über der Brust gefaltet.

»Papa«, flüsterte sie, nun nicht mehr in der Lage, ihre Tränen zurückzuhalten. »Ach, Papa.«

Sie setzte sich auf den Stuhl, der neben seinem Bett stand. Wie gern hätte sie seine Hand genommen, doch seine Hände hatte man ihm ja bereits über der Brust gefaltet, und sie wagte nicht, sie zu berühren. Die Geste wirkte so… endgültig. »Ach, Papa«, flüsterte sie erneut und wurde sich bewusst, dass sie diese Anrede nun vermutlich zum letzten Mal in ihrem Leben gebrauchen würde. Es tat schrecklich weh.

»Warum hast du nicht gesagt, wie es um dich steht? Weshalb hast du mich nicht aufgehalten?«

Doch sie wusste: Er *hatte* es ihr ja gesagt, hatte versucht, es ihr stumm mitzuteilen. Dennoch war sie gegangen. Und sosehr es sie auch schmerzte, so wusste sie doch, dass es richtig war, dass sie gefahren war. Es war das, was man von der Krone erwartete. Beständigkeit. Und dass man die Pflichten über die eigenen Bedürfnisse stellte.

»Ich verspreche dir, ich werde versuchen, dir eine würdige Nachfolgerin zu sein«, flüsterte sie. »Ich werde mir die allergrößte Mühe geben, es gut zu machen, auch wenn ich ziemlich große Angst vor dieser Aufgabe habe. Ich muss jetzt gehen, Papa«, presste sie unter Tränen hervor. »Gleich kommen die Bestatter, um dich in die St. Mary Magdalena Church zu überführen.«

Sie erhob sich wieder und starrte auf das wächserne Gesicht des einstigen Königs. Dann beugte sie sich vor und küsste ihn sacht, ganz sacht auf die Wange.

Um sich anschließend rasch umzudrehen und das Zimmer fast fluchtartig zu verlassen.

Draußen wartete Philip.

Er sah ihr fragend entgegen. Sie nickte knapp. Es geht schon.

Nachdem der Sarg mit ihrem Vater von der St. Mary Magdalena Church in Sandringham am 11. Februar zur Westminster Hall in London gebracht wurde, begab sich Lilibet auf den Weg in Richtung Buckingham Palace.

Der Diener öffnete ihnen die Autotüren, und Tommy Lascelles stand schon bereit, um sie in Empfang zu nehmen.

»Eure Majestät«, begrüßte er, nickte kurz und fügte dann, an Philip gewandt, »Königliche Hoheit« hinzu.

Wie oft hatte sie den Palast schon betreten. Als Enkelin, als Tochter, als Prinzessin, als Thronfolgerin. Nun aber ging sie zum ersten Mal als Königin hinein. Vielleicht schien es ihr deshalb so eigenartig.

Die dreihundert Uhren im Palast, die auch zu ihrer Verlobung und zur Geburt und Taufe von Charles und Anne geläutet hatten, schlugen zwölf Uhr, zu beiden Seiten der Flure standen die Kammerzofen, Butler und Pagen, um vor der neuen Königin zu knicksen oder sich zu verbeugen.

»Gleich kommt Mr Churchill zu seinem Antrittsbesuch«, erklärte Tommy Lascelles, als sie gemeinsam zum Arbeitszimmer ihres Vaters eilten.

Lilibet nickte. »Ich bin ziemlich nervös, ich bewundere ihn so sehr und fühle mich neben ihm so jung und unsicher. Andererseits weiß ich, dass er an meiner Seite sein wird, und das gibt mir Kraft.«

Kapitel 37

Königin Elizabeth II. stand am Fenster und sah auf den Palasthof hinunter, wo jeden Moment der Wagen des Premierministers vorfahren würde. Und mit einem Mal war ihr, als sei sie nicht fünfundzwanzig, sondern neun Jahre alt.

Auch damals hatte sie am Fenster gestanden und gewartet. Aber sie war nicht allein gewesen, sondern in der Gesellschaft von Margaret und Crawfie. Crawfie, die sie am Ende so verraten und bitter enttäuscht und ihre wertvollen Kindheitserinnerungen an die Presse verkauft hatte. Doch damals war noch alles gut gewesen. Gemeinsam hatten sie beobachtet, wie Minister, Bischöfe, Erzbischöfe, andere Würdenträger und natürlich der Premierminister gekommen waren, um den Antrittsbesuch bei König George VI. zu machen. Lilibet seufzte. All das stand ihr nun bevor.

Sie wusste noch, dass es geregnet hatte an jenem Tag und dass ihre Mutter aufgrund einer Grippe das Bett hüten musste. Und dass Crawfie zu ihr gesagt hatte, dass sie nun in den Buckingham Palace umziehen, ihr gemütliches und trautes Heim verlassen müssten. Sie erinnerte sich, wie einsam sie sich bei dem Gedanken gefühlt hatte. Gleichzeitig spürte sie ein stechendes Gefühl in der Magengegend, als sich ihre Gedanken in diese Richtung bewegten. Denn im Grunde wusste sie, dass ihr auch jetzt wieder ein Umzug in den Buckingham Palace bevorstand. Und es stand völlig außer Frage, dass Philip, der so viel Energie und Liebe in die Renovierung ihres gemeinsamen Heims gesteckt hatte, niemals zustimmen würde. Das Gefühl drohenden Unheils und das Wissen, dass eine heftige Auseinandersetzung mit ihrem Ehemann auf sie zukommen würde, legte sich, zusätzlich zu ihrer Trauer, wie ein eisernes Band um ihren Kopf.

In diesem Moment fuhr ein schwarzer Wagen vor, und sie sah Winston Churchill aus dem Fahrzeug steigen. Schwer auf seinen Stock gestützt, ging er die wenigen Schritte zum Eingang und verschwand im Haus.

Lilibet trat rasch vom Fenster weg und verschränkte nervös ihre Hände ineinander. Sie stand mitten im Raum, als der Diener Premierminister Winston Churchill ankündigte.

In der Tür blieb er stehen, und sein Blick war voller Güte, als er sie begrüßte: »Eure Majestät.«

Sie sah ihm entgegen. »Premierminister.«

Churchill durchmaß mit schweren Schritten den Raum und kam auf sie zu.

Fieberhaft überlegte sie, was das Protokoll vorschrieb, was als Nächstes kommen, was Churchill von ihr erwarten würde. Zwar war Lascelles alles mit ihr durchgegangen, aber im Moment war alles Wissen wie fortgeblasen.

Vielsagend blickte er auf ihre Hand.

Richtig. Der Handkuss. Sie hob sie an, und er beugte sich darüber, um sie zu küssen.

»Setzen Sie sich, Premierminister«, sagte Lilibet, während sie selbst auf einem der beigefarbenen Sessel Platz nahm.

Doch Churchill blieb stehen und sah sie unbewegt an. »Der Premierminister setzt sich niemals in Gegenwart des Souveräns«, erklärte er mit unbewegter Miene.

»Ja«, sagte Lilibet und knetete nervös ihre Finger. »Natürlich.«

Churchill räusperte sich und sagte dann übergangslos:

»Wir bereiten gerade die Konferenz zur Regelung der Auslandsschulden vor.«

»Wann soll diese beginnen?«

»Es ist der 28. Februar vorgesehen, Ma'am.«

»Wer wird daran alles teilnehmen?«

»Neben der Bundesrepublik Deutschland werden auch die Gläubigerstaaten USA, Frankreich und Dänemark dabei sein. Und natürlich wir.«

Als Lilibet nicht reagierte, sprach der erfahrene Staatsmann weiter: »Hierbei sollen bilaterale Rückzahlungsverträge für die gewährte Wirtschaftshilfe in der Nachkriegszeit geschlossen werden.«

»Verstehe«, sagte Lilibet.

»Wir müssen auch noch über Ihre Krönung sprechen. Ich schlage den Sommer nächsten Jahres vor.«

»Oh«, machte Lilibet. »Natürlich.«

Tatsächlich aber trafen sie die Worte des Premierministers wie ein Schlag. Bis zum von Winston vorgeschlagenen Termin waren es noch sechzehn Monate! Hieß das, dass Winston Churchill ihr das Amt nicht zutraute? Oder wollte er nur das Trauerjahr abwarten? Irgendwie war sie davon ausgegangen, dass es schneller gehen würde. Dass dem nicht so war, verstärkte ihre ohnehin schon so große Unsicherheit noch.

Die dahingehende Nachfrage stellte Lilibet allerdings nicht. Diese Peinlichkeit wollte sie ihnen beiden ersparen.

*

Wie merkwürdig es sich anfühlte, hier zu sitzen, an diesem Schreibtisch. Zögernd holte Lilibet den Schlüssel aus dem Sekretär und öffnete die Red Box, in der sich die Unterlagen aus dem Parlament befanden, die dem Monarchen jeden Tag geschickt wurden. Wie oft hatte sie ihrem Vater beim Öffnen dieses Kastens zugesehen!

Da erschien Tommy Lascelles in der Tür. »Ma'am?«

Sie sah auf und ihrem neuen Privatsekretär entgegen. Martin Charteris war nicht mehr ihr Privatsekretär. Lilibet fand das zwar schade, da sie sich mit Martin gut verstanden hatte, aber sie wusste auch, dass es richtig war. Sir Alan Lascelles, genannt Tommy, war schon seit Jahrzehnten der Privatsekretär des Souveräns. Und Martin blieb immerhin als zweiter Stellvertreter – nach Michael Adeane – erhalten.

»Ja?«

»Ich muss Sie über einige anstehende Änderungen informieren, Ma'am.«

»Bitte.«

»Nun, wie Sie wissen, findet sich beispielsweise auf den Uniformen das Monogramm Ihres Vaters, GVIR. Ich habe veranlasst, dass das in Ihr Monogramm, EIIR, geändert wird.«

Lilibet nickte knapp, auch wenn es ihr seltsam herzlos schien, so, als wolle man ihren Vater regelrecht auslöschen. Reiß dich zusammen, wies sie sich innerlich zurecht. Das hier sind nur die folgerichtigen nächsten Schritte.

»Gut«, sagte sie daher nur.

»Damit ist es aber nicht getan, Ma'am.«

Sie sah ihn fragend an und wartete darauf, dass ihr Privatsekretär fortfuhr.

»Wie Sie wissen, ist König George VI. auf verschiedenen Briefmarken, Münzen und Geldscheinen abgebildet. Wir benötigen nun selbstverständlich Marken, Scheine und Münzen mit Ihrem Konterfei. Wir sollten noch diese Woche einen Fotografen kommen lassen.«

»Gut. Spricht etwas dagegen, dass wir Dorothy Wilding auswählen?«

»Gar nicht«, erwiderte Lascelles. »Sie war immerhin auch die bevorzugte Fotografin Ihres Vaters.«

Lilibet nickte. Bei Dorothy fühlte sie sich in guten Händen. Und irgendwie hatte diese Frau sie auch schon immer beeindruckt. Von Crawfie wusste sie, dass das Mädchen aus armen Verhältnissen sich seinen ersten Fotoapparat von seinem mühevoll gesparten Geld gekauft hatte und dass sie sich das Fotografieren in seinen Grundzügen selbst beigebracht hatte, bis sie eine Lehrstelle bei der Fotografin Marion Neilson im Studio von Henry Walter Barnett antrat. 1915 hatte Wilding ein eigenes Fotostudio eröffnet und sich zu einer Meisterin im Retuschieren und einer wahren Lichtkünstlerin entwickelt. 1937 hatte sie Lilibets Mutter, Königin Elizabeth, das erste Mal fotografiert und selbstbewusst den König gebeten, sich zu seiner Frau zu gesellen. Ein anrührendes Doppelporträt war entstanden, das in der Folge etliche Briefmarken, Münzen und Geldscheine schmückte. Das war der Anfang gewesen, seither hatte Dorothy Wilding nicht nur zahlreiche Porträts von Lilibet, sondern auch das Krönungsbild ihres Vaters angefertigt. Lilibet schätzte Dorothy, die inzwischen zur Hoffotografin aufgestiegen war, weil diese es verstand, schmeichelhafte Porträts zu schaffen, aber die fotobegeisterte Lilibet bewunderte die Ältere auch für ihre Kunst.

»Gut«, sagte sie nun. »Dann wäre das ja besprochen.«

»Mit Ihrer Erlaubnis, Ma'am, werde ich Hartnell bitten, einige Dutzend Roben und Kostüme für den Fototermin zu fertigen und einen Termin zur Anprobe vereinbaren.«

»Einige Dutzend?«, fragte Lilibet verwundert. »Wie viele Fotos benötigen wir denn?«

»Neunundfünfzig, Ma'am.«

Sie nickte und seufzte. »Also schön.«

*

Lilibet hatte die Kanonenschüsse erwartet. Natürlich hatte sie das. Es war der 15. Februar 1952, halb zehn Uhr morgens, und der Tag, an dem König George VI. bestattet werden sollte. Dem Kanonenschuss sollten noch fünfundfünfzig weitere folgen, während gleichzeitig vom Big Ben sechsundfünfzig Glockenschläge ertönten. Einer für jedes Lebensjahr des verstorbenen Monarchen. Zuvor hatten viele Tausend Bürger die Möglichkeit gehabt, in der Westminster Hall an seinem Sarg vorbeizudefilieren, ein nicht enden wollender Strom aus Trauernden, die es nicht fassen, nicht begreifen konnten, die wie erstarrt waren angesichts der grausamen Tatsache: dass König George VI. nicht mehr unter ihnen weilte. Der letzte Glockenschlag, der letzte Knall, war zugleich der Start der beginnenden Zeremonien anlässlich seines Begräbnisses. Langsam zogen die Soldaten den Kanonenwagen, auf dem der Sarg, umhüllt von der königlichen Flagge, ruhte, die Straßen entlang, brachten ihn von New Palace Yard zur Paddington Station. Lilibet, die mit ihrer Schwester, ihrer Tante und ihrer Mutter in der Kutsche hinter dem Sarg fuhr, starrte wie benommen auf die Kränze, die ihn schmückten. Ihre Großmutter war nicht dabei. Die vierundachtzigjährige Queen Mary war nicht in der Verfassung, an der Parade zu Ehren ihres Sohnes teilzunehmen. Sie würde direkt zur Beerdigung kommen.

Ihre Mutter hatte einen Kranz aus weißen Rosen, Orchideen und Maiglöckchen gewählt. Die Witwe wirkte hinter ihrem schwarzen Schleier seltsam fremd, aber *all das* fühlte sich ja fremd an, als sei das nicht ihr Leben, als sei sie bloß eine Zuschauerin. Und wer war sie überhaupt? War sie nun Lilibet oder Elizabeth, die Tochter oder die Königin?

Der Trauerzug bog auf die Mall ein und passierte Marlborough House, wo ihre Großmutter lebte. Lilibet hob den Kopf und sah nach oben. Und tatsächlich meinte sie, das Gesicht von Queen Mary zu erkennen. In ihr Bewusstsein drangen die Klänge von Chopins Trauermarsch, der den Zug begleitete, als sie schließlich an Paddington Station ankamen. Lilibets Blick fiel auf eine der großen Bahnhofsuhren, die, wie alle anderen, auf null standen. Natürlich. Die Stunde null. Sie wusste, dass der Bahnvorsteher mithilfe von acht Gardisten nun den Sarg ihres Vaters in den königlichen Zug verladen würde.

Ein Diener öffnete die Kutschentür, Lilibet verließ den Wagen als Erste, gefolgt von ihrer Mutter, ihrer Tante und Prinzessin Margaret. Gemeinsam mit Philip, der mit dem Herzog von Kent und dem Herzog von Windsor, dem verschmähten Bruder des Königs, hinter der Kutsche gegangen war, stieg sie ebenfalls in den königlichen Zug, der sich kurz darauf langsam in Bewegung setzte. Draußen zogen die vertrauten Bilder vorbei, die heute dennoch ganz anders, so unendlich anders waren. Die Bahnstrecke war gesäumt von Menschen, wie meist, wenn der königliche Zug vorbeifuhr. Aber heute waren es mehr als sonst, und sie jubelten auch nicht. Sie standen einfach nur da, in ihrer schwarzen Trauerkleidung, die Blicke gesenkt, die Männer ihre schwarzen Hüte in den Händen haltend.

*

Um 14 Uhr erklangen erneut sechsundfünfzig Salutschüsse, diesmal auf Windsor, wo damit die Ankunft des Begräbniszuges kundgetan wurde. Die Glockenschläge drangen als Signal in das ganze Königreich und das Commonwealth hinaus: Überall, wo die britische Krone herrschte, wehten die Fahnen ohnehin schon auf halbmast. Nun stand aber auch überall der Verkehr still, wer zu Fuß unterwegs war, verharrte in der Bewegung, die BBC unterbrach ihre Sendung.

Lilibet griff in die Silberschale, die neben dem Sarg stand, und nahm etwas Erde in die Hand, um sie gleich darauf auf den Sarg fallen zu lassen. Es war ein plumpes, hohles Geräusch. »Auf Wiedersehen, Papa«, sagte sie unhörbar. »Meine Liebe gehört dir in Ewigkeit.«

Dann atmete sie tief durch, wieder einmal. Wandte sich mit erhobenem Kopf um und schritt langsam zum Ausgang.

Kapitel 38

Schweigend schob Philip ihr über den Frühstückstisch die Zeitung zu. Schweigend starrte sie darauf. Drei Frauen waren auf dem Foto zu sehen. Sie, ihre Mutter und ihre Großmutter, die Gesichter hinter den schwarzen Trauerschleiern halb verborgen.

»Es ist … treffend«, murmelte sie und stocherte appetitlos in ihrem Räucherhering herum.

»Ja«, erwiderte er und nippte an seinem Kaffee. Und dann breitete sich erneut endloses Schweigen zwischen ihnen aus. Sie waren beide in ihrer Trauer gefangen, jeder für sich.

»Sprich mit mir, Philip«, bat sie schließlich. »Dieses Schweigen zwischen uns … ich habe manchmal das Gefühl, dass ich es nicht mehr aushalte.«

»Dass *du* es nicht mehr aushältst?«, rief er und stellte mit einer heftigen Bewegung seine Tasse ab. »Du trauerst doch gar nicht, du verziehst nicht mal eine Miene. Du bist wie … erstarrt.«

»Lassen Sie uns allein«, wies Lilibet die bereitstehenden Diener an. Dann wandte sie sich wieder zu ihrem Mann um. »Ich trauere nicht? Oh, Philip, da täuschst du dich. Und das wundert mich. Denn dir und nur dir habe ich erlaubt, meine Tränen zu sehen.«

»Sie sind gar zu schnell versiegt.«

Verletzt sah sie ihn an. »Kennst du mich wirklich so schlecht?«, fragte sie. »Mein Vater hätte genau das von mir erwartet. Alle tun es. Eine Monarchin, und die bin ich jetzt, steht für Stabilität, gerade in schlimmen Zeiten wie diesen.«

»Und ein Monarch ist kein Mensch mehr?«, knurrte Philip.

Nun wurde Lilibet wütend, die erste Emotion, die sie nach der endlosen Trauer in sich verspürte. »O doch, Philip«, sagte sie schneidend. »In diesem Monarchen steckt ein Mensch. Ein Mensch, der vor Kummer und Schmerz zusammenbrechen würde, wenn er sich nicht hinter dem Monarchen verstecken könnte. Die Rolle der Königin fühlt sich in diesen Zeiten für mich an, wie ein … Gerüst, ohne dass ich in mich zusammenfallen könnte.«

Philip nickte und sah sie nun zum ersten Mal seit Tagen aufmerksam an. »Ich glaube, ich verstehe. Und es erleichtert mich unendlich. Ich dachte schon …«

Er brach ab und nahm hastig einen Schluck Kaffee.

»Was?«, fragte sie. »Was dachtest du schon?«

»Nun, da du so wenig Trauer gezeigt hast, dachte ich …« Wieder brach er ab.

Fordernd sah Lilibet ihn an. »Sag es.«

»Nein. Es war falsch und ungerecht. Und ich wusste auch, dass es nicht stimmt. Es war meine eigene Trauer, die es …«

»Dann sage *ich* dir, was du gedacht hast, Philip. Du hast gedacht, ich hätte es eilig gehabt, auf den Thron zu kommen, nicht wahr?«

Sie erhob sich. »Und das ist in der Tat ein abscheulicher Gedanke. Ich habe meinen Vater von ganzem Herzen geliebt, Philip. Und glaube mir, ich habe keineswegs Lust, Englands Königin zu sein. Ich hätte ein paar Jahre mehr in der Freiheit durchaus bevorzugt. Aber das ist nun einmal meine Rolle. Und wenn ich mich jetzt auf das Niveau deiner Gedanken herabbegeben würde, könnte ich argumentieren, dass deiner Familie der Tod meines Vaters durchaus zupasskommt.«

Betroffen sah er sie an. »Was meinst du?«

»Nun«, setzte sie an. »Wie mir meine Mutter berichtete, hat dein Onkel Dickie zwei Tage nach dem Tod meines Vaters auf Broadlands ein rauschendes Fest gefeiert und seine Gäste darauf anstoßen lassen, dass künftig die Mountbattens über England und das Commonwealth regieren werden.«

Philip wurde blass. »Das … wusste ich nicht.«

»Es war aber so. Und ich kann dir sagen, dass das sowohl bei meiner Großmutter, die darüber von dem bei der Feier anwesenden Prinz Ernst August von Hannover erfuhr, als auch bei der Regierung für großen Ärger sorgte.«

»Das verstehe ich«, beteuerte Philip. »Und ich kann dir versichern, dass Dickie der Einzige unserer Familie ist, der so denkt. Ich persönlich trauere vor allem um meinen Schwiegervater, der mir sehr nahestand.«

Mit einem Mal klang seine Stimme ziemlich belegt, und Lilibet sah ihren Mann betroffen an. Vor lauter eigener Trauer hatte sie gar nicht bedacht, dass auch Philip durch den Tod ihres Vaters einen großen Verlust erlitten hatte.

»Meine Mutter hat mir gestern Abend einen Brief geschrieben. Einen sehr liebevollen Brief«, fuhr Philip fort, zog ein Kuvert aus seiner Jackentasche und reichte es ihr. Stirnrunzelnd nahm Lilibet das Schreiben entgegen und begann zu lesen.

Alle meine Gedanken sind bei diesem traurigen Verlust bei Dir. Ich weiß, wie gern Du deinen Schwiegervater hattest und wie sehr Du ihn vermissen wirst. Ich denke viel über die Veränderung in Deinem Leben nach, und was dies bedeutet. Es bedeutet so viel mehr als die persönliche Selbstaufopferung, der ich mir voll und ganz bewusst bin. Aber jedes Opfer birgt seine eigene Belohnung, die wir nicht immer vorhersehen können.

Lilibet blickte auf und sah ihren Mann an. Es war vollkommen klar, dass Philips bescheidene Mutter mit »Belohnung« nicht einen Namen »Mountbatten« als Namen des Königshauses meinte. Konzentriert las sie weiter:

So war meine Erfahrung in meinem eigenen Leben mit seinen vielen Höhen und Tiefen. Denk daran, dass Papa mit seinem brillanten Verstand und seiner sportlichen Einstellung (leider warst Du zu jung, um Dich zu erinnern) immer im Geiste bei Dir sein wird, kommuniziere mit ihm, und Du wirst Hilfe und Trost spüren in den verantwortungsvollen Jahren als Freund und Ratgeber Deiner lieben Frau in ihrer neuen Position, die ich liebe, als wäre sie meine Tochter.

Erneut sah Lilibet gerührt auf, wusste allerdings nicht, was sie sagen sollte. Dieser Moment war in gewisser Weise gefährlich. Alice' liebevolle Worte drohten den Panzer zu durchbrechen, der sich seit dem Tod ihres Vaters um sie gelegt hatte. Ohne diesen Panzer aber wäre sie verloren.

»Am Namen Mountbatten liegt mir nichts«, versicherte Philip, der ihren Blick bemerkt hatte. »Das war nicht mein Name, sondern Onkel Dickies. Es war nicht einmal der eigentliche Name meiner Mutter, denn der lautete Battenberg. Wie du weißt, habe ich ihn nur angenommen, weil ich einen Namen brauchte, als ich für dich meine Identität ablegte. Es war die beste Variante neben Oldcastle und Schleswig-Holstein-Sonderburg-Glücksburg.«

Sie nickte. »Ich weiß.«

»Woran mir aber durchaus etwas liegt, ist der Name, den dein Vater mir am Vortag unserer Hochzeit verliehen hat. Duke of Edinburgh. Und deshalb schlage ich Windsor und Edinburgh als künftigen Namen des Königshauses vor.«

Lilibet war es inzwischen gelungen, ihre Fassung wiederzugewinnen. »Das ist ein guter Vorschlag«, sagte sie. »Mr Churchill will mich nachher in dieser Sache aufsuchen, dann werde ich mit ihm darüber sprechen.«

*

Bedrückt starrte Lilibet die Frau an, die ihr aus dem Spiegel entgegensah. Ihr Gesicht war unnatürlich weiß, beinahe wächsern, und bildete einen harten Kontrast zu ihrem dunklen Haar, die blauen Augen wirkten wie Fremdkörper. Sie seufzte leise, während Bobo damit beschäftigt war, sie auszukleiden.

»Ist Ihnen nicht wohl?«, fragte ihre Zofe und einstige Kinderfrau anteilnehmend.

Lilibet schüttelte den Kopf. »Nein, Bobo, mir ist ganz und gar nicht wohl«, sagte sie und deutete auf die Tür zu Philips Ankleide- und Schlafbereich, die, anders als sonst, verschlossen war. »Seit Vaters Tod steht es um Philip und mich wieder sehr schlecht.«

»Er trauert, Lilibet«, erklärte Bobo leise, und die vertraute Anrede tat ihr gut. Es war, als sei Bobo nicht ihre Zofe, sondern das Kindermädchen, das die kleine Prinzessin tröstete, wenn sie sich das Knie aufgeschlagen hatte. Und die wusste, dass Lilibet Zuspruch benötigte, auch oder gerade weil sie ihren Schmerz nicht zeigte. Bobo hatte sie immer getröstet. Und das hatte so gutgetan.

»Ich trauere doch auch, Bobo«, sagte Lilibet verzweifelt. »Sollte die Trauer uns nicht zusammenschweißen, statt uns voneinander zu entzweien?«

Bobo seufzte. »Wenn das immer so einfach wäre.«

»Philip zieht sich völlig in sich zurück und kommt kaum noch aus seinem Zimmer«, klagte Lilibet weiter. »Gestern beim

Frühstück hatten wir zwar einen kleinen Streit, aber eigentlich dachte ich, es wäre dann wieder gut gewesen.«

»Philip trauert nicht nur um Ihren Vater, Lilibet«, wandte Bobo ein, »sondern auch um sich. Um sich und um sein Leben. Als Sie heirateten, konnte man nicht absehen, dass Sie so schnell Königin werden würden. Bei Ihrer Hochzeit war Ihr Vater einundfünfzig Jahre alt. Sein Vater, König Georg V., wurde siebzig Jahre alt, sein Großvater Edward VII. achtundsechzig und seine Urgroßmutter sogar einundachtzig.«

Lilibet nickte. »Ich habe doch auch nicht damit gerechnet. Mich beschleicht manchmal das Gefühl, dass Philip gar nicht begreift, dass auch ich es lieber anders hätte. Gestern hat er sogar angedeutet, dass ich froh bin, jetzt schon Königin zu sein. Wie kann er nur so etwas Schreckliches sagen, Bobo? Er muss doch wissen, dass ich alles geben würde, damit Vater noch am Leben wäre.«

»Er ist durcheinander«, versuchte sich die Zofe in einer Erklärung. »Er dachte, er könne noch einige Jahre in Freiheit verbringen, Jahre wie Ihre gemeinsame Zeit in Malta.«

»Ja, das war schön«, sagte sie verträumt.

»Vermutlich hätte er auch seine Karriere bei der Marine gerne fortgesetzt«, überlegte Bobo. »Ich hatte immer den Eindruck, dass diese ihm sehr wichtig sei.«

Lilibet seufzte. »Das war sie. Das *ist* sie.«

»Und all das kann er jetzt nicht mehr tun, Lilibet«, sagte die Zofe. »Stattdessen ist er nur noch ein Ehemann, der aber, anders als alle anderen Männer Englands, seiner Frau untergeordnet ist. Darf ich offen sein?«

»Ich bitte darum«, sagte Lilibet und versicherte: »Ich bin dankbar dafür.«

»Nun«, sagte Bobo. »Philip ist in meinen Augen ein sehr …

stolzer Mann. Sehr rollenbewusst. Und ihm fällt es schwer, dass er nun immer nach Ihnen kommt. Er ist sozusagen nicht Ihr Beschützer, der Ihnen ein gutes Leben bietet, sondern lebt dank Ihnen auf Kosten des Staates. Ich denke, das lässt sich nicht gut mit seinem Stolz vereinen.«

»Sie sind sehr klug, Bobo«, murmelte Lilibet.

»Ach nein«, winkte die Zofe ab. »Ich beobachte nur sehr genau.«

»Dann haben wir jetzt das nächste Problem«, erklärte Lilibet.

Bobo, die sie inzwischen vollkommen entkleidet hatte und ihr in ihr Nachthemd half, sah sie im Spiegel fragend an. »Und welches?«

»Nun, er hat in dem Gespräch gesagt, dass es ihm wichtig ist, dass sein Name – Duke of Edinburgh – unserer bleiben wird.«

Bobo runzelte die Stirn. »Nicht Mountbatten? Ich habe gehört, dass es diesbezüglich wegen einer ungeschickten Äußerung Dickie Mountbattens einigen Unfrieden gegeben hat.«

Lilibet schüttelte den Kopf. »Mountbatten ist ihm nicht so wichtig, aber er schlägt als Kompromiss Windsor und Edinburgh vor. Dieser Name, den Vater ihm verliehen hat, bedeutet ihm nämlich sehr viel.«

»Dann sollten Sie ihm das gewähren«, empfahl Bobo ernst. »Ich glaube, es wäre zu viel, wenn man ihm nun auch noch den Namen nehmen würde. Denn im Grunde hat man das ja schon einmal getan, als er seine griechischen Titel ablegte und es keinen Philip von Griechenland mehr gab.«

»Das sehe ich ganz genauso«, pflichtete Lilibet ihr bei und klang nun völlig verzweifelt. »Nur leider stehe ich mit meiner Meinung ziemlich alleine da. Winston lehnt es rundweg ab.«

»Sie sind die Königin.«

»Aber ich kann nicht gegen den Willen des Parlaments entscheiden, wenn ich nicht gleich zu Beginn eine große Krise auslösen will. Und ich bin ja auf eine gute Zusammenarbeit mit dem Parlament angewiesen.«

»Hm«, machte Bobo nachdenklich. »Ich verstehe. Was wollen Sie also tun?«

»Ich werde Philip die schlechte Nachricht überbringen müssen. Und Sie können sich gar nicht vorstellen, wie bang mir davor ist.«

⁂

Nachdem Bobo sie für die Nacht zurechtgemacht hatte, lag Lilibet in ihrem Bett und starrte auf die verschlossene Tür. Ein schrecklich deprimierender Anblick! Es fühlte sich fast so an, als hätten sie sich getrennt! Entschlossen erhob sie sich wieder, um an der Tür zu klopfen – doch dann kehrte sie um. Philip zeigte ihr mit dieser Geste klar, dass er seine Ruhe haben wollte. Musste sie das nicht akzeptieren? Und irgendwie war sie auch zu stolz, um einen Schritt auf ihn zuzugehen. Andererseits war ihr aber klar, dass sie das würde tun müssen, wenn die schlechte Nachricht, die sie ihm zu überbringen hatte, sie nicht endgültig entzweien sollte. Vielleicht, dachte Lilibet, sollte sie ein wenig mehr sein wie die Frauen, mit denen er vor ihr zusammen gewesen war. Philip war jedes Mal sehr viel besser gelaunt und viel ausgeglichener, wenn sie miteinander geschlafen hatten. Vielleicht sollte sie … Rasch verwarf sie den Gedanken wieder. Ihren Mann zu verführen, um ihn milder zu stimmen! Auf was für Ideen kam sie nur! Dennoch fasste sie sich abermals ein Herz, klopfte an der Tür und öffnete sie kurz darauf ohne Zögern.

Philip saß in seinem Bett und sah ihr finster entgegen, ein aufgeschlagenes Buch in den Händen.

»Nun?«, fragte er kühl. »Möchtest du mir das erklären?«

Sie erschrak, da er es offenbar schon wusste, andererseits erleichterte das die Sache.

»Ich habe alles versucht«, versicherte sie. »Es war vergeblich.«

»So wie du auch schon beim Namen alles versucht hast. Das macht ja große Hoffnungen, dass wir hier wohnen bleiben dürfen.«

Verwirrt sah sie ihn an. Darum ging es doch gerade. Oder nicht?

»Du willst also bei der Parlamentseröffnung allen Ernstes ohne mich sein«, fuhr Philip fort.

Sie runzelte die Stirn. »Natürlich nicht! Wie kommst du nur darauf?«

»Wie ich höre, haben sie den Stuhl der Gemahlin aus dem Oberhaus entfernt. Was im Grunde auch richtig ist. Ich bin schließlich keine Gemahlin. Auch wenn ich mich manchmal durchaus so fühle. Wobei ich ja im Vergleich zu den Gemahlinnen der Könige durchaus schlechtergestellt bin. Die werden immerhin gekrönt. Im Gegensatz zu mir.«

»Das muss ein Irrtum sein«, sagte Lilibet. »Natürlich sitzt du bei der Parlamentseröffnung neben mir unter dem Baldachin. Das steht doch völlig außer Frage. Und was die Krönung angeht: Die Prinzgemahle werden niemals gekrönt, denn laut dem englischen Protokoll würde ein gekrönter Mann über einer gekrönten Frau stehen, und damit stündest du über mir als Königin.«

Sie lächelte und kam etwas näher. »Und das war der Grund, warum du die Tür vor mir verschlossen hast?« Sie streckte die Hand nach ihm aus. »Du hättest mich doch einfach fragen können. Oder dir denken, dass es ein Irrtum ist.«

Sie hatte sein Bett erreicht und strich sacht über seine Wange, doch er wich der Bewegung aus, was sie verletzte.

»Ja?«, fragte er und sah sie finster an. »Kann ich das wirklich?

Kann ich es mir denken? Bisher musste ich leider feststellen, dass ich mich vor allem auf eines verlassen kann, Lilibet, nämlich darauf, dass du dich nicht sonderlich für mich einsetzt.«

Das war unfair. Schließlich tat sie alles, um es Philip recht zu machen. Sie konnte jedoch nicht widersprechen, da sie ihm die schlechte Nachricht hinsichtlich des Namens noch gar nicht überbracht hatte. Wenn er schon so empfindlich wegen des Missverständnisses mit dem Stuhl reagierte, dann konnte sie sich auf etwas gefasst machen. Wahrscheinlich war es besser, jetzt nicht damit anzufangen.

»Nun«, sagte sie und machte einen Schritt von Philips Schlafstätte zurück. »Da die Sache mit dem Stuhl ja jetzt geklärt wäre, wünsche ich dir eine gute Nacht. Ich gehe davon aus, dass die Tür unter diesen Umständen offen bleiben kann?«

Sie wandte ihm den Rücken zu, als er rief: »Warte.«

In der Tür drehte sie sich noch einmal zu ihm um, hoffend, dass er sie doch noch in die tröstende Umarmung ziehen würde, nach der sie sich so sehnte.

»Ja?«

Aber ihre Hoffnung fiel in sich zusammen, als sie in sein Gesicht blickte. Seine Miene war kalt, fast lauernd.

»Vorhin, als du ins Zimmer kamst, hatte ich zuerst den Eindruck, du wüsstest von der Sache mit dem Stuhl. Du hast gesagt, dass du alles versucht hast. Nun habe ich aber erfahren, dass du von dem Stuhl-Drama gar keine Ahnung hattest. Worum ging es dann, Lilibet? Was dachtest du, worüber ich mit dir sprechen möchte?«

Verdammt, dachte sie, seufzte und wandte sich nach ihm um.

»Sie haben deinem Wunsch nicht zugestimmt, Philip«, sagte sie geradeheraus. »Die Königsfamilie wird weiter den Namen Windsor tragen. Ohne den Zusatz Edinburgh.«

»Was!«, rief Philip, sprang auf und fuhr sich aufgewühlt durch die Haare. »Aber warum denn nur?«

»Sie sind der Ansicht, dass es auch Vater so gewollt hätte«, erklärte Lilibet. »Sie haben wirklich lange darüber diskutiert.«

»Das hätten sie gar nicht tun müssen«, knurrte er enttäuscht. »Das Ergebnis ist doch ohnehin klar gewesen. Von vornherein. Ein weiteres Mittel, um mich klein zu machen und mich zu demütigen.«

»Philip«, sagte Lilibet bittend. »Es ist die Monarchie. Und die folgt alten Traditionen.«

Philip schnaubte. »Von wegen. Als ob der Name Windsor Tradition hätte. Man hat ihn damals gewählt, damit das englische Herrscherhaus bloß nichts Deutsches hat.«

»Was angesichts des darauffolgenden Krieges ja nur richtig war«, hielt sie dagegen.

Zornig sah er sie an. »Darum geht es doch jetzt gar nicht. Ich bin eine verfluchte Amöbe. Der einzige Mann Englands, dessen Kinder nicht seinen Namen tragen dürfen.«

Hilflos erwiderte Lilibet seinen Blick. Sie verstand ihn ja! Und er hatte auch recht, was seinen Vorwurf hinsichtlich der Demütigungen anging. Das war so!

»Das mit dem Namen kann ich nicht ändern«, sagte sie. »So leid es mir tut und so sehr ich verstehe, wenn du mir deshalb böse bist. Aber die Sache mit dem Stuhl, die werde ich, wie ich es dir versprochen habe, klarstellen. Ich werde sicherstellen, dass du Platz und Vorrang neben mir einnehmen wirst.«

»Du bist die Königin«, beharrte er wie zuvor auch schon Bobo. »Wenn jemand den Namen durchsetzen kann, dann du.«

Und wie sie schon ihrer Zofe erläutert hatte, sagte sie nun auch ihm, dass sie nicht alle Entscheidungen alleine treffen könne. »Genau gesagt, Philip, trifft ein Souverän gar keine Entscheidungen. Meine Aufgabe ist es, nichts zu tun und dem Premierminister den Rücken zu stärken.«

»Eine wirklich sehr wichtige Aufgabe«, spottete er. »Und hinter dieser Frau mit diesen wichtigen Aufgaben muss ich künftig zwei Schritte zurückbleiben. Ich, der ich …«

»Du, der du im Krieg Leben gerettet hast, während ich Socken strickte. Du hast völlig recht, Philip. Du hast schon viel mehr bedeutende Dinge getan als ich.«

Sie sagte diese Worte mit Bedacht und in der Absicht, sein Selbstbewusstsein wieder etwas aufzubauen.

»Aber ich kann es nicht ändern. Die Dinge sind nun einmal, wie sie sind. Ich habe mir die Aufgaben nicht ausgesucht, die mir nun gestellt werden. Und wenn du dich erinnern möchtest: Gegen Lascelles Willen habe ich bei unserer Hochzeit versprochen, dir zu gehorchen. Ich glaubte nämlich und glaube es noch immer, dass das Prinzip, dass der Ehemann das Familienoberhaupt ist, die einzige Garantie des Glücks im Haus ist.«

Auch jetzt verstand er sie wieder falsch. »Ich bin aber nicht das Oberhaupt. Heißt das, dass wir nicht glücklich sein können?«

»Ich will dir nur sagen, dass ich dich als Oberhaupt unserer kleinen Familie anerkenne, selbst wenn durch die Krone ich das Oberhaupt der Familie bin.«

Philip ging darauf nicht ein. »Dann versprich mir wenigstens eines.«

»Wenn ich kann, verspreche ich dir alles.«

»Wenn du mir schon den Namen nimmst, dann nimm mir nicht auch noch mein Zuhause.« Beinah flehend sah er sie an, und es zog ihr das Herz zusammen, als er hinzufügte: »Clarence House ist das einzige Zuhause, das ich je hatte. Ich möchte auf keinen Fall im Buckingham Palace wohnen.«

Kapitel 39

Ich erkläre hiermit meinen Willen und meine Freude, dass ich und meine Kinder als das Haus und die Familie von Windsor bezeichnet und bekannt werden sollen und dass meine Nachkommen, die heiraten, und ihre Nachkommen den Namen Windsor tragen sollen.«

Während Lilibet sprach, versuchte sie, Philips Blick zu erhaschen, um ihn mit den Augen um Verständnis für diesen Schritt zu bitten. Sich seinen Segen zu holen. Doch er wich ihr aus. Sie verstand die stumme Botschaft: Du kannst mir alles nehmen. Dazu hast du die Macht. Aber erwarte nicht, dass ich dir auch noch meinen Segen dazu gebe.

Zwei Tage später versuchte Lilibet erneut, einen Blick von Philip zu erhaschen, was nicht einfach war. Wieder und wieder wich er aus und starrte wahlweise auf die Zeitung, die vor ihm ausgebreitet auf dem Tisch lag, oder aus dem Fenster.

Sie saßen im königlichen Zug, der sie nach Windsor Castle bringen sollte. Dort wollte die Familie das Osterfest feiern, und Lilibet hoffte, dass sie ein paar schöne und harmonische Tage verbringen würden. Wirklich Hoffnung darauf hatte sie aber nicht, denn sie musste Philip ja schon wieder eine sehr unliebsame Mitteilung machen: Dass sie ihm auch seinen nächsten, so dringenden Wunsch abschlagen musste. Und dass sie direkt nach ihrer Rückkehr Clarence House verlassen und in den Buckingham Palace ziehen mussten.

Lilibet hatte seinen Wunsch mit Vehemenz verfochten. Sie hatte es Churchill gegenüber zur Bedingung für die Namensänderung gemacht, sich stundenlang mit Lascelles gestritten, im Unterhaus war es hoch hergegangen. Das Ergebnis war ernüchternd: Es sei undenkbar, dass die Königin nicht im Palast lebe. Ihre Argumente waren derart überzeugend gewesen, dass Lilibet schließlich nachgegeben hatte. Das musste sie dem ohnehin schon mehr als verärgerten, in seinen Grundfesten erschütterten Philip nun beibringen. Sie wusste nur nicht, wann und wie.

Eigentlich hatte sie es ihm jetzt gleich sagen wollen, um es hinter sich zu bringen, doch als er auf ihren wiederholten Versuch, ein Gespräch zu beginnen, nicht reagierte, verschob sie es seufzend auf einen späteren Zeitpunkt. Vielleicht war das ohnehin klüger, dann könnten sie das Osterfest zumindest in einer oberflächlichen Harmonie verbringen.

*

Tatsächlich waren die Tage auf Schloss Windsor einigermaßen entspannt. Philip war gern hier, mochte das englische Versailles, dessen Ursprünge auf Wilhelm den Eroberer zurückgingen. Und die Tatsache, dass seine Mutter hier das Licht der Welt erblickt hatte, mochte ihm zumindest den Hauch eines Heimatgefühls, vor allem aber auch eine gehörige Portion Selbstsicherheit zu geben. Als einer der Diener ihm – etwas von oben herab – anbot, ihm die Geschichte von Windsor Castle zu erzählen, schnauzte Philip nur: »Danke. Ich kenne sie. Meine Mutter wurde hier geboren.«

Um sich anschließend Lilibet gegenüber über die Arroganz

der Hofangestellten zu beklagen. Dass sie ihm recht gab, schien ihm gutzutun und ihm etwas von seiner Spannung zu nehmen. Und Lilibet war wirklich auf seiner Seite. Sie fand es unmöglich, wie sich manche altgedienten Hofangestellten ihm gegenüber benahmen. »Sie scheinen der Ansicht zu sein, eher zur Familie zu gehören als ich«, sagte er.

»Ich finde sie auch ungemein eitel«, versicherte Lilibet. »Beachte sie einfach gar nicht. Mehr als das Benehmen der Dienerschaft stört mich aber, ehrlich gesagt, das Gehabe von Onkel David. Ich finde es unmöglich, wie er sich benimmt.«

»Wie ein aufgeblasener Gockel«, gab Philip ihr recht.

»Ich habe Mutter gebeten, dem Einhalt zu gebieten«, ließ Lilibet Philip wissen.

»Das musst du nicht«, knurrte er. »Ich kann mich schon alleine verteidigen. Auch wenn man das nicht meinen sollte.«

Lilibet seufzte. Erneut waren sie in der immer gleichen Falle gelandet.

»Die Kinder sind schon ganz aufgeregt wegen dem Osterfest morgen«, sagte sie stattdessen ablenkend. »Und sie freuen sich darauf, in den Gärten von Windsor Castle herumzutollen.«

Sie hätte gern zu ihm gesagt, dass er ein wunderbarer Vater war – wenn auch manchmal zu streng mit Charles. Aber sie wagte es nicht, denn sie fürchtete, dass auch das wieder zum Streit führen würde – da es in »normalen« Familien ja eher die Angelegenheit der Frau war, sich um die Kinder zu kümmern. Und genau das war wiederum ein Thema, das sie in der Tat gerne vermied, weil es sie zu sehr quälte, als dass sie es in diesem Moment hätte ertragen können. Sie hatte den Augenblick auf dem Baumhaus nicht vergessen, als sie die Elefantenkuh beim Umgang mit ihren Kälbern beobachtet hatte. Hatte sie sich in diesem Moment nicht geschworen, es auch selbst besser zu machen? Charles und Anne eine bessere Mutter zu sein? Doch dann war alles anders gekommen. Und in dem Wirrwarr, das sie in der Folge erwartet hatte, war für eine Mutterrolle noch weniger Platz als bisher.

*

Philip tobte. »Ich mache da nicht mit, Elizabeth«, brüllte er und marschierte im Zimmer auf und ab, um dann vor ihr stehen zu bleiben und ihr mit wutverzerrter Miene entgegenzuschleudern: »Ich habe meinen Titel für dich aufgegeben. Ich habe meine Karriere für dich aufgegeben. Ich habe das Rauchen für dich aufgegeben. Und nun soll ich auch noch mein Zuhause für dich aufgeben?«

Lilibet sah ihn mit unbewegter Miene an. Sie hasste es, mit Philip zu streiten, genau deshalb hatte sie das Gespräch ja auch immer wieder hinausgezögert. Emotional wurde sie allerdings nicht, fast war es, als suche sie in diesem Moment in ihrer Rolle als Königin Schutz.

»All diese Dinge hast du nicht für *mich* aufgegeben, sondern für die Krone«, präzisierte sie. »Und dein Zuhause hättest du ohne mich nicht.«

Philip schnaubte. »Danke, dass du mich wieder daran erinnerst, dass ich ein Habenichts bin, der von der Gunst seiner Frau abhängt. Und das Rauchen, Lilibet, das Rauchen habe ich nicht für die Königin aufgegeben. Sondern für meine Frau.«

»Weil ich dich liebe und nicht will, dass du endest wie mein Vater.«

Seine Miene wurde etwas weicher. »Das verstehe ich«, versicherte er. »Deshalb habe ich es ja auch getan. Aber, Lilibet, du musst mich auch verstehen. Ich habe doch wirklich alles aufgegeben. Was bleibt denn noch von mir?«

»Den Mann, der du bist und den ich liebe, den kannst du niemals aufgeben«, sagte sie. »Dazu ist er viel zu stark.«

Er nickte. Zu gern hätte sie nun die Frage gestellt, die ihr schon so lange auf der Seele lag. Doch auch jetzt wagte sie sie nicht auszusprechen. Die Angst vor seiner Antwort war gar zu groß: Ob er es inzwischen bereute, dass er sie geheiratet hatte.

»Ich möchte, dass es dir gut geht«, sagte sie stattdessen. »Ich kann an einem Umzug in den Buckingham Palace ebenso wenig ändern wie an der Sache mit dem Namen. Aber ich kann dich fragen, ob es irgendetwas gibt, das es dir leichter machen würde.«

»Ich möchte gerne fliegen«, sagte Philip leise.

»Fliegen?«, fragte sie überrascht.

»Ja, fliegen. Von diesem Traum habe ich dir doch schon einmal erzählt. Über den Wolken ein Gefühl der Freiheit und der Weite haben. Das ist das Gefühl, das dem, was ich auf dem Schiff sehr schätzte – neben der Kameradschaft mit meinen Männern –, sehr nahe kommt. Und das, was ich hier nicht habe. Und was ich in der Zukunft, wenn wir im Buckingham Palace leben werden, noch weniger haben werde.«

Lilibet stieß erleichtert die Luft aus. In der Zukunft, wenn wir im Buckingham Palace leben werden, hatte er gesagt.

Er hatte es also akzeptiert.

Sie wunderte sich zwar darüber, dass er ausgerechnet fliegen wollte, da er doch seine Lieblingsschwester bei einem Flugzeugabsturz verloren hatte, konnte ihn andererseits aber auch verstehen. Es klang plausibel, was er über Freiheit und Weite sagte. Sie lächelte ihrem Mann zu. »Fliegen«, sagte sie. »Das klingt in der Tat sehr verlockend.«

Beinahe hätte sie hinzugefügt: Und wenn du deinen Flugschein hast, nimmst du mich dann mit?

Doch im letzten Moment schluckte sie die Worte wieder hinunter. Winston würde niemals zustimmen, dass Englands Königin mit einem unerfahrenen Piloten flog. Und dann müsste sie Philip schon wieder enttäuschen.

Kapitel 40

Fliegen? Was für eine absurde Idee!«, stieß Winston Churchill bei seiner nächsten Audienz mit der Königin hervor, um dann noch hastig ein »mit Verlaub« hinterherzuschicken.

»Ich weiß nicht, was an der Tatsache, dass mein Mann einen Flugschein machen will, ein Problem darstellen sollte«, erwiderte Lilibet unbeeindruckt.

»Ich muss das mit dem Parlament besprechen.«

»Das können Sie gerne tun, allerdings ist es völlig gleichgültig, zu welchem Schluss das Parlament kommen wird. Philip wird seinen Flugschein machen. Das steht völlig außer Frage.«

»Eure Majestät?«, fragte Winston irritiert.

»Sie haben mich schon ganz richtig verstanden«, sagte Lilibet knapp. »Der Duke hat große Opfer gebracht, alles, was er wollte, hat man ihm ausgeschlagen. Sie werden ihm nun nicht auch noch diesen Wunsch versagen.«

»Fliegen ist gefährlich«, beharrte Churchill.

»Diese Debatte hatten wir schon einmal«, sagte Lilibet kühl. »Auch damals konnte ich Sie überzeugen.«

»Es ist eine Sache, wenn man zu einem Staatsbesuch den Atlantik überquert, aber etwas völlig anderes, wenn man sich aus purem Vergnügen in eine derartige Gefahr begibt. Gerade Ihr Herr Gemahl sollte um diese Gefahren …«

Lilibet hob abwehrend die Hand. »Bringen Sie nun nicht den Flugzeugabsturz seiner Schwester ins Spiel. Ich habe mich entschieden. Ich werde Philip die Flugstunden nicht versagen.«

*

»Schaut«, sagte Lilibet zu Charles und Anne, als diese ihr neues Kinderzimmer im obersten Stockwerk auf der Nordseite bezogen. »Wie viel Platz ihr hier habt.«

»Ich will nach Hause«, murmelte der dreieinhalbjährige Charles betreten, während die zweijährige Anne zu klein war, um zu begreifen, was hier vor sich ging, und ihr Gesichtchen in der Halsbeuge ihres Kindermädchens Helen Lightbody verbarg.

»Ja«, sagte Lilibet und ging vor ihrem Sohn in die Hocke, um seine Hand zu nehmen. Mit einem Mal war es ganz leicht, eine liebevolle Mutter zu sein und die Welt mit Kinderaugen zu betrachten. Vielleicht, dachte sie, lag das daran, dass sie diese Situation kannte – von der anderen Seite her. Aus Kindersicht. Schließlich erinnerte sie sich gut daran, wie sie sich damals gefühlt hatte, als sie als kleines Mädchen die Geborgenheit von 145 Piccadilly hatte verlassen und in den mit seinen sechshundert Räumen in der Tat riesigen Buckingham Palace ziehen müssen.

Während sie und Philip, wie ihre Eltern während des Krieges, in der Belgischen Suite in der Nordwestecke des Erdgeschosses Quartier bezogen, waren Charles und Anne ein Stockwerk über ihnen untergebracht. »Hört mir gut zu, ihr beiden«, sagte sie und blickte ihre Kinder voller Sanftmut an. »Ich kann euch gut verstehen. Als mein Papa König wurde, war ich auch noch ein kleines Mädchen und musste aus meinem geliebten Zuhause fortziehen.«

Ihre Kinder, die eine derart innige und persönliche Ansprache ihrer Mutter nicht gewohnt waren, sahen sie mit großen Augen an. »Ich kam mir vor, als müsste ich jetzt in einem

Museum leben. Und ich habe Papa sogar vorgeschlagen, ob wir nicht Fahrräder für alle anschaffen sollen, um die langen Wege innerhalb des Palastes schneller zurücklegen zu können.«

Charles lachte und wirkte auf einmal so fröhlich und unbeschwert, dass Lilibet ganz warm ums Herz wurde. »Darf ich im Haus mit dem Fahrrad fahren?«, rief Charles begeistert.

»Ich fürchte, Sir Lascelles hätte etwas dagegen«, erwiderte sie lachend. »Aber auch ohne Fahrräder habe ich irgendwann festgestellt, dass es hier sehr gut ist.«

»Und was ist gut?«, begehrte Charles zu wissen.

»Schau mal, wie groß es hier ist«, wiederholte Lilibet und machte eine weit ausholende Bewegung. »Du hast viel mehr Platz für deine Spielsachen.«

Doch Charles ließ sich, enttäuscht, weil er nun doch nicht in den Palastgängen Fahrrad fahren durfte, nicht überzeugen. »Will keine Spielsachen«, erklärte er. »Will nach Hause.«

In diesem Moment klopfte es, und ein Diener erschien in der Tür. In seiner Hand hielt er das obligatorische Silbertablett, auf dem ein kleiner weißer Umschlag lag.

Lilibet konnte nicht verhehlen, dass sie froh um die Unterbrechung war. So gut sie Charles verstand und so glücklich sie über den Moment gewesen war, den sie nun miteinander geteilt hatten: Jetzt wusste sie wieder einmal einfach nicht mehr weiter und war froh, es den beiden Kindermädchen Helen Lightbody und Mabel Anderson überlassen zu können, Charles den Umzug in den Palast schmackhaft zu machen.

Sie küsste ihre Kinder zum Abschied auf die Wange und eilte dann zu ihrer Mutter, die nach ihr geschickt hatte. Auf dem Weg dorthin war sie ganz in ihren Erinnerungen gefangen. Plötzlich fiel ihr wieder ein, wie sie ihre geliebten Spielzeugpferde, dreißig an der Zahl, in ihrem alten Zimmer noch einmal in aller Ausführlichkeit gestriegelt hatte, um sie dann fein säuberlich mit Zetteln zu versehen, auf denen Anweisungen für die Umzugspacker standen.

*

»Mami«, sagte sie kurz darauf, als sie das Wohnzimmer der Königin betrat, in das sie in Kürze selbst mit Philip einziehen würde. Ihre Mutter erhob sich und küsste Lilibet dann auf die Wange.

»Lilibet, gut, dass du da bist. Ich bin dir so dankbar, dass Phi lip und du erst einmal in die Belgische Suite gezogen seid. Ich verspreche euch, dass ich mein Appartement hier oben bald räumen werde, sodass ihr, wie sich das gehört, hier einziehen könnt. Ich bin euch aber sehr dankbar, dass das ohne grässliche Eile geschehen kann. Ich verspreche auch, dass ich euch nicht groß stören werde.«

»Aber du störst uns doch nicht«, versicherte Lilibet, der die Einsamkeit, die aus den Worten ihrer Mutter sprach, ins Herz schnitt. Sie war froh, dass Margaret bei ihr war, und sie war froh, dass die Königinmutter nach wie vor im Palast lebte. Manchmal hatte sie das Gefühl, als würde diese an dem Kummer um ihren Mann zerbrechen.

»Ich möchte aber noch über etwas anderes mit dir reden«, rückte Elizabeth mit der Sprache heraus.

»Aber sicher. Über was denn?«, erkundigte sich Lilibet.

»Ich muss mit dir über Philip sprechen.«

Lilibet stöhnte innerlich auf. »Was ist denn nun schon wieder?«, fragte sie ungehalten.

»Sagen wir es so«, begann die Königinmutter, »er stellt den Palast auf den Kopf.«

»Inwiefern?«

»Nun, es ist ja bekannt, dass er in Clarence House sehr engagiert war. Mike Parker äußerte mir gegenüber einmal, er habe sich dort aufgeführt wie der Kapitän auf einem Schiff.«

»Und?«, fragte Lilibet beinahe angriffslustig. »Ich kann daran nichts Schlechtes erkennen.«

»Daran ist auch nichts Schlechtes«, sagte ihre Mutter besänftigend. »Nur scheint er zu denken, dass er hier im Buckingham Palace genauso weitermachen kann. Und das geht natürlich nicht.«

»Was tut er denn so Schlimmes?«

»Er hat in den drei Tagen, in denen ihr nun schon hier seid, bereits zweihundert Räume inspiziert. Sogar der Keller ist nicht vor ihm sicher. Und er hat vor, auch noch alle anderen Räume zu besuchen, wie mir Oberbutler Edward Ford mitteilte.«

»Da hat er sich ja was vorgenommen«, rief Lilibet und fügte, ohne nachzudenken, hinzu: »Aber es ist ja gut so. Dann ist er wenigstens beschäftigt.«

»Nur betritt er leider nicht nur die Räume«, fuhr die Königin unbeirrt fort. »Er befragt auch jeden einzelnen Diener im Hause akribisch nach seinen Aufgaben und lässt sich Organisation und Strukturen erklären und überprüfen. Er will alles verändern und«, die Königinmutter sprach das folgende Wort aus, als handle es sich um etwas Unanständiges, *»modernisieren.«*

»Was ist so schlimm daran?«, fragte Lilibet, der in diesem Moment wieder das beinahe einstürzende Weiße Haus in den Sinn kam. »Manches hier könnte doch wirklich eine Modernisierung vertragen. Aber ich habe das Gefühl, weil es von Philip kommt, wird es sofort verurteilt. Er tut mir wirklich leid, Mami, aber ich werde ihn nicht bremsen. Was will man ihm denn noch alles verbieten?«

»Tut er dir leid, oder hast du Angst vor einer Auseinandersetzung mit ihm?«, fragte Elizabeth.

»Beides«, gestand Lilibet. »Aber in erster Linie tut er mir leid.«

»Es ist nun einmal so, dass in unserem Leben alles seine Regeln und seine Ordnung hat«, sagte Elizabeth. »Und nach dieser Ordnung ist es nicht üblich, dass der Gemahl des Souveräns sich um die Organisation des Palastes kümmert.«

»Du warst doch auch einmal die Gemahlin des Souveräns«, hielt Lilibet dagegen. »Und auch du hast damals viel umgestaltet, um es etwas wohnlicher zu machen. In einem kleinen hellen Zimmer mit Blick auf die Gärten hast du unser Klassenzimmer eingerichtet, und…«

»Räume umzugestalten ist etwas vollkommen anderes, als den ganzen Palast umzustrukturieren«, erklärte Elizabeth. »Und wenn ich mich recht entsinne, hat Philip gleich bei seinem allerersten Besuch bei dir – oder lass es den zweiten gewesen sein – dein Wohnzimmer umgeräumt.«

Ratlos sah Lilibet ihre Mutter an. Die Sache, die ständigen Missstimmungen und Probleme, wuchs ihr langsam über den Kopf. »Ich kann und ich werde ihm nicht sagen, dass er nicht mehr im Palast herumlaufen und mit den Dienern sprechen soll«, blieb sie bei ihrer Haltung.

Elizabeth lächelte und wirkte nun viel versöhnlicher. »Das sollst du ja auch gar nicht. Aber es wird doch deutlich, was Philip für ein Problem hat. Er hat nichts zu tun.«

»Ja«, bestätigte Lilibet. »Ja, das ist wohl so.«

»Dann gib ihm was zu tun. Gib ihm eine Aufgabe. Etwas, das wichtig ist.«

»Und was könnte das sein, bei dem nicht sofort lauter besorgte Höflinge Bedenken haben?«, fragte Lilibet, die inzwischen ebenso verzweifelt wie verärgert war.

»Lass ihn an deiner Krönung mitwirken. Mehr noch: Übertrag ihm den Vorsitz des Krönungskomitees.«

Kapitel 41

Lilibet schnupperte, als sie in die Nähe ihrer privaten Wohnräume kam. Es roch ganz eindeutig – und sehr verführerisch – nach gebratenem Speck! Wie konnte das sein? Küche und Speisezimmer lagen weit entfernt, und in diesem Teil des Palastes hatte es noch nie nach Essen gerochen!

Die Antwort ließ nicht lange auf sich warten: Der bereitstehende Diener hatte ihr kaum die Tür geöffnet, als sie ihren Mann erblickte, der eine kleine Elektropfanne auf dem Esstisch aufgebaut hatte und sich darauf mit Hingabe Eier mit Speck zubereitete.

Lilibet blieb in der Tür stehen und starrte ihren Mann entgeistert an. »Was tust du da?«

»Ich brate Eier mit Speck, wie du siehst«, erwiderte er knapp. »So wie das die Menschen eben machen, wenn sie Lust auf Eier mit Speck haben.«

»Aber du kannst doch einen Diener …«

»Du meinst, ich kann eine Notiz an meinen Privatsekretär schreiben, die ich dann in einen kleinen Umschlag stecke, und einen Diener rufen, der den Brief auf dem Silbertablett zu meinem Privatsekretär bringt, der daraufhin wieder einen Diener damit beauftragt, den Brief in die Küche zu bringen – oder schreibt er einen neuen, weil die Etikette es nicht erlaubt, dass der

Brief des Duke in der Küche landet? Dann werden dort meine Eier mit Speck angerührt, und danach geht das Ganze wieder rückwärts los. Das ist doch lächerlich, Lilibet. Außerdem«, er deutete auf die Pfanne, »habe ich, wie du weißt, Freude an technischen Errungenschaften. Es bereitet mir Vergnügen, meine Eier in dieser elektrischen Bratpfanne zuzubereiten.«

Sie seufzte und hob die Schultern. »Dann brate deine Eier mit Speck eben selbst. Auch wenn ich sagen muss, dass ich den Geruch nach gebratenem Fett in unserem Esszimmer nicht sonderlich erbaulich finde.«

Finster sah er sie an. »Das werde ich, Lilibet. Und wenn mich nach einem Sandwich gelüstet, dann werde ich zum Telefonhörer greifen und in der Küche anrufen und es mir bestellen. Wozu haben wir Telefone?«

»Ist gut«, sagte sie nur.

Philip hatte seine Mahlzeit inzwischen fertig zubereitet und stach mit der Gabel auf seine Eier ein, um sie sodann hinunterzuschlingen.

Sie setzte sich ihm gegenüber. »Philip, ich wollte dich etwas fragen.«

»Aber mach schnell«, brummte er. »Gleich bringt die Nanny Charles, ich habe ihm versprochen, noch ein bisschen mit ihm Ball zu spielen.«

»Eigentlich ist es nur eine einfache Frage. Oder eher eine Bitte: Ich möchte gern, dass du meine Krönung organisierst.«

Philip hatte gerade zu einer Antwort angesetzt, als die Tür geöffnet wurde.

»Prinz Charles für Sie, Eure Hoheit«, kündigte der Diener an und fügte dann, als er Lilibet erblickte, hastig hinzu: »Eure Majestät.«

»Ich mag es nicht, Hoheit zu sein«, brummte Philip, während er Charles hochhob und ihn herumwirbelte. Charles hatte sich nicht vor ihnen verbeugt, diesen Brauch hatten sie und Philip übereinstimmend für ihre Kinder abgeschafft. Lächelnd sah Lilibet ihm dabei zu.

»Sehr wohl, Eure Hoh…«, setzte der Diener an, unterbrach sich dann aber und setzte hinzu: »Sir.«

»Genau«, sagte Philip zufrieden. »Sir. Nennen Sie mich einfach Sir.«

»Sehr wohl, Sir.«

»Wollen wir kicken gehen?«, fragte Philip seinen Sohn.

Der nickte begeistert.

»Eure Hoheit?«, sagte der Diener, als der Kleine sich nach der Türklinke reckte, und schickte sich an, ihm die Tür zu öffnen.

»Für ihn ist diese Anrede ebenfalls unpassend«, schnauzte Philip den armen Mann an. »Er ist einfach nur ein kleiner Junge. Und er ist nicht hilflos. Er hat Hände, oder?«

»Na… natürlich, Eure… Sir«, stammelte der Diener.

Lilibet atmete erleichtert auf, als ihr Gatte endlich aus der Tür war. So gut sie ihn verstehen konnte: Es war wirklich anstrengend mit ihm!

*

Philip hatte ihr noch keine Antwort auf die Frage gegeben, ob er den Krönungsausschuss leiten würde, als er am nächsten Morgen schwer erkrankte. Er klagte über starke Bauchschmerzen, insbesondere im Oberbauch. Als sich gegen Abend auch noch Fieber und Schüttelfrost einstellten, wollte Lilibet nicht länger tatenlos zusehen.

»Gelbsucht«, diagnostizierte der eilends herbeigerufene Arzt und bat Lilibet sodann unterwürfig um ein Gespräch unter vier

Augen. »Diese Krankheit wird häufig durch Stress und … nun … äh … Niedergeschlagenheit ausgelöst«, sagte er. »Ist es denkbar, dass Seine Königliche Hoheit …«

»Danke, Dr. Fields«, unterbrach ihn Lilibet knapp. »Ich möchte jetzt gerne wieder nach meinem Mann sehen.«

»Eure Majestät«, erwiderte der Arzt und senkte ehrerbietig den Kopf.

Als der Hofangestellte die Tür zu seinem Schlafzimmer öffnen wollte, musste Lilibet daran denken, wie Philip einem der Diener erklärt hatte, Charles habe Hände und könne die Tür selbst öffnen. Ein Lächeln spielte um ihre Lippen, und sie überlegte, den Mann zu bitten, sie selbst die Tür öffnen zu lassen. Dann jedoch entschied sie sich dagegen. Sie war nicht so revolutionär wie Philip. Vor allem aber wollte sie die Dienerschaft nicht durcheinanderbringen. Dieser Mann stand schließlich stundenlang an Ort und Stelle, um genau das zu tun: ihr die Tür zu öffnen. Würde sie ihm das verwehren, nähme sie ihm doch gleichermaßen seine Daseinsberechtigung!

Während der Diener die Tür öffnete und sie eintrat, dachte sie, dass sie mit Philip genau darüber sprechen würde, wenn es ihm etwas besser ging. Vielleicht fiel es ihm dann leichter, die – teilweise natürlich in der Tat überholten – Mechanismen und Traditionen im Palast zu akzeptieren.

*

Die Red Box durchzusehen, gehörte inzwischen zu Lilibets täglichem Ritual. Mit äußerster Sorgfalt öffnete sie jeden Abend vor dem Zubettgehen die große, rote Schachtel, die ihr täglich gebracht wurde und in der sich Unterlagen des Parlaments und der Regierung befanden, die sie zur Begutachtung geschickt bekam. Es war ihr wichtig, den Stapel akribisch durchzuarbeiten, sich nach und nach einen Überblick über die laufenden Vorgänge zu verschaffen und sie immer besser zu verstehen. Es gab ihr Sicherheit und Stabilität. Sir Henry, ihr Lehrer aus Kindertagen, der sie in Verfassungskunde gedrillt hatte, hatte sie gut darauf vorbereitet. Und sie eiferte auch hier ihrem Vater nach, dem so geliebten und so bewunderten Vater, dessen Bild sie stets in ihrer Handtasche mit sich trug und dem sie so oft dabei zugesehen hatte, wie er die Papiere aus der Red Box durcharbeitete. Ganz leise war sie zu ihm geschlichen, durch die Türen, die sich dank der Diener von alleine öffneten, hatte sich zu ihm gesetzt und war einfach bei ihm gewesen, während er konzentriert arbeitete, viel zu oft rauchte und irgendwann auch viel zu viel hustete. Wie hatte sie seine Hustenanfälle gefürchtet! Wie bedrohlich waren sie gewesen!

Seufzend barg sie das Gesicht für einen Moment in den Händen. Wie sehr sie ihn vermisste!

»Sorgen?«, fragte eine leise Stimme von der Tür her.

Sie fuhr auf. »Philip«, rief sie. »Wie schön, dich wieder wohlauf zu sehen.«

»Ich lag ja auch lange genug im Bett«, sagte er, ging um den Schreibtisch herum und gab seiner Frau einen Kuss. »Vermutlich waren das in gewisser Weise … Anpassungsschwierigkeiten. Aber die habe ich überwunden. Ich nehme dein Angebot, den Vorsitz des Krönungskomitees zu übernehmen, sehr gerne an.«

»Wie wundervoll«, rief sie und ergriff mit beiden Händen die seine. »Ich freue mich so.«

»Würdest du deinen Mann denn nun ins Bett begleiten?«, fragte er schmeichelnd. »Schließlich ist er inzwischen wieder genesen.«

Sie öffnete den Mund, um ihn zu bitten, ihr noch etwas Zeit zu geben, bis sie die Papiere durchgearbeitet hatte, schloss ihn jedoch gleich darauf wieder. Ihr Instinkt sagte ihr, dass es ganz und gar nicht klug wäre, ihn in diesem Moment zurückzuweisen. Sie würde morgen einfach früher aufstehen, um die restlichen Unterlagen durchzublättern und mit ihren Anmerkungen zu versehen, bevor der Bote sie holen und sie zurück in die Downing Street bringen würde.

*

Wie herrlich es war, wieder in seinen Armen zu liegen und seine Liebe zu spüren! Zum ersten Mal seit dem Tod ihres Vaters hatte Philip sie so leidenschaftlich geliebt, wie er das früher getan hatte. Zum ersten Mal hatte sie erneut das Gefühl, dass alles richtig war zwischen ihnen. Zum ersten Mal war er abermals der kraftvolle Seemann, in den sie sich einst verliebt hatte.

»Ich liebe dich, Lilibet«, murmelte Philip. »Und ich weiß, dass auch du es mit alldem nicht einfach hast. Ich weiß, wie schwer es ist, dich in deiner neuen Rolle zurechtzufinden, obwohl du doch eigentlich um deinen Vater trauern willst. Und ich weiß auch, wie sehr du dafür kämpfst, dass es mir gut geht. Wie du für meine Interessen eintrittst.«

»Danke«, flüsterte sie. »Danke, dass du das sagst.«

»Weißt du«, fuhr er fort, während seine Finger mit ihrem Haar spielten, »es fühlt sich für mich nur so verkehrt herum an. Eigentlich müsste ich es doch sein, der für deine Interessen eintritt und der dich beschützt. Ich fühle mich so… unmännlich bei alldem«, stieß er hervor.

»Das bist du nicht, das bist du wirklich nicht«, versicherte sie. »Im Gegenteil. Und du kannst mich trotzdem als Frau beschützen, Philip. Was ich dir vor dem Altar geschworen und neulich wiederholt habe, meinte ich sehr ernst. Und wenn du es schaffst, mit den Schwierigkeiten klarzukommen, die die Krone mit sich bringt, dann macht dich das in meinen Augen nur noch stärker.«

»Ich will mein Bestes geben«, sagte er und küsste sie auf die Schläfe. »Und ich verspreche dir, dass du eine ganz wundervolle Krönungsfeier haben wirst.«

Sie nickte an seiner Schulter, da fragte er: »Sag mal, bist du vor lauter Arbeit zur Alkoholikerin geworden? Nun habe ich das Rauchen für dich aufgegeben, damit du mit dem Trinken beginnst?«

Es klang halb scherzhaft und halb ernst.

»Was meinst du?«, fragte sie ehrlich erstaunt.

»Na, die Whiskeyflasche«, sagte er und deutete mit dem freien Arm auf das Gefäß, das auf ihrem Nachttisch stand.

»Stimmt«, erwiderte Lilibet nachdenklich. »Die ist mir auch schon aufgefallen. Sie steht jeden Abend da – und verschwindet morgens wieder. Ich werde das Mädchen danach fragen.«

»Das siehst du doch nie«, widersprach Philip. »Und es würde vor Schreck sicherlich in Ohnmacht fallen, wenn Ihre Majestät das Wort an sie richten würde. So sehr ich eine Vereinfachung der Kommunikationswege begrüße – in diesem Fall empfehle ich doch, dass du dich an Lascelles wendest.«

Lilibet verzog das Gesicht. »Ich glaube, mein zweiter Privatsekretär wäre hier eher der richtige Ansprechpartner. Bei Martin Charteris fühle ich mich in diesem Fall dann doch besser aufgehoben.«

»Dann ruf ihn an«, grinste Philip und deutete auf den Hörer.

»Jetzt?«, fragte Lilibet erstaunt.

»So spät ist es nicht«, sagte Philip. »Und er ist dein Privatsekretär und dazu da, dir zu jeder Uhrzeit alle möglichen Fragen zu beantworten.«

»Mag wohl sein«, wand sich Lilibet. »Aber die Sache mit

der Flasche scheint mir doch nicht wichtig genug zu sein, dass ich ihn deshalb extra anrufen müsste. Das kann ich ihn doch fragen, wenn wir das nächste Mal ohnehin miteinander sprechen.«

»In diesem Palast«, hielt Philip dagegen, »wird viel größerer Aufwand wegen viel kleinerer Dinge betrieben. Nun ruf ihn schon an.«

»Also gut«, seufzte Lilibet und streckte die Hand nach dem Hörer aus.

Martin Charteris nahm sofort ab.

»Eure Majestät?«

»Martin«, sagte Lilibet. »Ich frage mich, warum mir jeden Abend eine Whiskeyflasche neben das Bett gestellt wird, die am nächsten Morgen wieder verschwindet.«

»Ich bringe das umgehend für Sie in Erfahrung, Ma'am«, erklärte Martin.

»Danke.«

»Nun?«, fragte Philip.

»Er bringt es für mich in Erfahrung.«

»Da bin ich ja mal gespannt.«

Charteris brauchte keine fünf Minuten.

»Ja?«, fragte Lilibet in den Hörer, als das Telefon an ihrem Bett klingelte.

»Eure Majestät«, sagte Charteris. »Eure Urgroßmutter, Queen Victoria, hat die Anweisung seinerzeit erteilt und sie wurde nie rückgängig gemacht.«

»Das heißt, die Whiskeyflasche stand sowohl auf dem Nachttisch meines Großvaters als auch meines Vaters?«, fragte Lilibet verblüfft.

»So ist es, Ma'am.«

»Dann mache ich die Anweisung hiermit rückgängig.«

»Sehr wohl, Ma'am.«

Als Lilibet aufgelegt hatte, grinste Philip sie an. »Wenn die Flasche nun ab morgen nicht mehr auf deinem Nachttisch zu finden sein wird, sollten wir uns heute noch einen Schluck gönnen.«

Kapitel 42

»Ich halte das für einen Fehler, Ma'am.«

»Ja, Winston, das sehe ich genauso. Aber die Zeitungen machen Druck, die Menschen sind empört, seit sie erfahren haben, dass wir die Krönung nicht im Fernsehen übertragen lassen.«

»Dennoch – es scheint mir undenkbar. Ich habe einen anderen Einfall, wie man das Volk zufriedenstellen kann.«

»Und welchen?«

»Nun, ich werde anordnen, im Vorfeld der Krönung die Rationierungen von Süßigkeiten und Schokolade aufzuheben. Das wird die Stimmung heben und die Krönung in gewisser Weise auch Auswirkungen auf jeden Einzelnen haben lassen.«

Lilibet nickte.

»Wie ist die Stimmung hinsichtlich einer Fernsehübertragung ansonsten?«

»Sehr ablehnend«, erklärte Winston. »Der Erzbischof von Canterbury hält das Fernsehen, wie Sie wissen, für eine der größten weltlichen Gefahren. Und ich selbst habe Sorge, dass diese so wichtige und bedeutende religiöse Zeremonie auf diese Art zu einem Bühnenspektakel verkommt.«

*

Nachdem der Premierminister gegangen war, betrat Lilibet nachdenklich ihr Arbeitszimmer und bat den Diener, ihren Ehemann und ihren Privatsekretär zu ihr zu schicken.

»Gibt es Neuigkeiten hinsichtlich der Übertragung?«

»Sie wissen, dass ich einer Fernsehübertragung der Krönung äußerst kritisch gegenüberstehe«, setzte Lascelles an. »Gleichwohl fürchte ich, dass wir keine Möglichkeit haben, uns dem zu verschließen. Die Stimmung ist sehr schlecht, seit wir bekannt gegeben haben, dass es keine Übertragung geben wird.«

Lilibet sah zwar ausgesprochen gerne fern, empfand das aber auch als sehr gewöhnlich. Würde es den heiligen Akt der Krönung nicht abwerten, wenn sie im Fernsehen ausgestrahlt würde?

»Philip«, wandte sie sich an ihren Mann. »Was denkst du?«

»Du weißt, dass ich die Idee, die Krönung zu übertragen, von Anfang an gut fand, auch wenn ich mich dann aus Rücksicht auf dich und deine Meinung ebenfalls dagegen ausgesprochen habe«, antwortete Philip. »Aber so, wie die Dinge momentan liegen, fürchte ich, es wäre klug, sich der Übertragung nicht zu verschließen.«

Sie seufzte.

»Was macht dir den größten Kummer?«, wollte Philip wissen.

»Nun«, sagte sie. »Neben dem Umstand, dass es mir einfach falsch vorkommt, dass bei diesem intimen Moment die ganze Welt zusehen soll, bereitet mir auch Sorge, dass dann die ganze Welt sehen wird, wenn etwas schiefgeht.«

»Was soll denn schiefgehen?«, versuchte Philip, sie zu beruhigen.

»Ich kann Sie da durchaus verstehen, Ma'am«, versicherte Lascelles und sagte, an Philip gewandt:

»Bei der Krönung von Queen Victoria anno 1837 beispielsweise stolperte der damals zweiundachtzigjährige Lord Rolle, als er die Treppen hinaufsteigen wollte, um der Königin zu huldigen, und purzelte wieder hinab. Voller Mitgefühl erhob sich Ihre Majestät, um dem Lord bei dessen zweitem Versuch entgegenzugehen.«

Philip lachte. »Eine herrliche Vorstellung«, befand er.

»Philip«, rügte Lilibet.

»Es gab noch einen weiteren Fauxpas«, fuhr Lascelles unbeirrt fort. »Wie Sie wissen, wird der Krönungsring am Ringfinger getragen. Der Juwelier wurde beauftragt, einen Ring für den vierten Finger zu fertigen, und das war nach der neuen Zählweise der kleine Finger, und so fertigte er ihn entsprechend eben auch für den kleinen Finger an, doch der Erzbischof bestand darauf, dass der Ring auf den Ringfinger gehöre.«

»Oh«, machte Philip. »Nun, da wird er nicht weit gekommen sein.«

»Doch«, widersprach Lascelles. »Der Erzbischof ging sehr entschlossen ans Werk, bis er den Ring da hatte, wo er ihn haben wollte.«

»Das muss sehr schmerzhaft gewesen sein«, mutmaßte Lilibet, die die Geschichte kannte, schaudernd.

»Das war es, Ma'am. Die Zofe hat am Abend mithilfe von jeder Menge Eis und Fett alles Mögliche versucht, um den Ring möglichst schmerzfrei wieder vom Finger zu entfernen. Die Königin litt sehr, auch wenn das nach einem lange vorherrschenden Glauben ein gutes Omen war, denn je fester der Ring saß, desto länger, so sagte man, würde der Monarch regieren und vom Volk geliebt werden.«

»In der Tat hat meine Urgroßmutter dann ja auch dreiundsechzig Jahre geherrscht. Aber solche Dinge meine ich«, sagte

Lilibet an Philip gewandt. »Die ganze Welt würde zusehen. Verstehst du nun meine Angst?«

»Natürlich verstehe ich sie. Aber ich glaube dennoch, dass wir keine andere Wahl haben, als die Krönung zu übertragen.«

»Wenn ich das hinzufügen darf, Ma'am«, mischte sich Lascelles wieder ins Gespräch, »so hat sich auch Ihr Vater bei seiner Krönung der modernen Welt geöffnet. Er war der erste Monarch, dessen Krönung im Radio übertragen wurde.«

Lilibet nickte. Tommy hatte recht, und sie wusste noch genau, wie nervös George VI. wegen dieses Umstandes gewesen war. Doch auch er hatte es geschafft.

*

»Es war wirklich eine hervorragende Idee von dir, Philip zum Vorsitzenden des Krönungskomitees zu machen, Mutter«, sagte Lilibet. »Er geht in seiner Aufgabe richtig auf.«

Die Königinmutter verzog das Gesicht. »Mag wohl sein. Aber auch da bringt er alles durcheinander.«

»Du hast nicht wirklich erwartet, dass er einfach die bestehenden Abläufe und Strukturen genau so übernimmt?«, erkundigte sich Lilibet.

»Das nicht. Aber er lässt ja keinen Stein mehr auf dem anderen. Zeremonienmeister Bernard Fitzalan-Howard hat sich bitter bei mir beklagt, dass er wirklich mit allen Traditionen brechen will. In der Kommission streiten sie nur noch.«

»Er will eben eine besondere Krönung für mich.«

»Die Krönung deines Vaters war auch besonders«, sagte Elizabeth verletzt.

»Sicher war sie das. Aber sie folgte der jahrhundertealten Tradition. Philip möchte Innovation. Moderner werden.«

»Das Königshaus ist aber der Tradition verpflichtet.«

»Natürlich«, sagte Lilibet. »Das sehe ich ja ganz genau wie du. Und ich glaube, es gibt eine ganze Menge Menschen, die dafür sorgen werden, dass diese Tradition beibehalten wird. Einschließlich mir. Und Churchill. Der hat zu Philip nämlich neulich gesagt: *Sie werden es auf unsere Art machen müssen, nicht auf Ihre.* Und dass die Krönung nun im Fernsehen übertragen wird, ist nicht Philips Einfall gewesen, im Gegenteil: Er hat es aus Sorge um mein Wohlergehen sogar zunächst abgelehnt.«

»Ich finde das auch nach wie vor nicht richtig«, sagte Elizabeth.

»Ich habe mir ja ausbedungen, dass mein Moment mit Gott nicht übertragen wird. Während der Salbung werde ich nicht im Bild sein.«

»Wie auch immer«, seufzte die Königinmutter. »Wenden wir uns einem schöneren Thema zu. Es ist ja unbestritten, dass Hartnell auch dein Krönungskleid anfertigen wird. Er hat uns den französischen Schuhdesigner Roger Vivier empfohlen. Dieser hat eine bahnbrechende Erfindung gemacht: den Absatz des Schuhs aus Stahl zu fertigen. Dadurch können sie sehr hoch sein und sind dennoch stabil. Was hältst du davon? Vivier schlägt vor, die Absätze mit Rubinen zu besetzen.«

»Ich stelle es mir zwar als ziemliche Herausforderung vor, auf hohen Absätzen zu gehen und auch noch die Krone zu tragen, aber ich kann ja üben.«

Erneut kam ihr die Fernsehübertragung in den Sinn, der sie ja nun doch widerwillig zugestimmt hatte. Nicht auszudenken, sie würde vor den Augen der ganzen Welt zu Boden fallen!

Kapitel 43

Lilibet kam nicht zur Ruhe. Der Palast kam nicht zur Ruhe. London kam nicht zur Ruhe. Die Aufregung um die Liveübertragung hatte sich gerade gelegt, als Lilibet eines Morgens statt von einer sanften Berührung an ihrer Schulter und dem Duft frisch aufgebrühten Tees durch einen überraschten Aufschrei ihrer treuen Bobo geweckt wurde.

»Was ist, Bobo?«, fragte Lilibet verschlafen und setzte sich im Bett auf. »Und warum ist es draußen so dunkel?«

»Man kann gar nichts sehen«, erwiderte Bobo. Lilibet bemerkte, dass ihre Zofe am Fenster stand und hinaussah.

»Das kennen wir doch«, seufzte Lilibet. »Der übliche Nebel. Es fing doch schon gestern Abend an. Es wird auch wieder vorübergehen.«

Auf einmal hatte sie furchtbare Sehnsucht nach Malta.

»Nein«, widersprach Bobo, und ihre Stimme erinnerte Lilibet an Kindertage, wenn sie krank gewesen war und ihr Kindermädchen treu an ihrem Bett gesessen hatte. »Nein, das ist kein normaler Nebel.«

Sie sollte recht behalten.

Als Lilibet in ihr Büro trat, erwartete sie bereits ein aufgeregter Privatsekretär. Was ungewöhnlich war, denn Tommy Lascelles war eigentlich die Ruhe selbst.

»Eure Majestät«, sagte er. »Die Lage ist äußerst besorgniserregend. Ich habe bereits mit der Downing Street telefoniert. Der Nebel ist schlimmer als alles, was wir bisher erlebt haben. Man kann nur zentimeterweit sehen. Es ist unmöglich, Auto zu fahren, und selbst zu Fuß zu gehen ist lebensgefährlich.«

Lilibet nickte. »Und worauf ist dieser extreme Nebel zurückzuführen?«, erkundigte sie sich.

»Nun, wie Sie wissen, hat London seit dem 19. Jahrhundert eine große Bedeutung hinsichtlich seiner Industrie.«

»Fahren Sie fort«, bat Lilibet, die Tommy Lascelles aufmerksam ansah.

»Das führt natürlich zu erheblicher Luftverschmutzung.«

»Das ist mir bekannt.«

»Da wir ja aufgrund der Themse ein sehr feuchtes Klima haben, führt das zu einer ungesunden Gesamtsituation, die vor allem Lunge und Atemwege belastet.«

»Und weiter?«

»Nun, die Wetterlage ist außergewöhnlich«, fuhr Lascelles fort. »Wir haben eine Hochdrucklage mit sehr warmen Temperaturen. Gleichzeitig jedoch strömt am Boden sehr viel kalte Luft ein. Durch dieses Phänomen ist ein Luftaustausch unmöglich. Im Grunde kann man sagen, dass eine Glocke über der Stadt liegt. Und in dieser Glocke ist Londons schlechte Luft mit all ihrem Qualm gefangen.«

»Es ist also so, als säßen wir alle direkt vor einem rauchenden Schornstein«, fasste Philip zusammen, der, wie so oft, auf dem Sofa in Lilibets Arbeitszimmer saß und Zeitung las.

»So könnte man das sagen, Sir, ja«, pflichtete Lascelles ihm bei. »Die Tatsache, dass aufgrund der angespannten Wirtschaftslage jetzt nach dem Zweiten Weltkrieg die hochwertige Kohle aus dem Norden ins Ausland verkauft wird und viele hier in London ihre Öfen mit der minderwertigen Braunkohle befeuern, macht die Lage nicht besser.«

»Zumal momentan aufgrund der Kälte mehr geheizt wird als sonst üblich«, schlussfolgerte Philip. »Und die Kohlekraftwerke müssen wegen der gestiegenen Nachfrage mehr produzieren. Es kommen also viele Faktoren zusammen.«

»So ist es, Sir«, bestätigte Lascelles. »Und dass die elektrischen Straßenbahnen seit Kurzem nun durch Dieselbusse ersetzt wurden, verschlimmert die Situation.«

Die Lage sollte sich auch in den kommenden vier Tagen nicht entspannen. Im Gegenteil: Der Nebel ließ sich nicht mehr draußen halten. Er kroch selbst durch Kleidung und geschlossene Fenster und Türen und färbte alles schwarz. »Die Leute fallen auf der Straße einfach um und sind tot«, berichtete Margaret entsetzt, die das durch ihren Verehrer Peter Townsend erfahren hatte, am Abend. »Es ist ganz und gar schrecklich, Lilibet«, sagte sie. »Sie kriegen einfach keine Luft mehr. Kannst du dir das vorstellen?«

Lilibet strich sich müde über das Gesicht. Einmal mehr fühlte sie sich entsetzlich rat- und hilflos.

»Ich weiß«, sagte sie. »Der Nebel legt sich wohl auf die Lunge und auf die Atemwege, die Menschen ersticken einfach. Krankenhäuser und Arztpraxen sind voll, und die Krankenwagen können sich durch den Nebel kaum einen Weg bahnen.«

In diesem Moment betrat Philip das Zimmer. »Mike hat mir berichtet, dass auch schon viele Menschen durch Verkehrsunfälle zu Tode gekommen sind. Weil sie einfach umgefahren wurden. Busse oder Krankenwagen hatten im Nebel keine Chance, sie zu sehen.«

Mike Parker, Philips Trauzeuge und bester Freund aus Kriegstagen, war inzwischen sein Privatsekretär geworden. Außerdem beschäftigte das Büro von Philip, das von Frederick »Boy« Browning geleitet wurde, fünf Sekretärinnen, die zu Lilibets stillem Ärger allesamt sehr jung und sehr hübsch waren. Darüber hinaus standen ihm zwei Pagen, zwei Kammerdiener, ein Chauffeur, ein Sergeant Ordonnanz und ein Polizist zur Verfügung.

»Mike sagt, dass die Lage dort draußen mehr als nur bedrohlich ist.« Beinah entschuldigend sah Philip Lilibet an. »Auch die Tiere leiden. Die Viehhändler versuchen zwar, sie mit feuchten Tüchern zu retten, aber das ist oft vergeblich.«

Lilibet nickte. Wie furchtbar das war. Gleichzeitig war sie erleichtert, dass ihre Pferde allesamt außerhalb Londons und damit außer Gefahr waren.

Erst am 9. Dezember kam ein starker Wind auf, der Erleichterung brachte. Er pustete den Smog einfach fort. Für rund viertausend Londoner kam er allerdings zu spät, und weitere achttausend sollten in den kommenden Wochen an Folgeschäden sterben, hundertfünfzigtausend lagen in den Krankenhäusern. Von Mike wusste Philip – und damit auch Lilibet –, dass die Stimmung in der Bevölkerung katastrophal war.

»Sie machen die Regierung für den Tod all dieser Menschen verantwortlich«, fasste Mike zusammen. »Offenbar wusste man schon länger von der Gefahr und hat nicht gehandelt. Zumal es ja bereits 1948 und mehrmals davor Smogs gab. Es kam auch damals zu drastischen Todesfällen, wenn auch lang nicht zu so vielen wie jetzt. Schon damals wurden Forderungen laut.«

»Stimmt«, sagte Lilibet. »Ich erinnere mich. Das war allerdings um die Zeit von Charles' Geburt herum, da war ich ziemlich abgeschirmt.«

Lilibet sprach den Premierminister bei der nächsten Audienz darauf an. Churchill wies jedoch jedwede Schuld von sich.

»Bei allem Respekt, Eure Majestät«, sagte er – wie immer nahm er in ihrer Gegenwart nicht Platz und wie immer stand er schwer auf seinen Stock gestützt –, »die Regierung mag für vieles zuständig sein. Aber für das Wetter kann man uns nun wirklich nicht verantwortlich machen.«

»Für das Wetter nicht«, gab Lilibet ihm recht. »Aber durch das Wetter als solches wäre wohl auch niemand zu Tode gekommen. Ist es nicht das Wetter in Verbindung mit den starken Emissionen, das Probleme bereitet?«

»Natürlich wäre die Luft besser, wenn wir keine Fabriken hätten. Aber dann würden die Leute auch sterben, weil sie verhungern und erfrieren würden«, hielt Churchill dagegen und fuhr fort: »Mit Verlaub, Ma'am, der Nebel hat sich gelichtet, und die Sonne Eurer Krönung leuchtet am Horizont. Sollten wir uns nicht darauf konzentrieren?«

Überrascht blickte Lilibet ihn an. So poetisch kannte sie ihren Premierminister gar nicht.

Kapitel 44

Charles musste so sehr lachen, dass er sich den Bauch hielt. Die kleine Anne stimmte mit ein, ganz begriff sie aber wohl nicht, was ihren großen Bruder so erheiterte. »Du siehst lustig aus, Mami«, sagte Charles, der angesichts des ungewohnten Anblicks seiner Mutter zwar einerseits irritiert, andererseits aber zutraulicher war als sonst.

Lilibet konnte sich ein Grinsen selbst nicht verkneifen, als sie sich im Spiegel erblickte. Wenn die Menschen da draußen wüssten, dass ihre Königin mit einem Sack Kartoffeln auf dem Kopf auf High Heels durch den Palast spazierte, würde das Ansehen der Monarchie durchaus Schaden nehmen. Aber was blieb ihr anderes übrig, wenn sie sich an das Gewicht der gut zwei Kilo schweren und dreißig Zentimeter hohen Krone gewöhnen wollte? Mit der Krone selbst zu üben, wagte sie noch nicht, dazu fühlte sie sich noch zu unsicher, das würde später kommen. So lange musste es der Sack Kartoffeln tun.

Plötzlich knickte sie auf ihren hohen Schuhen um und schwankte. Mit einem lauten Knall flog der Kartoffelsack auf den Boden. Charles klatschte begeistert in die Hände, und die kleine Anne wackelte auf ihren kurzen Beinchen zu dem Monstrum.

»Ein Glück, dass der Sack verschlossen ist, sonst würden die Kartoffeln jetzt über den Boden kullern.«

»Siehst du nun, warum ich Angst vor einer Liveübertragung habe?«, klagte Lilibet. »Was, wenn mir das vor laufenden Kameras passiert?«

»Auch dann können keine Kartoffeln über den Boden kullern«, alberte Philip. »Schließlich hast du dann ja keinen Kartoffelsack auf dem Kopf, sondern die Krone.«

»Du bist unmöglich«, sagte sie kopfschüttelnd.

»Ich will dich doch nur necken«, lachte er. »Und damit genau das nicht passiert, übst du ja – zu unserer Erheiterung.«

Zwar fand auch Lilibet die Situation durchaus komisch, gleichermaßen aber zutiefst beunruhigend. Schließlich war an ihrem Hochzeitstag das Diadem zu Boden gefallen – auch wenn dieses Missgeschick nicht ihr geschehen war. War das vielleicht ein Omen? Sie konnte ja noch so viel üben. Was, wenn nun dem Erzbischof bei ihrer Krönung die Krone aus der Hand rutschen würde, so wie Hartnells rothaariger Helferin das Diadem am Hochzeitstag? Und alle Welt wäre dabei?

Reiß dich zusammen, befahl sie sich. Du machst dich gerade selbst völlig verrückt.

Sie lächelte. »Es hilft ja nichts. Dann werde ich noch eine Weile mit den Kartoffeln auf dem Kopf herumspazieren, damit mir das mit der Krone nicht passieren wird. Und es ist immerhin lustiger als das Einüben der Rituale mit meinen Ehrenmädchen.«

In der Tat wunderte sie sich darüber, wie heiter sie an jenem Sonntagmorgen sein konnte. Im März war Queen Mary gestorben, die sich nie wirklich vom Tod ihres Sohnes erholt hatte, und dieser erneute Verlust innerhalb so kurzer Zeit hatte Lilibet bis ins Mark getroffen.

Aber auch für ihre Großmutter musste sie es gut machen. Queen Mary hätte von ihr erwartet, dass sie aufrechten Hauptes und voller Würde zur Krönung schritt. Und das würde ihr auch gelingen. Allerdings musste sie dafür noch eine ganz andere Hürde nehmen, als nur den aufrechten Gang mit Krone auf dem Kopf zu üben. Die war weitaus schwieriger. Und sie hatte mit Philip zu tun.

*

»Vergiss es«, schleuderte Philip ihr entgegen.

»Philip, sei nicht albern«, sagte Lilibet. »Du hast Angst, bei der Krönung vor mir niederzuknien, weil du fürchtest, du könntest dich damit lächerlich machen. Tatsächlich ist es aber umgekehrt. Du würdest dich lächerlich machen, wenn du nicht kniest.«

»Kein Mann Englands kniet vor seiner Frau, außer wenn er um ihre Hand anhält«, blieb Philip stur. »Ich werde mich dir nicht unterwerfen. Nicht zu Hause, wo du ohnehin schon viel zu oft deinen Kopf durchsetzt, und schon gar nicht in aller Öffentlichkeit.«

»Du sollst dich mir nicht unterwerfen«, erwiderte Lilibet gereizt. »Du kniest vor der Krone nieder, nicht vor deiner Frau. So wie das der Adel, dem du übrigens von Geburt an angehörst, bei Krönungsfeiern seit Jahrhunderten tut.«

»Eine Krönungsfeier, die ich modernisiert habe. Du hast mich selbst darum gebeten.«

»Ich habe dich gebeten, den Vorsitz zu übernehmen«, korrigierte sie. »Nicht, dafür zu sorgen, dass die Krönung gar keine Krönung mehr ist. Möchtest du vielleicht die Salbung auch noch streichen?«

»Sei nicht albern.«

»Ich bin albern?«, fragte sie nun wirklich wütend. »Dein *Verhalten* ist albern. Du weißt genau, dass du niederknien solltest, so wie alle anderen das auch tun werden. Ich habe manchmal den Eindruck, dass du dir in deiner Rolle des leidenden Opfers gefällst.«

Philip wurde schneeweiß.

»Du hast immer Angst davor, schwach zu wirken neben mir, der Königin«, fuhr sie fort. »Das bist du aber nicht. Wie ich dir schon einmal andeutete: Das zu akzeptieren macht dich noch stärker. Schwach ist allein das Theater, das du ständig veranstaltest. Und wenn du nicht vor der Krone niederkniest, dann wäre das in der Tat ausgesprochen schwach. Und, Philip, alle Welt wäre Zeuge dieses für dich so schwachen Moments.«

»Vor der Fernsehübertragung hast doch vor allem du Angst«, hielt er ihr entgegen.

»Ja«, sagte sie. »Das habe ich. Aber wenn du nicht vor der Krone knien würdest, dann wäre das *deine* Blamage, Philip. Und nicht meine.«

Mit diesen Worten verließ sie wutbebend das Zimmer. Sie wusste nicht, wann sie jemals zuvor so zornig gewesen war. So sehr sie ihn in seinen sonstigen Belangen und Nöten verstand: Diesmal ging er zu weit.

*

London war bereit. Seit Wochen. Die Menschen hatten ihre Häuser in den Landesfarben – Blau, Weiß und Rot – gestrichen, überall auf den Straßen standen Tische und Stühle bereit, an denen die Stadtbewohner nach der Krönung zusammen feiern wollten.

Millionen von Besuchern waren in die Stadt gereist, um, selbst wenn sie keinen Blick auf die Königin erhaschen konnten, wenigstens im Dunstkreis des großen Ereignisses zu sein. Es waren viel zu viele für die vierhunderttausend Hotelzimmer, die zur Verfügung standen. Alle Hotels, angefangen mit dem Dorchester und dem Savoy, waren seit Monaten ausgebucht, in Grosvenor House waren sechstausend Anfragen für fünfhundert Betten eingegangen.

»Selbst in Brighton ist alles voll«, teilte Philip seiner Gattin mit. »Sie bringen die Leute jetzt auf Schiffen auf der Themse unter.«

»Du liebe Güte«, murmelte Lilibet, die wieder einmal mit der Krone auf dem Kopf durch das Wohnzimmer balancierte.

»Du bist die Attraktion des Jahrhunderts, Liebling.« Er küsste sie auf die Wange, was die Krone, die sie inzwischen mutig gegen den Kartoffelsack getauscht hatte, aus dem Gleichgewicht brachte. Sie rutschte ab, und Philip fing sie geschickt mit den Händen auf.

»Du lieber Himmel«, rief sie aus. »Das Ding kann einen ja erschlagen.«

»Auch im übertragenen Sinne«, sagte Philip.

Sie sah ihn aufmerksam an. Nach ihrem großen Streit hatte zwei Tage lang eisiges Schweigen zwischen ihnen geherrscht. Dann hatte Philip ihr versichert, dass er sie nicht blamieren werde. Und dass sie recht habe mit ihren Argumenten. Durch die früheren Ereignisse wie den Umzug in den Buckingham Palace gegen seinen Willen und die Sache mit dem Namen sei er einfach nur noch in einer Verteidigungshaltung gewesen, und das habe an diesem Punkt zu einer Fehleinschätzung geführt.

Lilibet hatte ihm dieses Schuldeingeständnis hoch angerechnet, und nun war die Stimmung zwischen ihnen, trotz der Anspannung, die die bevorstehende Krönung mit sich brachte, wie auch schon vor dem Streit gut und viel besser als nach ihrem Einzug in den Palast. Sie hatten sich wohl einigermaßen an ihr neues Leben gewöhnt, und seit Philip zahlreiche Ämter in verschiedenen Organisationen übernommen hatte, fühlte er sich auch nicht mehr so nutzlos. Hinzu kam das Fliegen, das sich als seine große Leidenschaft herausgestellt hatte, und der Vorsitz des Krönungskomitees. Der Duke of Edinburgh hatte alle Hände voll zu tun.

»Viele Menschen bleiben aber auch zu Hause vor ihren Fernsehgeräten«, fuhr Philip nun fort. »Seit klar ist, dass die Krönung übertragen wird, hat sich der Abverkauf der Fernseher drastisch gesteigert. Die Fernsehhersteller lieben dich sicher. So wie ich.«

Lilibet lächelte, während sie sich die Krone erneut auf den Kopf setzte und damit im Zimmer hin und her ging. »Die Souvenirhändler lieben mich auch«, vermutete sie. »Bobo hat mir gestern eine Tasse gezeigt, auf der ich abgebildet bin.«

»Dann bist du ja noch gut weggekommen, dass du nur die Tasse gesehen hast«, ließ sich Margaret vernehmen, die in diesem Moment hereingekommen war. »Dein Gesicht lächelt einem auch von Untertellern, Aschenbechern, Knöpfen, Teekannen und Kissen entgegen.«

Lilibet verzog das Gesicht. »Keine schöne Vorstellung, dass jemand eine glühende Zigarette auf meiner Wange ausdrückt. Worauf ich mich allerdings wirklich freue, ist die Premiere der Oper, die Benjamin Britten anlässlich der Krönung komponiert hat.«

Margaret nickte. »*Gloriana.* Ich würde auch gerne hingehen.« Sie zögerte, und Lilibet bemerkte, dass ihre Schwester offenbar etwas hinzufügen wollte.

»Ja?«, fragte sie.

»Nun«, druckste Margaret herum. »Ich habe mir gedacht … ich würde gerne etwas mit dir besprechen, Lilibet, und ich wollte dich fragen, ob du und Philip euch wohl Zeit für ein Abendessen mit mir nehmen würdet.«

Lilibet wechselte einen verwunderten Blick mit Philip und sagte dann: »Aber natürlich. Ich sehe eben nach, wann es passen würde.«

Sie ging ins Nebenzimmer, wo auf dem Schreibtisch ihr Terminplaner bereitlag.

»Morgen Abend«, sagte sie.

»Fein«, erwiderte Margaret. »Ich würde noch Peter Townsend dazu bitten.«

Überrascht sah Lilibet auf, dann wurde ihr jedoch klar, worum es hier eigentlich ging. »Oh«, sagte sie. »Aber natürlich. Wir freuen uns auf den Abend.«

Kapitel 45

»Was, denkst du, ist das Ziel des heutigen Abendessens?«, fragte Philip, während Lilibet und er von Bobo und Dean für das Dinner umgekleidet wurden.

»Nun, ich hoffe, dass es nicht das ist, was wir denken«, meinte Lilibet.

»Und was denken wir?«

»Dass sie uns ihre Hochzeit ankündigen wollen. Schließlich wurde Peter Townsend ja inzwischen schuldlos geschieden.«

»Wie praktisch für Margaret und ihn, dass seine Frau sich mit einem anderen eingelassen hat«, sagte Philip bissig.

»Nun sei nicht so. Wer, wenn nicht wir, weiß, wie hart es ist, wenn man um seine Liebe kämpfen muss? Vielleicht will sie ja auch nur einen schönen Abend mit ihrer Schwester, ihrem Schwager und ihrem Liebsten verbringen.«

»Ich glaube, du machst dir etwas vor, Lilibet«, sagte Philip geradeheraus. »Margaret kommt heute Abend nicht zu ihrer Schwester. Sie kommt zu ihrer Königin.«

Lilibet kannte Peter Townsend schon sehr lange. Und sie mochte ihn. Sehr sogar. Er war eine Konstante im Leben ihres Vaters gewesen, hatte es verstanden, ihm Sicherheit zu geben, und wusste auch mit seinen Zornesausbrüchen umzugehen. Als er

1944 als Stallmeister an den Hof gekommen war, war er drei Jahre verheiratet gewesen. Lilibet hatte aber immer gewusst, dass er in seiner Ehe nicht glücklich war, das war ein offenes Geheimnis. Und seine Frau hatte ihr stets ein wenig leidgetan, schließlich war Peter eigentlich immer bei Hofe und so gut wie nie zu Hause. Das galt vor allem, seit George ihn 1950 als stellvertretenden Leiter der inneren Organisation des Palastes ernannt und Elizabeth ihn zum Finanzchef gemacht hatte. Die Südafrika-Reise mit ihren Eltern hatte ein Übriges getan. Dennoch rechtfertigte das natürlich in keiner Weise, sich von einem anderen Mann trösten zu lassen. Inzwischen war es Peter, der ihr leidtat. Wobei auch das ein offenes Geheimnis war: dass er große Zuneigung für Prinzessin Margaret hegte.

Jetzt sah Lilibet ihm freundlich, aber auch mit einer gewissen Anspannung entgegen, als er hinter Margaret das private Speisezimmer betrat.

»Margaret, Peter, wie schön«, sagte Lilibet.

Peter neigte ehrerbietig den Kopf. »Eure Majestät.«

Margaret knickste.

Lilibet nahm Platz, die anderen folgten ihrem Beispiel, dann wies sie den Diener an, die Vorspeise aufzutragen.

Lilibet hatte gerade den ersten Bissen zu sich genommen, als Margaret schon herausplatzte: »Peter und ich wollen heiraten.«

Lilibet ließ die Gabel sinken. Es war also genau so, wie sie es befürchtet hatte.

»Oh«, sagte sie. »Ich verstehe.«

»Das klingt aber nicht sehr erfreut«, ließ sich Margaret gekränkt vernehmen. »Willst du uns nicht gratulieren?«

»Natürlich«, erwiderte Lilibet lahm. »Ich freue mich für euch.«

»Von mir ebenfalls meine herzlichsten Glückwünsche«, sagte Philip, der mindestens ebenso zurückhaltend klang wie Lilibet.

»Mit wem habt ihr noch darüber gesprochen?«, wollte Lilibet wissen.

»Ich habe meinen Vorgesetzten, Sir Alan Lascelles, um Erlaubnis gebeten, mit Ihnen sprechen zu dürfen.«

»Und er hat sie Ihnen erteilt? Wirklich?«, fragte Philip skeptisch.

»Er hat es mir nicht direkt verboten«, korrigierte Peter. »Um der Ehrlichkeit Genüge zu tun: Er hat mir gesagt, ich müsse entweder verrückt oder verrucht sein, wenn ich ernsthaft der Ansicht sei, dass ein geschiedener Mann nach der Sache mit Wallis Simpson und Ihrem Onkel David ein Mitglied der Königsfamilie heiraten könne.«

»Peter«, sagte Margaret verzweifelt. »Warum machst du es so schlecht?«

»Lass ihn, er handelt ganz richtig«, sagte Philip. »Lilibet berät sich ohnehin in allem mit Lascelles, und da ist es nur von Vorteil – auch und gerade für euch –, wenn sie seine Bedenken und Argumente bereits kennt.«

Flehend richtete Margaret ihren Blick auf ihre Schwester. »Das heißt, du wirst für uns einstehen?«, fragte sie. »Du wirst es uns als Oberhaupt der Familie nicht verbieten?«

Lilibet stöhnte innerlich auf. Sie fühlte sich vollkommen zerrissen. Natürlich wollte sie ihrer geliebten Schwester die Liebe nicht versagen. Wie könnte sie das denn! Zumal sie Philips wegen genau wusste, wie es sich anfühlte, die Liebe nicht leben zu dürfen oder zumindest warten zu müssen. Aber sie war eben nicht nur Margarets Schwester. Sie war auch und in erster Linie Königin von England und das Oberhaupt der anglikanischen Kirche. Und als solche konnte sie in vielen Dingen nicht so handeln, wie sie das als Schwester getan hätte. Sie hasste die Doppelrolle, in die sie nun gezwungen würde.

»Als Schwester freue ich mich überaus für euch und wünsche euch alles Glück der Welt«, begann sie daher ausweichend.

Margaret sprang auf, umrundete den Tisch und fiel ihr um den Hals. »Oh, danke«, rief sie. »Du weißt ja gar nicht, wie viel mir das bedeutet.«

Während Lilibet die Umarmung ihrer Schwester erwiderte, begegnete sie Peter Townsends traurigem Blick. Im Gegensatz zu Margaret hatte er die Einschränkung »als deine Schwester« sehr wohl gehört und vor allem auch verstanden. Und Peter Townsend wusste, dass die Königin immer über dem Privatmenschen stehen musste.

»Wir sollten allerdings die Krönung abwarten, bevor wir weiter darüber nachdenken«, sagte Lilibet, als sie sich von ihr löste.

»Ja«, strahlte Margaret. »Das verstehe ich.«

»Sehr schön.« Lilibet zwang sich zu einem Lächeln. »Dann schlage ich vor, dass wir nun den Hauptgang auftragen lassen.«

Kapitel 46

Es ist wie damals, Bobo. Und doch ist es so anders«, sagte Lilibet, als sie am Morgen der Krönung an ihrem Fenster stand und auf die Mall hinaussah. »Und damit meine ich nicht nur, dass ich damals von einem anderen Fenster hinausgesehen habe.«

»Ja«, erwiderte Bobo lächelnd. »Ich weiß.«

Auch heute kampierten die Menschen vor dem Palast, auch an diesem Morgen bereiteten sie sich ihr Frühstück auf Gaskochern zu, überprüften in Handspiegeln ihr Aussehen. Überall waren kleine Fähnchen zu sehen, mit denen die rund zwei Millionen Menschen Lilibet später auf ihrem Weg zur Krönung zujubeln wollten. Aber anders als im Vorfeld ihrer Hochzeit im November herrschten nun wärmere Temperaturen, auch wenn es an diesem Junimorgen ungewöhnlich kalt und regnerisch war und die auf der Straße Kampierenden in der Nacht ohne Frage nass geworden waren.

»Wie fühlst du dich?«, fragte Philip, der in diesem Moment aus seinem Ankleidezimmer kam und neben seine Frau trat. »Gut«, sagte Lilibet. »Wenn der Neuseeländer Edmund Hillary und der Nepalese Tenzing Norgay den Himalaja bezwingen können, werde ich ja wohl die Krönung schaffen. Ich habe über das

Außenministerium einen Glückwunsch zu dieser großartigen Leistung zum Himalaja schicken lassen.«

Philip nickte, und seine Augen leuchteten sehnsüchtig, als er sagte: »Die ersten Menschen auf dem höchsten Gipfel der Welt. So etwas oder so etwas Ähnliches zu schaffen, wäre mein großer Traum.«

Sie wandte sich zu ihm um und legte die Arme um seinen Hals. »Dass du nachher vor mir knien wirst, ist das Größte und Stärkste, was du tun kannst. Das kostet viel mehr Kraft, als den Himalaja zu besteigen.«

Er verzog das Gesicht. »Danke, dass du mich noch einmal daran erinnerst.«

Rasch wechselte sie das Thema. »Ich hoffe, dass Aureole morgen beim Derby ebenso erfolgreich sein wird wie Hillary und Norgay auf dem Mount Everest.«

»Natürlich wird sie das«, war Philip überzeugt. »Alle unsere Pferde sind erfolgreich.«

»Ja, aber keines hat je das Epsom Derby gewonnen.«

»Das wird schon«, tröstete Philip. »Konzentriere du dich nur erst einmal auf deine Krönung. Und morgen ist dann Aureole dran.«

Draußen hatte es wieder zu regnen begonnen, was den Londonern ihre gute Laune aber nicht verderben konnte.

Ein Dudelsackspieler brachte sich in Position, und im nächsten Moment drangen von unten die Klänge des Songs *Singin' in the Rain* herauf.

Zwei Stunden später war Lilibet bereit. Nachdenklich betrachtete sie sich im Spiegel. Ihr gefiel, was sie sah. Hartnell hatte wirklich ganze Arbeit geleistet, das Krönungskleid war aus weißem Satin, hatte einen herzförmigen Ausschnitt und kurze

Ärmel. Der Glockenrock schwang bei jeder Bewegung. Das Kleid war über und über bestickt. Und jede dieser wunderbaren Stickereien hatte eine ganz eigene Bedeutung und stand für eines der vier Länder des Vereinigten Königreiches: die Rose für England, die Distel für Schottland, das Kleeblatt für Nordirland und der Lauch für Wales. Hartnell, vor dem sie längst nicht mehr so große Scheu hatte wie bei der Fertigung ihres Hochzeitskleides, hatte ihr in seiner exaltierten Art erklärt, dass er, als er das Kleid entwarf, an Lilien und Rosen, an Margeriten und Goldmais, an das Ornat von Heiligen, an das Firmament, die Erde, die Sonne und den Mond, an die Sterne und alle Himmelskörper, die sich auf ein Kleid sticken ließen, gedacht habe. Er hatte ihr auch verdeutlicht, dass dieses für die Ewigkeit gemacht sei. Ganz zum Schluss hatte er ihr eine verborgene Stelle am Rock gezeigt und auf ein winziges vierblättriges Kleeblatt gedeutet. »Ein ganz persönlicher Glücksbringer, Eure Majestät.«

In Lilibet war ob dieser kleinen menschlichen Geste tiefe Rührung aufgestiegen.

Und die Pumps von Roger Vivier ließen sogar ihr Herz höherschlagen, obgleich sie sich aus Kleidung und Schuhen ja lang nicht so viel machte wie Margaret. Das goldene Ziegenleder war wunderbar weich, und die mit Rubinen besetzten Absätze funkelten bei jedem Schritt. Später, vor der Abtei, würden die Ehrenmädchen ihr den fünfeinhalb Meter langen roten Samtmantel mit Hermelinbesatz umlegen.

Bevor sie auf ihre Ehrenmädchen traf, hatte sie allerdings, eskortiert von Soldaten aus über fünfzig Staaten des Commonwealth, noch den Weg durch die Mall vor sich, an der die Menschen dicht gedrängt standen und ihr zujubelten. Fest hielt sie den Krönungsstrauß aus englischen Maiglöckchen, schottischem Jasmin, walisischen Orchideen und Wiesenklee aus

Nordirland und von der Isle of Man umklammert, als die goldene Staatskutsche durch die geöffneten Hoftore des Buckingham Palace fuhr. Die Menge jubelte.

»So viele Menschen«, sagte Lilibet zu dem neben ihr sitzenden Philip.

»Und allein in England weitere siebenundzwanzig Millionen vor dem Fernseher.«

»Das ist ja mehr als die Hälfte der Bevölkerung!«

»Es ist ja auch der wichtigste Tag nach dem VE-Day. Nach unserer Hochzeit natürlich«, sagte Philip und sah sie liebevoll an.

Lilibet erwiderte sein Lächeln.

Hinter der Kutsche schritten die beiden Onkel, der Herzog von Gloucester und Louis Mountbatten im Admiralszweispitz. Und in der Ehrenloge der Abtei warteten bereits die Königinmutter, Prinzessin Margaret und Charles sowie Lilibets Schwiegermutter, Prinzessin Alice von Griechenland.

»Irgendwie tut es mir nun doch leid, dass wir Winstons Wunsch entsprochen und Onkel David nicht eingeladen haben«, sagte Lilibet. »Natürlich hat er damit, dass er auf die Krone verzichtet hat, uns alle in eine schwere Krise gestürzt …«

»… die unser aller Leben verändert hat«, ergänzte Philip. »Aber das ist nicht das Einzige. Ich glaube, dass da noch etwas mit deinem Onkel ist, von dem wir nichts wissen. Ich bin mir fast sicher, dass er Hitler viel näherstand als wir alle dachten. Sprich Lascelles mal darauf an. Der war schließlich sein Privatsekretär.«

»Ich denke nicht, dass das das richtige Gespräch auf dem Weg zu meiner Krönung ist«, mahnte Lilibet.

»Du hast recht«, sagte Philip friedfertig. »Entschuldige.«

In diesem Moment hielt die Kutsche vor Westminster Abbey.

Als Lilibet ausstieg, fiel ihr Blick auf die acht grauen Wallache, die die Kutsche gezogen hatten. Tovey, Noah, Tedder, Eisenhower, Snow White, Tipperary, Cunningham und McCreery. Sie hatte sie selbst für diesen besonderen Anlass ausgesucht, und die Tiere hatten ihre Sache sehr gut gemacht. »Ich bin stolz auf euch.« Ihre Gedanken schweiften wieder zu Aureole und weilten immer noch bei ihrem geliebten Pferd, als sie zu den Ehrenmädchen trat. Sie verabschiedete sich von Philip und ging durch das Tor der Abtei. Die Ehrenmädchen knicksten. »Sie sind sicher sehr nervös, Ma'am«, sagte eine der Hofdamen.

»Natürlich bin ich das«, entgegnete Lilibet. »Aber ich denke doch, dass Aureole gewinnen wird.«

Am irritierten Blick der anderen bemerkte sie, dass diese nicht das Derby gemeint hatte – natürlich nicht –, sondern die bevorstehende Krönung.

Sie hielt sich jedoch nicht mit einer Erklärung auf, stattdessen fragte sie ihre Ehrenmädchen: »Fertig, Mädels?«

»Jawohl, Ma'am«, klang es aus sechs Kehlen.

»Sehr schön«, bestätigte Lilibet. Und dann ging sie los.

Kapitel 47

Langsam und feierlich schritt Lilibet zu den lateinischen Lobgesängen durch den Mittelgang bis zum Theater. Der Erzbischof von Canterbury sagte in alle vier Himmelsrichtungen je einmal: »Eure Herren, ich zeige Euch hiermit Queen Elizabeth, Eure unumstrittene Königin. Wir sind hier zusammengekommen, um unsere Huldigung und unseren Dienst zu tun, sind Sie willens, dies zu tun?«

»Gott schütze Queen Elizabeth«, erwiderten die Anwesenden. Nach dem Ruf erklangen die Fanfaren, und Lilibet verbeugte sich als Dank einmalig vor jeder Gruppe.

Sodann reichte der Vertreter der presbyterianischen Kirche, Reverend James Pitt-Watson, ihr die Bibel. Ergriffen nahm sie sie entgegen. Ja, sie wollte tun, wozu sie diese Geste ermahnen sollte: sich bei der Führung des Königreiches stets an die Heilige Schrift halten.

Lilibet sprach aus vollstem, aus tiefstem Herzen, als sie den Eid ablegte und schwor, England und seine Territorien ihren jeweiligen Gesetzen und Bräuchen entsprechend zu regieren. Im Geiste fuhr sie wieder mit dem White Train durch Afrika und blickte in dunkle, leuchtende, strahlende Gesichter. Und es fühlte sich zutiefst richtig an, genau diesen Schwur zu leisten. Sie nahm auf dem Krönungsstuhl Edwards I. Platz.

Nun kam er, der wichtigste Moment. Ihr Moment vor Gott, und sie war so dankbar, dass sie sich ausbedungen hatte, dass die Kameras nicht übertragen würden, was nun geschah. Das hätte diesem so intimen Augenblick seine Heiligkeit genommen. Ein schützender Baldachin senkte sich über ihr Haupt, nachdem die Ehrenmädchen ihr ihren Umhang, ihre Handschuhe, ihren Schmuck und ihr Diadem abgenommen hatten, um ihr anschließend eine Albe anzulegen. Dieses schlichte Gewand aus weißem Leinen galt als Zeichen der Demut und Reinheit.

Sie schloss die Augen, als die Salbung mit dem heiligen Öl begann. »Es seien Eure Hände gesalbt mit heiligem Öl, es sei Eure Brust gesalbt mit heiligem Öl, es sei gesalbt Euer Haupt mit heiligem Öl.« Sie war in einem Zustand völliger Konzentration und größter Innigkeit. Ganz verhaftet in ihrem Körper auf dem heiligen Boden der Kirche und des Landes, das sie regieren sollte. Und zugleich war es, als schwebe ein Teil von ihr über ihrem Körper, über dem Ganzen.

Als der Baldachin von den vier Trägern wieder angehoben und weggetragen wurde, stand Lilibet auf, ging in die Kapelle, legte dort mit Unterstützung der Mistress of the Robes, Mary Cavendish, Duchess of Devonshire, und des Dean of Westminster ihre Albe ab und schlüpfte in das Colobium Sindonis, das einfache weiße Abendkleid, das unter der Supertunica getragen wird. Nachdem man ihr den bis zu den Füßen reichenden, goldenen Seidenumhang umgelegt hatte, schritt Lilibet zurück zum Thron, wo sie den ersten Teil der Königsinsignien, die goldenen Armreife, als Zeichen für Aufrichtigkeit und Weisheit, entgegennahm. Als Nächstes legten ihr die Mistress of Robes und der Dean von Westminster sowohl die Stoyle Royal, eine goldene Seidenstola, als auch die schwere Robe Royal um, während, gemäß den Traditionen, Lord Chamberlain die Gürtelschnalle schloss. Lilibet berührte den Reichsapfel, dann schob ihr der Bischof den mit Rubinen und Saphiren besetzten Krönungsring auf den Finger. Ihre Ehe mit England war nun besiegelt. Und natürlich passte auch der Ring. Wie von selbst glitt das bedeutsame Schmuckstück an seinen Platz, und Lilibet musste keine Schmerzen leiden wie einst ihre große Vorfahrin. Es folgte der weiße Handschuh, der sie ermutigen sollte, bei Tributforderungen mit Bedacht vorzugehen, und dann die beiden Zepter, der Stab der Macht und das Zepter mit der weißen Taube.

Es war zwei Minuten nach halb eins am Mittag, als der Erzbischof und zwei Bischöfe vor den Thron traten und die Krone, die im Jahr 1661 für Charles II. angefertigt worden war, gen Himmel hoben, um sie anschließend auf ihr Haupt zu senken. Und auf einmal schien sie ihr auch gar nicht mehr so schwer. Und sie wurde noch leichter, als der Erzbischof sagte: »Gott schenke dir diese Krone der Herrlichkeit und Gerechtigkeit.« In diesem Moment hoben auch alle Peers in der Abtei ihre Kronen an, um sie auf ihre Häupter zu setzen.

»Gott schütze die Königin«, klang es durch die Kirche.

Bisher war alles gut gegangen. Doch der Moment, vor dem Lilibet sich am meisten gefürchtet hatte, stand noch bevor: Philip trat vor den Thron. Was würde er tun? Würde er knien? Oder würde er einfach stehen bleiben? Die Abtei gar verlassen?

Lilibets Herz begann zu rasen, sie spürte den Puls in ihrer Kehle, als er vor sie trat. Ihr in die Augen sah. Ruhig. Und doch sah sie, wie sehr er mit sich rang. Wie schwer ihm dieser Moment fiel. Trotz allem.

Mit langsamen Bewegungen nahm Philip seine Krone ab und reichte sie dem Pagen. Schritt die Stufen hinauf und kniete vor ihr nieder, nahm ihre Hände in die seinen und sah ihr in die Augen, als er sagte: »Ich, Philip, Herzog von Edinburgh, werde

Euer Lehnsmann sein mit Leib und Seele und irdischer Huldigung, und Treue und Wahrheit werde ich Euch entgegenbringen im Leben wie im Sterben, gegen jedermann. So wahr mir Gott helfe.«

Und dann stand er auf – und küsste sie sacht auf die Wange.

Philip hatte sein Versprechen gehalten. Und er sollte dafür belohnt werden: Alle anderen Adeligen, die nach ihm vor ihr knieten, wagten den protokollgemäßen Wangenkuss nämlich nicht. Und so war Philip am Ende nicht nur der Einzige, der sich ans Protokoll gehalten hatte. Nein, er war auch der Einzige, der sie in diesem so denkwürdigen Moment küsste, seine Frau, die Königin.

ENDE

Spuren der Realität

Die Arbeit an diesem Buch stellte mich vor ganz neue Herausforderungen. Dieses Mal hatte ich nicht, wie sonst so oft, die Schwierigkeit, Quellen zu finden. Eher war das Problem, dass es zu viele gab, die sich teilweise widersprachen. Mit unermüdlicher Unterstützung meiner Kollegin Melanie Kunze habe ich gelesen, verglichen, gesichtet, Raster und Muster angefertigt und mir so langsam ein Bild gemacht. Eine weitere Herausforderung war, nicht das zu schreiben, was ohnehin jeder weiß – spätestens seit der Netflixserie *The Crown* zumindest einigermaßen. Dabei kam mir natürlich zugute, dass die Serie, mit Ausnahme einiger Rückblicke in die Kindheit, erst mit der Hochzeit zwischen Philip und Lilibet beginnt. Melanie und ich haben bei der Recherche aber auch unfassbar viele wunderhübsche kleine Entdeckungen gemacht, verblüffend und überraschend. Sei das nun der Brautstrauß im Kühlschrank, der Piks mit dem Regenschirm oder die Tatsache, dass Lilibet im Krieg mit ölverschmiertem Gesicht unter Autos lag und selbige reparierte. Ich habe mich beim Schreiben weitgehend an die Realität gehalten, nur wenig ist abgewandelt oder erfunden. Zum Beispiel gab es das eingestickte Kleeblatt am Krönungskleid wirklich, anders als von mir geschrieben, zeigte es Hartnell der Queen aber nicht. Sie entdeckte es erst 2015, als sie das Kleid für eine Ausstellung zur

Verfügung stellte. Unwahrscheinlich ist auch, dass Philip sich zunächst sträubte, vor seiner Königin zu knien. Das sind uralte Traditionen, mit denen selbst er nicht so leicht gebrochen hätte.

Ausgedacht ist der Name der Freundin in Malta ebenso wie die Namen der beiden Frauen, die die verbrannten Toastbrotscheiben zur Hochzeit schenkten.

Danksagung

Wenn man viele Bücher schreibt, hat man folgerichtigerweise auch häufig die Gelegenheit, Danke zu sagen. Und das ist auch gut so. Denn all die Menschen, denen ich an dieser Stelle zu danken pflege – es sind immer die gleichen –, haben hundertfachen, tausendfachen, millionenfachen Dank verdient. Einfach deshalb, weil sie so treu an meiner Seite stehen, an mich glauben, meine Begeisterung und Leidenschaft für Geschichte teilen. Weil sie mich schreiben lassen, mit mir arbeiten und mir ihre unschätzbar wertvolle Unterstützung geben. Zuallererst ist das meine liebe Kollegin Melanie Kunze. Lang schon sind wir eng befreundet, was die Zusammenarbeit natürlich noch angenehmer macht. Wie immer hat sie unzählige Details gefunden, die die Geschichte bunter machen, Fakten und Zusammenhänge akribisch überprüft und zu allem freundlicherweise ihren erstklassigen Senf gegeben. Danke, liebe Melanie! Beim Piper Verlag danke ich von ganzem Herzen Programmleiterin Andrea Müller und den beiden Lektorinnen Greta Frank und Kerstin von Dobschütz, die immer wieder offen für meine Ideen sind und auch bereit, auf dem Weg zu einem Buch mal ungewöhnliche Wege zu gehen. Ohne meine liebe Agentin Anna Mechler würde ich keine der drei kennen! Danke, liebe Anna, dass Du immer an mich glaubst und Dir meine unzähligen Ideen stets mit großer Geduld anhörst, sortierst und dafür sorgst, dass aus der Idee dann auch ein Buch wird. Habe ich Dir schon mal gesagt, dass Du die beste Agentin der Welt bist?

Ein riesiges Dankeschön geht auch an meine Mutter Lena Bast, die zwei englische Quellen akribisch für mich durchgearbeitet hat, und Königshaus-Expertin Olivia Schnepf, die uns erneut bei den vielen Details zur Etikette beriet.

Und dann ist da natürlich meine wunderbare Familie! Ich bin so dankbar für die Harmonie und Fröhlichkeit, die wir miteinander haben. Für das gegenseitige Verständnis und die Liebe, die wir uns geben. Denn das ist die Grundlage aller Kreativität.

Herzlichst,
Ihre Eva-Maria Bast

Literatur und Quellen

Brandreth, Gyles: *Philip und Elizabeth. Porträt einer Ehe,* München 2005.

Calvetti, Paola: *Die Queen. Elisabeth II. Porträt einer Königin,* München 2019.

Chronik 1945, Gütersloh/München 1984.

Chronik 1946, Gütersloh/München 1985.

Chronik 1947, Gütersloh/München 1986.

Chronik 1948, Dortmund 1987.

Chronik 1949, Gütersloh/München 1988.

Chronik 1950, Dortmund 1989.

Chronik 1951, Dortmund 1990.

Chronik 1952, Dortmund 1990.

Churchill, Winston S.: *Der Zweite Weltkrieg,* Frankfurt a. M. 2003.

Crawford, Marion: *The little princesses – The Story of the Queen's Childhood by Her Nanny, Marion Crawford,* Great Britain 1950.

Eade, Philip: *Young Prince Philip – His Turbulent Early Life,* London 2011.

Haffner, Sebastian: *Winston Churchill,* o.O, o. J.

Harding, Flora: *Der Prinz an ihrer Seite,* München 2021.

Kielinger, Thomas: *Elizabeth II., Das Leben der Queen,* München 2011.

Morton, Andrew: *Elizabeth & Margareth – The Intimate World of the Windsor Sisters,* United States of Amerika 2021.

Princess Elizabeth in the military, training as a mechanic and driver in 1945. https://www.historyvshollywood.com/video/queen-elizabeth-as-a-mechanic-1945/. Abgerufen am 13.01.2022.

Viney, Graham: *The Last Hurrah – The 1947 Royal Tour of Southern Africa and the End of Empire,* Great Britain 2019.

Welt.de: *Nebel des Grauens.* https://www.welt.de/geschichte/article185031046/Nebel-des-Grauens-Als-Londons-Smog-12–000-Menschen-toetete.html. Abgerufen am 12.01.2022.